Shreemati (Mrs.)

A Novel by Tirtha Raj Pandey

A luminous, meditative novel of love, longing, and the quiet search for meaning.

Set against the sacred landscapes and intimate social worlds of Nepal, *Shreemati* unfolds not as a conventional story, but as a deeply reflective journey through the emotional and spiritual terrain of human life. From the evocative opening in a temple courtyard under a full moon to its quietly profound reflections on love and impermanence, the novel invites readers into a world where every gesture, silence, and passing moment carries meaning.

At its heart, *Shreemati* is a story of relationship—of two individuals drawn together not only by affection, but by an unspoken understanding that love must be reconciled with truth, duty, and the deeper questions of existence. Through restrained prose and poetic imagery, Tirtha Raj Pandeya captures the subtle tensions between inner desire and social expectation, between fleeting beauty and enduring memory.

What distinguishes *Shreemati* is its remarkable stillness. The narrative lingers in moments often overlooked: the flight of pigeons against an open sky, the quiet adjustment of a woman's hair, the shared silence between two people walking side by side. These moments accumulate into a powerful meditation on what it means to live, to love, and ultimately, to let go.

For readers beyond South Asia, the novel offers a rare and intimate window into Nepali cultural life—its spiritual rhythms, its social textures, and its deeply human concerns. Yet its themes are universal. In its exploration of longing, Moral uncertainty, and the passage of time, *Shreemati* speaks to anyone who has grappled with the complexity of relationships and the search for meaning in an ever-changing world.

श्रीमती | (Mrs.)

तीर्थराज पाण्डेयद्वारा लिखित एक उपन्यास

प्रेम, आकांक्षा र अर्थको शान्त खोजलाई उज्यालो बनाउने एक ध्यानमय कृति

नेपालका पवित्र भू-दृश्यहरू र घनिष्ठ सामाजिक परिवेशको पृष्ठभूमिमा रचित *श्रीमती* परम्परागत कथानकको रूपमा मात्र प्रस्तुत हुँदैन; बरु यो मानवीय जीवनको भावनात्मक र आध्यात्मिक यात्रालाई गहिराइमा अन्वेषण गर्ने एक चिन्तनशील कृति हो । पूर्णिमाको रात मन्दिरको आँगनबाट सुरु भई प्रेम र अनित्यमाथि गरिएका गहिरा मननसम्म फैलिएको यस उपन्यासले पाठकलाई यस्तो संसारमा प्रवेश गराउँछ जहाँ हरेक इशारा, मौनता र क्षणले अर्थ बोकेको हुन्छ ।

यसको केन्द्रमा सम्बन्धको कथा छ–दुई व्यक्तिहरूबीचको यस्तो सम्बन्ध, जसले केवल आकर्षण मात्र होइन, तर प्रेमलाई सत्य, कर्तव्य र अस्तित्वका गहिरा प्रश्नहरूसँग सन्तुलनमा राख्नुपर्ने मौन बुझाइलाई पनि समेट्छ। संयमित भाषा र काव्यमय बिम्बहरूको माध्यमबाट तीर्थराज पाण्डेयले भित्री इच्छा र सामाजिक अपेक्षाबीचको सूक्ष्म तनाव, क्षणिक सौन्दर्य र दीर्घकालीन स्मृतिबीचको द्वन्द्वलाई प्रभावशाली ढंगले प्रस्तुत गर्छन् ।

श्रीमती लाई विशेष बनाउने यसको अद्भुत शान्तता हो। कथा ती क्षणहरूमा अडिन्छ, जसलाई प्रायः बेवास्ता गरिन्छ–खुला आकाशमा उडिरहेका परेवाहरू, महिलाको कपाल मिलाउने सानो हाउभाउ, सँगसँगै हिँडिरहेका दुई जनाबीचको साझा मौनता। यिनै क्षणहरूले जीवन, प्रेम र अन्ततः त्यागको अर्थबारे गहिरो चिन्तन निर्माण गर्छन् ।

दक्षिण एसियाभन्दा बाहिरका पाठकहरूका लागि पनि यो उपन्यास नेपाली सांस्कृतिक जीवनको दुर्लभ र आत्मीय झ्याल हो–यसका आध्यात्मिक लय, सामाजिक बनावट र गहिरो मानवीय संवेदनाहरूको चित्रण। तर यसको विषयवस्तु सार्वभौमिक छ । आकांक्षा, नैतिक अन्योल र समयको प्रवाहको अन्वेषणमार्फत *श्रीमती* ले सम्बन्धको जटिलता र निरन्तर परिवर्तनशील संसारमा अर्थको खोजी गर्ने हरेक पाठकसँग संवाद गर्छ ।

श्रीमती | Mrs.

SHREEMATI

एक उपन्यास | *A Novel*

तीर्थराज पाण्डेय
Tirtha Raj Pandey

STAR SCHOLARS PRESS
Baltimore, USA

लेखक : तीर्थराज पाण्डेय

संस्करण : पहिलो, २०८२

भाषा सम्पादन : दुर्गा पौडेल

आवरण डिजाइन : टाइम्स क्रिएसन

टाइपसेटिङ : राम कुमार कार्की

Published by

STAR Scholars Press
Baltimore, Maryland, USA
press.starscholars.org

Cataloging-in-Publication Data

पाण्डेय, तीर्थराज। Pandey, Tirtha Raj.
श्रीमतीः एक उपन्यास | **Shreemati: A Novel**

Baltimore, Maryland: STAR Scholars Press, 2026.

ISBN: 979-8-89524-023-6 (Paperback)
979-8-89524-066-3 (ebook)
Shreemati (Mrs.) is a reflective literary novel exploring themes of love, identity, spirituality, and social life in Nepal. Through poetic narrative and symbolic imagery, the novel presents a contemplative journey of human relationships and existential inquiry.

श्रीमती प्रेम, पहिचान, अध्यात्म र नेपाली सामाजिक जीवनका विषयहरूलाई समेटेको एक चिन्तनशील साहित्यिक उपन्यास हो। काव्यमय शैली र प्रतीकात्मक चित्रणमार्फत यस कृतिले मानवीय सम्बन्ध र अस्तित्वसम्बन्धी प्रश्नहरूको गहिरो यात्रा प्रस्तुत गर्दछ।

Subjects: Nepali fiction नेपाली उपन्यास | Love stories प्रेम कथा Social life and customs—Nepal—Fiction | नेपाल–सामाजिक जीवन र परम्परा–काल्पनिक साहित्य | Spirituality in literature साहित्यमा अध्यात्म | Psychological fiction

समर्पण

आत्मा उपहार दिने आमाहरुप्रति

प्रशंसा

"शान्त रूपमा मोहक... *श्रीमती* यस्तो उपन्यास हो जसले पाठकलाई आफ्नो गति कम गर्न र सुन्न सिकाउँछ–मौनलाई, आकांक्षालाई, र शब्दहरू बीचका सूक्ष्म खाली स्थानहरूलाई ।"

– प्रोफेसर (डा.) कृष्ण बिस्ट, मोर्गन स्टेट विश्वविद्यालय, बाल्टिमोर, संयुक्त राज्य अमेरिका

"*श्रीमती* प्रेमलाई एक वाचा (प्रतिज्ञा) का रूपमा प्रस्तुत गर्ने कोमल र मन छुने ध्यानमय कृति हो, जहाँ आस्था, चाहना र वैवाहिक प्रतिबद्धता नाराका रूपमा होइन, नेपाली समाजको घनिष्ठ नैतिक संरचनामा बुनिएको जीवित अनुभवका रूपमा उजागर हुन्छन् ।

मन्दिरको शान्त उज्यालोपनमा, जहाँ प्रार्थनाहरू सासझैँ उक्लिन्छन् र स्मृतिहरू मेटिन मान्दैनन्, त्यहाँ तीर्थराज पाण्डेयले बसाइँसराइ, दूरी र आकांक्षालाई कर्तव्य, क्षमा र समय र दूरीपार घर सम्हाल्ने महिलाहरूको गहिरो मौन शक्ति सँगै जुधाउँछन् ।"

– एमेरिटस प्रोफेसर गोपी उप्रेती, त्रिभुवन विश्वविद्यालय, नेपाल

"*श्रीमती* एक सुन्दर ढंगले बुनिएको उपन्यास हो, जसले स्मृति, आकांक्षा र नैतिक जिम्मेवारीलाई अद्वितीय सौन्दर्यका साथ जोड्दछ। गहिरो भावनात्मक संवेदनशीलतामार्फत तीर्थराज पाण्डेयले दूरी, कर्तव्य र समर्पणद्वारा आकार पाएका सम्बन्धहरूको शान्त तर रूपान्तरणकारी शक्तिलाई उजागर गर्छन् ।

यो त्यस्तो उपन्यास हो जुन अन्तिम पृष्ठपछि पनि पाठकको मनमा लामो समयसम्म बसिरहन्छ–प्रेमको दीर्घता र मानवीय हृदयको नाजुक र जटिल संरचनामाथि मनन गर्न निम्तो दिने कृति ।"

– प्रोफेसर (डा.) मारोहाङ याक्थुङ, मिशिगन स्टेट विश्वविद्यालय, इस्ट ल्यान्सिङ, संयुक्त राज्य अमेरिका

"*श्रीमती* मा तीर्थराज पाण्डेयले दीर्घकालीन प्रेमको दृष्टिकोणबाट विस्थापन, स्मृति र नैतिक उत्तरदायित्वलाई अत्यन्त मार्मिक ढंगले अन्वेषण गरेका छन् ।

यो उपन्यासले महासागर र पुस्ताहरू पार गर्दै परिवारलाई सम्हाल्ने महिलाहरूको धैर्यता, त्याग र आन्तरिक शक्तिलाई सम्मान गर्दछ। नेपालका भू-दृश्य र सामुदायिक आत्मीयताको सम्झना प्रवासी सफलताका मूल्यहरूसँग गाँसिँदै, प्राप्ति र क्षतिको गहिरो चित्र प्रस्तुत गर्दछ। *श्रीमती* दाम्पत्य समर्पण, कृतज्ञता र प्रेम तथा बसाइँसराइले ल्याएका परिवर्तनहरूको सम्झनालाई जोगाइराख्ने गम्भीर कर्तव्यप्रति समर्पित एक भावपूर्ण श्रद्धाञ्जली हो ।"

– प्रोफेसर (डा.) बसु शर्मा युनिभर्सिटी अफ न्यू ब्रन्सविक, क्यानडा

"दुर्लभ आत्मचिन्तन र गरिमाले भरिएको कृति । पाण्डेयले साधारण घटना, परिघटनाहरूलाई असाधारण, उज्यालो, र दीर्घकालीन अर्थ बोकेको अनुभूतिमा रूपान्तरण गर्छन् ।"

– प्रोफेसर (डा.) उत्तम गौली, अध्यक्ष, स्टार स्कलर्स नेटवर्क, संयुक्त राज्य अमेरिका

"श्रीमती उपन्यासले नारी पात्रको प्रधानतालाई जीवन्त रूपमा प्रस्तुत गर्दै सुदूर पश्चिम र कर्णालीको भाषा, कला र संस्कृतिको जगेर्ना गरेको छ । ऐतिहासिक कथन, सामाजिक यथार्थ, सकारात्मक बहस, चेतना र साहित्यिक अभिव्यक्तिमार्फत यसले नेपाली समाजमा श्रीमतीको भूमिकालाई नवीन रूपमा परिभाषित गर्ने प्रयास गरेको छ ।"

प्रा. डा. हेमराज पन्त, उपकुलपति, सुदूरपश्चिम विश्वविद्यालय , नेपाल

श्रीमतीले विवाहिता नारीको अर्थ बोल्छ। नारीले निर्वाह गर्ने भूमिका मध्य सर्व जटिल भूमिका पनि भन्छ। जसले सधैँ त्याग सम्झौता समर्पण साधना माग्छ। कार्य सम्पादन थोरै भुलचुकमा भएमा श्रीमानसंगको जीवनरथ भड्खालो पर्ने स्मरण गराउछ । श्रीमान-श्रीमतीको सम्बन्ध नदी छेउको त्यस्तो सुन्दर बस्ती जहाँ कुनैपनि बेला बाहिरी दुरासयको भेलबाढी पसेर बिथोल्न पनि सक्छ भनि सचेत पनि गराउँछ।

आख्यानकारले उपन्यासमा एक प्रमुख पात्र मार्फत श्रीमतीलाई 'तिमी मेरो शक्ति तिमी मेरो अक्षर ब्रह्म' भनेर शुद्ध चैतन्य अविनाशी शाश्वत परमात्माको स्थान दिदै नारीलाई उच्च सम्मान व्यक्त गरेको पाइन्छ ।

- डा. नीलम कार्की निहारिका, चीरहरण र योगमाया की लेखिका तथा प्रतिष्ठित मदन पुरस्कार विजेता

Praise

"Quietly mesmerizing... *Shreemati* is a novel that asks you to slow down and listen—to silence, to longing, to the spaces between words."

— Professor (Dr.) Krishna Bista, Morgan State University, Baltimore, USA

"*Shreemati*" is a tender and haunting meditation on love as a vow, in which faith, desire, and marital commitment are not slogans but lived experience woven into the intimate moral ecosystem of Nepali society. Against the hushed radiance of a temple where prayers rise like breath and memory refuses to fade, Tirtha Raj Pandeya lets migration, absence, and longing collide with duty, forgiveness, and the fierce quiet strength of women who hold a home together across distance and time.

— Emeritus Professor, Gopi Upreti Professor, Tribhuvan University, Nepal

Shreemati is a finely woven novel that interlaces memory, longing, and moral responsibility with striking elegance. Through profound emotional acuity, Tirtha Raj Pandey reveals the quiet but transformative power of relationships shaped by distance, duty, and devotion. This is a novel that stays with the reader long after the final page, an invitation to contemplate love's endurance and the fragile, intricate architecture of the human heart.

— Professor (Dr.) Marohang Yakthung, Michigan State University, East Lansing, USA

In Shreemati, Tirtha Raj Pandeya explores displacement, remembrance and ethical accountability through the lens of enduring love in a poignant way. The novel honours the patience, sacrifices, and inner strength of women who anchor families across oceans and generations. Nostalgia for Nepal's landscapes and communal warmth intertwines with the costs of migrant success, creating a portrait of what is gained and what is lost. Shreemati is a moving tribute to conjugal devotion, gratitude, and the solemn duty of remembering what love and migration have transformed.

— Professor (Dr.) Basu Sharma, University of New Brunswick, Canada

"A work of rare introspection and grace. Pandey transforms the ordinary into something luminous and enduring."

— Professor (Dr.) Uttam Gaulee, President of STAR Scholars Network, USA

"Shrimati beautifully presents the realities, struggles, and silent strength of women while preserving the language, art, and culture of Sudurpashchim and Karnali. Through historical narrative, social realities, positive discourse, and literary expression, the novel seeks to redefine the role of women in Nepali society in a new light."

Professor (Dr.) Hemraj Pant, Vice Chancellor, Far Western University

Through one of the central characters in the novel, the author expresses profound respect for women by describing the wife as: "You are my strength, you are my eternal divine word (Akshar Brahma)." In doing so, the novel elevates womanhood to the level of pure consciousness, the eternal and indestructible soul.

— Dr. Nilam Karki Niharika, author of Cheerharan and Yogmaya, winner of the prestigious Madan Puraskar

Section 1: Sacred Beginning

Temple, Cosmos, and the Human Condition

The novel opens within the sacred *parisar* of the Bageshwari temple during a full moon, immediately immersing the reader in a spiritually charged environment. This is not simply a physical setting; it is a philosophical space in which the external world mirrors human beings' internal consciousness.

The crowd in the temple represents society in its collective form—diverse, searching, ritualistic. Yet, within this gathering, the author isolates moments of stillness and reflection. The sudden flight of pigeons into the sky becomes one of the most powerful early symbols. Their upward movement suggests transcendence, longing, and the eternal human quest for something beyond the visible.

The sky itself is anthropomorphized—it becomes a silent witness to human suffering and aspiration. The idea that "the sky must feel pain, yet no one hears it" reflects a deeper existential truth: that suffering is universal, yet often unspoken.

This section establishes the novel's core method: to use ordinary scenes as gateways into philosophical inquiry. The temple is not only a religious site; it becomes a metaphor for life itself—a place where people gather, seek meaning, and depart without fully understanding their own journeys.

Translated Excerpt:

> "It was the day of the full moon.
> In the *precincts* of the Bageshwari temple, people were standing and moving toward the temple, absorbed in its sacred atmosphere.
>
> Suddenly, a loud sound arose,
> as if the wall of an old house had collapsed.
>
> A flock of pigeons flew up from the temple courtyard toward the sky.
> Carried by gusts of wind, they kept rising higher and higher, as if trying to dissolve into the vast sky.

What might they be searching for in the sky?
Perhaps they are searching for happiness.
Perhaps they are searching for heavenly bliss.
Perhaps they are celebrating a festival in every breath.

People walk along the roads, searching for their own paths.
What dreams might these people be holding?

The pigeons seem to lean upon the chest of the sky as they fly.
The sky, too, must feel pain,
yet no one has ever heard its complaints.

The temple courtyard was filling with people."

"The Bageshwari temple, located in Nepalgunj, is believed to be a sacred place where divine शक्ति resides.

In the temple courtyard, there are images of Mahadev and Ganesh.
There are also peepal trees and other sacred surroundings.

Crowds of people had gathered—
groups of Hindus,
groups of Muslims,
groups of Madhesis.

A beautiful scene—
diverse,
multi-religious,
multi-cultural—
all gathered in one place.

A city reflecting religious diversity."

"She gestured with her hand and moved forward toward the line of worshippers entering the temple.

Holding a plate filled with offerings in her right hand,
she stepped ahead,
and he followed her.

As she gently adjusted her hair with her left hand,
he felt something stir within him—
as if a storm of emotions had risen inside her heart.

Her face carried both joy and unspoken tension."

"He did not have the courage to ask her anything.

He tried to read her feelings through her expressions,
and quietly placed his hand on his chest,
as if to calm his own heartbeat.

He tried to compose himself so she would not notice.

There was the context of the temple.
There was the context of the city.
There was the question of sharing life together.

Was it right, or was it wrong?
Was it righteous, or was it not?

He wished to walk on the path of truth.
He wished to be filled with love.
He wished to open the doorway to liberation."

Section 2: Emotional Awakening

Love, Silence, and the Weight of Unspoken Feeling

As the narrative narrows from the collective to the personal, attention shifts toward the central emotional relationship. The woman—symbolically "Shreemati"—is not introduced through exposition, but through presence, gesture, and quiet movement. Her identity unfolds indirectly, reflecting the novel's subtle and restrained style.

The male figure observing her becomes the narrative's emotional lens. His internal dialogue reveals uncertainty, longing, and moral hesitation. He is not simply in love; he is questioning the nature of that love—its legitimacy, its ethical grounding, and its place within a larger spiritual framework.

Silence plays a critical role. Conversations are minimal; instead, meaning is conveyed through:

- Movement (walking, following, pausing)
- Gesture (adjusting hair, holding offerings)
- Inner reflection (questions of right and wrong)

This section deeply engages with the tension between emotion and morality. Love is not presented as purely romantic; it is weighed against truth, duty, and spiritual aspiration.

The temple context remains significant. Their emotional awakening unfolds within a sacred space, suggesting that love itself is intertwined with existential and spiritual questioning.

Translated Excerpt:

"She moved forward, holding the offering plate in her right hand.
He followed quietly behind her.

As she gently adjusted her hair,
something stirred within him—
as if a storm had risen inside her heart.

He did not have the courage to ask her anything.
He tried to read her emotions,
and placed his hand upon his chest,
calming the restless beating within.

Was this right—or wrong?
Was this truth—or illusion?

He wished to walk the path of truth.
He wished to be filled with love."

Section 3: Journey and Transition

Movement Through Landscape and Inner Transformation

The narrative expands outward as the characters begin to move through physical space—roads, streams, villages. This transition marks a shift from introspection to lived experience.

The journey is both literal and symbolic. The road represents the unfolding of life, while natural elements—water, dust, terrain—reflect the changing emotional and psychological states of the characters.

Small actions, such as washing hands in a stream, carry symbolic weight. Cleansing becomes a metaphor for renewal, transition, and the shedding of past burdens. The dialogue during this journey introduces elements of knowledge and memory, connecting geography with identity.

This section situates the characters within a broader world, emphasizing that their personal experiences are embedded in a larger social and environmental context. Movement brings exposure—to new places, new perspectives, and new realizations.

Translated Excerpt:

"We moved forward along the road.
A stream flowed beside us—clear, gentle water.
We washed our hands there,
wiping away the dust gathered along the journey.

'This river flows from the hills,' she said,
'passing through lands and forests before moving onward.'

We continued walking,
following the path,
as if life itself were unfolding step by step before us."

Section 4: Social Reality

Home, Belonging, and the Weight of Society

The narrative now enters the domestic sphere, where abstract reflection meets concrete reality. The arrival at the house marks a shift from open landscapes to enclosed social structures.

Here, the novel carefully reveals the dynamics of family, community, and social expectation. The environment is familiar yet charged with subtle tension. The presence of others—particularly older figures—introduces layers of judgment, tradition, and unspoken norms.

The interaction is quiet, restrained, but deeply meaningful. The gaze of an elder woman, the presence of a household, and the atmosphere of arrival all signal that personal relationships cannot exist in isolation; they are always observed, interpreted, and shaped by society.

The simplicity of the scene—walking toward a house, encountering people—belies its deeper significance. It is here that the abstract questions of love and morality begin to encounter real-world consequences.

Translated Excerpt:

> "We arrived near the house.
> The path narrowed,
> and the surroundings grew quieter.
>
> 'This is her home,' she said softly.
>
> A dog approached from a distance,
> then passed without concern.
>
> From the courtyard,
> a woman—perhaps in her fifties—looked toward us.
>
> There was familiarity in the air,
> yet also a quiet hesitation,
> as if unspoken questions lingered between us."

Section 5: Reflection and Resolution

Love, Time, and Impermanence

In its final movement, the novel returns to reflection, but now with greater depth and maturity. The earlier questions about love, truth, and meaning are revisited through the lens of experience.

Nature becomes the dominant symbolic language. Flowers, in particular, serve as a central metaphor—representing beauty, fragility, and the inevitability of change. The act of blooming and falling mirrors human life: transient yet meaningful.

Love is portrayed not as possession, but as shared existence—a merging of inner worlds. At the same time, the narrative acknowledges impermanence. Everything—relationships, emotions, life itself—exists within time and is subject to transformation.

This section offers not a definitive conclusion, but a philosophical acceptance. The tone is शांत, reflective, and deeply human.

Translated Excerpt:

> "Sometimes it feels
> as though our hearts are one.
>
> She moves gently,
> like a flower blooming in its own quiet rhythm.
>
> Flowers blossom,
> and in time, they fall—
> yet their beauty remains in memory.
>
> Life too flows within its own time.
>
> One day,
> we too shall return to the earth—
> just as flowers fall softly to the ground."

भाद्र पूर्णिमाको दिन ।

बागेश्वरी मन्दिर परिसरमा वितुर र धीमहि उभिएर मन्दिरको गजुरतिर चिहाइरहेका थिए । एकाएक ठूलो आवाज आउँछ । पुरानो घरको भित्ता भत्केजस्तो ।

एक हूल परेवाहरू मन्दिर परिसरबाट आकाशतिर उडे ।

हावाका गुजुल्टाहरूले बोकेभैँ गरी उड्दै गरेका परेवाहरू माथि आकाशमा विलीन हुने प्रयासमा छन् ।

के खोजे होलान् आकाशमा ?

सुखकै खोजी गरे होलान् ।

स्वर्गीय सच्चिदानन्द खोजे होलान् ।

हरेक सासमा उत्सव मनाउँदै होलान् ।

सपना देख्नेहरू बाटो खोज्दै हिँड्छन् अरे । परेवाहरूले के सपना देखे होलान् ?

आकाशको छातीलाई टेके होलान्, पखेटाहरूले ।

आकाशलाई पनि दुख्दो हो, तर मैले सुनेको छैन कहिल्यै पनि आकाशको गुनासो ।

धीमहि र वितुर मन्दिरको आँगनमा ।

बाँके जिल्लाको सहर नेपालगञ्जमा अवस्थित बागेश्वरीदेवीको मन्दिरमा सतीदेवीको जिब्रो पतन भएको जनविश्वास छ।

छेउमा तलाउ छ। तलाउ किनारमा जुँगे महादेवको मूर्ति। मन्दिर परिसरमा गणेशको मूर्ति छ।

छेउमै वर र पिपलका बोट पनि।

वितुर मन्दिर परिसरमा पस्दै गर्दाको भीडभाड सम्झन्छ।

मानिसहरू समूह-समूहमा बाँडिएर हिँड्दै थिए।

शिखहरूका समूह।

मुस्लिमहरूका समूह।

मधेसीहरूका समूह।

सुन्दर दृश्यहरू।

बहुधार्मिक।

बहुभाषी।

धर्मावलम्बीहरू एउटै बाटोमा, एउटै मन्दिर परिसरमा।

धार्मिक विविधता बोकेको सहर।

धीमहिले हातको इशारा गर्दै वितुरलाई मन्दिरभित्रको दर्शनार्थीहरूको लाइनमा उभिन अह्राइन्।

धीमहि दायाँ हातमा फूलपातीले भरिएको टपरी बोक्दै अगाडि बढिन्। साथमा वितुर पनि।

प्रफुल्ल छुट्टै मन्द मुस्कानमा मुस्कुराउँदै उभिएकी धीमहिले बायाँ हातको सहाराले आफ्ना लामा कपाल तह लगाउँदै गर्दा वितुर सम्झिन्छ- धीमहिका मनमा ती कपालभन्दा हजारौँ गुणा बढी लामा भावनाको आँधी चलेको होला।

उनी प्रफुल्लित हुनुको राजसँगै अनुहारमा आत्तिएका भावहरू पनि प्रस्ट देखिन्छन्।

वितुरसँग प्रश्न सोध्ने साहस हुँदैन । आफूले धीमहिको नजरअन्दाज गरेसँगै आफ्नो मनोभावना पनि दाँज्न खोज्दछ र बिस्तारै आफ्नो छातीमा हात राखेर मुटुको धड्कन दाँज्न खोज्छ ।

धीमहिले थाहा नपाउने गरी आफू समालिन प्रयास गर्दछ वितुर ।

मन्दिरको प्रसङ्ग छ ।

सहरको प्रसङ्ग छ ।

धीमहिको साथमा जीवनको साइनो गाँस्नु छ ।

सही हुँदै छ वा गलत हुँदै छ ?

धर्म हुँदै छ वा अधर्म हुँदै छ ?

सत्मार्गमा हिँड्न सकूँ ।

प्रेमले भिज्न सकूँ ।

मोक्षको द्वार बनाउन सकूँ ।

आफ्नो निधारमा असाध्य पीडा बढेको थाहा पाउँछ ।

मन, मुटु र मस्तिष्कमा वेग बढेको छ ।

आँखाका परेलीहरू गह्रुङ्गो भएको महसुस गर्दछ ।

गाउँघरमा छँदा ठूलो झरी परेपछि गड्याङगुडुङ खोलामा पानी बगेजस्तो ।

छातीभित्र कोलाहल मच्चिएको छ ।

घर फर्किंदै गरेका घँसारीहरूका घाँसका भारीहरू खोलाले बगाएर घँसारी चिच्च्याएजस्तो ।

घँसारीहरूलाई खोला तार्न गाउँलेहरू खोलाका बगरमा उभिएर होहल्ला गरेजस्तो ।

उतै उभिनु है, उतै । केहीबेरमा पानी घट्छ अनि तरौँला भनेर खोलावारिबाट गाडताराहरू चिच्च्याएजस्तो ।

यसै भानमा वितुर आत्तिन्छ र उतै-उतै शब्द बोल्दछ ।

वितुरले उतै-उतै भनेको सुनेर धीमहि भन्छिन्- हे नआत्तिनु, आउनु । ती दुई जना दर्शनार्थी गएपछि हाम्रो पालो आइहाल्यो नि ।

देवीको पूजा गरौँला, आराधना गरौँला । वितुरलाई धीमहि ढुक्क तुल्याउने प्रयास गर्दछिन् ।

वितुर सोच्दछ- जिन्दगी भनेको यस्तै हो ।

देख्नेले त आहा भन्छन्, तर कसलाई के थाहा मनभित्रका पीडाहरू । न त भन्नै मिल्छन्, न त सहन नै सकिन्छ ।

बायाँ हातको सहाराले घाँटीमा खुम्चिएको चुन्नी (दोपट्टा) तह लगाउँदै धीमहि वितुरको अनुहारतिर हेर्दछिन्, मन्दिरको भित्तातिर हेर्ने बहानामा, वितुरले थाहा नपाउने गरी ।

वितुरको अनुहार फरक छ ।

मन्दिर बाहिर घुम्दाका बखतभन्दा मन्दिरभित्र उभिँदा ऊ फिदाफिदा भएर खोइएको छ, धर्मचेतनामा उभिएजस्तो ।

कति गहिराइमा पुगेछ उसको मन कुन्नि, रङ्गीचङ्गी मन्दिर पनि शून्य भएजस्तो ।

आँखामा आँखा कसरी जुधाउनु ।

अपूर्ण छन् अनुभूतिहरू ।

बल्भनु पनि प्रेम रहेछ ।

सम्भनु पनि प्रेम रहेछ ।

यस सुन्दरतम् धर्तीसँग आकाशको प्रेम नहुँदो हो त कसरी उभिन्थ्यो होला आकाश ?

प्राप्ति मात्र कसले भन्छ ? गुमाउनु पनि प्रेम हो ।

अणु र परमाणु बनाउने अत्याधुनिक मेसिन बनाउने वैज्ञानिकहरूले किन प्रेम हेर्न सकिने मेसिन बनाएनन् होला ?

यस्तो मेसिन हुँदो हो त आज हेर्न मन थियो वितुरको मुटुभित्रको प्रेम ।

भावनाको गहिराइभित्र मनरूपी तलाउमा चेतनाको जल खन्याउने सपनामा डुबेको हुनुपर्छ वितुर ।

- अप्ठ्यारो मोडमा उभिएजस्तो ।
- खुसीभन्दा पीडा र रोदनका आहुतिले भरिएजस्तो ।
- डगमग डगमग दोधारमा परेजस्तो ।

धीमहि अलि नजिकिँदै गइन् र छोइन् वितुरको जिउमा ।

वितुरले थाहा पाउँदैन ।

धीमहि आफ्नो जिउमा टाँसिएकी, धीमहिले महसुस गरिन्, वितुरको जिउमा एकनास कम्पनहरू बहेजस्तो ।

अलिक असाधारण अवस्थामा वितुर छ भन्ने नजरअन्दाज गरिन् ।

धीमहि उभिइरहिन्, नजिकै भइरहिन् ।

वितुर एकोहोरो सोचिरहन्छ-

- गाउँबेँसीका अतित यादहरू ।
- इमानदार र निष्ठावान् छिमेकीहरूका दिनचर्याहरू ।
- गाउँघरका मन्दिरहरू, देवस्थलहरू ।

ती मन्दिर र बागेश्वरी मन्दिरभित्र भिन्नता खोजिरहन्छ, मनका आक्रोशसँग, मस्तिष्कका तरङ्गहरूसँग, साइनो गाँस्न खोजिरहन्छ, बागेश्वरीका दिवालहरूसँग ।

केवल मनोभावना र हृदयका बीचमा, घरी गाउँघर, घरी सहर मन भाँडिन्छ बेलाबेलामा ।

धीमहिले थाहा नपाओस् भनेर वितुर समालिने प्रयास गर्दछ ।

वितुरको प्रयास असफल भइसकेको हुन्छ ।

धीमहिका नजरअन्दाजमा धीमहिले पनि पूरै मन पढ्न सकेकी छैनन् ।

मात्र थाहा पाइन्, वितुरको मनस्थिति सामान्य छैन ।

धीमहि सोच्छिन्-

- मैले वितुरलाई जबरजस्ती बोलाएकी पनि होइन ।
- मन्दिरको रोजाइ वितुरकै हो ।
- फूलको टपरी पनि उसैले किन्न आग्रह गरेको हो, उसकै रोजाइमा फूलपातीहरू ।

बाटोमा हामी आउँदै गर्दा हाँस्दै भन्दै थियो- आज मन्दिरमा दुर्गामातासँग भेट हुन्छ । यो दुर्गाको प्रतिमा हो, तर उसले साक्षात दुर्गामाता पो भेट्यो कि ?

दुर्गा माता (शक्तिकी देवी) सँग प्रार्थना पो गर्दै छ कि ?

उसले साक्षात देख्यो भने मैले पनि देख्नुपर्ने हो ।

हुन त हरेकका आँखाहरूको नजरिया फरक-फरक हुन्छ भन्छन्, वितुरका नजरियामा बागेश्वरी मन्दिर ।

उमङ्ग र कौतुहलमा डुबेकी धीमहि वितुरको अवस्था देखेर सशङ्कित भइन् । उनी सोचमग्न हुन्छिन्- मैले वितुरको अतित खासै थाहा पाएकी छैन र यसले मेरो पनि ।

मलाई थाहा छ, वितुर गाउँको परिवेशमा जन्मेहुर्केको हो । गाउँको चिसो हावापानी र पहाडको बसाइमा ऊ आनन्दित बन्छ ।

यो तराईको गर्मी हावापानीले पनि ऊ आत्तिएको हुनसक्छ । गाउँको परिवेशमा हुर्के पनि राजधानीको लामो बसाइको बारेमा ऊ खुसी भएर प्रशंसा गर्दै थियो । बाहिर र राजधानीका दिनचर्या राम्रैसँग अनुभव गरेको अनुभूति छ ऊसँग ।

मलाई सोधेको थियो- तिमी काठमाडौँ गएकी छौ ?

त्यो काठमाडौँ ।

- मन्दिरको सहर ।
- नेवाः संस्कृतिको धरोहर
- भगवान् पशुपतिनाथको आश्रमस्थल ।
- आर्यघाट भएको काठमाडौँ ।

- ऐतिहासिक, सांस्कृतिक, आर्थिक र प्रशासनिक रूपमा देशको केन्द्रबिन्दु मानिएको सहर ।

रमाएका वास्तविकताभित्र संघर्षका कथा-कहानीहरू ।

वितुरले तनाव लिनुको कारण उसले आफ्नोभन्दा पनि धीमहिको बारेमा बढी सोचेर पनि हुनसक्छ ।

आफ्नोभन्दा पनि अर्काको बारेमा बढी सोच्ने मानिस तनावग्रस्त देखिन्छन् भन्छन् ।

घर बसाल्न अनि मह बनाउन मौरीको रानी चाहिन्छ ।

म वितुरकी हुनेवाली रानी ।

मनभरि सपनाको गह्रुङ्गो भारी बोकेर हिँडेको छ वितुर ।

भगवान्को मूर्तिअघि आजसम्म मैले केही मागेकी छैन ।

केके लेख्या विधाताले भाग्य कोर्ने बेला ।

अब एकान्तमय भई तनावपूर्ण अनुहारमा उभिएको वितुरलाई सान्त्वना दिँदै वास्तविकतामा उभिन अह्राउनुपर्छ भन्दै धीमहिले वितुरको हात हल्लाइन् । हातका औँलाहरू मिलाउँदै सुमसुम्याउने प्रयास गरिन् ।

धीमहिका बायाँ हातका औँला वितुरका दायाँ हत्केलाभित्र ।

सोचमग्न हुँदा एकान्तमयी भएको वितुर धीमहिका औँलाले काउकुती लगाएपछि झस्किन्छ र आफूलाई समाल्ने कोसिस गर्छ ।

सपनाका दिवारहरूमा मायाको हावा पोखिन्छ ।

व्यथा र वेदनाका आहुति छोडेर प्रेमका आदर्शमा वितुर ।

क्रोधले भ्रम पैदा हुन्छ ।

भ्रमले बुद्धिलाई नष्ट गर्दछ ।

जब बुद्धि सकिँदै जान्छ अनि मानिस तर्कहीन बन्छ, अनि मान्छेको पतन सुरु हुन्छ ।

धैर्य गर्नुपर्दछ, सबै ठीक हुन्छ ।

म समालिनुपर्दछ।

म मौन उभिएको देखेर धीमहिले के नजरअन्दाज गरिन् होला ? मलाई कमजोर मनस्थिति भएको सम्भिmइन् होला तर उनलाई के थाहा म मौन हुनुको कारण।

धीमहि हातका औँला लच्काउँदै वितुरलाई सोधिन्- वितुर, तिमी सन्चै छौ नि ?

जिन्दगीको उच्च हिमालका उषाकिरण हुन् छोरा मान्छेहरू।

माया, विश्वास र सहयोगी भावनाका घर हुन् छोरा मान्छेहरू।

आफूलाई समाल तिमी, वितुर आाफूलाई समाल।

पिपलबोटको चौतारो देखाउँदै भनिन्, नत्र उः त्यो चौतारमा केहीबेर आराम गरौँ। केहीबेरपछि मन्दिरमा पूजा गरौँला। मन्दिर खुलै हुन्छ।

पुजारी पनि प्रायःजसो दिनभरि यतै हुन्छन्। आँखाको इशारा गर्दै धीमहिले पिपल चौतारो देखाइन्।

वितुर मनमा सोच्दछ, भन्नुपर्ने भावनाहरू मनभरि छन्। तर, ती भावनाहरूलाई शब्दमा उतार्न बोल्ने शब्दहरू आफूसँग छैनन्।

सहने बानी परेको वितुरले बोल्न छोडिदिन्छ।

विभिन्न कथा र व्यथाहरूले च्यापेको जीवन धीमहिका आँखाका इशारामा चुर्लुम्म डुब्छ।

बगरमा घाम तापिरहेको भोको गोहीले ठूलो माछा देखेपछि नदीमा हामफालेझैँ गरी धीमहिका इशारा भावमा वितुर चुपुल्की मार्दछ।

धीमहिको व्यक्तित्व आँखाबाट झल्किन्छ। यही व्यक्तित्वमा रुमलिएको हुन्छ वितुर।

प्रेम भनेको व्यक्तित्वसँग गाँसिने कुरा हो, व्यक्तिसँग होइन।

आँखाका परेलीमा मन भरिएर आउँछ र वितुरले थाहा पाउँछ, महसुस गर्दछ कि प्रेम के हो ?

समर्पण छ–

- भाग्यका इँटाहरू छन् ।
- प्रेम र प्रेमिल घर बनाउने मायाको घडेरी छ ।
- अनुभव, अनुभूति र कल्पना छ ।
- रहरको जाँतोमा सपनाहरू पिस्नु छ ।

आफ्नो नामको पछाडि मेरो थर जोड्न आतुर छिन् धीमहि ।

माया के हो भन्ने बुझ्नका लागि त्यो ठाउँबाट अन्यत्र गएपछि मात्र थाहा हुन्छ ।

गाउँ छोडेँ अनि थाहा पाएँ, गाउँको माया ।

छिमेकीबाट टाढिएँ अनि थाहा पाएँ छिमेकीको माया ।

भगवान्ले पनि कस्तो नाता बनाइदिन्छन्, मैले न धीमहिलाई चिनेको थिएँ न सुनेको थिएँ, तर आजदेखि उनको पनि माया थपिएको छ ।

चित्त शुद्ध गर्न सकुँ मैले ।

मानवीय धरातलमा उभिन सकुँ म ।

अब उप्रान्त मैले इज्जत गर्नुपर्नेछ धीमहिलाई । झुक्नुपर्नेछ उनका हरेक हरफहरूमा ।

उनीभित्र भएको परमात्मासँग मिल्न सकुँ ।

म आफूलाई आफैँले चिन्न सकुँ ।

गाजलले भरिएका धीमहिका आँखा ।

आँखामा आँसु र माद हुन्छ भनी ठानेको थिएँ तर आज आँखामा व्यक्तित्व पनि हेर्न पाइयो । भन्न मन छ- धीमहि, म तिमीलाई प्रेम गर्दछु । तर विडम्बना, मन वात्सल्यमा बिलिन्छ ।

म गाउँलेहरूले हुर्काएको गाउँको छोरा हुँ ।

तिम्रो प्रेम मलाई मिलोस् वा नमिलोस्, मेरो प्रेम तिमीलाई सधैँका लागि छ । तिम्रो प्रेम आँखाका इशारामा गाजलका पींधमा ।

हृदयको गति बढेको छ।

मनमा गाउँको यादले पिरोलेको छ।

आफन्तको मायाले सताएका छ।

सेती र कालीझैँ पवित्र गङ्गा भएको छ मन।

सोच्दछ- दुनियाँलाई देखाएर सिन्दुरले सजाएको मान्छे त पराइ भैदिन्छ झन् दुनियाँसँग लुकाएर मनमा सजाउनुपर्ने मान्छे भोलि कसरी आफ्नो होला ?

होइन, प्रेमले सम्झौता खोज्दैन।

प्रेमले समर्पण सिकाउँछ।

समर्पणले नै सम्बन्धहरू बाँचिरहन्छन्।

धीमहि समर्पणले भरिपूर्ण नारी हुन्।

राम्रो जीवन जिउनका लागि पैसा होइन, असल साथी चाहिन्छ, जो मूल्यले होइन भाग्यले पाइन्छ।

धीमहि भाग्यले भेटिएकी साथी हुन्।

होइन अब देवीका चरणमा फूलपाती चढाएर नै बाहिर जाउँला, सबै ठिक छ।

मन्दिरका भित्तामा झुन्ड्याइएको ऐनातिर इशारा गर्दै धीमहिलाई प्रश्न गर्दछ वितुर- तिमीलाई थाहा छ, यो ऐना किन यहाँ राखेको हो ?

यसै ऐनामा वितुरले धीमहिका आँखाको नजरअन्दाज गर्दै थियो। धीमहिलाई त्यो कुरा थाहा थिएन। ऐनामा आफ्नो र वितुरको अनुहार देखेर धीमहि आत्तिएजस्तो गरिन्।

मौन हुँदै वितुर भन्छ- आत्तिनु पर्दैन।

धीमहिका मुखबाट बोली फुट्दैन। लजालु पारामा टाउको हल्लाउँदै इशारामा उत्तर दिइन्- थाहा छैन।

सायद मन्दिरमा पुजारी नहुँदाका बखत भक्तजनहरूले त्यसै ऐनाका सहारामा आआफ्नो निधारमा टीका लगाउँछन् होला, होइन र ?

वितुर र धीमहि दुवै जनाका अनुहार ऐनाको परिधिमा त्यो ऐनाले मन्दिरमा दर्शनार्थीजतिलाई सत्य बोल्नुपर्छ भनी सिकाउँछ।

त्यो ऐना आफूले कहिल्यै पनि झूटो बोल्दैन र अरूहरूबाट पनि त्यही अपेक्षा राख्दछ। जजसका रूप र अनुहारहरू जे-जस्ता छन् उसलाई उस्तै देखाइदिन्छन् ऐना।

छलकपट र झूटा बोल्ने साहस यसले गर्दैन।

मन्दिरमा दर्शन गर्न आउने दर्शनार्थीहरू सबैले ऐनाको भाव बुझी ऐनाको जस्तै काम सिकिदिएको भए समाज नै मन्दिरमय बन्थ्यो होला।

मन्दिरका पुजारीहरूले आत्मग्लानि गर्दैनथे होलान्।

हुन त नाता सम्बन्धहरूका आआफ्नै स्वार्थहरू होलान्, समाजसँग जोडिएका, नाम, दाम र सम्मानको प्रतिस्पर्धामा बढ्दो समाज आज हाम्रा सामु छ।

जसले जेसुकै सोचुन्, तर तिमी र म ऐनामय भएर एकार्कामा बाँधिनुपर्दछ।

हुन त यी सबै कुराहरू भगवान्का नियन्त्रणमा हुन्छन् तर पनि म तिम्रा अघि ऐनामय भएर उभिन पाऊँ। बाँकी तिम्रो जिम्मामा, घर समाज र सृष्टि अनि प्रेम, पूजा, मनको मन्दिरमा समर्पणको धन बनिरहोस्।

धीमहिका दायाँ हातमा फूलपातीले भरिएको टपरी छ।

वितुरको नजर टपरीका पातीमाथि, टिपेर टपरीमा राखेका फूलहरू रङ्गीचङ्गी छन्।

दुर्गाका चरणकमलमा समर्पित गरिसके उप्रान्त समर्पित फूलहरू ओइलाउँदै जानेछन् र बिर्सनेछन् हाँस्न सदा सर्वदाका लागि, किनकि बोटबाट अलग भइसकेपछि त्योभन्दा बढी हाँस्न पाउँदैनन्।

त्यस्तै, सत्य आत्माहरूका बीचमा आडम्बरी झूटो माया बाँच्न सक्दैन। आत्माले सत्यको खोजी गरेको दिन झूटा माया देखाउनेहरू ओइलाएर जान्छन्। टिपेका फूलहरूझैँ गरी। हुन त सबै बगैँचाहरूमा फूल पनि कहाँ फुल्छन् र ? त्यसैले फुलेका बगैँचाहरूमा मालीले मल पानी थप्दै जान्छ, फूलको जतन गर्नका लागि।

म तिम्रो जतन गर्न सकौँला वा नसकौँला तर मेरो प्रयास सधैँ तिम्रा सम्मानका लागि।

वितुरका आँखा र मनका परिधिमा धीमहिको भाव। वितुरका आत्मामा धीमहिका तस्बिरहरू।

फूलका टपरीमाथि धीमहिका लाखौँलाख तस्बिरहरू तैरिँदै छन्, वितुरका नजरअन्दाजमा।

- कतै हाँस्दै गरेकी।
- कतै दोपट्टा तह लगाउँदै गरेकी।
- कतै शृङ्गार गर्दै गरेकी।
- लामो कपाल र सुन्दर अनुहारकी धीमहि।

धीमहिका तस्बिरहरू एकपछि अर्को दौडिन्छन् र पछ्याइरहे वितुरका परेलीका पीँधमा।

वितुर दाँज्ने प्रयास गर्दछ।

छेउमै देवीमाताको प्रतिमा छ।

छेउमै धीमहिको अनुहार।

प्रतिमा थुप्रै फूलपाती र अक्षताहरूले भरिभराउ। धीमहि कुर्ता-सुरुवाल र दोपट्टाले।

भगवतीको प्रतिमा मौन छ, श्रद्धा र आस्थाले भरिएको, मन्दिरका नीतिनियम र कानुनले दायराभित्र राखेको।

धीमहि निर्भीक छिन्। कसैले निर्दिष्ट गरेको सिद्धान्त अथवा स्वार्थको गान वा भजन गाउन उनका अहम्ले दिँदैन।

मन्दिरका प्रतिमासँग मेरो पनि आस्था र श्रद्धा गाँसिएझैँ धीमहिसँग मुटु र प्राण गाँसिएको महसुस भयो।

म लामो सास तान्दै टपरीमाथि तैरिइरहेका धीमहिका तस्बिरहरू एक घुट्का निल्दै छु र बल्भिन्छन् तस्बिरहरू रगत र नसानसामा केहीबेरदेखि अवरुद्ध मेरो सासले निरन्तरता पाएझैँ गरी। मन मस्तिष्कमा भगवतीको प्रतिमा छ, मुटु र सासमा धीमहिको।

गुन्युचोलीमा सुसज्जित सिन्दुर-पोते पहिरेकी, जोबन र यौवनले भरिएकी महिलाको पालो आउँछ, भगवानूसँग प्रार्थना गर्ने । योपछि हाम्रो पालो । लाइनबद्ध भएर म र धीमहि उभिइरह्यौँ ।

कम्मरमा बाँधेको पटुकीबाट जतनका साथ निकालिन् एउटा तस्बिर र राखिन् पुजारीका अगाडि ।

बिस्तारै बिसाइन्, हातमा बोकेको एक पोका मार्सी धान र एक पोका मार्सी चामल भगवान्का प्रतिमा अगाडि ।

निःशब्द उभिएकी यी युवतीका अनुहारमा रोदन छ अलौकिक आकर्षण छ र दौडिइरहेछन् वेदनाका ढुकढुकीहरू । मानौँ सुन्दर निलो आकाशमा एकाएक ताराहरू खसेजस्तो, हुरी र आँधीभित्र धर्तीको अस्तित्व समेटिएको जस्तो ।

यस्ती यौवनले भरिपूर्ण युवतीमा यति ठूलो पिरको भारी, पुजारीलाई फोटो देखाउँदै भनिन्-

यी मेरा बैकान हुन् । पाँच वर्ष भइगयो । उनीकन धन कमाउन परदेश गयाका । खबर बात आथिन् । रैबार नसुनीकन म बस्याकी छु । कै कन सोध्न जानु । कै कन गुहार माग्न जानु ।

यो फोटामा हेरीकन राम्रासित प्रार्थना अरिदिनु पऱ्यो पुजारीज्यू । कसरी के अऱ्याले हुन्या हो, मेरा बैकानको पत्ता अरी दिनुपऱ्यो । दुर्गामाताले राउने अरिकन यो फोटो दुर्गामातालाई देखाइदिनुपऱ्यो ।

दुर्गामाताले रायो कि राएन राम्रासँग बिन्ति अरिदिनुपऱ्यो ।

मेरा घरमै अभ्यागत सासू-ससुरा छन् । म एक्लो ज्यानले क्या क्या अरूँ । कसरी घर धान्नु, वन सामु कि घर सामु ।

मेरा बैकान कन खोजी अरिदिनुपऱ्यो ।

परेलाभरि आँसु भरिएका छन्, क्षतविक्षत मुटुले बिन्ती गर्दै छिन्, देवीमाताका प्रतिमा अगाडि ।

अगाडि थपिन्- सुबेदारसँग रिन काडी बिहे अऱ्याको, त्यै रिन तिर्न परदेश गएका मेरा बैकान पत्ता अरिदिनुपऱ्यो ।

म कन हडिहडि जुम्लाबाट आएकी हुँ । बागेश्वरीका मन्दिरमै प्रार्थना अऱ्याले मनमा सोचेको कुरा पूरा हुँदो छ भणि सुन्याकी थियाँ । त्यसैले म मेरा मनको व्याथा बिसाउन आयाकी हुँ ।

हे परमेश्वरी ! हे बागेश्वरी ! मेरा बैकानको खोजी अरिदिनुपऱ्यो । मेरो प्रार्थना सुनिदेऊ हे माता ।

चामलको पोका मूर्तिमा भोग चढाउनका लागि हो, धानको पोका रानीतलाउ छेउमा छर्किन् ।

धानमा शक्ति हुन्छ, बोयाले उम्रन्छन्, चामलमा उम्रने शक्ति हुँदैन ।

चामल र धानको भिन्नता यही हो । त्यसैले चामल र धानको पोका छुट्टाछुट्टै ल्याएकी हुँ ।

पुजारी मौनतामा वेदनाहरू सुनिरहे, हातमा फूल र पाती बोकेर । पुजारीले यी महिलालाई फूलपाती दिँदै भगवतीका प्रतिमामा चढाउन अह्राए ।

फूलपाती चढाएपछि प्रतिमामा दण्डवत प्रणाम गर्न लगाए । दुर्गामाताले यिनको वेदना सुनिन् वा सुनिनन् तर पुजारीले सुनेजस्तो लाग्यो । टपरीमा फूलप्रसाद राख्दै दिन्छन् र भन्छन्- दुई महिना वर्ष दिनभित्रमा तिम्रो श्रीमान्‌को खबर पत्ता लाग्छ, कि चिठीपत्र आइपुग्छ, कि उनी आफैँ घर आइपुग्ने योग छ । भगवती माताको कृपा भइरहोस्, चाँडोभन्दा चाँडो तिम्रो श्रीमान् (बैकान) घर आइपुगुन्...।

परेलाका आँसु तह लगाउँदै प्रतिमालाई दण्डवत प्रणाम गर्दै प्रसाद लिएर महिला बसिरहिन् । श्रीमान् आउलान नआउलान् तर थप एक वर्ष उनको आशा थपिएको छ । उनी आशामा कुरिरहनेछिन् हराएका श्रीमान्‌को, कमाउन मुगलान गएका श्रीमान्‌को ।

चाँडै उनका श्रीमान्‌को पत्ता लागोस् । यो परिवारको पुनर्मिलन भगवान्‌ले चाँडो गराइदिऊन् ।

हो, नारी सृजनशील शक्ति भएकी धान हुन्, धानमा उत्तम शक्ति हुन्छ त्यसै शक्तिले उनी घर, वन समालिरहेकी छिन् धैर्यका साथ... ।

धीमहि पनि धान हुन् सृजनशीलता बोकेकी, म चामल हुँ ।

म सृजनशील नभएको पुरुष ।

धैर्यको कमी भएको।

अवश्य धीमहि धान हुनु, म चामल।

धान र चामलमा झैँ नारी र पुरुषमा भिन्नता छ।

सम्बन्ध खोज्नेहरूका लागि आस्था र श्रद्धाभित्र करुणा बाँचेको हुन्छ, त्यसै करुणाका छत्रछायामा माया हुर्केको हुन्छ।

मायाले दिव्य आत्माको खोज गरिरहन्छ।

मायाले पुकार गरिरहन्छ।

मायाले सम्बन्धहरूलाई जीवन्तता प्रदान गर्दछ। भगवान्ले प्रदान गर्ने माया फरक हुनुपर्दछ, भगवान्ले प्रदान गर्ने आशीर्वाद फरक हुनुपर्दछ।

हरेक मानिसका आआफ्नै कथा, व्यथा र कहानीहरू छन् । यति धेरै कथा कहानीहरूलाई सम्बोधन गर्न सक्ने भगवान्लाई कोटि कोटि प्रणाम छ।

फूल-प्रसाद थापेर बाहिरिँदै गरेकी यी युवती पनि कसैकी श्रीमती रहिछिन्, उनका कथाव्यथा, आँखाको नानी हराएकी, बाँच्ने आधार हराएकी।

सँगै बाँच्ने र सँगै मर्ने तथा जीवनभरि साथ दिन्छु भन्ने मान्छे हराएकी।

दिउँसोको सूर्य र रातिकी अँधेरी छुट्याउन बिर्सेजस्ती।

तिनको कथा कम कारुणिक छैन गाउँका बस्तीभित्र। घरबाट निस्केपछि आफ्नो श्रीमतीको माया बिर्सेर अर्काकी श्रीमतीको ओछ्यानको मूल्य तिर्ने श्रीमानूहरूका चर्चा पनि बेलाबखत आइरहन्छन्। तर उनका श्रीमान् अवश्य पनि यस्तो कुलतमा नहुनु, माता भगवतीले यो जोडीको चाँडो मिलन गराइदिउन्, हाम्रोतर्फबाट पनि प्रार्थना छ।

श्रीमान् फर्किने बाटो कुरेर विरक्त भएकी, खेतबारी बाँझै छन्। श्रीमान् सहर पसेदेखि सारा अशुभ समयले सुन्दर जवानी जहर बनाइदिएको छ।

सानदार सफेद हृदय अँध्यारो भएको छ। मन्दिरभित्र भगवान्लाई भोग चढाए पनि मनमा शान्तिको भोग चढाउन सजिलो रहेनछ।

मन्दिरभित्र तह तप्काहरू थपिएका छन् दिवालहरूमा । हरेक इँटाहरूमा वेदना भरिएका छन्, काली कर्णालीका व्यथा वेदना र चीत्कारहरू।

मन्दिरभित्रको माहोल परिवर्तन भइरहन्छ, दर्शनार्थीका भावना मुताविक, बर्खायाममा पर्ने भरी, बादल र हुरीझैँ गरी । पूजा गर्ने पालो आउँछ वितुर र धीमहिको, अघिअघि धीमहि र पछिपछि वितुर । पुजारीले करुवाबाट जल निकाले, छर्के धीमहि र वितुरको टाउकामा । हातमा बोकेको फूलपातीको टपरी धीमहिले पुजारीको अगाडि बिसाइन् ।

मन्दिरभित्रको माहोल परिवर्तन हुन्छ- पुजारीले शङ्ख बजाउँछन् । सिंहनाद गरेझैँ आवाज आउँछ, पुष्पवृष्टि भएको भान हुने गरी ।

रोमाञ्चक र हर्षोल्लासमय समयको उज्यालो छाउँछ मन्दिरका दिवालहरूमा ।

पुजारीले अह्राएबमोजिम धीमहि र वितुरले भगवतीका प्रतिमामा फूलपाती चढाउँदै दण्डवत प्रणाम गरे । वितुरले केही फूलपाती चढाउँदै धीमहिको पनि पूजा गरे ।

तिमी अब उप्रान्त मेरा हृदयकी भगवती । तिमीलाई कोटि कोटि नमन । अब उप्रान्त तिम्रा हरेक मनोकामनाहरू यी बागेश्वरी माताले पूरा गर्नेछिन् । मेरा मनोकामनाहरू तिमीले ।

दुई आत्माको एक मुटु भएको क्षण ।

ईश्वरका शरणमा धीमहि र वितुर ।

भगवातीको मूर्ति पनि समय हेरी, भक्त हेरी रूप बदल्ने रहिछिन् । प्रेमिल माहोलमा प्रेमिल भगवती । मेरा शब्दहरूमा फिदाफिदा भएकी धीमहिका परेलीहरू आँसुले डगमगाएका छन् ।

प्यारका आँसु ।

हर्षका आँसु ।

एक अर्काप्रतिको समर्पणका आँसु ।

प्रेमिल माहोलमा मौन अनुहारहरू । मैले सोचेँ- सायद भगवान् सबैभन्दा बढी खुसी भएको समय यही हुनुपर्दछ ।

भगवान्‌ले देख्दै छन्- एउटा मान्छेले अर्काको हात समाएर एकअर्काप्रति बफादार रहने ।

एकअर्काको मर्का बुझ्ने ।

एकअर्कालाई सहयोग र सद्भाव गर्ने ।

प्रकृतिलाई पुज्दै प्यार गर्दै प्रतिबद्धता । भगवान्को कल्पना र संसार निर्माणको उद्देश्य पूरा हुँदै छ ।

गर्वले भगवान्को हृदय चौडा भयो होला । भगवान्ले चराचरको संसारलाई चलाउँदै तह मिलाउँछन् प्रकृतिको भगवान् चाहनुहुन्छ कि यो प्रकृति सुन्दर रूपमा सन्तुलित र सामञ्जस्य तरिकाले चलिरहोस् ।

पुजारीबाट प्रसाद ग्रहण गर्दै धीमहि र म बाहिरियौँ । मैले धीमहिका अतितप्रति चासो राखेँ- विगतका दिनहरू, विगतको प्यारो अतित तर धीमहिले ठिक यसका विपरीत हाम्रो आउने भविष्यको ।

हामीसँग बिताउनुपर्ने भविष्य कस्तो होला ?

थपिन्- खुसी पार्नु छ समाज र सजाउनु छ तिम्रो सपना ।

हर्ष र उमङ्गले भरिएका हाम्रा अनुहार फिदाफिदा भएका छन्, गहिरो कुवामा खस्दै गरेको सपनाजस्तो । मन मस्तिष्क लुलो भएर आयो- मानौँ दिमागका नसाहरू काम गर्न बिर्सिंदै छन् ।

धीमहिलाई रिँगटा लाग्यो र मेरो जिउमा आड लाग्दै सहारा खोजिन् । धीमहिलाई सघाउने प्रयास गर्दै थिएँ, विडम्बना मलाई पनि त्यस्तै व्यथाले सास निमोठेर ल्यायो ।

आँखामा अँध्यारोले छोप्दै छ भन्ने भान भयो ।

टोलाउँदै आकाशतिर हेरेँ, उदीयमान सूर्यका प्रकाशमय किरणहरू, बिस्तारै अँध्यारोमा बिलीन हुँदै छन् भन्ने भान भयो ।

राति हो वा दिउँसो, छुट्याउन मुस्किल भयो ।

धीमहि सुस्तरी आकाशतिर चिहाउँदै छिन् । सूर्यका अनगिन्ती किरणहरू जस्तै सपनाका आशाहरू मनभरि केलाइन् । धीमहिले भनिन्- वितुर, तिमी मेरो मनको सूर्य हौ, र ती किरणहरू मेरा सपना ।

मसँग अनगिन्ती सपनाहरू छन्, थुप्रै रहर पनि ।

यो सहर र सहरिया जीवनले नचिनेका मेरा रहरहरू उप्रान्त तिम्रो मनको फूलबारीमा ।

मैले धीमहिलाई सघाएँ ।

इशारा गर्दै मन्दिरको पेटीमा बस्न अह्राएँ। धीमहि र म पेटिमा बस्यौँ। थरथर काँपिरहेकी धीमहिको जिउ बसेपछि थोरै शीतलता महसुस भएझैँ भयो। पिपलबोटबाट चहार्दै गरेका हावाका झुप्पाहरूले सास फेर्न राहत पुऱ्याएजस्तो भयो।

धीमहिले मलिन स्वरमा प्रश्न गरिन्- हामीभन्दा अगाडि मन्दिरमा प्रार्थना गरिरहेकी ती श्रीमतीका श्रीमान् धन ल्याउने आशामा परदेश गएका र आजसम्म खबर केही पत्तो नलागेको... । कतै तिमीले पनि मलाई विवाह गरेर पहाडमा राखेर तिमी राजधानी पसेपछि उतै हराउने त होइनौ ? पढाइ अपुरै छ भन्छौ। भविष्य बनाउन जानैपऱ्यो, प्रतिस्पर्धाको जमाना छ, घरमै बसेर जीवन कहाँ चल्छ र ?

वितुरले भन्यो- हेर धीमहि, तिमी र मेराबीचमा लोग्ने-स्वास्नीको जस्तो सम्बन्ध पनि त छैन नि। तिमी र म असल साथी हौँ र भविष्यमा श्रीमान्-श्रीमतीको नाता सम्बन्धमा परिणत हुने विश्वास न हो। अब ममाथि भरोसा राख्न सक्ने ठाउँ देख्दिनौ भने हामी आआफ्नो बाटोमा लाग्न सक्छौँ। प्रतिज्ञा गरेको मात्र हौ, निभाउने समय आउन बाँकी नै छ।

धीमहि मेरो रूखो आवाजप्रति कुनै प्रतिक्रिया नजनाएजस्तो गरी सुनिरहिन् र जुधाइरहिन् आँखाका भावहरू। उनले बुझेकी छिन् वितुरले उनलाई कतिको माया गर्दछ भन्ने कुरा।

मैले धीमहिलाई पहिलोपल्ट भेट हुँदाका बखत सुझाएका यथार्थ अतित कोट्याएँ-

नितान्त, पहाडको गाउँमा मेरो दिनचर्या।

खेतबारी गर्नुपर्दछ।

दाउरा ल्याउन जङ्गल जानुपर्दछ।

खोला र खोल्साहरू तर्नुपर्दछ।

घाँस काट्न रूखमा चढ्नुपर्छ।

वस्तु भाउहरू पाल्नुपर्दछ।

खेती किसानी गर्नुपर्दछ।

खेतबारीमा गोबर मल बोक्नुपर्दछ।

मेरी आमाको यो नित्य दिनचर्या हो, मेरी आमा प्रारम्भमा विश्वास गर्छिन्- वेदान्तले त्यही भन्छ रे पुरुषार्थले प्राप्ति हुन्छ । उकाली-ओराली गर्दा पहाडको बाटोमा सजिलो चाहिँ छैन, तराईका फाँटमा तेर्सो बाटो हिँडेजस्तो । यो सबै कुरामा तिमीले सहमति जनाएकी नै हौ । आमालाई सघाउन सक्छु भनेकी नै हौ । बाँकी दिनहरू भगवान्‌का हातमा छन् ।

धीमहिले कल्पनासम्म नगरेको दिनचर्या मैले दोहोऱ्याउँदा हातमा हात मिलाउँदै उनी उभिने प्रयास गर्दछिन् ।

भनिन्- मलाई मायाले फकाइरहनु ।

मलाई विश्वस्त पारिरहनु ।

बाँकी जीवनका लागि यी कुरा त्यो पहाडको जीवनशैली, आमाका नित्य दिनचर्याहरूभित्र म आनन्दित भइरहुँली, म प्रयास गरौँली र समाली राखौँली तिम्रो पहाड ।

तिम्रो खेतबारी ।

तिम्रा गोरेटाहरू ।

मैले थपेँ- हेर धीमहि, यी त भए दिनचर्याका कुराहरू परिवर्तन भइरहन्छन् । समयले मागे जसरी मेरो प्रतिबद्धता छ । तिम्रो आस्था र विश्वासलाई निस्वासमा परिणत हुन दिनेछैन । म यस धर्तीमा ज्युँदो रहुन्जेल, मात्र तिमीबाट चाहन्छु कि तिमी मेरा वात्सल्यको विरुद्धमा उभिएको दिन मैले देख्न नपरोस्, अरू जीवनका हिसाब किताबहरू तिमी र म मिलेर मिलाउँला, अवश्य पनि जुन दिन तिमीबाट मेरो वात्सल्य अपहेलित भएको मैले महसुस गर्नेछु त्यही दिनबाट तिम्रो र मेरो सम्बन्धका बीचमा रेखा कोरिनेछ ।

प्रश्नहरू उब्जिनेछन् र विस्तारै माया छायामा परिणत हुनेछ ।

विश्वासको घरमा आस्थाको कमी ।

सोच्नु अब उप्रान्त तिमी र म सँगै हुनेछौँ । समाज र दुनियाँका निम्ति मात्र, कहिलेकाहीँ आफ्नो अतितलाई यति धेरै माया गर्न मन लाग्दोरहेछ, अतितले पनि मलाई औधि माया गरेजस्तो कहिले मेरो मन अतितसँग खेल्छ भने कहिले अतित मेरो मनसँग । मेरो अतित, मेरो वात्सल्य र मेरी आमा हृदयका स्पन्दनहरूमा ।

जीवनमा अघि बढ्नका लागि उतारचढाव आउनु जरुरी छ, किनकि सफलता कहिल्यै पनि सीधा र सहज बाटोबाट आउँदैन । म संसारका जुनसुकै मूल्य र मान्यताहरूसँग पनि सम्झौता गरौँला, तिम्रो खुसीका लागि, तिम्रो सम्झनाका लागि ।

मेरो कुरा सुनेर धीमहि बोलिन् । मलाई आत्मविश्वास गराउन खोजिन्- तिमी पनि कस्तो कुरा गर्छौ, मेरो पनि वात्सल्य छ, मेरी पनि आमा छिन् । म मेरो वात्सल्यलाई मुटु सम्झिरहेँ । तिम्रो वात्सल्य मुटुमा दौडिने प्राण सम्झिनेछु । मेरो मनोभावनाले भ्याएसम्म तिम्रो भावनाको जतन गर्ने प्रयास गरिरहनेछु ।

तिमीलाई थाहा छ शरीरको पनि सीमा हुन्छ । भोक लाग्छ । विमार हुन्छ । थकावट हुन्छ । तर, चाहनाको सीमा हुँदैन । तिम्रो अतित मेरो चाहना । यो जन्म होइन, जन्मौँजन्मका लागि म तिम्रो परिवारकी सदस्य बनौँला । निःस्वार्थ तिमीलाई प्रेम गर्ने आमाबुबा पछिकी तिम्रो सफलतामा रमाउने तिम्री सदस्य । तिमीलाई दुख्ने शब्दले मलाई पनि दुख्नेछ । अन्तिम बिन्दुमा चाहिने परिवार नै हो । बचाउने र सघाउने भनेकै परिवारले नै हो । जन्म दिने आमा र कर्म दिने बुबाको आशीर्वाद सधैँ मिलिरहोस् ।

तिम्रो व्यक्तित्व, तिम्रो चालचलन, तिम्रो व्यवहार र बोलीमा भगवान्‌को कृपा भइरहोस् । नियतिले पनि खेल खेल्दो रहेछ । छोरी मान्छेको भाग्य पनि जन्मघर छोडेर कर्मघर आफ्नो हुने । कर्मघरमा नयाँ समाज हुनेछ । नयाँ परिवेश हुनेछ । नयाँ रीतिरिवाज र नयाँ परिवार हुनेछ । यी सबै नयाँ उपमाहरूमा तिमी मेरो भइदिनु । मलाई समाल्नु र म तिम्रो अतितलाई । समाज र परिवार मात्र होइन, धर्ती पनि मेरा लागि नयाँ हुनेछिन् ।

म तराईका फाँटहरूमा पुलकित भएर हुर्केकी ती पहाडका डाँडामाथि अटाउँला नअटाउँला समयले नै निर्धारण गर्ला । सास फेर्नै गाह्रो हुन्छ होला ती पहाडहरूमा, कसरी उक्लिन्छन् होला मानिस ती चुचुराका पारिपट्टि । चिसो हावा र चिसो पानी हुन्छ होला, पहाडका बिचोबीच गोरेटो बाटो हुन्छ अरे । त्यो बाटो कहिलेकाहीँ माथिबाट खस्दै गरेको ढुङ्गाले भरिभराउ हुन्छ अरे, हिँड्नै नमिल्ने गरी ।

मैले धीमहिका कुरामा सहमति जनाउँदै थपेँ- त्यति मात्र कहाँ हो र, ती गोरेटोमा तिमी र म हिँडिरहेको बेला गल्र्याम्म पहाड खसेर तिमी र म त्यही बाटोमा पुरियौँ भने नि... ।

धीमहिले भनिन्- सँगै पुरिन पायौँ भने राम्रै होला । म तिमीलाई अँगालो मार्दै सहुँला । त्यो पहाडले दिने अल्पायुको मृत्यु चिच्च्याउने छैन चीत्कारका आवाज ।

तिम्रो नाम लिँदै वितुर-वितुर भन्दै बिदा गरिदिउँला जिन्दगीलाई र कुरिरहुँला बैकुण्ठमा तिम्रो आउने दिन । तर एक्लाएक्लै पुरिनु नपरोस्... ।

भयो अब मलाई नडराऊ । म तिमीसँगै जाने हो । तिमीसँगै हाँस्ने हो । तिमीसँगै बाँच्ने हो ।

धीमहिले नजरअन्दाज लगाइन्- गाउँदेखि राजधानीसम्मका थुप्रै अनुभव बोकेको वितुर निसङ्कोच, निश्चल र आफ्ना भावनाहरू मैले बुझ्ने गरी प्रस्तुत गर्दछ ।

सुनेकी थिएँ- केटा मान्छेहरू घमण्डी हुन्छन्, कुरा लुकाएर गफ गर्दछन् । तर उसमा निश्चलता छ आफ्ना यथार्थ अतितमा उभिन सक्छ । उसलाई मतलब छैन उसको अतित मलाई मन पर्छ वा पर्दैन । उसको प्रतिबद्धता र भावना मेरा लागि स्वीकारोक्ति छ वा छैन । तर, ऊ प्रस्ट्याउन चाहन्छ उसले चाहेको, खोजेको मान्छेले उसको अतितप्रति माया राखोस् ।

बाँचिरहोस् उसको आस्था ।

बोलिवचन र व्यवहारमा पनि उसलाई संसारका हिसाबकिताबसँग कुनै प्रवाह छैन ।

हुन पनि सत्य त्यही नै हो ।

गल्तीमा माफ गरिदिने आमाले मात्र त हो नि, अरूले त नभएको गल्ती पनि देख्छन् । चल्तीको जमानामा धोकेबाजहरूको भिड छ ।

मान्छेले एकले अर्कालाई बुझ्न नसक्नु नै सम्बन्धको अन्त्य हो । तर वितुर सम्बन्ध राख्न आएको हो ।

उसले मलाई बुझेर नै आएको हुनुपर्छ । अब मैले उसको भावना बुझ्नुपर्छ ।

सम्बन्ध तिम्रो मनसँग गाँसिएको छ, हृदयमा सम्झौता गर्ने ठाउँ छैन । सम्बन्ध आत्मा आत्माबीचमा गाँसिएको छ । हाम्रो सम्बन्धको स्वरूप अब परिवर्तन नहोस् ।

समय बित्दै जाँदा समाजमा गाइँगुइँ चल्नेछ- तर ती आवाजहरूले खासै अर्थ राख्ने छैन । तिम्रो र मेरो भावनाका बीचमा... । वितुर, म अब तिम्री अर्धाङ्गिनी हुन पर्खिबस्ने धैर्यबाट विचलित भइसकेकी छु ।

तिम्रा सपना पूरा हुन्जेलसम्म मलाई पर्खिन नभन बरु, म सघाउँला तिम्रा सपनाहरू पूरा गर्ने बाटोमा ।

म मलम लगाउने प्रयास गरौँला तिम्रा मनका घाउहरूमा ।

म छाया बनेर उभिने छैन तिम्रा सपनाका विपरीत ।

सके सघाउँला तर वाधा अड्चन हुने छैन- मात्र म चाहन्छु तिमी मेरो बन र मलाई तिम्रो बनाऊ ।

विदुर सोच्दछ-

पढाइ अधुरो नै छ ।

परिवेश बदल्नुपर्ने छ ।

घर-परिवार र समाजका सपना बोकी सहर पसेको गाउँले ।

समाजका कुरीतिविरुद्ध आवाज उठाउनु छ ।

यस्तो आधी बाटो हिँडिरहेको अवस्थामा हाम्रो भेट नभइदिएको भए पनि हुन्थ्यो । तर, भगवान्ले जे गर्छन् राम्रैको लागि गरेका होलान् ।

दण्ड अपराधीको इच्छाअनुसार हुँदैन ।

म अपराधी हुँ, धीमहिलाई माया गर्ने अपराधी ।

समयले दिएको दण्ड सहुँला, परेको टर्छ भन्छन् ।

उमङ्ग छ, जोस छ, जवानी छ र साथमा केही अधुरा सपनाहरू ।

नियतिले खेलाएको खेलमा हडबडाउनु हुँदैन । मन दह्रो गरी वितुर उभिन्छ । र धीमहि पनि ।

धीमहि सोच्दछिन्- सुन्दरता आँखामा हुन्छ वा हाँसोमा ? सुन्दरता हेर्नका लागि मात्र हुन्छ वा छुनका लागि पनि ?

जहाँ शब्दहरू बोल्न सक्दैनन् त्यहाँ आँखा बोल्छन् । तर वितुरका आँखामा आँखा जुधाएर आँखाको भाषा मैले पढ्न सकेकी छैन ।

छोयो भने सुन्दरतामा दाग लाग्न सक्छ, जसरी टिपेपछि फूलहरू ओइलाएर जान्छन् । सुन्दरता भावनासँग जोडिएको कुरा हो, यसलाई अनुभूत गर्न सकिन्छ ।

हृदयमा सजाएको प्रेमको दियो दुनियाँका रिसरागले निभ्न सक्दैन ।

प्रकृतिको नियम हो कि- मिलन हुन्छ विछोड हुनलाई ।

वितुर र मेरो मिलन बाँचुन्जेलसम्म चलिरहोस् ।

सोचेको र कल्पना गरेको संसारमा रमाउन मिलोस् ।

सामान्य पहिरनमा पनि मलाई वितुर विशेष लाग्छ, औषत उचाइ पनि मेरो जत्तिकै छ, उसका आँखा मैले पढ्न सकिनँ । भविष्यको अनिश्चितताभित्र हाम्रो जीवन, अब उप्रान्त मनले सपना र सम्भावनाका उडान भर्न सकोस्, मस्तिष्कको सही तर्क र ज्ञान दिन सकोस्, क्षितिज हेर्दै गोधूलि साँझहरूमा रमाउन पाइयोस् ।

मलाई वितुरको साथ मिलाइदिनु भगवान् । खराब नियति आएछ भने पनि सहन सक्ने शक्ति दिनु ।

सबैको एक दिन पालो आउँछ भन्थे, मेरो पालो आएको दिन आज बागेश्वरीको प्राङ्गणमा मन्दिरका हबेलीमा गाडिएका खम्बाहरू, घन्टी र नेजाले भरिभराउ भएझैँ वितुर र मेरो सम्बन्ध सद्भाव र मायाले भरिन पाओस् । रङ्गीन सपनाको कुवामा जीवन सजाउने तरङ्गहरू... ।

शब्दविहीन हुँदा रहेछन् कतिपय सवालहरू ।

मेरा हरेक कदममा साथ दिनु भगवान् ।

• • •

मन्दिर परिसरबाट बाहिरिँदै वितुर र धीमहि ।

वितुर शून्यतामा टोलाउँदै सोच्दछ- जिन्दगी सार्थक गराइदिने जिन्दगीको समीक्षा हो नारी ।

हरेक दुःखसँग लड्न सक्ने क्षमतावान् सृष्टिको जननी हो नारी ।

धीमहि नारी हो ।

म पुरुष ।

औकात खोज्ने नातागोताभन्दा हालात मिसाउने, एकान्तमा रमाउन मन पराउने पुरुष ।

सत्य कुरा त्यही हो एक दिन यो आफ्नै शरीरबाट एक मुठी सास पनि छुटेर जानेछ, अनि सकिनेछ शरीर र सासको नाता ।

शरीर र सासको सम्बन्ध ।

सम्बन्ध छ र पो जीवन छ ।

धीमहि र मेरो बीचको सम्बन्ध-

विश्वासको सम्बन्ध ।

विश्वासको सम्बन्धमा सौहार्दताको पुल।

जीवन घटनाहरूको समीक्षा भोलि आउने समयले गर्नेछ।

वर्तमान रङ्गीन छ र सुमधुर छ। धीमहिका साथमा मधुमासमय मीठो सम्झना, अनुभूतिको आभाससँग भावनाको समुद्र।

जीवन भनेको सम्झना बिर्सना हो।

सुन्दरताको के कुरा, उमेरसँगै बिलाएर जान्छ।

मौन समयले आनन्दित बनाएको छ।

न कसैसँगै बहस गर्न मन छ न कसैलाई बुझाउन मन छ।

मानिसहरूका हूलभित्र एकान्त खोज्नु छ र साथमा उभ्याउनु छ धीमहिलाई।

चाहेजति सबै मिलेको छ, सोचेजति पुगेकै छ। पढाइ, सहर, गाउँ, मन अमिलो गरी बस्नुपरेको क्षण थाहा छैन र नआओस् पनि। सकिए त केवल अतितका साँझहरू, सम्झना बोकेकै हुँ, गाउँदेखि सहरसम्म छुटेका साथीसँगी बेलामौकामा भेटेकै छु। मिल्नु छुट्टिनु त धर्तीको नियम नै हो।

जीवन चलुन्जेल सँगै हिँड्ने साथ चाहिएको हो, सँगै मर्छु भन्नेहरू झूटा आभासका बादल हुन्।

जसलाई देख्दा अनुहारमा उज्यालो छाओस्।

संसारसँग सम्झौता गरौँला तर मनमा खुसी भरिदिने धीमहि मलाई मिलोस् भगवान्।

धीमहिका सुकेका ओठ र कामिरहेको जिउले मेरो साथ मागिरहेको थियो।

मैले उनलाई सक्दो विश्वास दिलाउने कोसिस गरेँ। केही भन्नु र केही सिक्नुमा समय लाग्छ नै। अतितका कोखमा वर्तमानको जन्म हुन्छ। बित्दै छ अतित र जन्मिँदै छ वर्तमान।

एक्लैनी जाने बाटोमा सडक छेउछाउतिर बटुवा हिँड्ने सडक पेटी बनाइएका छन्। इँटाले छोपेका सडकपेटी। यिनै सडकपेटीमा हूलका हूल मान्छेहरू आवतजावत गरिरहेका छन्। धीमहि र म एक्लैनी बजार नजिकै पुग्दै थियौँ। सडकपेटीका बायाँपट्टि एउटा पिपल चौतारी बनाइएको रहेछ। सहरका बीचमा एक्लै पिपल।

पिपल चौतारी नजिक पुग्दै गर्दा मैले धीमहिलाई रोकिन अह्राएँ । यसै चौतारो छेउबाट चिहायौँ हामी जाँदै गरेको एक्लैनी बजार ।

ग्राहकको भिडले भरिभराउ ।

घरैपिच्छे घरहरू ।

एक आपसमा जोडिएका ।

थरीथरीका रङहरूले रङ्ग्याइएका ।

झ्याल, ढोका, कौसीहरू फलामे कवचले बन्द गरिएका, अस्तव्यस्त र त्रसित ।

सहरियाहरू पिँजडाका घरभित्र, धन, पैसा त धेरै कमाए होलान्, विडम्बना छिमेकी कमाउन सकेका रहेनछन् । धनका खोजीमा होमिएका सहरिया विश्वासमा रित्तिँदै गएका रहेछन् । विश्वासको कमी छ र पो घरलाई पिँजडामा बाँधे । सहरका पक्की घरभित्र विश्वास सकिएका मनहरू ।

हुन त सहरियाहरूको पनि आआफ्नै बाध्यता, क्षेत्र र जीवन यापनको शैली होला मेरो अनुमानभन्दा पर ।

पानको व्यापार राम्रै हुनुपर्दछ । यो बजारमा बटुवाहरूले पान चपाउँदै सडकपेटीमा जथाभावी थुकेर पूरै सडकपेटी रङ्ग्याएको छ ।

सडकमा साइकलका हूलहरू छन् ।

एक जना अधबैँसे उमेरको मानिस गाढा गेरु रङ्को सुरुवाल कुर्ता लगाएर सकीनसकी ठेलागाडी धकेल्दै छन्, सडकभित्रका हूलहरू पछ्याउँदै ।

पानीपुरी, चटपटे आयो ।

जसले थाहा पायो उसले खायो ।

पानीपुरी ।

बहुत स्वादिष्ट छ, हा जी हा जी ।

मैले हेर्दाहेर्दै ती गेरुवस्त्रधारी त्यसै हूलभित्र हराए ।

गाउँमा रमाएका जीवनहरूसँग दाँज्दै थिएँ, सहरिया हतारका जीवनहरू । मलाई लाग्यो यी आँखाले देख्ने कुरा देख्न छाडे, आँखाहरू पनि बेइमान भएछन् ।

सहरियाहरूको दिनचर्या हेर्न चिहाएका आँखामा गाउँघर र गोरेटो देखियो ।

विचारको बिस्कुनमा विश्वासको हात देखियो ।

मधुर तातो भयो गाउँघरको स्पन्दन ।

सुगन्ध छायो गाउँलेहरूको आभाको दिवासपनाको, लाटोकोसेरोझैँ दिग्भ्रमित हुदै थिए, धीमहिले सघाउन खोज्दै थपिन् ।

यो सहरको सत्यता हो यी हूलहरू ।

एक्लैनीका दिनचर्या हुन्, सत्यले कमजोर रहन दिँदैन । त्यसैले यो सहर दिन प्रतिदिन बलियो हुँदै गइरहेको छ । सहरियाहरूलाई ज्ञान सिकाउँदै आएको छ ।

दिन प्रतिदिन हूलका हूल ग्राहकहरू निडर भई थपिँदै छन् ।

सहरमा चलिरहेछन् व्यापार व्यवसायहरू । अवश्य पनि आर्थिक हिसाबले यी निकै उन्नति भएका ठोस् उदाहरण हुन् ।

यी हूलका हूल ग्राहकहरू, मध्यपश्चिम र सुदूरपश्चिमको भूभागमा यहीँबाट सामग्रीहरू पठाइन्छन् । यो सहर यहाँको मुख्य व्यापारिक नाका हो ।

राणा प्रधानमन्त्री जङ्गबहादुरको परिकल्पनामा यो सहर बसाइएको हो । हालसम्म निरन्तर छ ।

धीमहिका कुरा सुन्दै मैले सडकपेटीमा पट्याइएका इँटाहरू नियाले- आहा ! कति हूल मान्छेहरू ओहोरदोहोर गरे होलान् ।

कति थुप्रै पैतालाहरूले कुल्चे होलान् यी इँटामाथि, आआफ्नो उज्ज्वल भविष्यको खोजी गर्न आवतजावत गर्नेहरूले । पुर्खौंदेखि पिल्सिएका इँटाहरूसँग अनुभव छ, बटुवाहरूको वर्तमान र विगतको । यी पट्याइएका इँटाहरू बोल्न सक्ने भइदिएको भए थुप्रै अतितहरू सुन्न पाइन्थ्यो होला । सहर, सहरियाहरूको जीवनकहानी, दिउँसोको मात्र कहाँ हो र ? यी त राति पनि यतै हुन्छन् । सुनाउँथे होलान्- रात्रिको अँध्यारोमा गरिने कालोबजारीका कथाहरू पनि ।

भविष्यतः यी इँटाहरूले भन्न सक्लान् नसक्लान् तर अतित र वर्तमान राम्रैसँग भन्थे होलान् । कहिलेकाहीँ चिनेर पनि अपरिचित बनिदिनुपर्छ किनभने अर्थ नभएका सम्बन्धहरू गाँसिनुभन्दा मासिनु ठिक हो । पाएर हिँडिदिए, सकेर उभिइदिए, यति हो यी बाटोमा बिछ्याइएका इँटा र मेरो सम्बन्ध खासै हिसाबकिताब राख्नुपर्ने केही छैन ।

यतिकैमा शृङ्गारपटार गरी सजाइएको बडेमानको अग्लो घोडा मान्छेहरूका हूलहरू, साइकलका भिडहरूलाई पछ्याउँदै हामी उभिएको ठाउँमा आएर टक्क अडियो । घोडाले रङ्गीन गाडामा मलिन अनुहारका मानिसहरू बोक्दै थियो ।

घोडाचालक गहुँगोरो अल्लारे उमेरको केटा मानिस ।

दुईवटा अगाडिको सिट राखेको छु ।

बहुत जल्दी पुऱ्याइदिन्छु, अरे आइहाल्नुस् ।

'मीरा'-घोडा टाउको भुइँतिर गरेर रोकिरह्यो, आफ्नो मालिकले अह्राएबमोजिम ।

धीमहिले उत्तर फर्काइन्- भो-भो नाइँ, अहिले हामी नजाने । अनि घोडाको मालिक बुरुक्क उफ्रिएर गाडामा बस्यो जसरी ऊ ओर्लिएको थियो । मीरा मीरा आगे... ।

म निरीह हेरिरहेँ एक हूल मानिसहरू बोक्दै दौडियो घोडा गाडी । दक्षिण दिशातिर हिँडेको घोडा हेर्दाहेर्दै मान्छेका हूलभित्र हरायो, मेरा नजरले नभ्याउने गरी ।

धीमहिले भनिन्- यस्ता टाँगाहरू ओहोरदोहोर गरिरहन्छन् । यो सहरदेखि इन्डियाको नाकासम्म । त्यो नाकालाई रूपैडिया भन्छन् । एक्लैनी बजार र रूपैडियासम्म आवतजावत गर्ने भरपर्दो सवारीसाधन भनेको टाँगा नै हो ।

टाँगाका मालिकहरू कतिपय नेपाली छन् । कतिपय भारतीय । बिहानै पारिबाट आउँछन् । दिनभरि आफ्नो व्यवसाय गरेर साँझ फर्किन्छन् उतै । यिनीहरूले बोल्ने भाषा पनि मिश्रित नै हुन्छ, नेपाली र हिन्दी ।

मैले टाउको हल्लाउँदै धीमहिका कुरामा सहमति जनाएँ ।

धीमहि, ल हिँड । उः त्यता तलबाट अलि दायाँपट्टि हुँदै हाम्रो घर पुगिन्छ ।

धीमहि र म सडक पार गर्दै अर्को छेउतिर लाग्यौँ । धीमहिले अह्राएबमोजिम करिब दुई मिनेट हामी दुवै गल्लीको होहल्ला चिच्याहटको भिडभित्र मौन भएर हिँड्यौँ ।

हिँड्दै गर्दा हाम्रो ठिक्क अर्को दिशाबाट एक जना पाको उमेरका मान्छे हतार हतार हिँड्दै हाम्रो नजिकै पुगेर सोधे- ए नानी, स्वर्गद्वारी गेस्ट हाउस कहाँनिर हो बा ? मैले त बिर्सिएछु कि क्या हो ।

त्यो टाँगाले यहाँसम्म पुऱ्याइदियो, माथि गएर पहिलो आउने चोकबाट बायाँ जाने बाटोमा लाग्नू, त्यहाँबाट करिब दुई मिनेट बायाँ हिँडेपछि फेरि अर्को सानो चोक आउँछ ,त्यो चोकबाट दायाँतिरको बाटोमा हिँड्दै अगाडि जानु । त्यो सिसैसिसैको ठूलो घरको छेउकै अर्को घर हो भन्थ्यो ।

मैले कसो बिराएछु बा ।

यी वृद्धका अनुहारमा अनुभव र अनुभूति अनि जीवनदर्शनको भाव र आवेग तथा विचार र चिन्तनका भावहरू प्रस्ट झल्किँदै थिए ।

चौबन्दी कुर्ता-सुरुवालमाथि अस्कोट र ढाकाको टोपी पहिरेका अन्दाजी ७२ वर्ष जति उमेरका होलान् ।

यी वृद्ध छाताको लौरो बनाएर हिँड्दै छन् । साँच्चै भागदौडमा सामेल भएजस्ता ।

आफ्नो अस्तित्व चिन्न र चिनाउन सत्यको प्रतिस्पर्धामा भाग लिन हिँडेजस्ता ।

सपनाहरू उडाउने तुफानभित्र अभावको तातो सास बोकेजस्ता ।

आफू जलेर अरूलाई खुसी बनाउन हिँडेजस्ता ।

घामका रापले अलमस्त थियो निधार, विछोडको अनुभूति बोकेको हावाभित्र अभावको आत्मा पिल्सिएजस्तो भावमा रुमल्लिएका जस्तो देखिन्थे ।

धीमहिले राम्रोसँग कुरा बुझेझैँ टाउको हल्लाउँदै उत्तर दिइन्- त्यो त उता सुर्खेत रोडमा पो हो । अलिकति तलै, उता फर्केर दायाँतिर जानुपर्ने । उः त्यो बिजुलीको खम्बाबाट दायाँतिर । अनि अगाडि अलि फराकिलो ठूलो सडक आउँछ, त्यहाँबाट अझ दायाँतिर लाग्नुहोला ।

दस मिनेट दायाँ हिँडेपछि ठूलो सिसैसिसाको अग्लो घर छ । त्योभन्दा दोस्रो घर तपाईंले खोजेको गेस्ट हाउस हो । हामी पनि त्यतै नजिकै जाने हो ।

हामी त्यहाँ पुऱ्याइदिन्छौँ । सँगै जाऔँ ।

ती वृद्ध टक्क रोकिए । दुइटै हात भुइँमा टेकेकै छातामाथि सहारा खोज्दै उभिएर भने- भोक, पिर र अँध्यारो भविष्यको कथामा अँध्यारै थपिन्छ नि ।

त्यसो भए म त गलत बाटोतिर पो रहेछु। मैले नबुझेको सत्य हुलिया छुट्याउन गाह्रो पऱ्यो। लौ न नानी, उतैतिर जाँदै हो भने सँग जाऊँ।

मलाई पनि यो भुलभुलैयाको नौका पार गराऊ। धर्मै लाग्ला बा। म बूढो मान्छे, सहरमा घरहरू सबै उस्ताउस्तै लागे बा।

धीमहिले हातको इशारा गरिन्- लौ आउनुहोस्, सँगै जाऊँ।

एक्लैनीको छेउछेउ र साथमा थपिए बाटो बिर्सेका वृद्ध पनि।

मैले सोधेँ- हजुर कति टाढाबाट पाल्नुभएको हो ? टाढै जानुपर्ने हो कि ? यो गेस्ट हाउसमा अरू कोही आफन्त पनि छन् कि ? यो उमेरमा सहरको भिडमा एक्लै हिँड्दै हुनुहुन्छ।

टाउकाको टोपी मिलाउँदै उनले जवाफ फर्काए- आज अब म एक्लै छु। हिजो बुहारी र म थियौँ, आज उनीलाई रूपैडियासम्म पुऱ्याएर रेलमा बसाएर आएँ।

मेरो छोराकी श्रीमती। मेरो छोरा दिल्लीमा काम गर्छ। उनीहरू उतै बस्छन्। म यता घरमै छु। घर पनि हेर्नुपऱ्यो। परदेश त केही दिनका लागि हो। अन्तमा घरदेश नै चाहिन्छ बा।

हिजो हामी दैलेखबाट आएका हौँ। हाम्रो घर दैलेख हो। उः त्यो पहाडको पारिपट्टि।

वृद्ध मान्छे अलिक गफाडी नै छन्। बोलिरहन मन पराउने। मैले फेरि सोधेँ- तपाईं नेपालगन्ज आउनुभएको पहिलोपटक हो कि ?

उनले उत्तर फर्काए- होइन नानी, त्यो बेलामा धेरैपटक आइयो। अहिलेको जस्तो सवारीसाधनको सुविधा थिएन। सहर पनि यस्तो भरिभराउ भिडभाड थिएन।

हामी गाउँका अरू मिलेर समूहबद्ध भई आउँथ्यौँ। हिँडेर आइपुग्न दुई दिन लाग्थ्यो, राम्रै हिँड्न सक्नेलाई। नत्र तीन दिन।

डोकामा हालेर बोक्दै दाल, घिउ, मह लिएर आउँथ्यौँ। त्यो बेचेर लत्ताकपडा साबुन किनेर फर्किन्थ्यौँ।

त्यो जमानाको कुरा हो, चलन भिन्न थियो । यो बजार त्यतिबेलादेखिको हो । हाम्रां बाउबाजेले पनि यसै बजारबाट नुन गुड चलाएका हुन् । यो त बा, बाजे, बराजुका पालाको बजार हो । समय बितेको पत्तै भएन ।

उमेरले डाँडा काटेछ ।

जीवनको उमङ्ग सेलाउँदै गएपछि आँखाको नानी पनि कमजोर हुँदै जाँदो रहेछ । नजिकको वस्तु त राम्रै प्रस्ट देख्छु । टाढाको त्यति राम्रोसँग देख्दिनँ । के गर्नु हो ।

जीवन चलाउनै पऱ्यो, साँझ बिहान काम नगरी मुखमा माड लाग्दैन । वस्तु पाल्नै पऱ्यो । वन-खेत गर्नै पऱ्यो । भोका पेटले उमेर नभन्दो रहेछ । यस्तै छ आँखा देख्न कम भएदेखि, अझ दुःख थपिएको छ ।

उः त्यो पहाडको माथि भनेको सुन्नेबित्तिकै वितुर दायाँबायाँ हिँड्छ । तर आँखाले भ्याएसम्म कतै पनि पहाड देखिँदैन । वृद्ध मानिसले आफू पहाड नजिकै भएको भान गरेका होलान् । वितुरले वृद्ध मानिस नजिकै उभिएर समर्थन जनाउँदै उहाँका कुराहरूमा आफू सहमत भएको आत्मबोध गराउँदै जिज्ञासा राख्छ । बुहारी भारत गएकी, जीवन अनुभूति र जीवनचक्रका घुम्तीले हरेक दिन नयाँ पाठ सिकाउँदो रहेछ ।

आँखाका परेलीबाट आँसु बगाउँदै वृद्धले भने- छोरा उतै छ बा । के छोरा घर फर्किनु । बुहारी आएर फेरि उतै फर्किइन् ।

छोरा, उसकी आमा घरमा भएकी भए आमाको मायाले पनि उसलाई घर बोलाउँथ्यो होला । आमा सानै उमेरमा खाइसक्यो । म बुढाको उसलाई के माया लाग्नु । मैले मात्र माया मानेर नहुने रहेछ ।

धेरै रातहरू उसकै यादमा बिताएको छु । सोच्दासोच्दै आजभोलि निद्रा पनि बिरानो भइसक्यो । हुर्काएँ, बढाएँ । सपना देख्ने गर्थें- छोरा ठूलो भएपछि उसको घरजम गरिदिउँला । आफ्नो घरमा बस्ला । पुर्खाले आर्जेको माटो छ, मलाई पनि बुढेसकालको सहारा होला । छोरा ठूलो भएपछि राम्रा दिनहरू आउलान्, म पनि अतितको पीडाबाट मुक्ति पाउँला । तर खै मैले सोचेको कहाँ हुन्थ्यो । सपना नै त रहेछ जिन्दगी । कहिलेकाहीँ अप्ठ्यारो घुम्तीहरूसँग, कहिले उकाली र कहिले ओराली । कहिले कसैको साथ त कहिले एक्लै ।

धीमहिले थपिन्- नआत्तिनु बुबा, आत्तिनु हुँदैन । कति भयो तपाईंको श्रीमती बित्नुभएको ? कसरी बित्नुभयो ? कालगति कि अकाल ? दुःख लाग्यो । तपाईंको छोरा भारतमा रहेछन्, तपाईंको माया नमान्ने होइन होला, आफ्नो बुबाको माया कुन छोराछोरीलाई हुन्न होला । बुहारीलाई उता पठाएँ भन्नुहुन्छ ।

हेर म अभाग्गीको जीवन, कथा हो क्या कथा । दुःखको कथा । म जन्मँदा जन्म दिने आमाले भाग्य पनि दिन सक्ने भइदिएको भए सायद मैले पनि सुख भोग गर्न पाउँथैं होला ।

के गर्नु, भगवान्ले बाँडेको भाग्य सबैले भोग्नैपर्ने रहेछ । हुन त मिहिनेतका हातले भाग्य लेख्न सकिन्छ पनि भन्छन् । खै, मेरा जति मिहिनेत कसले पो गऱ्यो होला र !

भाग्यमा सुख भएन । म नौ वर्ष उमेरको हुँदा मेरो विवाह भयो । त्यतिबेला मेरी श्रीमती ६ वर्ष उमेरकी थिइन् ।

त्यो दिन म फुपूलाई भेट्न भनी मेरी फुपूको घर गएको थिएँ । फुपूको घरमा सुन्तला अति नै फल्ने, सुन्तला खान्छु र फुपूलाई भेट्छु भनी गएको बेला फुपूले आफ्नो देवरकी छोरीलाई बोलाइन् र मलाई सिन्दुर हाल्न अह्राइन् ।

मैले पनि फुपूले अह्राएबमोजिम गरैं । फुपूले भनिन्- ल तिमीहरू आजदेखि एकअर्काका भयौं । आफ्नै देवरकी छोरीको हात मलाई समात्न लगाइन् र भनिन्- यो तिम्री श्रीमती भई आजदेखि । भोलि घर जाँदा लगेर गएस् ।

फुपूका घरभित्र हामी उभिएरै कुरा गर्दै थियौं । बाहिर आँगनमा छिमेकीका बच्चाहरू बोलेको आवाज सुनियो । मेरो हातबाट आफ्नो हात खोस्दै उनी दगुरिन् । आँगनतिर एक हूल छिमेकी साथीसँगीमाझ सुरु भयो लुकामारी खेल ।

फुपू र म सुन्तला बारीतिर लाग्यौं । हामी बारीमा राम्राराम्रा पाकेका सुन्तला टिप्दै रमायौं ।

घाम डुब्नै लाग्यो, गोधूलि साँझको छाया । झोलाभरि सुन्तला लिएर हामी घर फर्कियौं ।

अँध्यारोले गाउँ घेर्दै थियो । डाँडामाथिबाट उज्यालो हराउँदै थियो ।

फुपूको घरमा आँगनछेउको अँगेनमा एकनास आगो दन्किरहेको थियो । कोइलाहरूले राप टाढैसम्म पुगेको थियो ।

फुपूले बैसन (बस्ने पिर्का) देखाउँदै भनिन्- उः त्यो बैसन लगेर आगो सेक्दै गर, म गाई दुहेर ल्याउँछु ।

फुपू ढुङ्ग्रो लिएर गाई गोठतिर लागिन् । म अगेनामा आगो ताप्दै थिएँ । पल्लो घरको छेउबाट आवाज आयो- लुख्खा पक्डियो, देखेँ देखेँ ।

लुकामारी खेल चलेकै छ- छिमेकीको आँगनमा । मलाई मैले घर छोड्नुभन्दा अघिल्लो राति साथीसँगीहरूसँग गोधूलि साँझका बेला खेल खेलेको याद आयो ।

त्यो दिन म र मेरा साथी मिलेर सांसारिक मायाको खेल खेलेका थियौँ । त्यहाँ केही साथीहरू झुमापट्टिका भयौँ, केही मेरापट्टिका ।

अनि झुमाका घरमा जन्ती लिएर गयौँ । झुमा र मेरो विवाह भयो माटोको कुण्डमा । माटाकै दाउरा, माटाकै आगो, माटाकै सेलरोटीसँग माटोको अचार ।

झुमालाई अन्माएर घर फर्किदा झुमा डाको छोडेर साँच्चिकै रोइन्, सम्झाउनै गाह्रो हुने गरी ।

आवादी गरेका खेतका पारिपट्टि ठूलठूला फाँटहरू छन् । गाई, भैँसी चराउने फाँट । यिनै फाँटका कान्लामुनि ठूलठूला ओढारहरू छन् । आठ-दस जना मानिस ओढारभित्र अटाउन सक्ने ।

ओढारका माथि सोत्तरका रूखहरू छन् । सुनसान झाडीहरू, टाढाबाट हेर्दा ओढार छुट्याउन गाह्रो पर्छ । यिनै ओढारभित्र हामी फाट्टफुट्ट खेल खेल्ने गरिरहन्छौँ ।

झुमाको घर र मेरो घरको दूरी त्यस्तै दुई मिनेटको होला । एक ओढारबाट अर्को ओढार । पछि झुमाले भनिन्- बा-आमाको याद आयो ।

झुमाको वास्तविक विवाह पोहोर साल भएको हो । विवाहपश्चात झुमा आफ्नो जन्मघर छोडेर दुलाहाको घर आएकी हुन् ।

झुमाका दुलाहा संस्कृत पढ्न हरिद्वार गएका छन्, झुमालाई आफ्नो घरमा भित्र्याएर ।

मैले एक दिन पहिले खेलेको खेलको बारेमा सोच्दासोच्दै फुपू आइपुगिन्, हातमा दूधको कुरे (दूध थाप्ने ठेकी) बोकेर ।

म एकान्तमयी भएको कुरा फुपूले पत्ता लगाइन् र सोधिन्- के सोच्दै छौ ? अत्यास लाग्यो कि ?

मैले फुपूलाई भनैं- होइन, सबै ठीक छ।

हे नढाँट्, तेरो अनुहारले बताउँदै छ।

मैले फुपूलाई हामीहरूले अघिल्लो दिन खेलेको सांसारिक मायाको खेल खेल्दा झुमा रोएकी र उनलाई सम्झाउन गाह्रो पर्‍यो भन्ने प्रसङ्ग सुनाएँ।

फाँटका कान्लामुनि भएका ओढारभन्दा फुपू अलि बढी नै भावुक हुनुभयो। फुपूको बाल्यकाल पनि यसै फाँटका छत्रछायामा व्यतीत भएको हो। तथापि म सानो छँदा हामी त्यता जान अलि डराउँथ्यौँ। बाघ बस्ने ओढार भनेर त्यतिखेर वनजङ्गल घना थियो। ती फाँटहरू झाडीले भरिभराउ थिए।

साँझपख डाँडामाथि घाम डुब्दै गर्दा बाघ गर्जेको आवाज आउँथ्यो- फुपूले भनिन्।

हा, भयो छाड। अब नजाऊ त्यतातिर। अतीतका सम्झनाले मन भारी बनायो। सुन, अब उप्रान्त अरूसँग विवाह गर्न मिल्दैन। तिमी सानै छौ र उनी पनि। तिम्रो सिन्दुर परेपछि उनी बिटुली भइन्।

अरूसँग विवाह गर्न मिल्दैन। अरूसँग विवाह गरिन् भने जातीय दाग लाग्छ। वर्णसङ्करहरूको जन्म हुन्छ। सिन्दुरको साइनोमा अन्मिएपछि उनी तिम्री भइन्, बाँचुन्जेलसम्मका लागि।

मैले सोचैं- विवाह भनेको यही हो त ? विवाहभित्रको जीवन। अब उनी मेरी भइन् अरे। म उनको हुन सकुँला वा नसकुँला, अब उनी सिन्दुरको साइनोमा अन्मिइन् अरे।

यो कुरा उनले बुझिन् कि बुझिनन्।

फुपूले पनि अलिक सम्झाइबुझाइ गरेर सोधेकी भए हुने। फेरि तिनका बाआमालाई नसोधेर थाहा नदिए के भन्लान् तिनले। एक आखर नसोधी, कल्पनामा डुबेको मनलाई सम्हाल्न गाह्रो भयो। मेरो मनलाई। मेरै मनका प्रश्न, मलाई आफ्नो जीवनसँग कुनै गुनासो र पश्चाताप पनि छैन।

आमाले पोतेको आँगन, बाले रोपेको फूलबारी। बिहानको मिर्मिरे उज्यालो होस् वा साँझको गोधूलि, मेरा लागि स्वर्गसमान छ।

यो स्वर्गमा रहने म भाग्यमानी हो । अब थपिने भइन् फुपूकी देवरकी छोरी । मेरी श्रीमती ।

दिनहरू मेरा नियन्त्रणमा छैनन् र छैन मृत्यु पनि ।

तर फुपू भन्छिन्- अब देवरकी छोरी बाँचुन्जेलसम्मका लागि ।

होइन, म बाँच्ने दिनहरू फुपूलाई थाहा पो छन् कि । मेरो बाँच्ने आयु फुपूलाई थाहा होला र भगवान्को आराधना गर्ने मान्छेलाई बढी ज्ञान हुन्छ अरे । फुपूलाई थाहा हुन सक्छ । मेरो फुपूजस्तै पाठपूजामा समर्पित मान्छे संसारमा थोरै छन् होला । फुपूजति भगवान्को नाम जप्ने थोरै होलान् ।

सबेरै उठेर नित्यकर्म सकी भगवान्को स्नान गराई भगवान्लाई स्नान गराएको जल चाखेपछि मात्र बाँकी दिनचर्या सुरु हुन्छ फुपूको ।

हाम्री आमाभन्दा उमेरले एक दशक जेठी हुन् रे फुपू । तर आमाभन्दा तन्दुरुस्त र बलिई छिन् फुपू । सायद भगवान्को जल चाखेर होला ।

अग्ली, गोरी, उज्याली हाम्री फुपू । एक पसर सखर दूधमा मिसाइन् र दूधले भरिएको ताउलो अगेनामाथि राखिन् ।

फुपू र म बात मार्दै अगेनाको राप तापिरह्यौँ । हेर्दाहेर्दै दूध उम्लियो । दूधको ताउलो उम्लिएर भरियो अनि अगेनाको छेउमै रहेका मकैका खोस्टा हतार हतारमा समाउँदै तिनै खोस्टाको सहायताले फुपूले दूधको ताउलो उठाइन् र लोटामा खन्याइन्, फेरि ताउलोमै खन्याइन् ।

दूध साडेपछि स्वादिष्ट हुन्छ क्या भन्दै दूध साडिन् । सखर मिसाएको दूध गाढा भयो । कस्तो गाढा देखियो हो, जीवन पनि त्यस्तै हो क्या, विवाह गरेपछि गाढा हुन्छ । सेतो गाढा । श्रीमान्-श्रीमती मिलेर असल जीवन चलाएपछि यस्तै हुन्छ । दूधमा सखर मिलाएझैँ, स्वादिष्ट ।

सायद फुपूलाई सेतै रङ मन पर्छ होला, दूधको रङ । हुन त सेतो रङ सफा राम्रो हुन्छ । सानो दाग लाग्दा पनि भद्दा देखिन्छ । सुन्दर छ, शान्त छ र जतनयोग्य छ ।

जीवन पनि सेतो रङझैँ श्रीमान् र श्रीमतीका बीचमा सेतै हुनुपर्छ भन्ने होला । फुपूको राम्रो रङ र मनपर्ने रङ पनि भएर होला, फुपूले आफूले पहिरिने लुगा सेतै छन् ।

ओढ्ने, ओछ्याउने, घरभरि सेतै सेता । बारीभरि फूल पनि सेतै सेता मात्र । मिल्ने भए ती सुन्तला पनि सेतै भइदिएको भए फुपू खुसी हुन्थिन् होला ।

प्रकृतिका देनहरू ।

ताउलोबाट साड्दै गरेको दूध गिलासभरि हालिन् र मलाई दिइन्– ल खा ।

अब मेरो पो को छ र । बुढेसकालको सहारा तैं त छस् । यो फुपूलाई नबिर्सेस् नि । हुन त कतिबेला भगवान्‌ले माथि बोलाउँछन्, बाँचुन्जेल आधार त चाहिहाल्यो, के भन्नु ।

अँगेनाको छेउनेर दूधको गिलास राख्ने ठाउँ बनाउन हातले गिलासभरि बल दिँदै खरानीको सतह मिलाएँ ।

गिलासभरि दूध छ ।

छेउमै फुपू ।

अगेनाको राप । मकैका खोस्टाले बुनेको चकटीमाथि पलेटी मार्दै फुपू बस्नुभयो । सायद दिनभरिको थकानले होला सुस्केरा हाल्दै दायाँ हातले दूधको गिलास तह लगाउँदै बायाँ हातको सहाराले अगेना नजिकै राखेका दाउरा आगोमा थप्नुभयो ।

आगोमा पर्नेबित्तिकै दाउरा दनदनी सल्किए । अगेनाभरि भरभराउँदो आगो भयो ।

आगो सल्केसँगै फुपूका अनुहारमा प्रसन्नता छायो । उज्यालो प्रसन्नता ।

एक घुट्की दूध पिउँदै भनिन्- हेर बाबु, कति राम्रो दनदन आगो बल्यो । चाँजोपाँजो मिलाएको जीवन पनि यस्तै राम्रै गरी बल्छ क्या । जीवन उज्यालो हुन्छ, आनन्दित हुन्छ... । जीवन हाम्रो नियन्त्रणमा हुँदैन । भगवान्‌का चाहना बमोजिम चलायमान भइरहन्छ । तर, जीवनको चाँजोपाँजो मिलाउने प्रयास हामीले नै गर्नुपरन्या हुन्छ ।

जीवन र जोबन ।

भगवान्‌ले चाहुन्जेलसम्म मात्र जीवन बाँच्न पाउँछ । कसैलाई थाहा छैन यसको आयु कति छ भनेर । एक दिन यो चोला छोडेर हामी सबैले भगवान्‌का घर जानुपर्दछ । जीवन चलुन्जेल यो धर्तीको पाहुना हौं । जन्मदेखि मृत्युसम्मको समग्र अवस्था भन्नु नै जीवन हो ।

जोवन भनेको जीवनको एउटा चरण मात्रै हो ।

शारीरिक, मानसिक र भावनात्मक रूपमा ऊर्जाशील, आकर्षक र सक्रिय अवस्थाको बोध हो जीवन ।

आमाले पकाएको भात, बाले कमाएको पैसा पाउन्जेल राम्रै लाग्छ जिन्दगी । जब परिवारको जिम्मेवारी आफ्नो काँधमाथि आउँछ तब थाहा हुन्छ जीवन जिउन कति जाँचोपाँजो मिलाउन सक्नुपर्छ भन्ने कुरा ।

दुनियाँले नराम्रो भन्यो भनेर कहिल्यै दुःखी नहुनु । किनकि जुन रूखमा फल लाग्छ त्यसै रूखमा मान्छेले ढुङ्गा हान्ने गर्दछन् । ढुङ्गाले लाग्ने घाउको पनि चाँजोपाँजो मिलाउन सिक्नुपर्दछ । यो जीवन पनि रूखजस्तै हो ।

तर दुर्भाग्य, कुनै कुनै सम्बन्धहरू भिजेको दाउराजस्तै हुन्छन् । जो न राम्रोसँग बल्छन् न त निभ्छन् नै । जसले राप र आगोको सट्टा आँखाभरि आँसु थुपारिदिन्छन् । यस्ता सम्बन्धको पनि चाँजोपाँजो मिलाउन सिक्नुपर्छ ।

समयको खेल न हो ।

हिजो काम लाग्दैन भनी फालेका चिजहरू पनि भोलि खोज्दै हिँड्नुपर्ने समय आउन सक्छ । त्यस्ता चिज पनि चाँजोपाँजो मिलाउन सिक्नुपर्दछ ।

तर, जीवनमा सबैभन्दा रमाइलो क्षण भनेको हिजोको बालापन नै हो रहेछ । पवित्र जीवनको स्वर्ग, स्वर्णिम आनन्दमय । भगवान्का कृपाले तिम्रा यी बालापन स्वर्णिम भइरहुन् ।

खोला, जङ्गल, पहाडहरूका धार हुँदै माथि सगरमाथाका धारसम्म तिम्रा सपनाका उडानले सफलता हासिल गरिरहुन् । अनन्तसम्म तिम्रो सफलताको उडान चलायमान भइरहोस् ।

यो विशाल जीवनको जङ्गलमा तिमीलाई गोधूलि गुड मिलिरहोस् ।

धनसम्पत्ति होला-नहोला, धेरै थोरै त्यसले त्यति असर नपर्ला तर जोवनको भोग गर्ने चाँजोपाँजो मिलाउन जान्नुपर्छ । जीवनमा जवानीको भोग ।

फुपूका मुखारबिन्दबाट उपदेशहरू सुनिरहेँ । सन्ध्याकालीन बतासको उच्छवासले छुन सकेको छैन ।

अगेनाको राप छ, पारि मन्दिरबाट आरतीको शङ्खध्वनि सुनिँदै छ । विराट् आकाशमा सबैतिर फुपूका अर्ती उपदेश गुन्जिँदै छन् ।

म हेरिरहेँ उपदेशका उत्सुकताहरू । फुपूका अनुहारहरू र अगेनाको आगो हेरिरहेँ । निःशब्द म सुनिरहेँ, हेरिरहेँ ।

हाम्री फुपू कति खुसी देखिन्छिन् । खुसी त आफैँभित्र हुँदो रहेछ । खुसी हुने बहाना नचाहिँदो रहेछ । खुसी हुनलाई कुनै सपना पर्खनुपर्दो रहेनछ ।

फुपूका अनुहारमा कतै दुःखको अनुभूति देखिएन ।

संसारमा लुकाउन नसक्ने भनेको झूट, घाम र जून नै हो । पीडा त फुपूमा पनि हुँदो हो । एक्लो जीवन कटाउन सजिलो त कहाँ भयो होला र ? छाडेर जाने मान्छेचाहिँ साह्रै प्यारा हुन्छन् भन्छन् । ती प्याराका यादले पिरोल्यो होला । उद्देश्य बोकेको मान्छे एकाएक परलोक गमन भएपछि जिन्दगी हिँड्ने बाटो नै अँध्यारो भयो होला ।

सपना र रहरहरूले आत्महत्या गर्दा मन कति आत्तियो होला, मुस्किल भएर नै यसलाई जिन्दगी भनिएको रहेछ । प्रकृतिले कहिलेकाहीँ हामीसँग छलकपट गर्दो रहेछ । यो प्रकृतिको सृष्टि हो ।

प्रकृतिले सधैँ जितेर जान्छ । मान्छेको जीवनलाई आकारहिन बाटो जस्तो बनाएर गठिरहन्छ पटकपटक । फरक मोडमा सोचेजस्तो नहुँदो रहेछ जीवन ।

फुपू एकान्तमय हुँदै बोल्दै जानुभयो । जीवनका भोगाइहरू भन्नुभयो ।

सर्पले के डस्छ र ! झूटा सम्बन्ध गाँस्न आउनेहरूले पो डस्छन् यहाँ । त्यसैले यस्ता सम्बन्धहरूको पनि चाँजोपाँजो मिलाउन सक्नुपर्छ ।

कठिन समयमा जब जिन्दगीले अन्योलको भुमरीमा पारिदिन्छ तब त्यो अन्योलको भुमरीबाट बाहिर निस्कन सहयोग गर्ने पनि आफ्नै परिवारका सदस्य हुन्छन् । त्यसैले असल सदस्यको र असल साथीभाइको चाँजोपाँजो पनि मिलाउन जान्नुपर्दछ । आफू थाकेको बेला हौसला दिने मान्छे पाउनु भनेकै सफलताको सिँढी चढ्नु हो । त्यसैले साथीभाइ सङ्गत गर्दा शुभचिन्तकहरूको चाँजोपाँजो मिलाउन जान्नुपर्दछ ।

अदृश्य जीवनको गन्तव्यमा अप्ठ्यारो बाटाहरू आउन सक्छन् । पाइलाहरू मजबुत बनाउँदै यात्रा जारी राख्नुपर्दछ । माया खोज्दा पीडा उपहार दिनेहरू धेरै भेटिन्छन्, कसैले

रिसाउँदैमा कसैले नबोल्दैमा आफू बेखुसी हुन पर्दैन । यस्ता पीडा उपहार दिनेहरूलाई समयमै चिनेर यिनको पनि चाँजोपाँजो मिलाउन सिक्नुपर्दछ ।

कहिलेकाहीँ मनमा धेरै पीडा हुन्छन्, सहन नै नसकिने गरी । आफूले सहन गर्न नसकिने पीडा बाँड्न असल साथीसँगीको जरुरत पर्दछ नजिकका जीवनका सहारा ।

सबैको जिन्दगी फरक छ, विस्तारै उमेर बढ्दै गएपछि थाहा हुन्छ- उमेरसँगै तनाव र जीवनको बोझ बढ्ने रहेछ । तर, सुखदुःख साट्ने आफ्ना भने घट्दै जाँदा रहेछन् । सुख दुःख बाँड्ने आफ्नाहरूको पनि चाँजोपाँजो मिलाउन सिक्नुपर्दछ ।

गलत विचार मनमा सोच्नु हुँदैन, सत्यको बाटोमा हिँड्नुपर्छ । अरूलाई दबाएर आफू हाँस्ने सपना देख्नु पाप हो । समाजका अगाडि शिर झुकाउने काम कहिल्यै पनि गर्नु हुँदैन । राम्रो कर्मविना कुनै पनि चिज आफ्नो हुँदैन ।

जीवनका घुम्तीहरू त्रासदीका मात्र हुँदैनन् । कहिले समय त कहिले भाग्य सही हुँदैन । कठिन समय आउनुको पनि एउटा फाइदा छ । आफ्ना ठानिएका स्वार्थी र मतलबी सम्बन्धहरू आफैँ पन्छिएर जान्छन् । यस्तो परिस्थितिमा समयले लगाएको व्यथा र शत्रुहरूले गरेको प्रहार केही समयपछि भलाएर जान्छन् । तर आफन्तले गरेको व्यवहार र लगाएका वचनहरूले बाँचुन्जेल मन पोलिरहन्छ । त्यसैले यस्ता बोलीबचनहरू पनि सम्झेर निर्धक्कताका साथ बोल्न सिक्नुपर्छ ।

अरूहरूका नजरमा सधैँ राम्रो नै रहन्छु भन्ने भावना पनि भ्रम मात्रै हो । आफ्ना हिसाबमा आफू राम्रो भए पुग्दछ । राम्रो र सुन्दर फूलहरू पनि पूजा सकिएपछि पुजारीले कसिङ्गरमै मिल्काउँछन् । त्यसैले अर्काको सुन्दरताको प्रशंसा गर्नु भन्दा आफू कसरी खुसी हुन सकिन्छ भन्ने जाँचोपाँजो पनि आफैँले मिलाउन सिक्नुपर्छ ।

किताबी ज्ञान जतिसुकै हासिल गरे तापनि विद्यालय, विश्वविद्यालयबाट जतिसुकै प्रमाणपत्र सङ्कलन गरे पनि बोल्ने शब्दहरू र गर्ने व्यवहार गतिला भएनन् भने ती पढाइको केही औचित्य छैन । त्यसैले बोलिने शब्दहरू र गरिने व्यवहारको चाँजोपाँजो मिलाउन सिक्नुपर्दछ । यदि यसो गर्न सकिएन भने जीवन जतिखेर पनि दुर्घटनामा पर्न सक्छ ।

मुस्कानले पीडा लुकाइदिन्छ तर गल्तीले सपना जलाइदिन्छ । जिन्दगीको बाटो हिँड्दा समालिएर हिँड्नुपर्दछ, नत्र कुनै दिन भ्रममा आफ्ना ठानेकाहरूले खाडलमा पुरिदिन सक्दछन् ।

जति लुकाउन खोजे पनि समय आएपछि सत्यले सबैलाई जित्दोरहेछ। सत्यमा टेकेर जीवन चलाउन आधार चाहिन्छ। जीवनको त्यो आधारको चाँजोपाँजो मिलाउन जान्नुपर्दछ।

आधार भनेको आशा हो।

आशा नै जीवन हो।

जीवनमा हरेस खानु हुँदैन। कहिलेकाहीँ समय खराब चल्छ, भाग्य होइन। त्यो समयको पनि चाँजोपाँजो मिलाउन जान्नुपर्दछ। कहिलेकाहीँ आफू अपरिचित भइदिनुपर्छ किनकि अर्थ नभएका सम्बन्धहरू बटुल्नुभन्दा नासिनु नै राम्रो हुन्छ। दुनियाँ यहाँ यस्तै छ।

तिमी किन रोयौ भनेर सोध्नु भन्दा त्यो किन हाँस्यो भनेर जाँच गर्ने, रिस मान्नेहरूको बाहुल्य छ यहाँ। थाहा नहुने भनेको सास र साथको हो यहाँ। कतिबेला रोकिन्छ र कतिबेला छुट्छ थाहा हुँदैन। भगवान्का कृपाले चल्ने कुराहरू बाहेक सबैको चाँजोपाँचो मिलाउन सिक्नुपर्दछ।

हो, जन्मेको एक्लै हो, थाहा छ। मर्दा पनि एक्लै हो र पनि जीवन जिउन एउटा असल साथको खाँचो पर्दछ। जीवन जिउने साथको असल चाँजोपाँजो मिलाउनु सक्नुपर्दछ। हो, त्यही चाँजोपाँजो हो आज मैले तिम्रा लागि मिलाइदिएको– तिम्री श्रीमती, तिम्रो विवाह।

जिन्दगी कसैलाई लामो महसुस हुन्छ भने कसैलाई छोटो हुन्छ। जसको जीवनमा खुसी र आनन्द हुन्छ उसलाई छोटो लाग्दछ तर जसको जीवनमा चोट र पीडा बढी हुन्छ उसलाई लामो लाग्दछ। छोटो बनाउने कि लामो भन्ने कुराको चाँजोपाँजो पनि आफैँले मिलाउन सक्नुपर्दछ।

अब उप्रान्त तैँले पनि आदर, सम्मान र विश्वासको चाँजोपाँजो मिलाउन जान्नुपर्दछ। आजसम्म तिम्रो जीवन एक्लो थियो। अब विवाहसम्बन्ध पश्चात् तिमीहरू एकअर्काका पूरक भएका छौ। विवाह नयाँ जीवनको सुरुवात हो।

मौन रहन सिक्नुपर्दछ। मौनता वैवाहिक जीवनको ओखती हो। मौन बसेका बखत दिमागले शान्तिसँग काम गर्दछ। दिमागले आँखाका नानीमा चित्र उतार्छ र हेर्छ। त्यो हेराइले, त्यो चित्रले मान्छेको तौरतरिका र स्वभाव पत्ता लगाउन सहयोग गर्दछ। अनि

समस्याको समाधानमा सहयोग मिल्दछ। त्यसकारण समस्या समाधानको उपाय मौन रहनु पनि हो।

बहसले सम्बन्धहरूको अन्त्य खोज्दछ। बहस बढाउनु भनेको सम्बन्ध अन्त्य गर्नु हो। बोल्न त सबैलाई आउँछ तर अवस्थाले मान्छेलाई मुख बन्द गराउँछ।

बहसभन्दा जिम्मेवारी बहन गर्न सिक्नु राम्रो हो। केटा मान्छेहरू समय आउनुभन्दा पहिले नै जिम्मेवार भइसक्नुपर्दछ। फर्केर जवाफ दिनु नराम्रो कुरा हो, सहनशीलता सिक्नुपर्दछ। ज्यादा सुन्दै गयो भने बोल्ने मान्छेले आदत परिवर्तन गर्न सक्छन्।

जिन्दगी चलाउन थुप्रै कुराहरूको जरुरत पर्दछ तर ती सबै जरुरतहरू पूरा गर्न आफ्नो जीवनसँगिनी राम्रो, कुरा बुझिदिने हुन जरुरी छ।

सम्बन्ध सुधार्नु भनेकै झुक्न सिक्नु हो। जसले आफ्नो घर सुन्दर बनाउन चाहन्छ उसले झुक्न सिक्नुपर्दछ। अहमको लडाइँले सम्बन्ध बिग्रिन्छ, सम्बन्ध समाप्त हुन्छ। बोलेका शब्दहरू हावामा मिल्न नपाउँदै उत्तर फर्काउनु भनेको आफूभित्र भएको मूर्खतालाई प्रस्ट रूपमा देखाउनु हो। आफ्नो भावनामा भएको रूखोपन र आफू हुर्केको परिवारको संस्कारिक परिचय भनेकै यही हो।

नराम्रा शब्दहरू दृश्यप्रस्ट भएछन् भने धैर्यपूर्वक भन्ने कोसिस गरेर चुप लाग्ने प्रयास गर्नु बुद्धिमानी हो। मुख लाग्नु झन् ठूलो स्वरले बोली फर्काउनु भनेको मूर्खता हो। दुःख खोज्नु, दुर्भाग्य निम्त्याउनु हो। आफ्नो खुट्टामा आफैँले बन्चरो हिर्काउनु हो। यस्ता आदतहरू छोड्नुपर्दछ। यी आदतले श्रीमान्-श्रीमतीबीचको सम्बन्धलाई सङ्कटमा पुऱ्याइदिन्छ।

रूप र अनुहार भगवान्का देन हुन्, तर बोल्ने शब्दहरू र आदतहरू हामीले सिर्जेका कुरा हुन्। हामीले रोज्ने खुसीहरू हुन्। हाम्रो मनका विकल्पहरू हुन्।

आफ्नो रोजाइको दोष अर्कालाई थुपार्न खोज्नु भनेको भ्रममा पर्नु हो। मुख लागेर शब्द फर्काउनु भनेको संयमता ह्रास हुँदै गएको लक्षण हो।

ज्ञान, विज्ञता र शालीनता बोलीबाट प्रस्ट थाहा पाउन सकिन्छ। घमण्ड, दम्भ, अज्ञानता र अशिष्टता पनि बोलीबाटै प्रस्ट हुन्छ। बोली बोल्ने तौरतरिका र शब्दहरूको छनौटले सम्बन्धमा ठूलो भूमिका खेल्छ।

श्रीमान्-श्रीमतीबीचको सम्बन्धलाई मजबुत बनाउन एक अर्कालाई आधार सहनशीलता र सद्भावपूर्वक व्यवहार गर्न सिक्नुपर्दछ । सम्बन्धमा विश्वास र समझदारीको वातावरण आवश्यक कुरा हो । सम्मानजनक र प्यारो व्यवहारले मात्र सम्बन्धलाई मजबुत बनाइराख्दछ ।

चलनचल्तीमा जीवन जिउन सिक्नुपर्दछ । समाजका रीतिरिवाज र मूल्यमान्यताका खिलाफ बोल्यो भने समाजबाट एक्लिनुपर्दछ । त्यसैले सामाजिक सद्भावलाई मध्यनजरमा राख्नु जरुरी छ ।

अगेनाको आगो दन्किरह्यो फुपूले बोलेझैँ एकतमास । हुन त आगोको पनि आफ्नै धर्म होला, आफ्नै नियम होला र दन्किरह्यो । दाउराहरू रापरापमा परिणत हुँदै राता कोइला फिलुङ्गा हुँदैछन् । र बिस्तारै फिलुङ्गाहरू पूर्ण जलिसकेपछि खरानीमा परिणत हुँदै छन् एकपछि अर्को ।

फुपूले अगेनो देखाउँदै थपिन्- सहन गर्न सिक्नुपर्दछ । नजरअन्दाज गर्न सक्नुपर्दछ । जुन मानिस तिम्रा लागि समर्पित हुन्छ, त्यसको साथ निभाउन सिक्नुपर्दछ, दाउराले आगोको साथ निभाएजसरी ।

अब घर फर्किंदा तिमी तिम्री श्रीमतीलाई साथमा लिएर जानेछौ । उप्रान्त उसलाई दुःख दिने काम कहिल्यै नगर्नु । सम्झनु तिम्रा फुपू, दिदीबहिनी पनि त्यसैगरी अर्काको घर गएका छन् ।

जीवन रहुन्जेल सम्हालेर बाँच्न सिक्नुपर्दछ । भगवान्ले दिएको दुःख त सबैले सहनु नै छ । सहन गाह्रो हुने भनेकै आफन्तले दिएको दुःख । सम्हालिने भनेकै बाँचुन्जेल हो । मरेपछि त के दुःख छ र ? यसै आगोमाथि दनदनी जलाउँदा पनि दुख्दैन शरीर ।

रहरको सहर र धनपैसाको आडमा बाँचेको दुनियाँभन्दा सादगीको आदर्श जीवन उत्तम र र सुखमय हुन्छ । परिवारभन्दा अर्को ठूलो धन छैन । सम्बन्धहरूमा गल्ती हुन्छन्, जानाजान वा अनजानमा । तर विगतहरू फेरि दोहोऱ्याउनु भनेको मूर्खता हो । सम्बन्ध अन्त्य गर्न खोज्नु हो ।

गल्ती गर्नेले पछुतो महसुस गर्न सक्नुपर्छ । पश्चाताप महसुस नभएको गल्ती क्षमायोग्य हुँदैनन् । सम्बन्ध निभाउन सकेनौ भने एक जनाको होइन, पूरै परिवारको भविष्य जोखिममा पर्दछ । त्यसैले सम्बन्ध निभाउन नजान्नेले सम्बन्ध जोड्नु पनि हुँदैन ।

बित्दै गरेको समय र बदलिँदै गएको समाजले पनि धेरै कुरा सिकाउँछ। अर्ति उपदेश सुनिरहे कतिपय कुराहरू साँच्चिकै वास्तविक लागे कतिपय कुराहरू कुनै देशको कथा भनेजस्ता।

जीवन सरल र आनन्दित हुन्छ भनी ठानेको थिएँ, तर कुरा सुन्दै गर्दा एक मनमा डर पनि लाग्यो। जीवन भनेकै भोग्नेले बुझ्ने कुरा रहेछ। मलाई के थाहा प्रेम भनेको अनुभूति हो, मापनको सीमा नभएको कुरा।

परिवर्तन हुने शरीर, मन र व्यवहार हो। प्रेम परिवर्तन हुँदैन होला। यो अपरिवर्तनीय छ।

फुपूलाई प्रश्न गर्न मन थियो- मिलन, हाँसो, आशा, प्रशंसा, सुख, धैर्य, आदर प्रेमले ल्याउँछ भने दुःख, निराशा, गुनासा, अनादर, विछोड कसले ल्याउँछ ?

वितुर र धीमहि नेपालगञ्जको बजारमा हिँड्दै छन्। उनीहरू वृद्ध बुबाका जीवनकहानीहरू ध्यानपूर्वक सुनिरहेका थिए। त्यत्तिकैमा धीमहिले भनिन्- ल बुबा अब हामी छुट्टिने भयौँ। उः त्यो दोस्रो घर तपाईंले खोजेको गेस्ट हाउस हो।

वृद्ध मान्छेले झस्किँदै यथार्थसामु उभिने प्रयास गरे। दायाँ हातको कुर्ताको बाउलो बायाँ हातले माथि सार्दै ठूलो घाउ परेको डाम देखाए।

दायाँ हात मर्केर सुनियो। घाउ पनि पऱ्यो। पानी भरेर पँधेराबाट फर्किँदै थिएँ, कसरी चिप्लिएँ चिप्लिएँ नि। दुई हप्ता तलमाथि गर्न नभ्याएपछि छोरालाई फोन गर्न लगाएर खबर गरेँ।

फोन गरेको दोस्रो दिन बुहारी आइपुगिन्। तीन हप्ता यतै बसेर मेरो ओखती गरी फर्केकी हुन्। खुब स्याहारसुसार गरिन्। तिनको जयजयकार होस्। हिँड्नु बुबा उतै जाऊँ भन्थिन्। सोचेँ- तिनीहरूलाई अन्तिममा चाहिने घर यही हो। अर्काको देशमा किन जीवन बिगार्छौ ? यतै आऊ भनेर पठाएको छु। हेरुँ भगवान्ले के पो गर्ने हुन्।

वितुरले भने- बुबा हामीले हजुरबाट धेरै कुरा सिक्न पायौँ। हजुरको आशीर्वाद थाप्न पाउँदा आफूलाई भाग्यमानी ठान्यौँ। अब हामी छुट्टिनुपर्छ।

हामी छुट्टियौँ। धीमहि र म बायाँतिर लाग्यौँ, वृद्ध बुबालाई त्यो गेस्ट हाउसनिर पुऱ्याएर।

मन्धमुग्ध समयमा एक हूल कुहिरो धर्तीलाई स्पर्श गर्दै आकाशतिर अकासिँदै थियो । त्यही कुहिरोको बिचोबिच हामी दुई पनि गन्तव्यतिर लाग्यौँ । समयको मादमा जीवनको कटुता जे हुन्छ राम्रैका लागि हुन्छ । तिमीहरूको अनुहारको उज्यालोले संसार जित्न सकोस्, प्रेरणादायी जीवन जिउन सकोस् भन्दै हामीलाई आशीर्वाद दिँदै वृद्ध बुबा होटलभित्र पसे ।

ससुराबुबाको उपचार गरेर परदेशी भूमिमा श्रम गर्न रेल चढेकी ती बुहारी पनि हुन्, कसैकी श्रीमती । ससुराबुबाको स्याहारसुहार गर्ने तिनलाई कोटिकोटि प्रणाम छ । विदेशी भूमिमा उनको परिवारको बसाइ सुखद रहोस् ।

यस्ता बुहारीहरू हाम्रा समाजमा उदय भइरहुन् । तिनको साहस र हिम्मतको प्रशंसा समाजमा उदाहरणीय भएर बाँचिरहोस् । त्यस्ती श्रीमतीलाई भगवान्ले अझ साहस र उत्साह थपिदियोस् । जे हुन्छ राम्रैका लागि हुन्छ ।

भगवान्को आशीर्वाद र समयले जुराएको भेट, डराउनु भन्दा खुसी हुने कोसिस गर्नु राम्रो हो । क्षितिजको समय छ- धीमहिको साथ छ, कुनै पनि वाद र नीति नियमका सीमाहरूले विशेष क्षणमा हाम्रो बीचमा बाधा अड्चन पुऱ्याउन सक्दैन ।

देवी बागेश्वरीका सामीप्यमा नेपालगन्जको सेरोफेरोभित्र । भोलि बर्दिया जाने योजना धीमहिको । मैले हुन्न भन्न पनि सकिनँ ।

धीमहिले मेरो मनको नियन्त्रण आफ्ना मुठीभित्र राखेजस्तो रातरानी फूलको बासना दगुरिरहेछ । ठोकिँदै छ कुहिराका छेस्काहरूमा, उडाउँदै छ अतीत, ब्युँझाउँदै छ भविष्य । धीमहिको पाइला पछ्याउँदै इन्द्रकमल फूलको कल्पनामा म हराइरहेँ ।

•••

भाद्र पूर्णिमाको दोस्रो दिन मध्यपश्चिम नेपालको सांस्कृतिक विविधतालाई प्रतिबिम्ब गर्ने कोहलपुर चोकमा म र सञ्जु महेन्द्र राजमार्गको छेउमै बर्दियातिर जाने बसको पर्खाइमा। सञ्जु कोहलपुर बजारसँग राम्रै परिचित छिन्। विगत केही वर्षदेखि कोहलपुर मेडिकल कलेजमा कार्यरत छिन्। चिम्सा आँखा, गोलो अनुहार, छोटो जिउडालकी सुन्दर सञ्जु उज्यालो घाममा झनै राम्री उज्याली देखिइन्।

हिजो साँझ धीमहिले अँध्यारोले छोप्नै आँटेको बेला मलाई सञ्जुका कोठामा पुऱ्याइन्। बटुवाको बास मिलाएझैँ गरी आफू बर्दियातिर लागिन्। साँझको बेला अँध्यारोले चारैतिर छोप्दै थियो। समथल फाँटहरू अँध्यारोले भरिँदै थिएँ। उड्दै थिए बादलका ढिस्का।

यी फाँटहरू हेर्दा चौरी वनमा मृग दगुरेको भान भयो, मनमोहक हेरिरहन मन लाग्ने।

सञ्जु बस्ने कोठाभित्र हामी सञ्जु, म र धीमहि थोरै मिनेट बस्यौँ।

हातमा घडी हल्लाउँदै, ढिला भए बस पाउन गाह्रो हुन्छ भन्दै धीमहि बाहिरिइन्। आँगनमा घरेपेटी र घरपेटीकी श्रीमती बात मार्दै बसिरहेका थिए।

थोरै समय कोठामा बसेपछि म कोठाबाहिर निस्किएँ।

सञ्जुले साँझको खाना बनाउने तर्खर गर्न लागिन्। घरपेटी सञ्जुका नजिकै गएर सोध्न थाले- हँ नानी, उहाँ नयाँ मान्छेचाहिँ को हुन् नि ? नयाँ अनुहार लाग्यो। तिम्रा

भाइ हुन् कि । म झुक्किएछु ओहो, बुढेसकाल लागेपछि आँखाले पनि झुक्याउँदो रहेछ । टाढाबाट प्रस्ट देख्नै छोड्यो ।

सञ्जुका घरपेटीतिर मैले छड्के आँखा घुमाएर हेरेँ । खैरो रङको चम्किलो दारी, गोलो लामो निधार र सौम्य आँखाहरू । आँखाको वरिपरि र मुखको छेउछेउमा गहिरा दागहरू । शिरमा नेपाली ढाका टोपी । गहिरा सोचनीय आँखाका आकृति, आँखाका नानीहरूमा जीवनका अनुभूति ढल्किँदै छन् । जीवन भोगाइले भरिपूर्ण भएको पाको उमेरका मानिस । शान्त र विचारशील शैलीमा प्रस्तुत भए ।

म उहाँले भने बमोजिम खाटमा बसेँ । आँगनका छेउछाउका कान्लामुनि भ्यागुताका बथानहरू मस्तसित गीत गाउँदै थिए । नखुलेको परिचय मौनतामा हराएजस्तो, भगवान् को रोहवरमा प्रश्नहरूको जवाफ मागेझैँ लाग्यो ।

एक हूल जूनकिरीहरू आँगनलाई नाघ्दै आकाशतिर लागे । सत्यताको पल्लामा आदर्शको उपमा बोक्दै ईश्वरका अदालतमा जाँदै गरेका जस्ता ।

यथार्थमा म भ्यागुता र जूनकिरीको कोही पनि होइन र होइन घरबेटीको पनि । म पाहुना हो सञ्जुको ।

लोक यस्तै छ, सत्य त कसले पो बुझ्छ र भ्रमका भुमरीमा नबुझेको सत्य । सञ्जुका घरपेटी आफू पनि खाट छेउमै बसे ।

अहो बाबु, तिम्रो घरचाहिँ कहाँ हो र ? ल भेट हुन लेखेको मुन्छेसँग भेट हुन्छ भन्थे, हो रहेछ । भोक लाग्यो होला, हामीले पनि भर्खर खाना बनाउने तर्खर गर्दै छौँ । हेर, थोरै मिनेटमा तयार हुन्छ होला ।

यतिकैमा सञ्जु पानी लिएर आइन् । दायाँ हातले पानीको गिलास समात्दै लामो सास तान्दै एक घुट्की पानी पिएर सोचेँ- संयोगवश आज यो आँगनमा आइपुगियो । बाटो अलिझिन नराम्रो मात्र रहेनछ । जिन्दगीको यात्रा गर्ने क्रममा यी आँगनमा पनि बसिने भयो । एकान्तमय ठाउँ छ, आनन्दित फाँटहरूका छेउमा । मनग्य धन पैसा हुनेहरूले यस्तै ठाउँ रोज्छन् होला ।

घर बनाउन र आनन्दमय जीवनयापनका लागि पहाडका उकाली ओराली र ढुङ्गाहरूसँग कुस्ती गर्दागर्दै रमाएको जीवन पनि उत्तरार्धमा गएर जिउले साथ दिन छोडेपछि यस्ता समथर फाँटहरूमा बस्न पाए केही थप राहत पाउँथ्यो होला ।

हुन त पहाडमा भएजस्तो चिसो पानी र चिसो हावा यी फाँटहरूमा नमिल्ला। लेक, बेँसी र पहाडका चुचुरा खोलाखोल्सामा रमाउने मन अवश्य आत्तिएर रोला। तर यहाँ बाटो हिँड्दाहिँड्दै गुल्टिएर लड्ने डर छैन। घर आँगनमा जहाँ पनि कुवा बनाउन मिल्छ। पानीको अभाव छैन।

चिसो याममा तराईका फाँटहरूमा चल्ने शीतलहर होस् वा गर्मीयाममा चल्ने गर्मी, हावाका लप्काहरू भन्दा पहाड र उच्च पहाडमा भएको मनमोहक रोमान्टिक र स्वर्गीय आनन्द दिने वातावरण रमणीय छ। त्यो उमेर र जिउमा बल हुन्जेलसम्मका लागि मात्रै हो।

जीवन आनन्दमय भने हुँदैन। स्वास्थ्य सुविधा होस् वा उच्च शिक्षा होस्, यस्ता सुविधाका लागि पहाडका गाउँघरहरू छोडेर तराई नझरुन्जेल विकल्प नै छैन- वर्तमान नेपालको अवस्थामा।

पहाडका बस्तीहरूसम्म सडक सुविधा र मेडिकल कलेज लगायतका विश्वविद्यालयहरू खुलिदिए पहाडको बसाइ तराई ओर्लन बाध्य हुने थिएन।

यी घरपेटी पनि पहाडकै कुनै भागबाट सुखसुविधाको सपना बुनेर तराई ओर्लेका होलान्।

घरबेटीकी श्रीमतीले टाढैबाट सोधिन्- ए बाबु पनि यतै मेडिकल कलेजमै काम गर्नुहुन्छ कि कसो ? बाबुको घर कहाँ पर्‍यो होला ?

डोरेखाटबाट उभिएर मैले जवाफ दिएँ- मेरो घर माथि पहाडमा हो आमा। राजधानीबाट दसैं मनाउन घर फर्किँदै छु। कलेज पढ्दै छु।

घरपेटी आमाले उत्तर फर्काइन्- ओहो, बसेरै बोल्दा भइहाल्छ बाबु, उभिनु पर्दैन, बस क्या बस।

मैले टाउको हल्लाउँदै सहमति जनाएँ। घरपेटी आमाले भनिन्- हो, पहाडमै हुर्केजस्तो देखिनुहुन्छ। लामो, गोहो, मिजासिलो स्वभावको मान्छे, बोल्दै थाहा भइहाल्छ नि।

मेरो अन्दाजमा उनी आफ्ना छिमेकीहरूसँग खासै खुसी नभएकी जस्ती, सुखसुविधा र सम्पत्ति भएर पनि आफन्त समुदाय र आफ्नो संस्कृतिको अभाव घरपेटी आमाका बोलीमा प्रस्टै झल्किँदै थियो।

टाउको हल्लाउँदै मैले दिएको उत्तर बुझेझैँ गरी उनी बारीतिर ओर्लिइन् ।

एक हूल कुखुराका बच्चाहरूलाई पछ्याउँदै पटुकीबाट दानाहरू कुखुराको चारा निकाल्दै कुखुराहरूका माझमा फालिन् ।

घरबेटीले अगाडि थपे- अहो, लौन बा भेट भयो । अनि पढाइ कतिसम्म पुग्यो ? जागिर पनि गर्छौ कि ? हुन त दिन जमाना बदलिँदै गयो के भन्नु, त्यो समय रहेन ।

घरबेटी चप्पल खोलेर पल्टी मार्दै खाटमा बसे । तरङ्गित मुद्रामा प्रस्तुत भए । मनको उकुसमुकुस पोख्न पाउँदा खुसी भएजस्ता ।

हतोत्साहित र प्रसन्नजस्ता पनि ।

मैले कलेजमा पढाइ मात्र गरिरहेको जानकारी दोहोऱ्याएर सुनाएसँगै उनले प्रशंसा गरे ।

कस्तो राम्रो ठाउँमा घर बनाउनुभएको रहेछ । घरको छेउछाउमा राम्रा बारीहरू । अनि घरपेटी आमा मिजासिली रहिछिन् ।

तपाईं ईश्वरको वरदान पाएको मान्छे हुनुहुँदो रहेछ । मेरा बयानमा उनी दङ्ग परे । भने- अहो बाबु, यो श्रीसम्पत्ति त्यत्तिकै जोडिएको कहाँ हो र बा ! कम्ता दुःखले बनाएको होइन । अनि हामी पनि माथि गोरखाबाट तल झरेका हौँ क्या । हाम्रा शाखा सन्तानहरू कति उतै छन्, थोरै चितवनतिर झरे, हामी यता ।

जीवनले उमेर गुमाएपछि जिउले सजिलो खोज्दो रहेछ । त्यही सजिलो खोज्दै यतातिर बसाइँ सरेका हौँ ।

मेरो मामाघर उः त्यो दस विघाको उत्तरपट्टि पर्दछ । साइकलमा १० मिनेटजति लाग्छ । उहाँहरू पनि पहाडबाटै बसाइँ सरेर यता आउनुभएको हो । मामाको नजिक भनेर म पनि यतै बसाइँ सरेको हो बा ।

जीवन सुस्वास्थ्य चलेकै छ हो । मैले पिउँदै गरेको पानीको गिलास भुइँमा राख्दै भनेँ- मामाको परिवारहरू नजिकै रहेछन् । आहा ! झनै राम्रो आफन्त नातेदार नजिक भए पर्दाका बेला बखत सहयोग हुन्छ ।

घरबेटीले भने- बाँच्न त परि नै हाल्यो, आफ्नो देशको भूभागमा जहाँ बसे पनि आफ्नै हो । जीवन आनन्दित र सजिलै हुन्छ । कठिन हुने भनेको सपना र जिम्मेवारीले

हो । तिम्रो उमेरमा त म बारुद पड्काउँदै ठूलो राइफल बोकेर हिँड्थेँ, हो टाढा पुऱ्याउने पनि सपनाले नै रहेछ ।

घरबेटी गफिँदै गए । सुनाए- इन्डियन आर्मीमा आफूले बिताएका अतितहरू गोर्खा रेजिमेन्ट । अगाडि थपे- त्यो बेलामा म त्यस्तै १७ वर्ष पार गरेर १८ मा टेक्दै थिएँ । ल्होसार पर्वको माहोल गाउँ बस्ती पूरै शृङ्गारमय थियो । घरहरू सजीसजावट गरिएका थिए । लाहुरेहरू घर फर्किने क्रम चलिरहेको थियो । गाउँ आनन्दित रमणीय भयो । दिनैपिच्छे पालैपालो लाहुरेहरूका आँगनमा भोजभतेर चल्यो ।

यही पर्वको माहोलमा मेरो विवाह गरियो । बुबाले इष्टमित्रहरू बोलाएर ठूलो भण्डारा लगाउनुभयो । आफन्तहरू एउटै आँगनमा उभिँदाको आनन्दै छुट्टै । त्यो आत्मीयता आफन्तहरूको सदाशयता, आज ती दिनहरू सम्झिँदा कहानी हो कि जस्तो लाग्छ । एक्कासि टीकाटालोको तयारी भयो, कल्पना नगरेको कुरा । हातको इशाराले आफ्नो श्रीमती देखाउँदै भने- यिनी पनि त्यो बेलामा कम्ती सुन्दरी थिइनन्, कृष्णकी राधाजस्ती, थपक्क बलेको बत्तीजस्ती, सूर्यको उदाउँदो किरणजस्ती ।

सुन्दर जीवनले भरिएकी, लामा कपाल, गहुँगोरो वर्णकी । औधी रूपवती थिइन् । गाउँभरिमा जानिने मानिने परिवारमा हुर्केकी, मेरी फुपूकी छोरी, फुपूलाई भेट्ने निहुँमा म बेलाबखत यिनलाई हेर्न गइरहन्थेँ ।

हाम्रो सम्बन्ध यति चाँडै विवाहमा परिणत होला सोचेको थिएन । त्यतिबेला हाम्रो घरमा तीनवटा लैना भैँसीहरू थिए ।

माघ महिनाको कुरा हो, भित्रबाट बुबाले एक दिन घिउ निकाल्दै भन्नुभयो- चाडबाडको बेला छ, तेरी फुपूलाई के दिने हो ? एक टिन घिउ भए पनि पुऱ्याएर आइज ।

म टिन बोक्दै फुपूका घर गएँ । हाम्रो घरदेखि करिब एक घन्टाको पैदल बाटो । फुपूका घरमा म पुग्दा त्यहाँ आँगनमा केही अपरिचित अनुहारका मानिसहरू छलफलमा जुटिरहेका थिए । पछि फुपूले थाहा दिइन्, तिनीहरू गोर्खा रेजिमेन्टमा भर्ना लिन गाउँ पसेका रहेछन् ।

ठूलो लफेदावाल कुर्ता लगाएको मान्छेले मतिर इशारा गर्दै भन्यो- वाह, जवान ।

गाउँभरिका युवाहरूको लिस्ट बनाउने र आर्मीमा भर्ना हुन चाहनेहरूको स्वास्थ्य परीक्षण गरी थप भर्ना प्रक्रियाका लागि भारत लैजाने योजना बनाउँदै रहेछन् । गाउँमा

वर्षको एकपटक यस्ता भर्ना गर्ने टोलीहरू आइरहन्थे । लफेदावाल कुर्ता लगाएको मान्छेले मेरो उचाइ र छातीको चौडाइ नाप्यो ।

खुट्टादेखि टाउकोसम्म नियालेर हेऱ्यो र भन्यो- यस पर्फेक्ट ।

उनीहरू फेरि छलफलका लागि रमाउँदै बसिरहे । साँझ म हाम्रो घर फर्केर बुबालाई लफेदावाल आर्मीको मान्छेसँग भेट भएको कुरा बताएँ ।

भोलिपल्ट बिहानै फुपू र फुपाजु हाम्रो घरमा आइपुग्नुभयो ।

बुबासँग सरसल्लाह भएपछि थाहा भयो लामो कुर्थावाल, फुपाजू फौजीमा हुँदाका बखतको प्लाटुन कमान्डर रहेछ । फुपाजू उसको विश्वासपात्र, अब म पनि गोर्खा रेजिमेन्टमा जाने कुरा पक्का भयो ।

गाउँभरिबाट यो पालि १५ जना जति युवाहरू लैजाने योजना छ रे । छनोट गरी गएपछि उताबाट सबै प्रक्रिया पुऱ्याएर पत्र लिएर लिन आउँछन् रे । त्यो प्रक्रिया पूरा गर्न करिब दुई महिना थप समय लाग्ने कुरा थाहा भयो ।

यसै दुई महिनाको समयभित्र बुबा र फुपू मिलेर मेरो विवाह गर्ने कुरा पक्कापक्की भयो । धूमधामसँग मेरो विवाह सम्पन्न भयो । मनले रोजेकी मान्छे, हाम्रो खुसीको सीमा रहेन । जीवनको सुन्दर पलहरू । भाग्यमा नभएका दिनहरू केही दिनमै म सेनामा जानुपऱ्यो ।

त्यस्तै हुँदो हो, वि.सं. २०२० तिर प्रजातन्त्र आएको एक दशकपछि हामी १५ जना युवालाई लगेर शिविरमा तालिम सुरु गरायो । शिविरमा तालिम गर्ने काम सजिलो चाहिँ थिएन । कहाँ हो कहाँ कल्पना नै नगरेको विषय, गाउँमा छँदा गुलेलीसम्म पनि नचलाएको मान्छे म एक्कासि बन्दुक पड्काउँदा डर त लाग्ने नै भयो ।

हामीलाई तालिम दिने तालिम केन्द्रमा सुबेदार पदसम्म हाम्रा नेपाली मूलका पनि थिए । मेजर अथवा कप्तान तहका तालिम दिन आउने अफिसरहरू बडो ठूलो जिउडाल भएका, लामो कपाल पकडीले बाँधेका, सरदारजीहरू समुदायका हुन्थे ।

अङ्ग्रेजीभन्दा हिन्दी बुझ्न सजिलो भयो । माथिल्लो ओहोदाका प्रशिक्षकहरू अङ्ग्रेजीमै भाषण गरेर जान्थे । हामीलाई सँगै हिन्दीमा उल्था गरेर सुनाउने दोभाषे हुन्थ्यो । हाम्रो तालिम अन्तिम चरणमा पुग्दै गर्दा भारत र पाकिस्तानका सिमानामा आतङ्ककारी गतिविधिहरू बढ्दै थिए ।

हाम्रो मोर्चा कश्मिर अथवा राजस्थानमध्ये एउटा ठाउँमा जानुपर्ने र त्यसका लागि तयारी अवस्थामा बस्नुपर्ने भनी आदेश आइसकेको थियो । जेठ महिनाको गर्मी मौसम, साँझपखको खाना खाएर आफ्नो कोठामा सुत्न जाने तरखरमा थियौं ।

सिपाहीको डफ्फाहरू बाहिर-भित्र गर्दै थिए । एक्कासि माइकिङ सुरु भयो । हाम्रो प्लाटुनलाई तयारी हुन आदेश आयो । हामी आफ्नो बिस्तरबन्दीका सरसामानदेखि हातहतियार बोकेर लाइनमा उभियौं । गोर्खा रेजिमेन्ट प्लाटुन भन्दै दुईवटा विशिष्ट किसिमका ट्रकहरूमा बस्न अह्राइयो ।

हामी ट्रकहरूमा बस्यौं । हाम्रो प्लाटुन राजस्थानका लागि राइफल, मेसिनगन, ग्रेनेड, लन्चर लगायतका हतियारहरूले सुसज्जित भयो । तीन दिनको लगातार कठोर यात्रापछि हामी मरुभूमिलाई पछ्याउँदै तातो हावाको बहावलाई चुनौती दिँदै राजस्थानको पश्चिम भेग थार रेगिस्तानमा पुगेर शिख समुदायको प्लाटुनसँग मिलेर काम गर्ने भनी मोर्चा बनाएर बस्यौं ।

सरदारहरूसँग सहकार्यमा लाग्यौं । उनीहरू बडो चर्को स्वरले बोल्ने, माया गरेर बोल्दा पनि रिसाएर बोलेजस्तो भान हुने ।

काम गर्दै जाँदा बानी परियो ।

हाम्रो प्लाटुन अगाडिको लाइनमा । दोस्रो लाइनमा शिख समुदायको प्लाटुन गरी हामी दुई लाइनमा उभिएर सीमावर्ती क्षेत्रमा गस्ती गर्थ्यौं ।

पाकिस्तानतर्फको भूभागमा सैनिक विमानहरू उडिरहन्थे । बारुद र मिसाइल पड्केका टड्कारा आवाजहरू सुनिरहन्थे ।

हामीलाई पनि उच्च सतर्कतासाथ तैनाथ भइरहनु भन्ने आदेश थियो । हाम्रो सिमानामा कुनै पनि बेला आक्रमण हुन सक्ने सम्भावना थियो ।

बारुदका बिछ्यौनामा राइफलको सिरानी ।

विवाह गरेको दोस्रो हप्तामा नै गाउँघरबाट बिदा लिई हिँड्नुपरेको पीडा । त्यो त भोग्नेलाई थाहा हुन्छ । कथाकारले कल्पना गरेजस्तो सजिलो शब्दमा अटाउन सक्ने कुरा कहाँ हो र ?

मायाका आकृतिहरू।

सम्झनाका आहुतिहरू।

क्षणमै संसार आफ्नो लाग्छ।

आँखा र मनले खोजेका तस्बिरहरू।

सुकुमार ओठले गरेका वाचाहरू, मनले खोजेको कुरा समयले दिँदो रहेनछ। समय बलवान् हुन्छ भन्थे, हो रहेछ। प्रेम र माया कमसल ठानेर म परदेश हिँडेको होइन, म प्रेमका संसर्गमा नुहाएर डराएको पनि होइन।

म मायालाई निर्मोही सम्झने प्रेमको हत्यारा होइन, मात्र प्रसङ्ग फरक भयो। विवाहपछि केही दिन यिनीसँगै बसेँ। मोहनी लगाइन्। यिनका मोहनीले सिरानीमा राइफल हालेर सुत्दा पनि यिनी सपनीमा आइरहिन्। थपिरहिन् बाँच्ने आशा र दुश्मनहरूसँग लड्ने साहस।

बोली सुन्दै गर्दा मनभित्र डर पलायो। बिस्तारै आँखा उचालेर मैले यी घरबेटी बुबाको अनुहार आँकलन गरेँ। अतितको पीडाले अनुहारको आकृतिमा अँध्यारो छाएको। निधारभरि पसिना भरिएको, लाग्यो युद्धका बीचमा उभिएर हामी दुई कुरा गर्दै छौँ- युद्धका बिचोबिच चल्दै छ गोलाबारुदको वर्षा, पड्किँदै छन् ग्रेनेटहरू।

कुरा अगाडि बढाउँदै गर्दा उनी खोइएजस्ता भए। युद्धमा हतियारले घायल भएको सिपाहीजस्तो, बोल्दै गरेको उनको उच्चो बोली बिस्तारै सुस्त हुँदै गयो। सायद त्यो अतितको युद्ध छाया मनमस्तिष्कमा छायो होला। युद्ध अतितको पुनःस्मरण।

मैले गिलासमा बचेको पानी एक घुड्की पिएँ र घरबेटीको अतित पनि पानीसँग बिलिएको भान भयो। घरबेटीका बोलीमा मधुरता छायो, श्रद्धाको मधुरता। भने- मैले भोगेभन्दा पनि बढी युद्धको अनुभव त ती सालिकहरूसँग थियो जुन सालिकहरू हामीले नै बनाएर आयौँ र चढायौँ तोपको सलामी।

म र केही साथीहरू युद्ध जितेर फर्कियौँ। ढिलै भए पनि घरपरिवार भेट्यौँ। ती सालिक बनाइएका साथीहरू, सहादती, सहिदत्व प्राप्त गर्ने सिपाही...।

कुनै छोराछोरीले बुबा गुमाए।

श्रीमतीले श्रीमान् गुमाइन्।

आमाले छोरो गुमाइन् ।

देशले सपुत गुमायो ।

हामीले साथी गुमायौँ ।

युद्धले नोक्सान मात्रै गर्दोरहेछ, जितहारको कुराले खासै अर्थ हुँदैन । नोक्सान दुवै पक्षको हुँदोरहेछ ।

युद्धमा गोलाबारुद बर्साउने समय केही घण्टाका लागि रोकिन्थ्यो । हामीले उनीहरूका र उनीहरूले हाम्रो घाइते र मरेका लासहरू एकअर्कालाई बरबुझारथ गर्थ्यौं । त्यो युद्धमैदानमा मार्नुपर्छ भन्ने कुरा मात्रै मनमा हुन्थ्यो ।

शत्रुलाई पड्काउनुपर्छ, परास्त पार्नुपर्छ । त्यसो गर्दै गर्दा आफ्नो बाँच्ने कुराको पनि कुनै ठेगान हुँदैनथ्यो । मात्र हिसाब हुन्थ्यो कि कतिपटक राइफल पड्काउन सकियो । पछि हट्नु हुँदैन, जसरी पनि विजय प्राप्त गर्नुपर्छ ।

लडाइँको सिपाही गोली भरेको राइफल आफूजस्तै बर्दीधारी, आफूजस्तै आफ्नो देशका लागि कसम खाएको मान्छे विपरीत दिशाबाट आएको देख्यो कि शत्रु हो भनी त्यो अपरिचित मान्छेमाथि अन्धाधुन्ध आक्रमण गर्नु.... । अपरिचित मान्छेसँग लेनदेन हुने कुरै भएन ।

देशदेशको हिसाबमा मैले बुझेको आफ्नो देशको सीमा सुरक्षा गर्नु मात्रै हो । राज्यको आदेश र राज्यका नुनले पढाएको पाठ हिम्मत हार्नु हुँदैन भन्ने कुरा खेलिरहन्थ्यो मनमा ।

आफ्नो सीमाको रक्षार्थ आफ्नो जीवन, राइफल र बारुदको धारमा... । युद्ध सुरु भएदेखि नरोकिउन्जेलसम्म मर्ने वा मार्ने भन्ने कुराको ठेगान हुँदैन, ठूलठूला मेसिनगनहरू पड्काउँदा बारुदका गन्धले दाँतबाट पसिना आउँछ ।

देशको रक्षा गर्नु छ ।

आदेश पालन गर्नु छ ।

शत्रुलाई परास्त गर्नु छ ।

युद्धले शारीरिक रूपमा मात्र होइन, मानसिक रूपमा पनि कठोर बनाउँदो रहेछ । आफ्ना भावनाहरूलाई दबाएर मायाप्रेमको आहुतिलाई हत्या गरेर, मानवीय संवेदनाको पर्वाह नगरी गोली पड्काउनुपर्दो रहेछ, पानी वर्षेझैं आफ्नो चारैतिर गोलीहरूको वर्षा

हुँदा मेघ गर्जिएझैँ ड्यामड्याम र गड्याङ्गुडुङ बारुदहरू पड्किँदा आफ्नो निधार छेउबाटै हावामा उडेर गोली जाँदा, जीवन राइफलका कुन्दाभित्र बसेको भान हुन्छ।

संसारभरि झुकेका छैनन् देशका सिपाही।

झुक्न नजान्ने हामी गोर्खाली... ।

बैँस र उमेर बन्दुकसँग खेलाइयो।

हिसाब गरियो त गोली र बारुदको- सेनाको दिनचर्या।

देशभित्र होस् या देशबाहिर, सैनिकहरूको दैनिकी उस्तै-उस्तै हो।

संघर्षको बीचमा सफलता लुकेको हुन्छ। युद्ध गर्दा हिम्मत कहिल्यै हार्नु हुँदैन। निरन्तर प्रयास गर्नुपर्दछ। ढिलोचाँडो विजय हासिल भएर छाड्छ भनेर हामीलाई तालिम दिइन्थ्यो।

त्यस दिन म लगायत साथीहरू हतियारले सुसज्जित भएर सीमा सुरक्षामा खटिएका थियौँ। मौसम त्यति राम्रो थिएन। आकाशमा बादल मडारिँदै थियो। मेघ आउलाजस्तो हुँदै थियो।

बादलमाथि चट्याङ परेका आवाज आउँदै थिए। आकाशमा बिजुली चम्किँदै थियो। त्यत्तिकैमा मेरो नजिकै एउटा ग्रेनेट खस्यो, भुइँमा छुन नपाउँदै पड्कियो। पड्किएको आवाज अलिअलि थाहा छ, अब धर्ती ध्वस्त हुन्छ भन्ने मनमा खेल्दाखेल्दै म बेहोस भएँ।

शत्रुपक्षका सिपाहीले खसालेको त्यो ग्रेनेटले निकै जोरले धर्ती हल्लायो। यो घटनामा हाम्रोतर्फ ठूलो क्षति बेहोर्नुपऱ्यो। हाम्रा हातहतियार अर्को पक्षका सेनाले लगेछन्। होस् आउँदा यसो आँखा उघारेर हेर्दा मेरा दायाँबायाँ र माथि थुप्रै सिपाहीका लासहरू थिए। केही हाम्रा पक्षका त केही अर्का पक्षका।

हाम्रा पक्षका साथीहरूले पनि राम्रैसँग प्रतिकार गरेका रहेछन्। मैले लगाएको कपडा, मेरो कपाल र अनुहार पूरै रक्ताम्मे थियो। बिस्तारै आँखा खोलेर दयाँबायाँ हेर्दा त्यो दृश्यले झन् मन आत्तियो। होसमा आउनेबित्तिकै हतियार खोजेँ। हात-हतियार लगिसकेका रहेछन्। कम्मरमा भिरेको खुकुरी मात्र बाँकी थियो। लासहरू मुनि सुतेकै अवस्थामा खुकुरी कम्मरबाट निकालेर तयार अवस्थामा राखेँ।

मन दह्रो गरी आँखा उघारेर हेरेँ । मेरा नजिकै अर्का पक्षको सिपाही हतियारले सुसज्जित, राइफल पड्काउँदै थियो । घरी आकाशतिर, घरी मरेका लासहरूमाथि । यस्तो भयावह अवस्था रक्ताम्मे लासहरू छटपटाउँदै गरेको देखेर त्यसको मन अति आत्तियो होला ।

यस, यस अ-अहमद भन्दै जोरजोरले चिच्च्याउँदै राइफल पड्काउँदै थियो, जोरजोरले चिच्च्याएको देख्दा उसलाई पनि गोली लागेको छ कि भनी राम्रोसँग नियालेँ, तर कतै पनि घाउ लागेको देखिएन ।

क्याप्टेनले तालिममा हामीलाई सिकाएको सम्झेँ- जित्ने भनेको हौसलाले हो । अन्तिम अवस्थासम्म पनि साहसका साथ शत्रुमाथि प्रतिकार गर्न डराउनु हुँदैन, लडाइँमा होमिएका आर्मी... ।

विचार गरेँ, अङ्ग्रेजीमा बोल्ने ऊ पक्कै पनि कुनै उपल्लो दर्जाको सिपाही हुनुपर्छ । कराउँदै थियो- यस मदरल्यान्ड इज ग्रेट, माई मदरल्यान्ड... । अङ्ग्रेजी बोले पनि निर्दयी मन भएको, निष्ठुरी थियो । मरेका लासमाथि पनि राइफल पड्काउने त्यो क्रूर र कति रिसाहा, कति... ।

दायाँ हातमा मैले पनि खुकुरी जोरले च्यापेर पालो कुरिरहेको थिएँ । त्यो सिपाही आकाशतिर हेरेर राइफल पड्काउँदै थियो । त्यही बेलामा दायाँ हातले ममाथिको लासलाई विस्तारै उता धकेलेर त्यसले थाहा नपाउने गरी बिस्तारै रक्ताम्मे जीउलाई तह लगाउँदै जुरुक्क उभिएर मैले दायाँ हातमा भिरेको खुकुरीले त्यसको घाँटी च्वाट्ट छुट्याइदिएँ ।

खुकुरीका धारमा रगत लाग्न पाएन, त्यो भुइँमा खसेपछि त्यसले भिरेका हतियारहरू बोकेर म हाम्रा सिमानातिर फर्केँ । थुप्रै मासिहरूसँग सङ्गत गरेँ । उठबस भयो तर त्यो निष्ठुरी दुष्ट आत्मा भएको सिपाही जसको घाँटी मैले अलग पारेँ ।

युद्धका पनि नियम-कानुन हुन्छन्, तर त्यो अपराधी आर्मीको बर्दी लगाउन लायक थिएन । अस्थायी शिविरमा फर्किएपछि थाहा भयो हाम्रोतर्फका केही साथीहरूले सहादत प्राप्त गरेछन् । घाइतेहरूलाई उपचार गर्न अस्पताल पठाइएको रहेछ ।

भोलिपल्ट क्याप्टेनले ब्रिफिङ गर्नुभयो- सहिद हुने साथीहरूप्रति श्रद्धाञ्जली र युद्धमा कौशलता देखाउने सबै सिपाही प्रमोसनका लागि सिफारिस गरियो ।

यो युद्ध हुनुको मुख्य कारण पाकिस्तानबाट बङ्गालीभाषीहरू आफ्नो छुट्टै राज्यका लागि माग गर्दै राज्यसँग आक्रोश पोख्दै थिए। राज्य त्यो आन्दोलन दबाउन चाहन्थ्यो। युद्ध सुरु भएको १४ दिनपछि मात्र हामीले थाहा पायौँ, तर उपल्लो दर्जाका सिपाहीहरूलाई पहिले नै थाहा थियो होला युद्धको कारण, तल्लो दर्जाका सिपाहीहरूलाई यस्तै हो, आदेशको पालना गऱ्यो, हिँड्यो, हिँड् भन्दा हिँड्यो, सुत् भन्दा सुत्यो। हतियार भिरेको सिपाही।

क्याप्टेनले भन्नुभयो- राष्ट्र भनेको सबैभन्दा ठूलो कुरा हो। हाम्रो उद्देश्य भनेकै राष्ट्रलाई बलियो बनाउने राष्ट्र र जनताको रक्षा गर्नु हो। राष्ट्र भनेको जहिले पनि परिवार नाता सम्बन्ध र मोहभन्दा माथि हुन्छ। राष्ट्रका लागि लडाइँ लड्दा एकचित्त भएर मन दरिलो बनाएर लड्नुपर्छ। उहिले र अहिले पनि।

त्यतिबेला त्रेतायुगमा पनि भगवान् रामले राज्यका लागि, राज्यका बासिन्दाका लागि, आफ्नी श्रीमतीको त्याग गरे। सीतालाई जङ्गल पठाए। जनताका आवाजको कदर गरेर आफ्नो राज्यलाई बचाइराखे। हामीहरू त मान्छे हौँ। घरको, परिवारको याद आउने भइहाल्छ तर राज्य सुरक्षाका लागि हामी जतिखेर पनि दरिलो भएर उभिसक्नुपर्छ। मन दह्रो गरेर लडाइँमा विजय हासिल गर्नुपर्दछ।

माया प्रेमको डोरीबाट बाहिर आउन सकेनौँ भने ताकेर गोली चलाउन सकिँदैन। युद्ध जित्न ताकेता गरेर गोली पड्काइसक्नुपर्छ। धार्मिकतासँग जोडेर निकै उमङ्ग छाउने प्रशिक्षण दिनुभयो।

प्रशिक्षण सुनिरहँदा हतियार भिरेर दगुरौँजस्तो उमङ्ग आयो। पूर्वी पाकिस्तान स्वतन्त्रताको लागि विद्रोह गरिरहेको थाहा पायौँ। प्रशिक्षण सकिनै लाग्दा हात उठाएर क्याप्टेनलाई ढुक्क रहन आग्रह गर्न मन लाग्यो।

युद्ध गर्दाका बखत घरपरिवारको याद नआउने त होइन, तर राइफलमा गोली भरेपछि त्यसलाई नै पहिलो प्राथमिकतामा राखिएको भावना साटौँसाटौँ लाग्यो।

मैले हात उठाएँ। क्याप्टेनले 'यस, खडे हो जाओ' भन्यो। दायाँ हात माथि उठाउँदै मैले भनेँ- देशबाट देशले स्वतन्त्रता खोज्दो रहेछ, हामीलाई थाहा थिएन, किनकि मेरो देशले यो दशा भोगेको छैन र भोग्न नपरोस् पनि।

इन्डियाको सुरक्षाका लागि आफ्नो छाती थाप्ने प्रतिबद्धता दर्साएँ। क्याप्टेनले 'है क्या बात है' 'वा जी मुबारक हो, बहुत शुक्रिया गुडलक' भन्दै स्याबासी दियो।

मैले सञ्जुका घरपेटीका अनुहारमा हेरेँ । दुःख र हर्ष दुवैको समीश्रणबीच हराइरहनुभएको थियो । युद्धताका आहुतिमा उहाँलाई रोकिन आग्रह गरेर प्रश्न गरेँ- बा, त्रेतायुगको कुरा गर्ने हामी सबैले राम भगवान् हुन् भन्ने बुझ्यौँ तर रामले पद प्रेमभन्दा माथि छ भनी प्रमाणित गरेको कुरा किन बुझ्दैनौ ?

रामराज्यमा भगवान् श्रीरामले राज्यलाई बचाए। जनतालाई खुसी बनाएर श्रीमतीलाई त्याग गरे । धर्मपालन र राजधर्म पालनका नाममा रामले धोबीको बचनको कदर गरे । धोबी नजिक कि सीता ? धोबीका भावनाको कदर गर्ने रामले श्रीमतीको भावनाको कदर किन गरेनन् ?

सीताको लङ्का बसाइको विरासतपछि अग्निपरीक्षा गरेर ल्यायो भन्ने एकथरी भक्तहरू छन्, अर्काथरी छन् जङ्गल जाँदा सीता अग्निमा प्रवेश गरेकी थिइन् पछि फर्किंदा अग्निबाट बोलाइएको हो भन्ने । जेसुकै भए पनि सीतालाई जङ्गल पठाएको कुरा साँचो हो । छोडिएको हो पत्नी प्यार, जीवनसँगिनी भन्दा राज्य ठूलो हो भन्ने आदर देखाउने श्रीराम प्रेमका हत्यारा हुन् भन्दा कस्तो होला ? श्रीमतीका मामिलामा श्रीराम कमजोर हुन् भन्दा कस्तो होला ?

म पनि रामभक्ति गङ्गामा नुहाउन चाहने भक्त हुँ । रामकथा कल्याणकारी छ । निर्मल गङ्गासमान, जसले प्रपञ्च रचेर रघुकुलको सुख सौभाग्यमा आगो लगायो उसैलाई (मन्थरा) माई भनेर श्रीरामले आदर गरे लक्ष्मण र सीतालाई मन्थराका पाउमा ढोग्न लगाए, त्यस्ता उदार हृदयका नारीप्रति सम्मान र आदर राख्ने श्रीरामले श्रीमती सीतालाई कसरी जङ्गल पठाउन सक्छन् ?

वाल्मीकिले लेखेको रामायणमा उत्तरकाण्ड थियो वा थिएन ? यदि उत्तरकाण्ड वाल्मीकिले नै लेखेका हुन् भने किन श्रीरामको वात्सल्य लेखेनन् ?

रामायणको व्याख्या तथा अनुवाद विभिन्न कालखण्डमा विभिन्न तरिकाले गरिएको पाइन्छ । त्यो भाषाविद्हरूको क्षेत्र हो । मेरा नजरअन्दाजमा नभएको कुरा, तर मलाई लागेको चाहिँ के हो भने श्रीरामको महिमा रामायण लेख्दै गर्दा किन लेखिएन सीतायण ? सीताविना राम पूरक छन् त ?

किन लेखिएन हनुमानयण ? रामसीताका भक्त हनुमान्को महिमा ?

राम मन्दिर बनाउँदै हिँड्नेहरूले किन कल्पना गर्दैनन् सीता मन्दिरको ? धर्मका अनुयायी रामका अन्धभक्तहरूले श्रीरामले जस्तै गरी आआफ्ना श्रीमती त्यस्तो अवस्थामा जङ्गलमा लगेर छोडे भने कसरी चल्छ समाज ? कसरी चल्छ धर्म ?

असत्य कुरालाई असत्य भन्न किन सक्दैन समाज ? रामायणको उत्तरकाण्ड झूटा साबित होस् ।

श्रीरामजस्ता आदर्शको व्यक्तित्व लेख्ने वाल्मीकिले राम राज्य धर्म, त्याग र कर्तव्यको आदर्श हो भनी वर्णन गरे, तर सीताको बहिर्गमनलाई कुन आदर्शभित्र राखे ?

कुन प्रेम र कुन प्रतिष्ठाले भन्छ श्रीमतीलाई जङ्गल पठाऊ ।

दरबारमा श्रीरामले स्याहारेसुसारे थपे होलान् राजा महाराजाका दिनचर्या तर जङ्गलमा सीताले पेटभरि खाइन् कि खाइनन्, बास बस्ने झुप्रो पाइन् कि पाइनन् । दरबारभित्र बाँच्दै गरेको जीवन फेरि जङ्गलका बीचमा, त्यो पनि गर्भिणी भएको अवस्थामा । धर्म यही हो र ? उत्तरदायित्व र श्रीमान्को भरोसा यही हो ?

आँखाभरि आँसु बोक्दै टाउको हल्लाउँदै खाटबाट बिस्तारै दायाँ खुट्टाले भुइँमा टेक्दै अनुहार रातोपिरो पार्दै सञ्जुका घरबेटी बा बोले । यिनलाई रोएको देखेर मलाई पनि रुन मन लाग्यो । त्यही मान्छे रुन्छ जसले सम्बन्धलाई सही तरिकाले निभाएको हुन्छ, नत्र मतलबको सम्बन्ध राख्नेहरूको न आँखामा सरम हुन्छ न आँसु भन्नुभयो । कुरा सही हो ।

हामीले सुनेको त्यही हो । त्यो श्रीरामले गरेकै हुन् श्रीमतीभन्दा पदवी ठूलो भनी राज्यका पछि लागे । प्रेममा रमाउनेहरूका लागि यो सहज कुरा होइन । पारिवारिक मूल्यमान्यताका विपरीत कसै अरूलाई प्रशंसनीय बनाउन तथा अरूको भावनाको कदरका खातिर श्रीमती छोड्ने कुरा अपाच्य हो ।

परिवारका परिभाषामा आमाबुबापछि श्रीमतीको दर्जा नजिक हुन्छ । श्रीमतीलाई नै परिवारबाट हटाइदिएपछि त्यो परिवार के बाँकी रह्यो, त्यसलाई कस्तो आदर्श मान्ने ? कुरा ज्यादै गहिरो छ ।

हाम्रा पल्टनमा हाम्रा क्याप्टेनले सिपाहीहरूलाई माया र घरपरिवारका यादबाट माथि उठाउनका लागि तथा परिवारको चिन्ताबाट मुक्त गराउनका लागि हामीलाई रामको कथा सुनाएका हुन् ।

युद्धको सिपाहीका लागि मायाप्रेम परिवार सबै कुरा वस्तुमा परिणत गरिन्छ। त्यो वस्तु जसको नाम हो गोलीबारुद, जसले बढी पड्काउन सक्यो त्यसकै जित। के गर्नु सिपाही त्यो पनि युद्धमा होमिएको- हरेक दिन मङ्गलमय होस् भन्ने चाहना त सबैको हुन्छ।

उडुँ कि गुडुँ भन्ने उमेरको बैंसे जीवन पैसाको पासोमा परेर रक्षा गर पशुपतिनाथ भन्दै बारुदको भारी उठाउँदै बन्दुक भिर्नुको पीडा सीताको अग्निपरीक्षा भन्दा कम थिएन। पतिव्रता हुनू भन्ने कुरा आगोले प्रमाणित गरिदिएपछि रामले सीतालाई साथमा लिए। अग्निपरीक्षापश्चात् पनि उनीमाथि लाञ्छना लाग्यो।

हाम्रा सिपाहीहरू जसले देशको रक्षार्थ प्राणको आहुति चढाउन तत्पर रहन्छौँ। हाम्रो पनि देशभक्तिको भावनाका बारेमा अग्निपरीक्षा गरिँदो हो त सबैले बुझ्ने थिए होलान् श्रीरामको कहानी बुझे झै सिपाहीको कहानी पनि।

श्रीरामको कथाझैँ हाम्रा कथा कहानी व्यथाका मर्म कसले बुझिदिने ? श्रीरामले त जम्मा १२ वर्ष वनबास भोग गरे, हामीले त २० वर्ष, त्यो पनि वनबासभन्दा कठोर तपस्या गर्‍यौं।

देशको स्वाभिमान, राज्यको पौरखका लागि आफ्नो कथा सुनाउँदै गरेका सञ्जुका घरबेटी स्तब्ध हुँदै बोली बन्द गरे। भावनामा डुबेको, युद्ध लडाइँ गर्दै गरेको, यादहरूमा पौडिँदै गरेको घायल सिपाही, उनले बोल्दै गरेका, भन्दै गरेका कथाव्यथा यथार्थमा अगाडि बोल्ने र उत्तर फर्काउने शब्दहरू मसँग भएन।

म टोलाएर सुनिरहें, हेरिरहें। मानौं सिपाहीहरू लडाइँ लड्दै छन् र लडाइँ जसले जित्यो म त्यसका बारेमा इतिहास लेख्न पर्खिरहे, लेख्नेछु इतिहास देशका पक्षमा, मेरा सिपाहीको कौशलता र बहादुरीको पक्षमा।

म अक्षर लेख्न मन पराउने मान्छे सिपाहीका अगाडि खुलेर बोल्न डर लाग्यो। बसिरहें, सुनिरहें सिपाहीका दुःख, पीडा र अनन्त जीवन जसले देशका लागि आफ्नो रगत चढाए। जसले घरपरिवार छोडेर लडाइँ लडे। देशका लागि, राष्ट्रका खातिर।

लामो श्वास लिँदै उनले भने- मन्दिरमा गएर फूल चढाउँदैमा धर्म हुँदैन, घन्टी बजाउँदैमा ईश्वर प्राप्ति हुँदैन। त्यसका लागि मन, वचन र कर्मबाट समर्पित हुनुपर्छ।

त्यस्तै बन्दुक उठाउँदैमा युद्धमा विजयी कहाँ भइन्छ र विजय प्राप्त गर्न तथा सफलताका साथ युद्ध लड्न तालिमको पनि त्यत्तिकै जरुरत पर्दछ। हामीले गरेको त्यो तालिम सुरुवातीका दिनहरूमा घरपरिवारको यादले कमता सताएन।

श्रीमती सम्झँदा तालिम छोडेर भागौं कि झैं लाग्थ्यो। तर के गर्नु, हामीहरू आदेशको पालना गर्ने बानी लागेका सिपाही माथिबाट जुन आदेश आयो 'यस' हो, कालो पिल्लर देखाएर त्यो सेतो हो भन्नुभन्दा हो सेतै छ भन्नुपर्ने, फौजीको तालिम लगाम लगाएर तबेलामा बाँधेको घोडाजस्तै हो।

अनुशासित, मर्यादापालक, बफादार। आँगनको डिलनेर सयपत्री फुलेका बोट, छेउमै उभिएकी घरबेटीकी श्रीमती मन्द हाँसोमा बोलिन्, यी बूढाका कुरा गफ नै त हो। हुन नि मेरो याद आएको भए आउँथ्यौ होला नि घरमा। त्यत्रो लामो समय कसरी उतै हराउँथ्यौ।

अहिले मेरा अगाडि ठिक्क कुरा मिलाउने, विश्वले पुज्दै गरेका, मान्दै आएका राममाथि प्रश्न उठाउने ?

दुनियाँका सबैभन्दा सर्वश्रेष्ठ प्रेमका पुजारी हुन् श्रीराम। त्रेतायुगका भगवान् जसले आफू स्वयं पञ्चतन्त्रका स्वामी भएर पनि आफ्नै पत्नी हरण भएपछि समुद्रमाथि बाँध बाँधेर लङ्का पुगे। त्यहाँका राजा रावणको हत्या गरी सीतालाई फिर्ता लिएर आए।

पुरुषहरूको पापी मन रावण अर्काकी श्रीमतीमाथि हात नहाल्दो हो त उसको नाश हुने थिएन। त्यत्रो अनिष्ट भयो। अर्काका ईर्ष्याले आफ्ना सुख बिर्सनेहरूलाई के थाहा, रावणले सीतालाई फकाउन रामको रूप धारण गरेर अशोकबाटिकामा जाँदा थाहा पाए।

रामका परम हंसले सबै श्रीमतीहरू, बहिनी र आमाको रूपमा देखिँदा रहेछन्। यसले झन् रावणको इच्छा चकनाचुर भयो।

सञ्जुका घरबेटी आफ्नी श्रीमतीतिर फर्किंदै प्रतिक्रिया गरे- होइन हो, श्रीरामका आदरणीय र सम्माननीय सफल पक्षहरू धेरै नै होलान्। सांसारिक मायमा श्रीराम प्रेमका पथप्रदर्शक हुन्। रावणले हरेर सात समुद्र पारि लगेकी आफ्नै श्रीमती खोजेर ल्याए। पापीहरूलाई दण्डित गरे। जुन कुरा सत्य हो। तर धर्मका नाममा उत्तरकाण्डमा घटेका घटना हेर, ती कसरी पुज्य आदरणीय र नारीहरूका पक्षमा छन् भन्छौ।

महान् श्रीरामले गर्भवती पत्नी सीतालाई जङ्गलमा छोड्न लगाएको कुरा त्रेतायुगका आचार्य महर्षि महापुरुष विद्वान्हरूका लागि त्यो स्वीकारयोग्य भयो र सीतालाई जङ्गलमा लगेर छोडियो ।

तर, मजस्ता सिपाहीका लागि त्यो रुढिवादीपन हो । गर्भवती श्रीमतीलाई त्यो समयमा बढी माया ममता, आदर सम्मान, सहयोग र पारिवारिक हौसलाको जरुरत पर्दछ ।

निराशामा बस्ने चाहना त कसैलाई पनि हुँदैन तर कुनै कुनै मोडमा हाँस्ने चाहना पनि हराउँदो रहेछ । श्रीरामकी श्रीमती सीताको जीवनमा आएको उत्तरकाण्ड सीताको वनबास घटना थप अरू श्रीमतीले भोग्न नपरोस् ।

तीन लोककी लक्ष्मीको दर्जा पाएकी सीताका लागि द्वारपालको शक्ति पाएका कहिले पनि आँखा झिमिक्क नगर्ने तथा आँखा खोलेरै निदाउने शक्ति पाएका लक्ष्मणले मर्यादा पुरुषोत्तम श्रीरामको आदेशमा सीतालाई जङ्गलमा लगेर छोड्ने योजना बनाए ।

सीतालाई वनमा लगेर छोड्ने योजना बनाउँदा कौशिल्या, कैकेयी, सुमित्राहरूले यस्तो अवस्थामा छोड्न हुँदैन भन्न सकेनन् । नारीले नारीको पीडा र वेदनाको इज्जत गर्नुपर्ने हो । आदेश र वचन पलनाका नाममा नारीमाथि अन्याय र अत्याचार गरियो ।

जानकी वल्लभ, सीताराम, रामचन्द्र, रघुनाथ, मर्यादा पुरुषोत्तम, कौशलपति, नन्द यादवजस्ता नामहरूले पुकारिने आदर्श र आज्ञाकारी श्रीरामका आदेशले सीतालाई दरबारबाट जङ्गल पुऱ्याइयो ।

पतिको आज्ञा पालनका लागि अहिले वर्तमान समाजलाई हाम्रा घरहरूमा त्यस्ता सीताको जरुरत छ, जसले आफूमाथि घटिरहेका घटनाहरूको समीक्षा गर्न सकुन् । त्यस्ता सीताको जन्म हुन जरुरी छ जसले आफ्नो हक अधिकारका लागि न्यायोचित निर्णय गर्न सकुन् ।

संस्कार र परम्पराका नाममा लादिएका कुसंस्कारको विरोध गर्न सकुन् । परिवारलाई मायाका आदर्शमा बाँधेर संयुक्त परिवारको अवधारणालाई जीवन्त दिन सकुन् ।

परिवार टुक्रिएर होइन, परिवारहरू पूर्ण परिवार भएर बचाउन सक्ने छोरी आजको समाजको खाँचो हो । परिवारभित्र समानता, न्याय र सभ्यताको वातावरण बनाउन सक्ने छोरी आजको आवश्यकता हो ।

श्रीमान्-श्रीमती रोजगारीका लागि होस् अथवा जीवन सुखमय बनाउन, केही समय परिवारबाट अलग्गिँदा दिन दुई गुना र रात चौगुना श्रीमान्-श्रीमतीको सम्बन्ध सकिँदै गरेको वर्तमान अवस्थाको युवापिँढीका लागि बिसौं वर्ष श्रीमान् कुरेर बस्ने, त्यो पनि लडाइँको सैनिक। यी घरबेटी आमालाई कोटि कोटि नमन, श्रीमतीको अब्बल उदाहरण हुन् यिनी। हाँसो, बैंस र यौवनका के कुरा गर्नु, यस्ती सहनशील, आदरशीलताकी खानी। यिनी असल श्रीमतीका साहसले जीवनको उत्तरार्द्धमा यो जोडी रमाएर बसेको छ। अनुशासन र सम्बन्धको उदाहरणीय जोडी। यी घरबेटीकी श्रीमतीलाई कोटि कोटि प्रणाम।

हिजो साँझ सञ्जुका घरबेटीसँग भएका ती संवादहरू म केलाउँदै थिएँ। आदर्श र धर्मका नाममा लादिएका नारी चीत्कारहरू, सञ्जुले दायाँ हात हल्लाउँदै इशारा गरिन्।

लु.अ.झ. ८४२ नम्बरको मालबाहक ट्रक हाम्रा अगाडि रोकियो। सञ्जुले भुरिगाउँसम्म जाने भनिन्। हामी ट्रकमा चढ्यौं। ट्रक ड्राइभरले भन्यो- ल तिमीहरूलाई एक महिना पहिले पनि मैले भुरिगाउँबाट यसै चोकसम्म ल्याइदिएको थिएँ। याद छ ?

सञ्जुले हाँस्दै ए हो त नि भनिन्।

ट्रक अगाडि बढ्यो। कोहलपुरबाट पश्चिम जाने राजमार्गमा ठूलाठूला विशाल पक्की घरहरूलाई पछ्याउँदै, यो बाटोमा मैले धेरै पल्ट ओहोरदोहोर गरेको छु। तर फरक यति हो आज हामी भुरिगाउँमा ओर्लिनेछौं र त्यहाँबाट बगनाहाका लागि अर्को गाडी लिनुपर्नेछ। भुरिगाउँका बिचोबिच महेन्द्र राजमार्ग छ। मैले भुरिगाउँ धेरैपटक ओहोरदोहोर गर्दा देखे पनि त्यहाँ ओर्लिने साइत जुरेको थिएन। आज त्यो पनि पूरा हुने भयो।

महेन्द्र राजमार्गका छेउछाउतिर थुप्रै बस्तीहरू छन्, कतै पक्की घरहरू त कतै माटाका कच्ची घरहरू। दायाँबायाँ जोडेको बाटाहरू पनि, बीचबीचमा ठूलठूला हरियाली खेतबारीहरू, लटरम्म फलेका धानका बोटहरूले खेतहरूमा सौन्दर्य भरिएको छ, ठाउँठाउँमा घना जङ्गल छ। ठूलाठूला रूखहरू शान्त वातावरण सफा प्रकृति सुन्दर वातावरण।

थुप्रै साइकल, ट्र्याक्टरहरूलाई पछ्याउँदै ट्रक अगाडि बढिरह्यो आफ्नो गतिमा। करिब ४० मिनेटजति हाम्रो यात्रा अगाडि बढिसकेपछि महेन्द्र राजमार्गबाट सुन्दर पहाडका दृश्यहरू देखिए।

तराईका फाँटबाट पहाडको दृश्य कुनै असल चित्रकारले क्यानभासमा कोरेको चित्रजस्तो। यस्ता दृश्यहरूप्रति मन पग्लियो।

मैले ट्रक ड्राइभरलाई सोधेँ र अनुरोध गरेँ- गुरुजी, गाडी एकछिन रोक्न मिल्छ ?

किन हो ? ड्राइभरले वितुरतिर हेर्दै सोधे।

हातको इशाराले देखाउँदे उनले भनेँ- ती माथिका दृश्यहरू धीत मर्ने गरी हेर्नु छ। तराईका यी सुन्दर हरियालीले भरिएका फाँटमा उभिनु छ। प्रकृतिको मजाले आयु वृद्धि हुन्छ भन्छन्।

टाउको हल्लाउँदै ड्राइभरले गाडीको गति घटाउँदै लगे। करिब चार मिनेटपछि गाडी रोकियो। म गाडीबाट ओर्लिएर महेन्द्र राजमार्गको छेउको सडक डिलबाट तल ओर्लिएँ।

माथिबाट हेर्दा ठिकै देखिएको त्यो रूख मैले अँगालो मार्न खोज्दा मेरो अँगालोमा अटाएन। अनि त्यसै छेउको घाँसे मैदानमा पल्टी मारेर सुतेर चियाएँ- माथि पहाडका भञ्ज्याङहरूतिर। मन र आँखा अघाउने गरी स्पर्श गरिरहेँ हरियो घाँसे मैदान।

केही समयको विश्रामपछि हामी अगाडि बढ्यौँ। बाटोको छेउछाउमा देखिने मृगका बथान, हात्तीहरू र गैँडाका चहलपहलले यात्रामा अझ आनन्द थपियो। यी प्राकृतिक उपहारहरू नियाल्दै महेन्द्र राजमार्गमा हामी अगाडि बढ्दै थियौँ। सञ्जुले भनिन्- अब थोरै समयपछि भुरिगाउँ पुगिन्छ।

मैले सञ्जुका इशाराप्रति खुसी व्यक्त गर्न खोजेँ, तर उनले मेरो अनुहारमा छाएको असहजता थाहा पाइसकेकी थिइन्। मौन बसिरहिन् प्रतिप्रश्न नगरी।

मनमा धेरै कौतूहल थियो। म मेरा संस्कारका विरासतमा थिइनँ। चलाउँदै छु त्यो कुरा जुन समाजका लागि अपाच्य हुन सक्छन्। परिवारका लागि अयोग्य हुन सक्छ।

वैवाहिक संस्कार हाम्रो सुदूरपश्चिममा विशेष अर्थ राख्दछ। सगोत्रीसँग विवाह गर्नु हुँदैन। आफू सुहाउँदो थरसँग विवाह नगरे वर्णसङ्करको जन्म हुन्छ। आफ्नो विवाह जातकासँग भयो भने पितृहरूलाई पिण्डदान गर्न तथा पूजा आदि समारोहमा समावेश हुन पाइन्छ। जातीयताको ठूलो खाडलमा विवाह सम्बन्ध बाँधिएको छ, युगौँदेखि भनौँ भने वैदिक कालदेखि जातीयताको नाममा सम्बन्धहरू भासिएका छन्।

मानिसलाई जातअनुसार वर्गीकृत गरिएको समाज।

- ब्राह्मणले ब्राह्मणसँग।
- क्षत्रीले क्षत्रीसँग।
- वैश्यले वैश्यसँग।
- शूद्रले शूद्रसँग।

जातीय वर्गीकरणभित्र रहेर विवाह सम्बन्ध हुने गर्दछ। जसले सामाजिक रीति र मान्यताका विपरीत काम गऱ्यो त्यसलाई गाउँ समाजबाट बहिष्कृत भएर बस्नुपर्छ। यस्ता थुप्रै घटनाहरू हाम्रो समाजमा घटिसकेका छन्। म डराउनुपर्ने तथा समाजबाटै बहिष्कृत हुनुपर्ने खासै पाप त मैले गर्न लागेको होइन।

म गौतम गोत्री हुँ। आफू सुहाउँदो कन्यासँग मेरो विवाह सम्बन्धको कुरा अगाडि बढ्दै छ। समाजलाई प्रमाणित गरेर भने देखाउनुपर्ने हुन्छ।

हुन त समाजका यी रुढिवादी प्रथाका विरुद्ध हामीजस्तो युवा र नवयुगका पुस्ताले व्यावहारिक रूपमा परिवर्तन गरेर अगाडि बढ्नुपर्दछ। कल्पना, विचारविमर्शहरू जति ठूलो र नयाँ गरे पनि सामाजिक विद्रोह गर्न सजिलो छैन।

रुढिवादीमा बाँचेको समाज जातीय रोगले ग्रसित छ। मान्छेले मान्छेलाई जातीयताको नाममा वर्गीकृत गर्नु दुर्भाग्यपूर्ण हो। आउँदो पुस्तामा यसको छाया रहनु हुँदैन, सुरुवात मबाट नै...।

जातीयताको नाममा समाजले पालेको रुढिवादीको अन्त्य गर्नु छ। संस्कृतिका नाममा लादिएको अन्धविश्वासलाई मिल्काउनु छ।

महेन्द्र राजमार्गबाट दायाँतिर ढल्किँदै थियो। बर्दिया राष्ट्रिय निकुञ्जको गस्तीमा हिँडिरहेका नेपाल आर्मीको गस्तीको गाडी हामी यात्रा गर्दै गरेको ट्रकलाई पछ्याउँदै बर्दिया राष्ट्रिय निकुञ्जका घाँसेझाडीभित्र हाम्रा नजरबाट हराउँदै थियो। अर्कोतर्फबाट एक हूल गैँडाहरू निस्किएर बिस्तारै महेन्द्र राजमार्गलाई नाघ्दै बायाँतिर लागे।

सञ्जुले आफ्नो कोखमा च्यापेको झोला तह लगाउँदै भनिन्- ल अब ओर्लिनुपर्छ। हामीलाई भुरिगाउँबाट वनकट्टीतिर जाने गाडीको प्रतीक्षालय नजिकै रोकिदिनु है दाइ।

ड्राइभरले पनि सञ्जुको कुरामा सहमति जनायो।

मलाई गाडीबाट ओर्लिने कि यसै गाडीबाट धनगढीसम्म जाने भनेर दोधार भयो । सञ्जुलाई भुरिगाउँमा ओरालेर आफू नओर्लिने हो कि तर मनको कुरा उनीसँग भन्न सकिएन ।

धीमहिका घरमा गएर म आफैँ स्वयम्ले परिचय गर्दा त्यसको परिणाम के होला ? हाम्रो संस्कारमा बेहुला पक्षका परिवारका सदस्यले सामान्यतया बेहुलीका बाबु अथवा नजिकका नातेदार परिवारसँग भेटेर विवाहका बारेमा औपचारिक प्रस्ताव गर्छन् । त्यो प्रस्ताव बेहुली पक्षबाट स्वीकृत भएपछि मात्र बेहुला-बेहुलीलाई भेट गर्ने अनुमति दिइन्छ ।

दुवै पक्षका अभिभावकले विवाहको प्रस्तावलाई स्वीकार गरेपछि मात्र बेहुला-बेहुली भेट गर्ने अनुमति हुन्छ । परिवार र समाजको सहमति महत्त्वपूर्ण मानिन्छ । यसरी गरिएको विवाहले वैवाहिक जीवन सार्थक हुन्छ भन्ने मान्यता छ ।

हुन पनि सत्य कुरा के हो भने हरेक आमाबाबुले मेरो बुहारी यस्तो भइदिए हुन्थ्यो अथवा फलाना परिवारसँग नातासम्बन्ध राखे राम्रो होला, मेरो ज्वाइँ त्यो, त्यस्तो.... भनेजस्तो सपना देखेका हुन्छन् ।

आमाबुबाको सल्लाहविना, आमाबाबुको अनुमतिविना आफूखुसी अगाडि बढ्नु भनेको आमाबुबाको मनमा चोट पुऱ्याउनु हो । उहाँहरूको सपनाको विपक्षमा उभिनु हो ।

अवश्य पनि यो राम्रो भइरहेको छैन भन्ने कुरा मनमा खेलाउँदा खेलाउँदै आँखाभरि आँसु भरिए । मनभित्रको भावुकता, आँसुमा बगिरह्यो ।

यसरी परिवारको आदर्श, भावना र सिद्धान्त एकातिर छोडेर आफू अर्को नाउमा चढ्न लागेको महसुस भयो ।

आदर्श र भावना जीवनमा महत्त्वपूर्ण छन् । जीवन चलाउनका लागि व्यावहारिकता, निर्णय क्षमता र यथार्थपरक सोच आवश्यक हुन्छ ।

आदर्शले नै जीवनलाई दिशा दिन्छ र भावनाले हामीलाई मानवीयता र सम्बन्धका पक्षमा बाँध्छ । जीवनमा स्थिरता र सफलता प्राप्त गर्न व्यावहारिक कदमहरू चाल्नुपर्छ, यो मेरो व्यावहारिक कदम हो, म डराउनु हुँदैन ।

आफ्नो मनलाई आफैंले सान्त्वना दिँदै थिएँ । ट्रक रोकियो । ड्राइभरले महेन्द्र राजमार्गबाट बायाँतिर जाँदै गरेको सडकखण्ड देखाउँदै भन्यो- उः त्यो छेउमा पिपलबोटनिर उभिनु । त्यहीँनेर आउँछ वनकट्टी जाने गाडी ।

सञ्जु र म ट्रकबाट ओर्लिएर पिपलबोटतिर लाग्यौं ।

बर-पिपलको छेउमा उभियौं । मेरो आँखामा आँसु भरिएको देखेर सञ्जुले पनि अनुहार मलिन बनाइन् ।

साँझको समय सूर्यास्तको बेला माथि बादलमा सुनौला किरणहरू छर्दै सूर्य विलयमान हुँदै थिए । मैले सञ्जुलाई सूर्यास्त हुनै लागेको सूर्य देखाउँदै भनें- आहा, कति राम्रो आकाश हेर त । सूर्य बिलाउँदै छन्, दिनको उत्तरार्धको समय हूलका हूल चराहरू रूखमा फर्किँदै छन् रातिको बासस्थान खोज्दै ।

हातको झोला वरको चौतारीमा बिसाउँदै सञ्जुले आकाशतिर हेरिन् । मेरो बोलीमा मिसिएको सुस्तता पत्ता लगाइन् र भनिन्- होइन हो, दाइ हिँड, फर्कने भए फर्कौं ।

मैले त तपाईंको मन खुसी देख्दिनँ ।

किन हो र ? दसैं आउन अझै तीन दिन बाँकी छ ।

आरामसँग पुग्नुहुन्छ क्या घरमा ।

धीमहि राम्री लागिनन् र ?

उचाइ, जिउडाल त तपाईंहरूको ठ्याक्कै मिल्छ । भगवान्ले नापेर बनाइदिएको हो कि जस्तो छ । राम्री पनि धीमहि राम्री छिन् । उज्यालो वर्णकी । वितुर सोचेभन्दा राम्रो छ भनेर तपाईंको बयान गर्दै थिइन् । बाँकी त तपाईंहरू दुई जनालाई थाहा होला ।

म के भनुँ- धीमहिका घरमा जाँदैमा विवाह गर्नु नै पर्छ भन्ने पनि त छैन । साँझ उतै बसौं भोलि बिहान यसै चौतारीसम्म सँगै आउँला, तपाईं घर जानुहोला, हामी नेपालगञ्ज । गाडीहरू प्रशस्त पाइन्छन् ।

बिहान सबेरै आयौं भने काठमाडौंबाट फर्किंदै गरेका रात्रि बसहरूको लाइन हुन्छ । समयमै सजिलै पुग्न सकिन्छ ।

यता आउने र उता जाने बसहरू... । बायाँ हात झड्कार्दै हातमा बाँधेको घडीमा समय हेरिन् र कुर्ताको बाउलाहरू तह लगाउँदै सञ्जुले जिउ तन्काइन् । ट्रकमा आउँदा लागेको थकाई.... मैले थपें- ट्रकमा आउँदा गाह्रो भयो कि क्या हो ?

खुट्टा खुम्च्याएर बस्नुपर्‍यो। पैसाको लागि जति यात्रु भेटिए पनि रोकिहाल्छन्। दुई जना यात्रु पहिले नै थिए। दुई हामी थपियौँ चार। एक जना गाडीको सहयोगी पाँच भयौँ। तीन जना अटाउने सिटमा पाँच जना। फेरि साँझको समय गाडी नपाउला कि भन्ने डर पनि थियो।

होइन ठिकै छ, समयमा पुगियो। तर तपाईंलाई खुसी नदेखेर पिर लाग्यो।

वितुर- होइन पिर नमान् त्यस्तो होइन। धीमहि पनि मेरो साथी नै हुन्- जस्तो तिमी छ्यौ, साथीको घरमा जान केको समस्या ? मेरो नजरअन्दाजमा उनी राम्री छिन्। मैले चाहेजस्तै, बाँकी त कसले देखेको छ र ?

हामी दुईबीचको सम्बन्ध साथीको सम्बन्ध मात्र हो। बाँकी भनेको मैले चाहेर पनि कहाँ पाइन्छ र भाग्यमा नभएको कुराहरू।

हो मैले धीमहिसँग केही फरक सपना बाँडेको छु- तिमीसँग भन्दा फरक- साथीको सम्बन्धलाई जीवनसाथीको रूपमा परिणत गर्ने। त्यो कुरा धीमहिले पनि आफ्ना आमाबुबामा नै निहित छ भनेकी छिन...।

मेरो स्वर मलिन हुनुको राज अर्कै छ। तर, सञ्जुले जे बुझिन् उनका लागि त्यही ठिक हो। सत्य कुरा बुझाउन गाह्रो हुन्छ। म त्यो प्रयासमा लागिनँ।

एक हूल चराहरू कराउँदै हामी उभिइरहेको वरपिपलको बोटमाथि आएर बसे। आफ्नै भाषामा गीत गाउन लागे- दिनभरिको थकान मेटाउँदै होलान् भोलि उज्यालो हुन नपाउँदै उडेर कहाँ पुग्छन् कहाँ। चारोको खोजीमा यत्रतत्र।

मन परेको चारो खोज्ने र रातिको शीतबाट जोगिन अलि राम्रो रूखका हाँगामा रात काट्ने चाहना त होला यी चराहरूको, मेरो पनि यस्तै हो।

राम्रो जीवन जिउनका लागि र पौष्टिक आहारयुक्त खानाका लागि विश्वमा मानव सभ्यतामा होडबाजी चलिरहेको छ। गुणस्तरीय जीवन बाँच्नका लागि एक ठाउँबाट अर्को ठाउँमा बसाइँसराइ गर्ने क्रम छ। यी चराहरूका लागि देशको सीमाले मान्यता राख्दैन, खुला आकाशमा इच्छामुताविक उडिरहन्छन्।

मेरा लागि भौगोलिक देशका सीमाहरू छन्। आजभोलि काठमाडौँमा लहर चलेको छ जापान, अमेरिकालगायतका देशमा बसाइँ सर्ने। राम्रो गुणस्तरीय जीवन जिउनका लागि, सकिएछ भने म पनि उतै बसाइँ सर्ने हो।

मैले सञ्जुलाई भनें- म त धीमहिलाई लिएर अमेरिका बसाइँ सर्ने हो ।

सञ्जु खितिति हाँसिन् । लल, मलाई पनि नबिर्सिनु, नेपाल आउँदा भेट गरौँला... ।

हामी बसेको चौतारी अगाडि एउटा जिप रोकियो । धूलोले भरिएका एक हूल मान्छेहरू जिपबाट ओर्लिए । सबैको अनुहार पाउडर धसेजस्ता । कपालभरि धूलो ।

यात्रुहरूलाई छोडेर यही जिप गुलरिया, बर्दियाको सदरमुकाम फर्किंदो रहेछ । हामी यसै जिपमा बस्यौँ र लाग्यौँ धीमहिको घरतिर वगनाह ।

जिप वगनाह बजारबाट अलि अगाडि सञ्जुले अह्राएबमोजिम रोकियो । यसलाई वनकट्टी भन्दा रहेछन् ।

सडकछेउमा ठूलो कुलो बग्दै थियो । निलो सफा पानी, यसै कुलोमा सञ्जु र मैले हात धोयौँ । अलिकति भए पनि कपडामा लागेको धूलो सफा गर्‍यौँ ।

सञ्जुले भनिन्- यो नाला बबई नदीबाट आएको हो । बबई नदी दाङ र सल्यान जिल्लाको क्षेत्रमा पर्ने पहाडहरू उद्गमस्थल रहेको यो नदी बर्दिया राष्ट्रिय निकुञ्ज हुँदै बगेर भारततर्फ जान्छ ।

कुलो (नाला) लाई पछ्याउँदै हामी अलि अगाडि पुग्यौँ । सडकछेउको बायाँतिरको घर देखाउँदै सञ्जुले भनिन्- उः त्यो घर धीमहिको हो ।

अगाडि अगाडि सञ्जु र पछाडि म साँझको बेला अँध्यारोले खेतबारी र जङ्गल छाइसकेको थियो । घर अगाडि पुगेर सडकछेउमा सञ्जु उभिइन् ।

अलिक मलिन बोलीमा प्रस्तुत भइन्- सधैँ गइरहने घरमा आज उनलाई अप्ठ्यारो लाग्यो । मैले थपेँ- खै त तिम्रो साथी लिन आउनुपर्ने हो ।

उनले थपिन्- हुन त हो ।

यत्तिकैमा ठूलो बडेमानको कुकुर हाम्रो नजिक हुँदै थियो । आफ्नो बाटोमा नजिकिँदै गएपछि थाहा पाएँ पुच्छर नभएको कुकुर । सञ्जु जा दूर दूर भनेर कराइन् । मैले थपेँ- नडराऊ, ऊ आफ्नो बाटोमा जाँदै छ, हामीलाई के गर्ला र... ।

हाम्रो बोली सुनेर आँगनछेउमा हिँडिरहेकी, अन्दाजी पचास-बाउन्न वर्ष उमेर पुगेजस्ती आमाले हामीतिर हेरिन् । उनको हातमा परालको आठो, भैँसी गोठतिर हिँड्दै गरेकी थिइन् ।

आमा, हामी आयौँ, म हो म, सञ्जु ।

धीमहि खै ? राया बा राया ।

अहो, तिमी पो । आऊ त आऊ ।

ए धीमहि, पाहुना आएका छन्, कहाँ गयौ ?

थोरै बेर अघिकन त यहीँनिर थिई ।

साँझ पाहुना आउन्या हुन् भन्याकी थिई ।

सुनेनौ क्या । मकन बोलाएर ल्याउँछु ।

आमा हातको पराल भुइँमा राख्दै घरभित्र पस्नुभयो ।

सञ्जु र म पनि बिस्तारै घरतिर सऱ्यौँ । आँगनको बायाँतिर ठूलठूला काठका खम्बाहरूले बनाएको घर रहेछ । दुई तलाको काठैकाठले बनाएको माथिल्लो तलामा भैँसीको भुसाहरू र तल भैँसीहरू बस्ने गोठ ।

आँगनको दायाँतिर कच्ची इँटाहरूले बनाएको भान्साघर । आँगनबीचमा भत्किएर सकिँदै गएको छाप्रो छ । त्यसको पछाडि पक्की घर । दायाँतिर थुप्रै फलफूलका बुटा र तरकारीबारी नजरअन्दाज गर्दै थिएँ ।

धीमहि बाहिर निस्किइन् । बल्ल सञ्जुको अनुहार उज्यालो भयो र मैले पनि राहत महसुस गरेँ ।

धीमहिका अनुहारमा छुट्टै खुसी थियो । आँखाको परेलाबाट ती खुसीका बिम्बहरू प्रस्फुरित हुँदै थिए । घरको अगाडि बेन्च थियो । हातले त्यो बेन्च देखाउँदै धीमहिले पाहुना मान्छे यहाँ बस्नुहोस् भन्दै सञ्जुलाई लिएर घरभित्र पसिन् ।

अघिसम्म सञ्जु साथमै थिइन् र अलि भए पनि साहस थपिएको थियो । एक्लै भएपछि झन् मनमा कुराहरू खेल्न थाले । कसले के सोध्ने हुन्, कतिखेर को आउलान् । आदिइत्यादि बिरानो आँगनमा ।

नयाँ सपना बुनेर आएको पाहुना । हूलका हूल चराहरू आकाशमा । अँध्यारोले पूरै जङ्गल छाइसक्नुभन्दा पहिले बासस्थानको चटारो । बबई नदीका छेउछाउमा यति धेरै पन्छीहरू बस्दा रहेछन् ।

सञ्जु केहीबेरमा बाहिर निस्किइन् । मलाई पनि भित्र बोलाइन् । घरमा धीमहिकी फुपू, ठूलोबुबा, बुबा, दाइ, भाइ लगायत परिवारका सबै सदस्य थिए । तर कसैले पनि प्रश्न गरेनन्, परिचयमै कुराकानी सीमित रह्यो ।

मेरो छेउमै बसेकी सञ्जुले कानेखुसी गर्दै भनिन्- घरमा यति जना शिक्षक । ल संस्कारले भरिपूर्ण परिवारमा आदर, संस्कारको कमी हुने कुरै भएन । समाजलाई शिक्षा बाँड्नेहरूका घरमा संस्कार, संस्कृतिको के चिन्ता ?

लाग्यो, सञ्जुले नबोलिदिए हुन्थ्यो । पाहुना घरमा सञ्जुको सौम्य हाँसो ।

फेरि सञ्जुले कानेखुसी गरिन्- दाइ, जन्तीमा मलाई बोलाउन नबिर्सनु नि ल । उनले तुरुन्त भनिन्- होइन म दुलही पक्षबाटै आउँछु, पर्दैन मलाई बोलाउन ।

धीमहिहरूले पनि बोलाएनन् भने त्यो पनि ठिकै छ, तिमीहरू विवाह गर्नु, साथीको खुसीमा म त्यसै खुसी भइहाल्छु । अरू थप केही प्रश्नहरू छन् भने म तिम्रा तर्फबाट प्रस्तुत भइदिन्छु- एक्लै नठान्नु नि, म छु ।

कोठाको झ्यालहरूबाट चराचुरुङ्गी कराएको आवाजहरू सुनिँदै थिए । त्यतिकैमा हात्ती कराएको आवाज आयो ।

घना जङ्गलका ठूला फाँटहरूका बीचमा रहेछ धीमहिको घर । साँझको यो आनन्दित माहोल कौतुहलताले भरिरह्यो ।

अँध्यारोले छोप्दै गर्दा धीमहिले टुकी बालिन् । मैले अन्दाज गरेँ, बल्दै गरेका टुकीका सामीप्यमा अँध्यारो हराएझैँ धीमहि हाम्रा नजिक हुँदा मनमा रहेका प्रश्नहरू अलि स्थिर हुन्थे ।

सञ्जुको कानेखुसी, टुकीको उज्यालो र धीमहिको आतिथ्यतामा सुन्दर साँझ अविस्मरणीय क्षण बन्यो ।

•••

भोलिपल्ट बिहान धीमहिका बुबा हातमा पात्रो बोकेर आउनुभयो । मलाई हिजै साँझ बसेको बेन्चमा बस्न अह्राउनुभयो ।

बिहानको समय, चराहरू गीत गाउँदै थिए। हूलका हूल उड्दै थिए घरमाथिबाट।

बाबुको न्वारानको नाम के पर्‍यो ?

मैले वितुर भनें ।

ए, त्यसो भए तुला राशि पर्‍यो। जन्मदिन र नक्षत्र गन्दा राम्रो योग छ। ग्रहदशा राम्रो छ। राजकीय पदवी पाउने योग छ। भविष्य उज्ज्वल छ। अति उत्तम योग परेको छ। आफ्ना पौरख र बुद्धिले जीवन मङ्गल हुने देखिन्छ।

मेरी छोरी धीमहिको जन्मबार र ग्रहदशा मिलाउँदा दुवै जनाको विवाह गर्न मिल्ने देखिन्छ। ज्योतिषी गणितीय रेखाहरू योगका छन्। भविष्यमा अति उत्तम हुने देखिन्छ। दुवैको ग्रहदशा मिलेका छन्। हाम्री छोरी दिन तयार भयौं।

मैले आफ्नो पढाइ चलिरहेको र दुई वर्षपछि विवाह गर्ने योजना रहेको सुनाएपछि ल छोरीसँग कुरा गर्नु, हाम्रो तर्फबाट हामी तयार छौं। छोरीको चिना (जन्मपात्रो) लाने भए म दिन्छु भन्नुभयो ।

फेरि दोहोर्‍याउनुभयो- गुण मिलाउनमा ३० मिलेका छन्, कम्तीमा १८ गुण मिल्नुपर्छ।

अष्टकुट मिलन- बरन (स्वभाव)

वास्य (आकर्षण)

तारा (भाग्य)

योनि (चरित्र)

गृहमैत्री (सम्बन्ध)

गण (मानसिकता)

भकुट (सम्बन्ध)

नाडी (स्वास्थ्य र सन्तान)

माङ्गलिक दोष- नपरेको

दशा र ग्रहस्थिति (चन्द्र, शुक्र, गुरु)

नक्षत्र मिलन- अनुकूल परेको

दोष शान्ति- कतै नदेखेको

म सुनिरहें, मौन बसिरहें ।

धार्मिक अनुसरणका मापदण्डहरूको व्याख्या गरे पनि मभन्दा बढी गाह्रो धीमहिका बुबाको मनमा थियो ।

मुस्कुराएर बोले पनि शब्दहरूमा बलिन्द्र माया थियो ।

नहोस् पनि कसरी ? आफ्नो घरको आत्मा अपरिचित मान्छेलाई उपहार ।

आत्मा उपहार दिने बुबाप्रति नमन छ । यति दानी महान् पुण्य आत्माका अगाडि शब्द फर्काउने मेरो हैसियत र विवेक छैन ।

आफ्नो मन, मुटु र मायाले हुर्काएको आत्मा अपरिचित मान्छेको जिम्मामा ।

मौनतामा उत्तर दिइरहें मैले । हुन त भोलि नियतिले के पो गर्छ तर प्राण रहुन्जेल इमान जमानमा बाँचौला र जिन्दगी सँगै काटौला ।

धीमहिको कल्पनाको संसारभित्र मेरो प्रतिबद्धता सोच्दै थिएँ ।

तपाईंको घरको आत्मा अब मेरो भविष्य, मलाई धैर्य देखाउन एकदमै असजिलो भयो। हुन त म सत्य आत्मा भएको मान्छे। आफ्नो वर्णन आफैँले गर्दा अनर्थ होला। पवित्र मनले पवित्र आत्मालाई मागेको छु। मैले गल्ती गरेको छैन। मानौँ अप्ठ्यारो अवस्थाबाट म गुज्रिँदै गइरहेको छु।

केही हावाका झोँक्काहरूले मेरो घाँटी निमोठ्ने प्रयास गर्दै छन्। मेरो बोली र वचनको विरुद्धमा।

त्यत्तिकैमा सञ्जु आइन्।

दाइ, भित्र आउनु त एकपटक।

मलाई त्यो ठाउँबाट उठ्न गाह्रो भइसकेको थियो। मानौँ म श्वास फेर्न बिर्सिँदै छु। केही क्षणमा छटपटिनेछु।

बुबालाई विश्वस्त तुल्याउनु थियो र उहाँका मनमा भएका पीडाहरूलाई सान्त्वना दिलाउनु थियो। तर दुर्भाग्य, मैले शब्द फर्काउन सकिनँ।

फेरि सञ्जु नजिकै आएर उभिइन् र दोहोऱ्याइन्- एकपटक भित्र आउनु रे के, धीमहिले बोलाइन्।

म सञ्जुका शब्दहरूप्रति सचेत हुँदै उनका पछि लागेँ। घरको पछाडिपट्टि उखु खेतको डिलमा धीमहि र सञ्जु।

धीमहिले सोधिन्- के भन्नुभयो बुबाले ?

ग्रहहरू मिलेन रे। त्यसलै अझ एकपटक राम्रोसँग जुराउनुपर्छ भन्नुभयो।

धीमहि उफ् गर्दै झ्यालको भित्तामा राखेको हँसिया समातेर उखुबारीमा पसिन्। राम्रो सग्लो उखु काटिन् र टुक्रा पार्न लागिन्।

गोरी, सुनौलो अनुहारकी धीमहि राती न राती भइन्। उखु टुक्र्याउन लागिन्।

रिसका तरङ्गहरू हँसियाका धारमा बजारिँदै छन् उखुको बोटमा। काटिँदै छन् उखुका आँख्ला।

धीमहि बोलिन्- सञ्जु, हेर त कति लाने हो ?

सञ्जुले धीमहि रिसाएकी हुन् भन्ने थाहा पाइन् र खितिति हाँसिन्।

साँच्चि बोल्नु के दाइ।

मैले भनें- बुबाको पात्रो हेर्ने ग्रहदशा गन्ने काम नसकिँदै मलाई बोलाइहाल्यौ । मैले कसरी थाहा पाउनु ? तर विवाह गर्न मिल्छ भन्नुभएको छ ।

हाम्रो कुरा सुनेर धीमहि अलि शान्त रूपमा प्रस्तुत भइन् ।

ल ल, बुबालाई अब सोध्नु पर्दैन ।

मैले थपें- मैले कहाँ सोधेँ र, बुबाले बोलाएर पो म गएको हुँ ।

धीमहि, म र सञ्जु केहीबेरपछि नेपालगञ्ज फर्किने तयारीमा निस्कियौँ ।

म भुरिगाउँबाट पश्चिमतिर लाग्नुपर्ने, धीमहि र सञ्जु पूर्वतिर ।

घरबाट सडकमा निस्कियौँ र लाग्यौँ दायाँतर्फ । सडकछेउमा अन्दाजी दुई मिनेट हिँडेपछि बायाँपट्टिको छेउमा ठूलो विशाल रूख नजिकै पुग्यौँ ।

धानबाली पाकेर पूरै खेतका फाँटहरू सुनौला भएका छन् । यो धानखेतको छेउमै विशाल एक्लो रूख समयको साक्षीजस्तै लाग्यो ।

त्यो ठूलो सिमलको रूख बर्खायाममा हरियो पातले भरिभराउ हुँदै जीवनको सङ्केत दिन्छ रे । यो रूख हिउँदमा पातविहीन भएर कठोर रूप देखाउँछ रे ।

वसन्तमा सिमलको रातास्य फूलहरू फुल्दा आकाश पनि यसको सौन्दर्यबाट भावविह्वल भएर तल ओर्लिंदो हो ।

नाच्दा हुन् चराचुरुङ्गीका बथानहरू फूल खाँदै तल र माथि गर्दै । यो रूख प्रकृतिको अंश मात्र होइन, खेतमा काम गर्ने किसानहरूलाई छाया दिने वरदान पनि हो ।

थुप्रैका बाल्यकालको सम्झनासँग गाँसिएको होला, साना हुँदा यसका हाँगामा झुन्डिएको अतित । मैले धीमहिलाई रूख नजिकै पुगेर सोधेँ ।

धीमहिले भनिन्- होइन, मैले यो रूख यस्तै देखेकी हुँ । बरु ससाना अरू रूखहरू पनि थिए । खेतहरू आवादी हुँदै गएपछि धेरै ससाना रूखहरू खेतालाहरूले काटे तर यो रूख जस्ताको त्यस्तै छ ।

ठूलो भएर होला यत्रो रूख कसैले काट्न सकेन । खेतका बीचमा उभिएको एक्लो रूख कहिलेकाहीँ उदास लाग्छ होला ।

एक्लोपनको भाव लिएर उभिएको जस्तो, माथि आकाशमा मौन र स्थिर छ। मानौँ यसले छिमेकीहरूका धेरै पुस्ताहरूको दुःख र परिश्रमको साक्षी बोकेको छ।

धीमहिले चिनेको छिमेकी बैल गाडी लिएर भुरिगाउँतिर जाँदै रहेछन्। धीमहिले गडर भनेर गाडीतिर इशारा गरिन्।

बैलगाडीतिरबाट आवाज आयो- कहाँ जा रहु नानी ?

हाम्ने भी बजार ओर जा रहे चला। धीमहिले भनिन्- रुकिजा, सँगै चला त।

हामी पनि यसै बैलगाडीमा चढ्यौँ। हुरहुर गाडी चल्यो मालिकले अह्राए बमोजिम। गोरुहरूले गाडी अगाडि बढाए।

जुवामा दुईवटा बडेमानका जिउडाल, ठूला सिङ भएका कालो र सेतो कपरा रङका गोरुले दुई ठूला काठका पाङ्ग्रा जोडिएको।

बाँसको छोयाको छानो भएको। काठबाट बनेको गाडी तानिरहे।

बैलगाडीको आनन्द, गोरुहरूको लयबद्ध चाल, खेतको हरियाली र शुद्ध हावाको आनन्द, गाउँको सुगन्ध।

बैलगाडीमा पहिलोपल्ट चढ्ने अवसर मिल्यो। म आनन्दित भइरहेँ। त्यसैमा गाउँको सुगन्ध र मनपर्ने मान्छेसँगको यात्रा रोमाञ्चक भयो।

साँझ ४ बजेतिर हामी भुरिगाउँ बजार पुग्यौँ। आज साँझ मेरो घर पुग्ने सम्भावना कम भयो।

लामो दूरीमा चल्ने बसहरू निस्किसकेका थिए। भोलि बिहान सबेरै मात्र बस पाउन सकिने भएपछि हामी तीनै जना नेपालगञ्ज नै गएर बस्ने निधो गर्‍यौँ र लाग्यौँ नेपालगञ्जतिर।

महेन्द्रनगर, कञ्चनपुरबाट काठमाडौँका लागि हिँडेको बस भुरिगाउँमा भेट्टायौँ। यसै बसको बोनट (चालक दलका सदस्य बस्ने कोठामा सिट) पायौँ र हामी कोहलपुरसम्म जान हिँड्यौँ। साँझ यतै बस्यौँ।

धीमहिका भविष्यका योजनाहरू र सञ्जुका मन्द मुस्कानले रात बितेको पत्तै भएन। भोलिपल्ट बिहान सबेरै ५ बजेतिर बसको टिकट थियो। आँखा झिमिक्क नगरीकनै हामी बसपार्क पुग्यौँ। नभन्दै बस तम्तयार थियो।

म धीमहि र सञ्जुलाई फेरि चाँडै भेट्ने वाचा गर्दै बसभित्र पसैं । बसको सहचालकले अह्राएबमोजिम म सिटमा गएर बसैं । बस अगाडि बढ्यो ।

महेन्द्र राजमार्गमा अघि हामी तीन जना थियौं । अहिले म एक्लै । सम्झें- मैले बसमा चढ्नै लाग्दा धीमहिका अनुहारमा धैर्य हराएझैं गरी धीमहिले आफैं नसोधे पनि सञ्जुमार्फत दोहोऱ्याई तेहऱ्याई केही प्रश्न सोध्न लगाइन् ।

दुई वर्षपछि विवाह गर्ने भन्नुहुन्छ । घरपरिवारले स्वीकार नगरे भने अनि यति लामो समय ।

हुन त उड्ने सपना देखाएर पखेटा काटिदिनेहरूको कमी छैन । तर मैले हाम्रो मिलन अब अधुरो नरहने कुरामा विश्वस्त गराउने प्रयास गरेकै हो । बाँकी सम्झने जिम्मा धीमहिको ।

मैले भनेको हो, यदि भोलि तिमी पराइ भयौ भने पनि तिमीलाई भुल्न म कहाँ सकौंला र ? मेरो भाग्यमा नभए पनि मुटुमा सदाका लागि बसेकी छौ ।

एक दिन बोलेको मान्छेलाई त बिर्सन सकिँदैन, तिमी त झन् मन मुटुमै राखेकी मान्छे । यति सजिलै बिर्सन कहाँ सकुँला र ?

भौतिक दूरीले टाढा बनाए पनि तिम्रो सम्झना सधैं साथमा छ ।

यो सम्बन्ध पनि अचम्मको हुँदो रहेछ । न त साथ न त तिमी मेरी हौ भन्ने अधिकार छ । तर पनि मनमा सम्झना छ, सधैं सधैंका लागि ।

सम्बन्ध पनि उसैसँग हुन्छ जोसँग योग परेको हुन्छ । नत्र संसारको यो भिडमा कसलाई कसले चिन्छ ?

सुनेको छु सपना देखाउँदै नजिकिनेहरू एक दिन निद्रा नलाग्ने बनाएर जान्छन् अरे, तर त्यो दिन हाम्रो सामु नआओस् ।

मायाको सबैभन्दा अमूल्य उपहार भनेको याद नै रहेछ । यही याद बोक्दै म यात्रामा निरन्तर भइरहें । अन्जानमा भेटिएको मान्छे भाग्यमा पनि परिदिनु ।

भगवान् मिठो याद र सम्झनालाई गन्तव्यसम्म पुऱ्याइदिनु । थाहा छ मलाई, खोजे अरू पनि पाइन्छ तर मलाई जीवनभरि उनी र उनकै साथ चाहिन्छ ।

माया बसेको होस् वा नबसेको होस्, तर बोल्ने बानी परेको छु।

त्यसैले बाँचुन्जेल बोल्न पाइरहुँ। आँखाले होइन मनले रोजेको मान्छे।

सुन्दर लाग्ने यो धर्ती किन यति शून्य लागेको छ। सम्झनाको बादल उडिरह्यो निरन्तर। आत्मिक शक्तिलाई अझ सशक्त बनाउनु छ। प्रेमको खोजीमा डुबेको मनले अर्को प्रेमको खोजीमा डुब्न जरुरत हुँदैन।

मनको आगो निभाउन आँखाका आँसुले नसक्दो रहेछ। यदि सक्दो हो त म अस्ति रुँदाका बखत बगेका आँसुले मन शीतल हुनुपर्ने हो।

भाग्यमै जलन भएपछि जल्नुको विकल्प नहुँदो रहेछ। जसले यो जीवन सृष्टि गरिदिए तिनका कृपाले उपहारस्वरूप पाएको यो जीवन अझै लामो आयु जिउने रहर छ। सिर्जनाको खेती गर्दै बाँकी जीवन जगत् कल्याणमा पनि लगाउनु छ। बाँकी प्राण प्रतिष्ठा धीमहिका नाममा। समय बितेको पत्तै भएन।

•••

दुवै पक्षका परिवारहरूको सरसल्लाह र स्वीकृतिबमोजिम हाम्रो विवाहको मिति तय भयो। कर्णाली नदीको बगरमा पारिपट्टि बर्दिया राष्ट्रिय निकुञ्ज छ। सफा पानी र सुन्दर शान्त पौराणिक महत्त्व बोकेको कर्णाली नदीको बगर।

अग्निकुण्डमा सात फेरा लगाएसँगै कन्याकुमारी उपमाबाट श्रीमतीमा परिणत भइन् धीमहि।

आफू जन्मेहुर्केको आँगनसँगको नाता सम्बन्ध फेरिँदै गयो। नयाँ घर ससुराली घरकी नयाँ सदस्य बनेसँगै गोत्र थर र घर फेरिँदै छ।

विवाह सामाजिक मूल्यमान्यता र परम्परा मात्र नभएर धार्मिक संस्कार पनि रहेछ। कर्णाली नदीको बगरबाट नयाँ जीवनको सुरुवात भयो।

मलाई थाहा छ बगरबाट सुरु भएको यो जीवन एक दिन बगरमै पुगेर समाप्त हुनेछ।

बगरमा अनगिन्ती गिट्टीहरू थिए। यत्रतत्र बालुवाका भिडहरूभित्र छरपस्ट भासिएका, मेरा सपनाजस्तै बाटो हराएका। सोचेँ- यी गिट्टीहरू र मेरो सपना उस्तैउस्तै छन्। जति हेऱ्यो त्यति फरक र भिन्न आकारका बगर बीचबाटै नयाँ बाटोको पनि सुरुवात भयो आज।

कारुणिक अन्तरहृदयका आँसु बगाउँदै धीमहि बुबाआमा, आफन्तबाट बिदाइ माग्दै छिन्। जन्मघरको ओत छोरीका लागि अल्प हुन्छ। अतित र मायाका आँचल बगरका

गिट्टीमाथि मैले धीमहिलाई सम्हालिन आग्रह गरेँ । आउँदा दिनहरूमा हाम्रो भविष्य अझ राम्रो र आनन्दित हुने कुरामा विश्वस्त गराउने प्रयास गरेँ ।

उठ, विलाप गर्नु हुँदैन ।

कोमल पाउहरूले गिट्टीमा उभिएको सुहाउँदैन ।

आफ्नो शृङ्गारको समाल गर्ने प्रयास गर । आफूलाई सम्हाल ।

मनमनै मैले भनेँ- सम्बन्धको पाप नलागोस् ।

मलाई तिम्रो आँसुको सराप नलागोस् ।

तिमी आज जुन बगरमा उभियौ त्यो कुराको पछुतो नलागोस् ।

तिमीलाई तिम्रा हरेक निर्णयमा मैले साथ दिएको मात्रै हो । तिम्रो आत्माले चाहेका सपना र विश्वासमा हाँसो थपिदिनेहरूलाई साधुवाद छ । थाहा छ, जरुरत त भरोसाको हो, उभिएको ठाउँमा आशीर्वाद दिनेहरूको हो, हौसला दिनेहरूको हो । बालुवाबाट गिट्टीको बगरमाथि हरियाली सपना बिछ्याइदिनेहरूको हो ।

एउटा सच्चा साथी बनिदिए पुग्छ । आत्मीय भएर बोलिदिनु भन्दा प्रेम गर्छु भन्यौ, तिम्रा आफन्तहरूको माया बजारमा राखेको बहुमूल्य मोतीजस्तै भयो, जसको मैले मूल्य चुकाउन सकिनँ ।

अन्तिमसम्म कोसिस गर्दा पनि तिमीलाई सम्झाउन नसकेपछि म आफ्नो हार स्वीकार गरेर तिम्रो खुसीको लागि प्रार्थना गर्दै तिमीसँगै उभिने निधो गरेको छु ।

भविष्य र वर्तमान बिर्सिंदै थिएँ । कहालीलाग्दो अतित अनि पूरा हुन नसकेका सपना बोकेर हिँडेको मानिस म । तिमीले जीवनभर सम्हालेर राख्छु भन्यौ र म विश्वस्त भइदिएँ तिम्रा भावनामा, अब पालो तिम्रो हो ।

मसँग भएको आयु र मैले पाएको आशीर्वाद सबै तिमीलाई थपियोस् । तिमी मेरो घरमा गएर परिवारमा मेरो अभाव हुन नदिनु तिमीलाई हेरेर मेरा आमाबुबाले मेरो न्यास्रो परिपूर्ति गर्न पाउन् ।

तिमीलाई हाँसेको र फुलेको देख्न चाहने आत्माले भावविह्वल भई रोएको सहन सक्दैन । मृत्युदण्डले मात्र ज्यान लिन्छ भन्ने रहेनछ । माया गरेको मान्छे रुँदा पनि आफू मरेतुल्य भइँदो रहेछ ।

कर्णालीका बगरमा पहिलो मृत्यु । तिम्रो हृदयविदारक रुवाइको दृश्यले म आफूले मृत्युवरण गरेको अनुभव गरेँ । प्रणामको परिणाम आशीर्वाद हुन्छ त्यसै आशीर्वादका शक्तिले जीवन सफलताको बाटोमा सफल हुन्छ सुनेको थिएँ, तर आज तिमीले पाएको आशीर्वादले तिमीलाई नै रुवायो । जुन रुवाइ शब्दमा उतार्न मसँग शब्दहरू छैन ।

आश्चर्य त तिमीलाई अवश्य भयो होला धीमहि । आजको दिनसम्म मैले सुख के हो र दुःख के हो भन्ने बुझेको थिइनँ, अनुभव गरेको थिइनँ । मलाई स्वयंको जीवनसँग कुनै लगाव थिएन । धर्मका नाममा देखाइएको असभ्यता अधर्म हो भन्दा फरक नपर्ला ।

कुसंस्कारले सम्बन्धहरू समाप्त हुन्छन्, तिम्रा आँसुले यही भन्दै थियो कर्णालीको वगरमा ।

परिस्थितिसँग हार मानेर जीवन चल्दैन । सेवा गर्नु, दया गर्नु, ठूलालाई सम्मान गर्नु र सानालाई माया यही धर्म हो । रुवाउनु धर्म हुन सक्दैन ।

आफूलाई सम्हाल्दै धीमहिले पहिरेको साडी मिलाइन् । वैवाहिक रसम पूरा भएपछि धीमहिको बिदाइ सुरु भयो । विवाह बन्धनमा बाँधिनु अभिशाप होइन, गोत्र र थर परिवर्तन भयो भनेर जन्मघरको नाता सम्बन्ध तथा छोरीको जन्मसिद्ध अधिकारबाट वञ्चित गराउनु धर्मका नाममा समाजमा पालिएको कुसंस्कार हो । जन्मेको घर छोरीको लागि कहिल्यै पराई हुनुहुँदैन त्यो त जीवन बाँचुञ्जेलको आस्था हो ।

त्यसै कुसंस्कारमा रमाएको पुरुषवादी समाज । दुःख साटे है छोरी जिन्दगी बेहुलासँग नयाँ घरमा सँगै बिताउनु । त्यो घरको ज्योति बनेर उज्यालो बनाइराख्नु भने आमाबुबाले ।

छोरी, विवाह त उत्सव हो । यो उत्सवमा तिमी रमाउनु, खुसी भएर बाँच्नु । हामी र हाम्रो परिवार सधैँ तिमीसँगै छ । विवाहपछिको जीवन अझ उत्साहजनक हुन्छ । मन्त्र उच्चारण गरेर गोत्र र थर साटियो भने पनि तिमीभित्र बगिरहेको रगत हाम्रो हो र हाम्रो रहिरहनेछ । तिम्रो खुसीका लागि यो आँगन, जन्मेको घर सधैँभरि तिम्रो हो । साहस, ढाडस थपेर छोरीलाई किन इज्जतले बाँच्न दिँदैन ।

छोरीको विवाह उत्सवलाई समाजले पीडाको रूपमा मनाउने प्रथा निन्दनीय छ । विवाह सम्बन्धसँगै छोरीको जन्मघरको सम्बन्ध समाप्त भएको सम्झने समाज छोरी मनको हत्यारा हो । त्यही समाजले दिएको उपहार हो, धीमहिको कारुणिक रुवाइ र विलाप । विवाहलाई उत्सव मान्न किन तयार हुन्न समाज ? छोरा र छोरीको बीचमा वैवाहिक उत्सव मनाउने विषयमा पनि विभेद कहिलेसम्म ?

साडीको सर्को तह लगाउँदै गरेकी धीमहिलाई सम्हालिन आग्रह गर्दै भनें- म जिउँदो रहुन्जेल तिमीले भावविह्वल भएर रोएको देख्न नपरोस् । भगवान् यही नै कृपा मिलिरहोस् ।

रुनु हुँदैन, नरोऊ । तिमी मेरो निधारको अक्षता हौ, जुन आँगनमा तिम्रो पाइला पर्छ त्यो आँगन स्वर्गतुल्य बन्छ । तिमी पातजस्तै पानीमा तैरिने डुङ्गा हौ, मनभरिको हाम्रो प्रेम बोक्ने डुङ्गा बाँचुन्जेल मेरो शिरमा सजाउने फूलको थुँगा हौ तिमी ।

तिमीले मान मर्यादाको ख्याल राख्नु । मैले तिम्रा हरेक रूपहरूको पूजा र आराधना गर्न पाइराखुँ । छोरीको रूप, श्रीमतीको रूप, आमाको रूप यो जन्म होइन जन्मौँजन्म तिम्रो आराधना गर्न पाइराखुँ । अब उप्रान्त तिमी आफू जन्मघरको आँगनबाट बसाइँ सरेको सम्झनु । त्यो जन्मघर तिम्रो हो र रहिरहनेछ । तिमीले सोचेको बेला मनले खोजेको बेला जन्मघर तिम्रा स्वागतमा उभिइरहनेछ । पूजा यज्ञमा जे भने पनि तिम्रा मनले भनेको कुरा नै सत्य हो । वितुरले यति भनिसकेपछि मनमनै सम्झियो धीमहिको आत्मा । अब उप्रान्त अरू धेरै धीमहिहरूले विवाहलाई उत्सवको रूपमा मनाएको हेर्न पाइयोस् । काली-कर्णालीका भेगहरूमा छोरीहरूको चीत्कार सुन्न नपरोस् ।

समय पुगेपछि रूखका पात पनि आफैँ खस्न थाल्छन् । हावासँग के गुनासो गर्नु । मलाई तिम्रो नजरमा र तिमी मेरो नजरमा सही भइरहनु ।

दुनियाँको नजरमा भगवान् पनि गलत छन् । अरू केही सफलता होस् वा नहोस् जिन्दगीमा जहाँसम्म जीवन चल्छ, त्यहाँसम्म तिमी भइदिए हुन्छ । जुन बगरमा उभिएर हेरेको बाटो अँध्यारो लाग्दै छ, अवश्य भोलि त्यही बाटो प्यारो हुनेछ । किनकि त्यो जीवनको सत्य बाटो हो ।

तिम्रो र मेरो भविष्यको, तिमी र म मिलेर हिँड्ने बाटो, आफ्नै दाहिने खुट्टाको चप्पल देब्रे खुट्टामा मिल्दैन भने सबै समाजले हाम्रोजस्तै सोच राख्नुपर्छ भन्ने कुरा पनि त हाम्रो भूल हो । हाम्रो भ्रम हो । त्यो भ्रमले तिमीलाई खुसी हुन दिँदैन ।

एउटा भुल्नुका लागि अर्कोलाई रोज्नुपर्छ रे । त्यसैले त्यो सङ्कुचित भावनामा बाँचेको समाजलाई भुल्ने प्रयास गर्दै विवाह उत्सवमा रमाउने प्रयास गर ।

सबैको विश्वासिलो पात्र त बन्न नसकुँला, तर तिम्रो विश्वास कहिल्यै तोडिन दिनेछैन म । लेख्न मिल्ने भनेको शब्दहरू मात्रै रहेछन् । ठ्याक्कै मन दुखेको चाहिँ लेख्न नमिल्दो रहेछ । समाज र समुदायभित्र विवाहको परिभाषामा गरिएको व्यवहारहरू मैले

शब्दमा उतार्न सकिनँ । मलाई सम्झना छ मेरी आमाले भन्ने गर्छिन्- पल्ला घरकी मैया विवाह गर्दा १६-१७ वर्ष उमेरकी थिइन् । विवाह भएपछि माइती घर आउने साइत २० वर्षपछि मात्रै जुऱ्यो अरे । विवाहपछि माइत फर्किंदा त्यस्तै ३७ वर्ष पुगेकी । विवाह गरेर ससुराली घरमा गएपछि सन्तान जन्मेपछि मात्र फर्किने चलन छ ।

माइतीघर आएर फर्किंदा ज्वाइँराजालाई गर्नुपर्ने दानदक्षिणा र दाइजो अलि बढी नै मूल्यवान् हुनुपर्ने चलन छ । यही दाइजो प्रथाका चलनले मैयाहरू जन्मघरमा धेरै समयको अन्तरालमा मात्रै माइती देवताको पूजा अर्चना गर्न आउने गर्दछन् ।

तर, वर्तमान परिप्रेक्षमा ती रूढिवादी संस्कारहरू समाप्त भइसकेका छन् । जसले अहिलेको परिप्रेक्षमा अर्थ राख्दैन । तिमीले सोचेको समयमा तिम्रो इच्छामुताबिक जन्मघरको भेटघाटमा समावेश भइरहनु ।

यस्तै कारुणिक रुवाइका बीचमा मैले धीमहिलाई सम्हाल्न सघाउँदै थिएँ । जन्ती र लोकन्ती टीकाटालो सकेर छुट्टिने तरखरमा थियौँ ।

माथि बाटोको छेउबाट कसैले हामीलाई लक्षित गरी गाएको भान हुने गरी सुरिलो भाकामा गीत गुन्जियो । यो गीतको सुरिलो आवाजले विवाहको कारुणिक रुवाइको माहोलमा सान्त्वना थपिएझैँ भयो ।

यति मीठो स्वरमा गीत गाउने को होला भनेर मैले माथि जङ्गलको छेउतिर हेरेँ । सात-आठ जना घँसारीहरू ठूलठूला घाँसका भारी बाटोमाथि कान्लामा बिसाएर थकाइ मार्दै थिए । घाँस लिएर घर फर्किंदै गरेका घँसारी पालैपालो गीत गाउँदै छन् ।

छाल तेरो छलौरो तेरो
हान कर्णाली छाल
नदेखिने नभेटिने
बैरी माया जाल
माया मानी के अर्नु छ
छकल्या जूनको
कहिले म तिरुँला रिण
इजुका गुनको
कर्णाली खेल्ने माछी

पानी खाँदो कि घाँस
आमा तम्रा आशीर्वादले
चलेकै छ सास
घाम लागन्छे पानी पर्दो
घाँस बोक्नु छ भारी
कर्णाली बिचैन बग्दो
डिठ पढिन पारी
ढिकी जात्रो घाँस दाउरा
हिँड्नु पर्दो राति
जन्मघर भाग लागेन
छोरीका कर्मले
यो जोबन रोएरै गयो
क्या अर्छ धर्मले
बभ्फांगे राजाको सेरो
उनो केरो केरो
होरो हाल्ने हे भावनी
के बिगाऱ्या तेरो
भएन मनका जसो
गैजान लागे दिन
जिउ खाने सन्तति रहेछ
जीवन खाने ऋण
दुल्ल दैलेख डिठ पडिन
पाल्पा सहरले
का जाइको मरण हुन्छ
इसी रहरले
घाँस काट्दा हात काटियो

ओलीमा लोही पऱ्यो
यसो त हुँदैन हाउथिउ
भाग्यमा होइ पऱ्यो
दाहिना भया कुलदेवता
दाहिने भए माटी
इजुकी समराई लागि
ती टल्किने पाटी
काली र कर्णाल तट
खोलाको लेउ फल्यो
जन्मघर सम्भने बेला
हृदय मन बल्यो ।

यी सुरिला स्वरहरूमा घन्किरहेको कारुणिकता कर्णालीका पानीमा ठोकिँदै छ । सत्व बन्दछ उर्लिइरहेको कर्णालीको पानी- मानौँ बहन बिर्सिंदै छ केही समयका लागि ।

सुरिला स्वर र यी शब्दहरूले हामी सबैको बोली रोकियो । ईश्वरीय विधान पराजित हुँदै छ । मनका मान्यताहरू फरक हुन सक्लान् तर जन्मभूमिप्रति दर्साइएको श्रद्धा र भाव युगौँयुग बाँचिरहोस्, नारी आवाजको कदर भइरहोस् । लोक मङ्गलको धारणा नारीमय भइरहोस् ।

शङ्का त जे जहाँ पनि गर्न पाइयो, तर आफ्नो उत्तम भूमिका निभाई जीवन उपहार दिने नारीहरू माथि होइन । बर्चस्वको काम अर्काको भावना तोड्नु होइन । सामाजिक-सांस्कृतिक चलनका नाममा चलाइएका रूढिवादी पनहरूबाट नारी भावनालाई उँचो भावनामा कदर गर्नु हो, भन्दा फरक नपर्ला । कल्पनाको आँचलभन्दा वास्तविकतामा उभिएर जन्ती र लोकन्ती छुट्टिने यो समय भावनात्मक हिसाबले झन् कारुणिक भयो ।

जन्ती म र धीमहि घरतिर फर्कियौँ । धीमहिका आँखाहरूले भावनाको बोली बोल्दै थियो । हिँड्, अब चाँडै घर पुग्नु छ । ती बाटाहरू अब मेरा पर्खाइमा उभिएका छन् ।

तिम्रो वात्सल्य उर्लिएको त्यो आँगन तिम्रो सालनाल गाडिएको त्यो माटो अब उप्रान्त मेरो पनि । देवता र दुनियाँको रीतिस्थिति मैले पनि आफ्नो मानेँ । कर्णालीको बगरलाई पछ्याउँदै महेन्द्र राजमार्ग पुग्यौँ । महेन्द्र राजमार्गबाट जन्ती बोकेको गाडी पश्चिमतिर मोडियो ।

तराईका समतल फाँटहरू, बीचबीचमा पर्ने खोल्सा र नदीहरू पार गर्दै हाम्रो जन्ती बोकेको गाडी कैलालीको गोदावरी पुल तर्दै बायाँ बगरमा गएर रोकियो । कर्णालीको बगरदेखि करिब अन्दाजी पाँच घन्टाजति बाटो पार गरेपछि गाडी रोकियो ।

हामी सबै गाडीबाट ओर्लियौँ । गोदावरी सुस्ताउँदै थिइन् । पहाडको चिसो पानीका बहावमा तराईका फाँटहरू सिञ्चन गर्न तड्पिएको गोदावरी नदी अलि तल पुगेपछि तराईका फाँटहरू बिचोबिच भासिँदै उर्लिरहन्छ । पहाडको अमृत तराईमा खन्याइरहन्छ ।

रातिको जून त दिउँसोको घाम भएर प्रस्तुत हुन्छ गोदावरी तराईका फाँटहरूमा, कैयन ठूलठूला रूखहरू सिँचिएका छन् यसै नदीका तहमा ।

धीमहिले अचम्मित हुँदै नदी नियालिन् र एक अञ्जुली पानी पिइन् । गोदावरीका छेउमा, सायद तराईका फाँटहरूसँग अन्तिम पटक बिदाइ माग्दै छिन् । एक अञ्जुली पानी पिएकी धीमहिले त्योभन्दा बढी आँसुका थोपा बगाइन् गोदावरीका किनारामा ।

यो दृश्यले मेरो मन भाँचियो । जसको लागि यो संसार साँचियो उसैको यो अवस्था देख्दा म पनि भावनामा विक्षिप्त भएँ । हिजोसम्म सघाउने सञ्जु पनि उतै छुटिन् । मेरा मनले सञ्जुको विकल्प खोजे पनि सम्भव हुन सकेन ।

एक अञ्जुली थप पानी लिँदै धीमहिले आफ्नो अनुहार पखालिन् र थकित राता आँखाहरू पानीका शीतलताले ओभाउन लागे । शिरको टोपी र जिउको कोट फुकालेर नदीका बगरमा राख्दै अञ्जुलीभरि पानी मैले पनि पिएँ । यसै शीतल पानीले मुख पखालेँ । वात्सल्यमा छँदा खोलामा पौडिएका दिनहरू याद आए । छेउमै उभिएकी धीमहिले सूचित गरिरहिन् । ती दिनहरू अब अतित भइसके । जीवनले अर्को साइनो खोजेको छ । वर्तमान भनेको अब धीमहिका हातमा छ ।

यहीँ गोदावरीका किनारामा बसेर धीमहिका जीवन कहानी सुन्न मन छ । जीवन कहानीसँगै गाथा पनि । थोरै समय यो बगरमा विश्राम गरेपछि हाम्रो गाडीले पहाडको यात्रा तय गऱ्यो ।

जन्तीहरू गाडीमा चढ्दै थियौँ । मैले धीमहिलाई गाडीमा चढ्न अह्राएँ । पानीको छाल नजिकै उभिएकी धीमहिले मलिन हुँदै पानीलाई सुमसुम्याइन् । हातले पानीलाई सुमसुम्याउँदै तराईका फाँटहरूसँग बिदाइ मागिन् ।

धीमहिले मलिन स्वरमा भनिन्- हे गोदावरी नदी ! तिमी अनन्त बाँचिरहनु। पहाडको अमृतले तराईका फाँटहरूलाई उर्बर बनाइरहनु। यो तराईका फाँटहरूमा निरन्त बहिरहनु। मैले जीवनका दशकहरू बिताएका फाँटहरूको तिमी अब पहरेदार भइरहनु।

मेरो अनुपस्थितिमा यी फाँटहरू निन्याउरा हुन नदिनु। कतै मेरो अनुपस्थितिको आभास भएछ भने यी मेरा हत्केलाले खेलाएको पानी तिमीमाथि तैरँदै छ, सहजै यो पानी यो आत्मीयता त्यहाँ उपस्थित गराइदिनु।

प्यार, प्रेम र यादहरू सबै तिमीलाई उपहार दिएर अब म पहाडको यात्रा तय गर्दै छु। समय संयोगले भेट गराएछ भने फेरि तिम्रो छत्रछायामा उभिन आउनेछु। त्यतिबेलासम्मका लागि मलाई बिदा दिनु... ।

हे गोदावरी नदी ! तिमीलाई कोटि कोटि प्रणाम छ। यी फाँटहरूमा तिम्रो शालीनता, अनुपम मलिन छ। तर, पहाडबाट तल खस्दा ढुङ्गाहरूमा बजारिँदाको पीडा तिमीभित्र होला, त्यो व्यथा तिमीले बाहिर देखाउँदिनौ। तिम्रो महानताको उच्च प्रशंसा गर्न चाहन्छु। यी फाँटहरूमा लटरम्म पहेँलो भएर फुल्ने तोरीबारीलाई आद्रता दिँदै गर्नु... ।

गोदावरी नदीसँग बिदाइ माग्दै गरेकी धीमहिलाई मैले डाँडामाथिको आकाश देखाउँदै सान्त्वना दिने प्रयास गरेँ। गोदावरीका किनाराबाट हेर्दा त्यो डाँडामाथि बादल मडारिँदै थियो। केही हूल बादलहरू उड्दै थिए।

सूर्यास्तको समय सूर्यका डुब्नै लागेका किरणहरूले डाँडामाथिको आकाशमा सौन्दर्य थपिएको थियो। सपनाभन्दा वर्तमान अवस्थाको यथार्थमा भुल्याउने मेरो प्रयास।

धीमहिले थपिन्- हो, आकाश त्यही डाँडामाथि बिसिएको छ जस्तो देखिँदै छ। त्यो डाँडामा पुग्दा आकाशलाई स्पर्श गर्न पाइएलाभैँ छ। यताउता उडिरहेका बादलका ढिस्काभित्र सूर्य बिलाउँदै छन्। हुन त भन्छन्- धर्तीसँग आकाश हुँदैन, आकाशसँग धर्ती। पहाडको यात्रा सुरु गर्दै गर्दा तराईका फाँटसँग बिदाइ हुनु छ।

सुरुका दिनमा त हरेकले राम्रै भन्ने गर्दछन्। कमीहरू त मान्छेले तब देखाउँछन् जब उनको मतलब पूरा हुन्छ। तर, यो पहाडसँग हाम्रो केही मतलब छैन र हामीले कमीहरू पनि देख्ने छैनौँ।

यो सुन्दर पहाड सुन्दर भई बाँचिरहोस् हाम्रो जीवनमा। तिम्रो माटो, तिम्रो अतित बोकेको पहाड।

गोदावरी नदीका बगरबाट हामी छुट्टियौँ । हाम्रो गाडि अगाडि बढ्यो । गोदावरीको डाँडामा बिचोबिच फन्का मार्दै बनाइएको कालोपत्रे सडकमाथि उकालो बाटोमा अघि बढिरह्यो । धीमहिले झ्यालबाट तराईका फाँटहरूतिर चिहाइरहिन् ।

गाडी जतिजति माथि गयो फाँटहरू त्यति ससाना देखिँदै गए । अत्यन्त साना देखिन थाले । साडीको सप्को झ्यालबाट बाहिर फरफराउँदै तराईका फाँटसँग बिदाइ मागिन् ।

सडक छेउछाउमा सालका रूखहरू देखिन छोडे । सल्ला र बाज, उत्तिसका रूखका बुटाहरू सुरु भए । हल्का चिसो हावाको अनुभूतिसँग । साँझको अँध्यारोले डाँडा ढाक्दै थियो । सडकका घुम्तीहरूमा गाडी पुग्दा धीमहि जोरसँग मेरा हातका औँला च्याप्थिन् । मैले हरेक घुम्तीहरूमा धीमहिलाई विश्वस्त बनाइरहेँ ।

छाउँदै गरेको अँध्यारोले हाम्रो गाडीलाई पनि छोप्यो । बाक्लिँदै गएको अँध्यारोसँग बाहिरका दृश्यहरू देखिन छोडे । गाडी आफ्नै बेगमा एकनास अगाडि बढिरह्यो- निर्दिष्ट स्थानतिर... ।

कैलाली जिल्लाको सिमाना सकिएसँगै डोटी जिल्ला सुरु भयो । डोटी जिल्लामा पर्ने कैयौँ घुम्ती र पहाडहरू पार गर्दै अँध्यारो सडकलाई पछ्याइरह्यौँ । जङ्गलको बाटो, कुहिरोको गुजुल्टाहरूले छोपिएको छ । सडकमा फाट्टफुट्ट गाडीहरू यताउता गर्दै थिए । रात छिप्पिन लाग्दा निद्राले पनि च्याप्दै गयो । दिनभरिका कारुणिक घटनाहरू र धीमहिको विलापले मन क्षतविक्षत भएको थियो ।

सडक छेउछाउमा आगो बलेको देखिन्थ्यो । कुनै कुनै ठाउँमा ससाना घरहरू थिए । राजमार्गमा दौडिइरहेका गाडीहरू पातलिँदै गए । हामीले पनि सडकछेउकै सानो पसलमा गाडी रोक्यौँ । हामीभन्दा अगाडि दुईवटा गाडी त्यहाँ रोकिएका थिए । पसलमा गएर बुझ्दा थप यात्रुलाई खाना खुवाउन नसक्ने र आधा घन्टा अगाडि गएपछि अर्को पसल छ त्यहाँ अलि बढी ग्राहकलाई खाना खुवाउन मिल्छ भन्ने बुझियो । पसल मालिकले भनेबमोजिम हामी थप आधा घन्टाको लागि अगाडि बढ्यौँ ।

डोटी जिल्ला र डडेल्धुरा जिल्लाको सिमाना जोडिएको यो लेक महाभारत शृङ्खलामा पर्ने तेलेको लेक हो । घना जङ्गल विशाल रूखहरू । ठूलठूला झाडीले भरिभराउ छ । जङ्गलका बीचबीचमा टुकी बालेजस्तो ससाना आगोहरू देखिन्छन् ।

यो ससानो टुकी बलेजस्तो देखिने गोठालाहरूका गोठ रहेछन् । वर्षमा छ-सात महिना गाईबस्तु चराउन गोठालाहरू अस्थायी गोठ बनाएर त्यतै बस्दा रहेछन् । पुर्खाहरूको

इतिहास सम्झाउने एउटा दरिलो दस्तावेज पनि हो यो लेक । हाम्रा पुर्खाहरूले यसै लेकका छत्रछायामा जीविकोपार्जन गरे र यसै लेकमा पूजापाठ पनि ।

यस भेकका बासिन्दाहरू यसै लेकबाट सङ्कलित जडीबुटीमा निहित रहेर जीविकोपार्जन गर्दै आएका थिए । पछि राजमार्ग बनेपछि बस्तुभाउ ल्याउन र पुऱ्याउन सजिलो भएपछि यहाँको जनजीवनमा केही परिवर्तन भएको छ । पूर्ण रूपमा लेकमा निहित जीवन परिवर्तन भयो । तेले लेकको बीचमा सडकछेउको दायाँतिर काठले बनाएको पसलको आँगनमा हाम्रो गाडी रोकियो ।

मध्यरातको समय छ । पसले अति मिजासिला रहेछन् । खानपानको तर्खर मिलाइदिए । आँगनमा ठूलठूला मुढाहरू सल्काइदिए । खुला आकाशमुनि आगाको राप । मुढाहरू बल्दै गए, झन् आगोको राप बढ्दै गयो । आँगनभरि प्रशस्त मुढाहरू थिए । विशाल सुकेका रूखहरू बीचबीचमा पसलेले मुढा ठोसिरहे । दाउरा थपिरहे आजको रात आगो ताप्दै यसै आँगनमा बितायौँ ।

पसलको छेउमै पानीको मुहान रहेछ । गाउँटोलका मान्छेहरू पानी लिन यसै मुहानमा आउँदा रहेछन् । पसलेले हातले देखाउँदै भने- हातमुख धुन, नुहाउन पऱ्यो भने उः त्यही न्याउलो- रामशिलाको पानी ।

सबेरै त तातै हुन्छ । सूर्य झुल्क्याएपछि मनाई ठन्डा हुन्छ । भाग्यमानी मान्छेले मात्रै यो रामशिला न्वालामै स्नान अर्न पाउँछन् ।

महाभारतकालमा तिर्खाएकी सीताका लागि रामले बाण हानेर निकालेको भनिएको रामशिलाको पानी मुहान र कलात्मक ढुङ्गेधारा रहेछ- प्रशस्तै पानी बग्ने । पालैपालो हामीले यसै ढुङ्गेधारामा नुहाइ-धुवाइ गऱ्यौ । बिहानको उज्यालो छाउलाछाउला भन्ने भान हुँदै थियो । हामी यो पसलबाट निस्कने तयारीमा थियौँ । रामशिला न्वालामा पानी थाप्न आएकी पन्यारीले सुरिलो भाकामा गीत घन्काइन् ।

उडेर खप्तड (बाइग्यो) पुतली तेलेको
चामल रोटी पकाएको गहुँ रोटी बेलेको ॥
आकाश उड्ने पन्छी पानीका खाँदो है (पन्छी)
बग्ने पानी मर्ने मान्छे कईघाट जाँदो हो ॥
जन्मघर परायो भयो चल्दैछ परानी ।

बल्न दे बाजको मुडो हुन्दे खरानी ॥
तेरो मेरो बाँचुन्जेल हो जीवनको भर छैन
आइजा काल उडाइ लैजा मर्नाकी डर छैन ॥
तिम्ली पातको दुनो असौजे दहिकीलाई (दै)
क्याफी रुन्छई पापी मन को छ र कैकीलाई ॥
हात्तीले मसडकाई लैग्यो लालभ्कारीका केला
मकन सम्भ्फनाराखे पानी जाने बेला ॥

अगेठोमा दनदनी बलिरहेको आगोको रापमा धीमहि आफ्ना लामा कपाल तह लगाउँदै थिइन् र सुकाउँदै थिइन् पानी। ढुङ्गेधारामा नुहाउँदा भिजेका लुगाहरू झोलामा थन्क्याइन् र भनिन्- कति तातो पानी। तातोपानी बहने ढुङ्गेधारा।

यो बिहानै सुरिलो गीत गाउने को होला यो लेकमा ?

मैले आज सम्मान र सम्बन्ध पाएको पहिलो दिन। हो रहेछ- थोरै बोल्ने र धेरै मुस्कुराउने धीमहिले नुहाउँदा रुझेका लुगा मलाई छुन दिइनन्। मेरा लुगा पनि मिलाउँदै झोलामा हालिन्।

मलाई मजस्तै हुन मन लाग्छ। मलाई सम्बन्ध कमाउनु छ। यो मेरो कर्तव्य हो। थोरै त मैले गर्न सकिहाल्छु भन्दै आफ्नो भूमिका निभाइन्।

मैले महसुस गरेँ सम्मान सम्बन्धको नाता। हामी सबैले आगोको वरिपरि उभिँदै उभिँदै घरी कुर्सीमा बस्दै आगो तापेरै रात कटायौँ हाम्रो गाडी चालकले टुलमै सुतेर पनि केही घन्टा निद्रा पुऱ्याए।

यो तेले लेकको बीचमा रहेको पसलबाट बिदाइ माग्दै हामी अगाडि बढ्यौँ। हामी हिँडुन्जेलसम्म उज्यालो भइसकेको थिएन। बिहानीको पहिलो प्रहरमा कहीँकतै चराहरू बोलेको आवाज आउँदै थियो- हामी हिँडेको करिब बीस मिनेट भएको थियो गाडी रोकियो। माथि भीरबाट एक ढिक्का ठूलो हिउँ चट्टानजस्तै सडकमाथि खसेको थियो। पूरै सडकको आवतजावत बन्द गर्ने गरी।

हिउँ पग्लेर सडकमा खसेको छ। हिमपातको समय वातावरण निकै चिसो थियो। जन्तीहरू मिलेर हिउँका ढिस्का सडक छेउबाट हटायौँ। कठ्याङ्ग्रिएको जमिसकेको हिउँ निकै साह्रो हुँदो रहेछ। राम्रै मिहिनेत गर्नु पऱ्यो।

कठ्याङ्ग्रिएको हिउँले दुःख दियो । जङ्गलमा सेताम्मे खसेको हिउँ, टाढाबाट हेर्दा राम्रो मनमोहक लाग्थ्यो, हरिया घाँसमाथि सेता कपालझैँ । तर आज थाहा भयो जमिसकेको हिउँ बिग्रिँदो रहेछ । खस्नै लागेको हिउँभन्दा फरक ।

मान्छेहरूको सम्बन्ध पनि यस्तै हो । सुरुवातीका दिनहरूमा नातासम्बन्ध सबै राम्रा र आफ्ना हुन्छन्, विस्तारै संयोग र सामञ्जस्य बिग्रेपछि हिउँ जमेजस्तै ती सम्बन्धबाट छुटकारा पाउन अड्डा अदालत धाउनुपर्ने । त्यसैले सम्बन्धहरूको वातावरण पनि मिलाइराख्नु जरुरी छ ।

भगवान्सँग बिन्ती छ, मेरो र धीमहिको सम्बन्धमा त्यो दिन नआओस् ।

गाडी चालकले भनेबमोजिम सडकछेउको हिउँ हटायौँ । हाम्रो गाडी जान मिल्ने जति, सडक निकै रुझेको थियो, हिउँ पग्लेको पानीले ।

धीमहि पनि गाडीबाट ओर्लिइन् । गाडीबाट ओर्लिंदै गरेकी धीमहिका पाउजु घुनघुनाहट आवाज दिँदै बजे र बजे हातका चुरा पनि । साडी तह लगाउँदै धीमहि सडक छेउबाट अगाडि हिँडिन् ।

ओहो ! हिउँको पनि पहिरो आउँदो रहेछ लेकमा अचम्मित हुँदै माथि जङ्गलतिर हेरिन्- हरियो घनघोर जङ्गलमा सेताम्मे हिउँ । खुट्टाले हिउँको फड्का हल्लाउँदै थपिन्- मलाई बगाउला कि माटो बगाउने हिउँले ?

यो मौन जङ्गलमा राम्रैसँगै सुनियो मन लोभ्याउने गरी धीमहिका पाउजुको आवाज ।

वितुर र धीमहि सडक छेउमा हिँडेर अलि अगाडि पुगेका थिए । उनीहरूको जन्ती बोकेको गाडी त्यो हिउँको पहिरो पछ्याएर आइपुग्यो । उनीहरू पनि यसैमा चढे र यात्रा निर्दिष्ट अगाडि बढ्यो । डोटी जिल्लाको सिमाना केहीबेरमा सकिनेछ र सुरु हुनेछ डडेल्धुरा ।

राजमार्गको दायाँतिर हनुमान्का झन्डाहरू लगाइएको छ र छेउमा सानो राममन्दिर । यसै राममन्दिरमा हाम्रो गाडी रोकियो । गाडी चालक गाडीबाट ओर्लिएर उत्तर मन्दिरमा धूप बालेर आराधना गरे । मन्दिरभित्र अधबैँसे उमेरकी गेरुवस्त्रधारी महिला हार्मोनियम बजाउँदै एक्लै भजन गाउनमा व्यस्त भएको अवस्थामा देखियो ।

हाम्रो गाडीचालकले गाडीमा बेहुला-बेहुली लिएर आएको छु माताजी । ल प्रसाद दिनुपर्‍यो भनेपछि उनी हार्मोनियम बजाउन छोडेर अक्षता र फूलपातीले भरिएको ताम्रपत्रको थाली बोक्दै हाम्रो गाडीभित्र आइन् ।

सबै जन्तीलाई फूल प्रसाद दिइन् । धीमहि र मलाई पनि । धीमहिको निधार सुमसुम्याउँदै भनिन्– भाग्यवती हुनु, चिरञ्जीवी हुनु, तिमीले पाइला टेकेकी घर स्वर्ग बनोस् ।

माता गाडीबाट ओर्लिन् । हाम्रो गाडी अघि बढ्यो । हाम्रो गाडी रोकिनै लाग्दा गाडीचालक मन्दिरभित्र जाँदा मन्दिरमा घन्किएको गीत भगवान्को आराधना थियो ।

संसार झूटो छ । रामको नाम भुलिन्छ कि मनमा भुटो छ । राजमार्गमा आवतजावत गर्दा यस मन्दिरमा रोकिने यात्रुहरूलाई आशीर्वाद दिँदै तेल्याको लेकको किनारमा अभिशक्त उभिरहेकी एउटा साक्षी हुन् माता । उनी समकालीन समयका नीलडामलाई भजनमार्फत सम्बोधन गर्न लागेकी ।

हुन त म भजनसम्बन्धी ज्ञान भएको भजनकर्ता होइन । यो भजन विज्ञहरूको क्षेत्र होला । मेरा विचारमा जब भजनको वैचारिकता कमजोर हुन्छ तब धर्मप्रतिको चासो घट्दै जान्छ अथवा अधर्मीहरूको सङ्ख्या बढ्दै जान्छ । यी मातालाई पनि त्यस्तै अधर्मीहरूको समाजले धोका दिए होलान्, र त संसारिक मोहबाट विरक्तिएर यो एकान्त लेकमा एकाग्रता खोज्दै संसार झूटो छ, संसार झूटो छ भन्दै गाउँदै छिन् ।

यिनी पनि त कुनै दिन कसैको श्रीमती थिइन् होला । तेल्याको लेकमा एक्लो पिपल भएर बाँचेकी छिन् । शरीर पनि प्रकृतिसँग जोडिएको कुरा न हो । मन्दिरमा होस् वा घरमा खाना खानै पऱ्यो, पेटको सवाल छ, थोरै धेरै मिठो नमिठो होला ।

नखाई जीवन बाँच्दैन । हाम्रो समाज संयुक्त परिवारमा बाँचेको छ, त्यसमा पनि पश्चिमको यो भूभाग अझ विशेष परिभाषा राख्दछ- परिवारका रूपमा । तर दुर्भाग्य, कुनै कुनै परिवारमा शकुनि बाँचेका हुन्छन् । ती शकुनिहरू परिवारलाई तहसनहस पार्नमा तल्लीन हुन्छन् र रमाउँछन् परिवारका दुःख वेदनामा । त्यस्तै, कुन शकुनिका आँखा लागे कुन्नि माताको रूप धारण गर्नुपऱ्यो, एक्लो भएर बाँच्दै छिन् ।

भाँडियो होला यिनको परिवार । विरक्तिन होला परिवारका माहुलबाट र उभिएकी छिन् । माता बनेर, यति धेरै बटुवालाई आशीर्वाद दिँदै खुसी पार्ने माताले आफू किन खुसी हुन सकिन्न होला ? मन्दिरमा आएपछि तिनका सपनामा पूर्णविराम लाग्यो होला ।

जीवनको यात्रामा मान्छेदेखि मन भरिएर एकान्त लेकमा भगवान्को शरणमा तल्लीन विगतका यादहरूले रुन्छिन् वा रुँदिनन्, बिथोलिन्छिन् वा बिथोलिन्नन् । फेरि आफैँलाई आफूले सम्हाल्छिन् कि भगावन्ले सम्हाल्छन् । मैले तिनका बारेमा धेरै सोच्नु पनि मेरो गल्ती हो ।

मैले सोच्न र नसोच्नु, म हुनु वा वा नहुनुले उनलाई के अर्थ राख्दछ। उनका लागि कसैले नबुझ्‍ने बुझिदिने मन्दिर छ, आराधना सुनिदिने मन्दिर छ, सहन सिकाउने मन्दिर छ र चुप लाग्न सिकाउने मन्दिर छ। सम्बन्ध निभाउन सिकाउने मन्दिर छ।

भरोसा छ त भगवान्‌सँग। मन्दिरसँग सामाजिक भरोसा सकिएकी माता तेल्याको लेकमा, मन्दिरमा सुख मिल्यो वा मिलेन। तर मलाई थाहा छ, संसारमा सुख मिल्छ भन्ने त्यो हो प्रेम पतिपत्नीमा, श्रीमान्-श्रीमतीमा हुने प्रेम। आघात प्रेम। जीवन सुखयम हुन्छ, ठिक धर्मसँग चल्यो भने। गृहिणी सर्वश्रेष्ठ सुखी जीवन हो। व्यवस्थाले खासै अर्थ राख्दैन।

प्रेम र भरोसाका अगाडि म एकाग्रतामा खोइएको धीमहिले थाहा पाइन् र सम्हाल्ने प्रयत्न गरिन्। दायाँ हातका चुरा बजाउँदै भनिन्- राम्रै हिउँ परेको रहेछ। अघि त्यो आएको बाटोभन्दा यता अलि बढी रहेछ।

चुराहरूको छनछनसँगै समर्थन जनाउँदै मैले बाहिर हेरेँ। हाम्रो गाडी अगाडि बढिरह्यो। आफ्नै गतिमा तेलेको लेकको बिचोबिच निकैबेर गाडी गुडेपछि अलि ओरालो सडक बाटो सुरु भयो। उसो त एउटा उकालो डाँडोमा चढेपछि अर्को डाँडा पार गर्न ओराले झर्नुपर्ने क्रमसँगै सडक तलमाथि भइरहन्छ।

पहाडहरूको काखमा घुमाउरो ओरालो बाटोमा गाडी चलिरहँदा गाडीभित्र बस्ने हामी सबैको सिट तलमाथि भइरह्यो। हामीहरूले आफ्नो बसेको सिटसँग सन्तुलन मिलाउने प्रयास गरिरह्यौँ।

धीमहिले पनि आफूलाई तह लगाउँदै पछ्यौरीका चारै कुना शरीरमा च्याप्दै पछ्यौरीभित्र आफूलाई समेट्ने प्रयास गरिन्। त्यो पछ्यौरी बिदाइ हुँदाका बखत आमाले ओडाइदिएकी हुन्। बाल्यकालदेखि विवाह यज्ञसम्म आमाको मायाले भरिएको पछ्यौरी (सल) हिजो पछ्यौरी ओडाउँदै धीमहिको अनुहार चिहाउँदै बिदाइ गर्दै थिइन्। आमाका भावनामा धीमहिका तस्बिरहरू नवजात शिशु अवस्थाकी धीमहि।

बढ्दै गरेकी।

विद्यालय पढ्न जाँदै गरेकी।

विश्वविद्याय पढ्न जाँदै गरेकी।

त्यो क्षण जीवनमा सबैभन्दा नजिककी पात्र बनेको दिन आमा खुसीले गद्‌गद् भएर आफूसँग आफैँ रोएको पल।

वामे सर्दै आँगनको बीच नियाल्दै गरेकी हात र खुट्टाले हिँड्ने प्रयास गर्दै आँगनमा छरिएकी ।

उभिन सिक्दै आमाको हातको औँला समाएर हिँड्दै गरेकी ।

घाँस काटेर फर्किँदै गर्दा धोतीको छेउमा बाँधेर घाँसको ढोकामाथि बोकेर घर फर्किँदै गरेको पल ।

डोकामा धीमहि बोक्दै लामो बाटो कर्णालीका छाल हुँदै पहाडबाट तराई बसाइँ सरेको दिन आमालाई पछ्याउँदै गाईगोठमा हिँड्दै गरेकी ।

कतै विद्यालय जाँदा सुरुवातीका दिनमा जबरजस्ती रुँदै विद्यालय जाँदै गरेकी ।

धीमहि दिन दुईगुना रात चौगुना बढिन् । धीमहि घर आँगन, विद्यालय, समुदाय आमाका काखमा यत्रयत्र धीमहि ।

तर नियतिको खेल यस्तै छ, छोरी हुर्के-बढेपछि अन्माउनुपर्ने । छोरीको नयाँ जीवनप्रति माया, स्नेह र भविष्यप्रति शुभेच्छा व्यक्त गर्दै थिइन् आमा ।

सुखी र मङ्गल जीवनको कामना शान्ति र स्नेहपूर्ण जीवनको कामना । आफ्नो पहिचान र सम्मान जोगाउने कामना । सम्बन्ध सुधार्न मिलनसार बन्ने कामना ।

यस्तै शुभकामना र आशीर्वाद दिँदै पछ्यौरी ओडाउँदै थिइन् आमा । जीवन अनन्त छ, अनन्त जीवनको अनन्त शुभकामनाहरूले भरिपूर्ण पछ्यौरी । पारी पहाडको भिरमा पहाडको अमृत मोतीका दानाझैँ तलपल हुँदै झरनामय भएर बग्दै थियो । झल्किँदै थियो पहाडको सौन्दर्य ।

पहाडको बिचोबिच फहराउँदै झर्दै गरेको झरना यसै झरनाका किनारहरूमा तिर्खा मेट्न आउँछन् होला । पाटेबाघका लहरहरू माथि पहाडभन्दा माथि उड्ने चिलका लस्करहरू मन्त्रमुग्ध हुन्छन् होला । स्वच्छ पानीका थोपासँग तृप्त भएर फर्कन्छन् होला आफ्नो गन्तव्यतिर ।

हिउँदमा होस् वा बर्खायाममा, सधैँ अविरल बगिरहन्छन् यी अमृत मोती आफ्नो वेग र व्यस्ततामा । हुन त सबैको पालो आउँछ भन्छन्, रातपछि दिन । दिन सूर्यको हो र रात चन्द्रमा अथवा जूनको ।

त्यसैले घमण्ड नगरेकै राम्रो । तर, विडम्बना रात र दिनको घाम र जूनको कुनै प्रवाह नगरी बग्दै छन् झरनाहरू । पहाडका काखमा बगिरहन्छ । तेर्सो र ओरालो बाटो हुँदै गाडी अगाडि बढिरह्यो । राजमार्गका छेउछाउतिर ससाना बस्तीहरू छन् र सडकसँगै जोडिएका पसल पनि ।

गाडीले गति घटायो । राजमार्गमा टिनको छानाले छाइएको काठका भित्ता भएका सफा सुग्घर देखिने पसलको आँगनमा गाडी रोकियो । पसलको आँगनसँगै काठको कटेज जोडिएको थियो ।

बिहानको चिया-नास्ता खान हामी यसै कटेजमा बस्यौँ । केहीबेरमा दुई कप चिया लिँदै साथमा फूलदानी बोकेर पसलकी मालिक्नी आइन् । गोलो अनुहारकी कानभरि बालीहरू पहिरिएकी सुन्दर अधबैँसे उमेरकी साहुनी ।

ती पसलकी साहुनीले केही थुँगा फूल उठाउँदै धीमहिको हातमा उपहार दिइन् । केही मेरो हातमा । फूलसँग आशीर्वाद पनि । तिमीहरूको जोडी दीर्घायु बनोस् । तिम्रा हरेक सपना भगवान्‌ले पूरा गरुन् । असल दाम्पत्य जीवन जिउनु । मेरा आँगनमा आज सबैले बेहुला-बेहुली आए भनेको सुनेर म आफैँ आएकी हुँ, भित्र खानाको तर्खर गर्दै थिएँ । यो जोडी आँगनमा रोकिएर मेरो आँगन पवित्र गरिदियो, म धन्य भएँ । अवश्य आजको दिन राम्रो हुने भयो ।

आशीर्वाद दिँदै चिया पिउन दिने मालिक्नी छेउकै कुर्सीमा बसिन् । लामो सास तान्दै फूलदानी टेबुलमा राखिन् र सोधिन्- ब्याउली कति दूर है ल्याया हो ? जानुपर्ने कति दूर हो ? इतना लामा बाटामै मोटरकी मचाइ लगी हो क्या ? ठण्डी मनाइ बढ्दै छ, मेघ फाटियाको आथिन् ।

कोइला बालेको तखडी नजिक सार्दै भनिन्- आगो ताप बा, आगो ताप्दै चिया पियौ, यी त भगवतीजस्तै मान्छे ।

धीमहिले ओढेको पछ्यौरी तह लगाउँदै सोधिन्- तपाईंले पसल गर्नु भएको कति भयो ?

उनले आकाशतिर हेर्दै उत्तर दिइन्- भयो नि बा मेरो बैँस फुलेजति, के भन्नु खै । हो त्यति भयो मेरो बैँस फुलेजति ।

हँसिलो अनुहारकी उनको मनमा यति पीडा होला जस्तो लागेको थिएन । आफ्नो अतित सुनाइन् । हामी मौन सुनिरह्यौँ र पिइरह्यौँ तातो चिया राजमार्गका छेउको कटेजमा ।

त्यो बेलामा म १२ वर्षकी थिएँ । थवाङको रोल्पाबाट हाम्रो परिवार भात खान पाइन्छ भनी दाङमा बसाइँ सऱ्यो । दाङको घोराही बजार नजिकै बसाइँ सरेको सात-आठ महिना त्यस्तै भएको थियो । सडकमा काम गर्ने मान्छे खोज्दै ठेकेदार हाम्रो गाउँ पस्यो ।

ठेकेदार पनि रोल्पाकै थियो । हाम्रै बोली भाषा मिल्ने अनि दुई ट्रक जति गाउँलेहरू गाउँ छोडेर सडक खन्न आयौँ । म पनि आएँ, सडक खनेँ । काम गर्दै गयौँ, केही समयपछि कोही गाउँ फर्किए । अलि थोरै धेरै पैसाको जोहो मिलाएर हामी काममै लागिरह्यौँ ।

मैले पनि गाउँमा बाआमालाई थोरै पैसा पठाइरहेँ । काम गर्दै गर्दा सँगै काम गर्ने, ट्र्याक्टर चलाउने दाइसँग मायामा परेछु । म त्यतिबेला १४ वर्षकी थिएँ । हाम्रो विवाह भयो सडकछेउको वनदेवी मन्दिरमा । साथीहरूका माझमा सडक खन्ने क्रम चलि नै रह्यो । जुन हाम्रो नित्य दैनिकी थियो ।

तिमीहरूले हेऱ्यौ कि हेरेनौ त्यो भासुको भिर ? हो त्यही भासुको भिरमा काम गर्ने क्रममा मेरो श्रीमान्को भिरमा खसेर मृत्यु भयो । हाम्रो काम गर्ने ठाउँ फरक-फरक थियो । म सडकमा बेल्चा चलाउने, ढुङ्गा बोक्ने काम गर्थें । पछि पेटमा नानी बसेपछि ठेकेदारले कामदारहरूको लागि खाना पकाउने काममा मलाई सारिदियो ।

सडकछेउमै सल्लाका पाटाहरूले बनेका काठका अस्थायी घरहरू, प्लास्टिकको छानो भएका, साँझ सधैँजसो मादल बजाउने, नाच्ने, गीत गाउने गर्थ्यौं । दिभरिको थकान बिर्सने बाटो । त्यो दिन मेघ लागेको थियो । दिनभरि पानी परिरह्यो । साँझ सबै जना फर्किसक्दा पनि मेरो श्रीमान् फर्केनन् । राति अबेर भइसक्दा पनि नआएपछि मैले मेट (काम गराउने म्यानेजर) लाई सोधेँ ।

उसले ठेकेदारलाई फोन गऱ्यो । मेटले कतै ठेकेदारले बोलाएर गोदावरीतिर गए कि भन्ने अनुमान लगायो । राति कहाँ खोज्न जानु, मनमा पिर बोक्दै म पनि निदाएँ ।

दोस्रो दिन ठेकेदारको फोन आयो । उसले सामान लिन बोलाएको तर आइनपुगेको खबर बतायो । त्यतिबेला अहिलेका जस्ता सञ्चारका साधन पनि थिएनन् । फोन बोक्ने त ठूलाठूला मान्छे । गाडी बिग्रियो होला, अब पुग्ला, तब पुग्ला भन्ने आशामा बस्यौँ ।

तेस्रो दिन ठेकेदारलाई कुनै गाडीचालकले खबर सुनाएछ । ट्र्याक्टर भासु भिरमा छ । माथि भिरबाट ढुङ्गा खसेर दबिएको छ ।

हामीकहाँ खबर आउँदा साँझ भइसकेको थियो । राति जान सकिएन जङ्गलको बाटो । चौथो दिन बिहानै मेटले अर्को ट्र्याक्टरको व्यवस्था मिलाएर हामी चार-पाँच जना मिलेर भासु भिरको पहिरोमा पुरिएको ट्र्याक्टर र मेरो श्रीमानूलाई खोज्न हिँड्यौं ।

भासुको भिरमा ढुङ्गा खस्ने पहिरो आउने क्रम चलिरहन्थ्यो । त्यतिबेला सतर्कता अपनाउँदै हामीलाई बोकेको ट्र्याक्टर भासु भिरभित्र पस्यो । आधा भिरमा पुग्दा सडकको बायाँ ट्र्याक्टर पहिरोमा पुरिएको थियो ।

गाडीको पछाडिको भाग छोपिएको थियो । अगाडि केही ढुङ्गाहरूले ठोकिएको जस्तो थियो । हामी सबै मिलेर केही ढुङ्गाहरू हटायौं । मेरो श्रीमान्को पत्तो लागेन । सडकको तल्लो छेउतिर हेर्दा मेरो श्रीमानूले लगाउने गरेको ज्याकेट प्वाल प्वाल पारेर फालेको थियो । अलि पर टोपी पनि भेट्टायौं । खोज्दै जाँदा अरू मेसो पाएनौं ।

ट्र्याक्टरको ड्राइभर सिटमुनि हेर्दा रगतका टाटाहरू कालो दाग भएका थिए । साथीहरूले सफा गर्दै ढुङ्गा फाल्दै जाँदा थुप्रै रगत भेटियो । हामीले अनुमान गर्‍यौं ढुङ्गाले लागेर मेरा श्रीमान्को मृत्यु भइसकेको थियो ।

पहाडका स्याल, गिद्धहरूले यत्रतत्र तान्दै भिरतिर लगे होलान् । मृत शरीरको केही पत्तो लागेन । म एक्लै आइमाई, त्यसैमा पनि दुई जिउकी । सडक छेउमा बसेर रोएँ, कराएँ, विलाप गरेँ । अरू मैले के नै गर्न सक्थेँ र ? त्यही भासुको भिरमा म पनि हामफाली मरूँ, अब मेरो सहारा को छ र यो जङ्गलमा भन्ने भावना मनमा नआएको होइन । तर पेटमा भएको नानीका लागि म बाँचिदिनुपर्छ भन्ने लाग्यो र फर्कि आएँ बा । तीन महिना भएको थियो नानी पेटमा बसेको, श्रीमानूसँग बिछोडिनुपर्‍यो । दैवले खोसेर लग्यो । श्रीमान् बितेको छ महिनापछि नानी जन्मियो ।

यिनै भिरपाखामा हुर्काएर बढाएँ । गाह्रो अप्ठ्यारो के कुरा कति भोगियो भोगियो नि । हो बा, शरीरमा तागत हुन्जेल सडकमै मजदुरी गरिरहेपछि यसै सडकका किनारमा सानो झुपडी बनाएर यतै व्यवसाय सुरु गरेँ । पेट त पाल्नु पर्‍यो । नानी हुर्काउनु पर्‍यो । अहिले मेरो छोरा नेपाली सेनामा सेवारत छ ।

त्यो बेला छोरा आर्मीमा भर्ना हुन्छ । भर्ती खुलेको छ भनेर कैलाली गयौं । नागरिकता ल्या भने । म अहिले रोल्पा छोडेर यता आई बसेकी, डोटीको सदरमुकाम पुगेँ । छोराको नागरिकता बनाउन दिएन । कस्तो नीतिनियम हुँदो रहेछ राज्यसत्तासँग । रोल्पा जानुपर्ने भयो । मेरो सारा जीवन यसै भेगमा बिताएँ । श्रीमान् यसै भेगमा मरे । राज्यले गरेको व्यवहार देख्दा रोल्पा र डोटी छुट्टै राज्य हुन् कि जस्तो लाग्छ ।

रोल्पा गएर छोराको नागरिकता बनायौँ । हामी बसेको यो पसल त्यो बेलामा बनाएकी हुँ । यो ठाउँको पहिलो पसल मेरै हो । यी वनपाखा र पहाडसँग मेरो मनदेखिको सम्बन्ध छ । त्यसैले यिनै वनपाखालाई माया गर्दै जीवन बिताएँ । वनपाखाले पनि गुन लगाएका छन् ।

मेरो अतित र यो ठाउँ छोडेर जान सकिन बा । अचम्म यो छ कि अहिले पनि यो घरको कागजपत्र बनेको छैन । गाविसमा गएर निवेदन दिएँ, म पनि डोटेली भाषा नै बोल्छु । त्यहाँका मन्दिरहरूमा मैले पनि धूप पोखल चढाउँदै आएकी छु । राज्यसत्ताले सौतेनी व्यवहार गर्छ । जङ्गलको जमिन हो भन्छ । हामी जङ्गलमै जीवन बिताएकाहरूको पीडा कसले सुनिदिने, तर गर्व लाग्छ कि ।

आँगनमा कोही सरकारका मान्छे आए भने मेरो छोरा पनि नेपाल सैनिकको सिपाहीमा कार्यरत छ भन्छु बा । यी वनपाखाको ठण्डापानी पिएर धन्य भएकी छु । चलेकै छन् दिनहरू । जीवनसँग कुनै सिकायत छैन । सिकायत छ त या राज्यसत्ता र नीति नियम बनाउनेहरूसँग ।

एकान्त सुन्दर कटेजमा पसल साहुनीका मार्मिक अतित सुन्दै थिएँ । गाडीचालकले समयतिर इशारा गर्दै हातमा बाँधेको घडी देखाए । ल अब धेरैबेर बस्न मिल्दैन । बाटोमा हिउँ पनि परेको छ, बिस्तारै लाग्नुपर्छ ।

पसलकी साहुनीलाई अभिवादन गर्दै आउँदा जाँदा फेरि अर्कोपटक भेट गर्ने वाचासहित हामी बाहिरियौँ । हल्का उकालो सडकलाई पछ्याउँदै हाम्रो गाडी माथि डाँडातिर लाग्यो ।

साहुनीका कुरा मनमा सम्झिएँ । जीवनको परिभाषा उमेरले होइन, घरको अवस्था र परिस्थितिले सिकाउँदो रहेछ । सायद आफूले चाहेको प्रिय कुरा गुमाएर होला मन्दिरमा पोखल पठाइरहन्छिन्, तर केही माग्ने आँट छैन ।

राज्यसत्ताले बनाएको फितलो प्रणालीले गाउँबेँसीमा बसोबास गर्ने जनताका आवश्यकताहरू लगायत, प्रशासनिक कामहरूको प्रक्रिया जटिल बनाइदिएको छ । राज्यभित्र बस्ने नागरिकले जो जहाँ बस्यो त्यही ठाउँबाट प्रशासनिक सेवासुविधा पाउने, नागरिकका हक अधिकार सुनिश्चित गर्नुपर्ने हो । तर, त्यसको विपरीत दुःख मात्र दिइरह्यो । जनतामाथि कुशल प्रशासकीय व्यवहार राज्यले गर्न सकेको छैन ।

यसरी काम गर्दा श्रीमान्‌को मृत्यु हुँदा क्षतिपूर्ति पाउनुपर्ने हो। दुर्भाग्य मृत श्रीमान्‌को लाससम्म देख्न पाइएन। यस्ता घटनाहरूमा राज्य मौन बस्दछ, बेखबर बनेर। जनताले राज्यसत्तालाई कर उठाउने संयन्त्रका रूपमा मात्र चिन्दछ।

राज्यले आफ्नो उपस्थिति अनुभूति गाउँबेंसीमा गराउन नसक्नु ठूलो दुर्भाग्य बनेको छ। सिउँदो रङ्ग्याउँदैमा जीवनको रहर पूरा हुन्छ भन्नु भूल रहेछ।

सिउँदो रङ्ग्याएको केही महिनामा श्रीमान्‌को अकल्पनीय मृत्यु सहनुपऱ्यो। एक्लो जीवन साथमा अबोध नानी हुर्काउनु बढाउनु जटिल अवस्था थियो। त्यो जटिलतालाई चुनौती दिँदै नानी हुर्काइ-बढाइ नेपाली सेनामा सेवा गर्न पठाउने स्वर्गीय ट्र्याक्टर चालककी श्रीमतीप्रति नमन छ।

श्रीमतीले एक्लै पनि सफल जीवन जिउन सक्छन् भन्ने प्रमाण हुन्, हामीले भेटेकी ती कटेजकी साहुनी। यी पहाडका डाँडामाथि राजमार्ग कोर्ने वीर मजदुरहरूप्रति नमन छ।

भासुको भिरमा ट्र्याक्टर दुर्घटनामा परेर मृत भएका कटेजकी साहुनीका श्रीमान् लगायत राजमार्ग बनाउँदै गर्दा देहत्याग गर्ने सबै मजदुरप्रति श्रद्धाञ्जली छ। हुन त भासुको भिर आफैँमा विशेषता बोकेको सुदूरपश्चिमका नौवटै जिल्लालाई जोड्ने राजमार्गमा पर्ने सबैभन्दा बढी जोखिम भएको ठाउँ हो।

राज्यले सबैको सम्मान गर्न सकोस्। कुवा एउटै हुन्छ पानी भर्ने पनारी, अलग हुन्छन्, भाँडाहरू सबैका फरक हुन्छन्, तर पानी सबै भाँडामा एउटै हुन्छ। त्यस्तै राज्य संयन्त्र कुवाको पानी समान भएर जनतामाझ पुग्न सकोस्।

म मनमा कुरा खेलाउँदै थिएँ, धीमहिले प्रसङ्ग जोडिन् ती कटेजमा भेटिएकी साहुनीको जीवन।

न त हामीले केही गर्न सक्यौँ, तर पनि उनको व्यथा सुन्दा कस्तो कस्तो भयो। अहिले त त्यो उमेरमा छिन् तर जीवन भोकमा खान नपाएको भोजन भएको छ। प्यासमा पिउन नपाएको पानीझैँ भएको छ। नचाहँदा नचाहँदै जिन्दगीको बाटो मोड्नु पऱ्यो। मुटुभित्र माया बोकेको मान्छे भगवान्‌ले खोसिदियो। माया गर्ने मान्छे नै नभएपछि दिन पनि रातझैँ लाग्दो हो। जीवन काट्ने मायाप्रीति वैंशलाको भए जीवन कस्तो हुन्थ्यो होला, माया पाको भए।

कति दिन भोकै बसिन् होला। कति रात निदाइनन् होला। त्यस्तै थियो होला तिनको कर्मरेखा। जुन कर्मरेखाले त्यस्तो बाटो देखाएर यो सडक छेउमा बास बसाइरह्यो। साथमा आशाको दियो छोरा रहेछन् त्यसलाई हुर्काइ-बढाइ समयसँग गुनासो गरिनु, नत्र जिन्दगी चल्न अझ कठिनाइ थपिन्थ्यो होला।

सम्बन्धहरूको के अर्थ भयो, हरेक दुःखकष्ट एक्लैले काट्नुपर्छ भने नियतिले तिनको शृङ्गार खोस्यो तर जोबन कहाँ खोस्न सक्थ्यो। हुन त सपना र विपना नितान्त आफ्ना व्यक्तिगत कुराहरू हुन्। भगवान् यस्तो सङ्कटमा कुनै पनि श्रीमतीले पर्न नपरोस्।

•••

हाम्रो गाडी डाँडामा पुग्नै लाग्दा गाडीबाट हिउँले छोपेका पहाडहरू देखिए, पूरै सेताम्मे। गाडी चालकले उत्तरतिर देखाउँदै भने- उः त्यही माथिका पहाडहरू हिमाञ्चल हुन्, त्यता सधैँभरि हिउँ परिरहन्छ। घामका किरणले चम्किँदै थिए, हिमाञ्चलका पहाडहरू सौन्दर्यले भरिपूर्ण सफा सेता हिउँका गुजुल्टाहरू मोती बसेजस्ता। डाँडाको शिरमाथि राजमार्ग। यहाँबाट लगभग टाढाटाढासम्म हिमालहरू देखिने रहेछन्। यात्रामा नयाँ सौन्दर्य र आनन्द थपियो।

हिमालहरूको सौन्दर्य हेर्दै हाम्रो गाडी अगाडि बढिरह्यो। केही बेरपछि एक्कासि केही कुहिरोका ढिस्काहरू उडेर आए। नभन्दै एकपछि अर्को ढिस्का थपिँदै गए। दिउँसै रात परेको भान हुने गरी कुहिरोले छायो। कुहिरोको बीच हामी आमने-सामने गाडीबाट बाहिर पूरै अँध्यारो भयो।

रमाइला दृश्यहरू देखिँदै थिए। हिमालमाथिका तर एक्कासि हराए बादलका घुम्टीभित्र। आखिर जता भए पनि, जे भए पनि परिस्थितिले पनि खेलौना बनाइरह्यो। हाँसो खोज्ने चाहनामा भेटएका वेदनाहरू... ।

डोटी जिल्लाको भूभाग हुँदै डडेलधुरामा चल्दै गरेको हाम्रो गाडी डडेलधुराको स्याउले चौराहा पुग्यो। डडेलधुराको पूर्वमा डोटी, उत्तरमा बैतडी र दक्षिणमा कञ्चनपुर पर्दछ। पश्चिम भागमा भारतको उत्तरखण्डसँग जोडिएको छ। यस जिल्लामा दुईवटा मुख्य ऐतिहासिक स्थल पनि छन्।

अजयमेरुकोट।

अमरगढी किल्ला।

अजयमेरुकोटको सेरोफेरोमा सहश्रलिङ्ग देवताको थातथलो शक्तिपीठ छ। यो बाइसे राज्यकालीन डोटी राज्यको राजधानी हो। अमरगढी किल्ला डडेलधुरा खलङ्गामा अवस्थित छ। राष्ट्रिय विभूति अमरसिंह थापाले बनाएको यो किल्लाको अहिले नेपाल आर्मीले सुरक्षा दिइरहेको छ। स्याउले चौराहाबाट डोटीका लागि सडक छुट्टिन्छ जुन पछि अछाम हुँदै बझाङसम्म पुग्छ।

डोटी राज्यको पूर्वमा अछाम र सुर्खेत, पश्चिममा डडेलधुरा र बैतडी, उत्तरमा बझाङ र दक्षिणमा कैलाली र कञ्चनपुर जिल्ला पर्दछन्। उत्तरमा उच्च हिमाली क्षेत्रदेखि दक्षिणमा चुरे पर्वत शृङ्खलासम्म फैलिएको यो जिल्लाको अधिकांश भाग मध्यपहाडी क्षेत्रमा नै पर्दछ।

सहस्रलिङ्ग देवताको थातथलोमा मैले आशीर्वाद थापेका अतितहरू धीमहिलाई सुनाउँदै भनें- खोलामा सहस्रलिङ्गको बासस्थान छ। त्यो खोला छेउछाउको जङ्गलमा सर्वसाधारणले मन लागेका बेला आवतजावत गर्न पाउँदैनन्।

धार्मिक आस्था र सहस्रलिङ्गका प्रभावले बाँचेको त्यो खोला स्थानीय जनविश्वास अनुसार सहस्रलिङ्ग देवताको दर्शन गरेमा मनोकामना पूरा हुने विश्वास भएकाले धीमहिलाई मनकामना पूरा होस् भनेर आशीर्वाद थाप्न बेताल देवताका थातथलोमा जानुपर्ने योजना बनाउँदै, रमाउँदै यी सुन्दर पहाडका दृश्यहरू हेर्दै हामी अगाडि बढ्यौं।

स्याउले चौराहामा दाहिने फन्को लगाउँदै जन्ती बोकेको गाडी डडेलधुरातर्फ जाने सडकको दायाँतर्फको पसल अगाडि रोकियो। धीमहि पछ्यौरी तह लगाउँदै खुट्टाका पाउजु बजाउँदै गाडीबाट ओर्लिन्। मैले धीमहिलाई सघाउने प्रयास गरें। मनले माया गरेकी मान्छे जतन गर्न मन लाग्दो रहेछ।

त्यही पसलमा एक हूल मानिसहरू छरिएर उभिएका थिए। नजिकै गएपछि थाहा पाइयो, राउटे जातिका मुखिया दानसिंह शाही तेल्याको लेक हुँदै डोटीको खप्तड घुम्न जाने क्रममा यो ठाउँमा आइपुगेका रहेछन्।

यिनै मुखियालाई हेर्न भनेर नजिक गाउँका मान्छे आउँदै जाँदै गर्दै थिए। सुन्न धेरैचोटि सुनें, पढें पनि, तर राउटे समुदायका मान्छे यसरी आमनेसामने देखेको पहिलोपटक थियो।

धीमहि र मैले पनि यसो नजिकबाट नियाल्यौँ । अग्लो कदका पातलो जिउडाल भएका दाह्री, कपाल पालेका, आधाआधा जिउमा लुगा गाँठो पारि पहिरिएका, उज्यालो अनुहारका टाउकोमा ठूलो पटुका कसेका, गहुँगोरा वर्ण भएका, जीवनको उत्तरार्धमा पुगेजस्ता देखिने असल मान्छे रहेछन् ।

दानसिंह शाहीको छेउमै सुर्खेतका सञ्चारकर्मी रहेका छन् । उनले दोभासेको काम गर्दै छन् । उसो त दानसिंह शाही राम्रै डोटेली भाषा बोल्दा रहेछन्, तर केही शब्दहरू स्पष्ट भएन भने ती सञ्चारकर्मीले सहयोग गर्दा रहेछन् ।

सुर्खेतको छिन्चुमा सात वर्ष अगाडि उनले दानसिंह शाहीसँग मितेरी गाँसेका रहेछन् । त्यसै मितेरी नाताका आधारले उनले मीतज्यूलाई यतातिर घुमाइदिन ल्याएका रहेछन् । उसो त राउटे समुदायको बसोबासको क्षेत्रका रूपमा खासगरी दैलेख, जाजरकोट, सुर्खेत, अछाम, सल्यान, दाङ र कालिकोट जिल्लाका जङ्गल, खोँच र नदी किनारा यो जातिको मुख्य बासस्थल हो ।

बहुजातीय, बहुसांस्कृतिक विशेषतायुक्त हाम्रो देशमा राउटे समुदाय मात्र घुमन्ते जीवन बिताउने र स्थायी बसोबास गर्न मन नपराउने समुदाय हो । यो समुदायका नाउँमा विभिन्न संघसंस्थाहरूले आवाज उठाए तापनि र सरकारले योजना तर्जुमा ल्याए पनि अहिलेसम्म उनीहरूको जीवनमा उल्लेखनीय सुधार ल्याउन सकिएको छैन । अथवा यिनीहरूको जीवनयापनमा केही परिवर्तन भएको पाइँदैन ।

दानसिंह शाहले भने- संसारमा माथि जुम्ला जान्या हामी मात्रै हो । अरू कोही नाइँ जङ्गलमा बस्न्या । सर्दै सर्दै दाङसम्म जान्या । दाङको खोला छ नि त्यसको वरिपरि बस्न्या हो । एक ठाउँमा हामी दुई-तीन महिना बस्दा, चप्पल, जुत्ता नलाउन्या थियौँ । अहिले चप्पल जुत्ता लाई हाल्यौँ । बिस्तारै तपाईंजस्तै छोरा-नातिहरू जान्छ र ओहो । अहिले जङ्गलमै बस्याको राम्रो छ ।

हो, त्यही हो राउटे जङ्गलमै मन मान्छ। बिस्तारै-बिस्तारै होइजाला राउटे समुदायमा पनि कत्याल, रास्कोटी, समाल वंशी, शाही गरी तीन थर रहेछन् । राउटेहरूले मष्टलाई कुलदेवता मान्दा रहेछन् ।

धीमहिलाई देखेर दान शाही मुसुक्क हाँसे ।

बेहुली हुन् । भने- बिहे अर्नुपर्ने हो, नत्र परिवार कसरी हुँदो हो । उहिले मैले पनि अऱ्याको, हाम्रो पनि जङ्गलमै विवाह हुन्छ। विवाहमा खसी खाने, रमाइलो अर्ने हो ।

केही बेरपछि राउटेका मुखिया हेर्न आएका आमाहरू एकपछि अर्को गर्दै थपिँदै गए। धीमहिका नजिक बेहुली हेर्नुपर्‍यो। नयाँ बेहुली भन्दै धीमहिको गरगहना र रूपको नजरअन्दाज गर्न लागे।

आमाहरू कोही चाँदीका माला पहिरिएका, घाँटीमा सुता पहिरिएका, हातमा चाँदीका ठूला-ठूला बाला, कानमा ठूला कानमणि, नाकमा ठूलाठूला नत्थु र बुलाकी, गुन्युचोलो र धोतीमा। कोही गुन्युचोली र घाँगरामा सजिएकी, सबैले धीमहिको प्रशंसा गरे। ज्यान भएकी उज्यालो अनुहारकी भाग्यवती छिन्- भाग्यमानी हुनु वा जुगौँजुग बाच्नु भन्दै नानाथरी आशीर्वाद दिए। ती आशीर्वाद दिने आमाहरूप्रति नमन छ। कोटिकोटि नमन।

स्याउले चौराहालाई छोडेर हामी अघि बढ्यौँ। डडेलधुराको मुख्य बजार हुँदै कीर्तिपुरको ओरालो सडक हुँदै घुम्तीहरू पार गर्‍यौँ। अलि तेस्रो सडकमा मैले गाडी रोक्न आग्रह गरेँ र दायाँतिर अवस्थित प्यारामेडिकल कलेजको भवन देखाउँदै धीमहिलाई भनेँ- उः त्यही हो मैले दुई वर्ष बिताएको ठाउँ। एसएलसी उत्तीर्ण गरेपछि जीवनमा उत्साहजनक र रोमाञ्चक जीवन बाँचेको ठाउँ, प्यारो हाम्रो क्याम्पस।

गाडी अगाडि बढ्यो। मैले सम्झेँ त्यतिबेलाका सहपाठी साथीहरू। यो कलेजको पढाइ सकेपछि खासै साथीहरूसँग भेटघाट भएन। म यो क्षेत्र छोडेर अर्कै पढाइको क्षेत्रतिर लागेँ। नियतिले खेलाएको खेल। तर त्यतिबेला बिताएका रमाइला पलहरू फागलामा गएर देउडा खेल्दा, घाँस भाँचिदियो भन्ने आरोप लाग्यो।

तल्लो गाउँतिर गौरा खेल खेल्न जाँदा अल्लारे भएर हिँड्यो भन्ने आरोप लाग्थ्यो। क्यान्टिनमा चिया गफ गर्दा बढी हाँस्यो भन्ने आरोप लाग्थ्यो। कक्षाकोठामा शिक्षकको अभाव हुँदा प्रशासनमा गएर शिक्षक खै ? भन्दा बढी बोल्ने भन्ने आरोप लाग्थ्यो।

कैलालीमा ट्रेनिङ गर्दा एक जना सहपाठीले प्रसूति कक्षमा फोटो खिचेछन्। कलेजको प्रशासनलाई वितुरले हो भन्ने आरोप लाग्यो। जुन आरोपको खण्डन गर्न मैले म कञ्चनपुर अस्पतालमा ट्रेनिङमा भएको लिखित प्रमाण पेस गर्नुपर्‍यो। पछि ती साथीले प्रशासनसामु आफू भएको स्वीकारे।

कक्षाकोठामा निकै चिसो बढ्यो। कोरियन क्याम्पस प्रमुखको सल्लाहबमोजिम केही कुर्सी भाँचेर आगो बाल्यौँ। प्रशासनमा मैले हो भन्ने आरोप लाग्यो।

मेरा नजिकका मिल्ने साथीहरू प्रायःजसो मभन्दा सिनियर नै थिए। भर्खरै एस.एल.सी. पास गरेर आएको म नै थिएँ। केही साथीहरू प्रवीणता प्रमाणपत्र, बी.एड.

पढ्न छोडेर आएका, विक्रम असईको जागिर छोडेर, विष्णु सेरु, रेजमेन्ट, पनेरु, अम्भा, प्रवीण आदि जे होस् एक हूल साथीहरू सधैँ सँगै हुन्थ्यौँ र हाँसिरहन्थ्यौँ ।

यी सबै आरोपहरूको प्रतिवाद गरिरहन्थ्यौँ, ती रमाइला दिनहरू । आरोपहरूसँगै पढाइको नतिजा आउँदा त्यसमा पनि अग्रपङ्क्तिमै नाम आउँदा हाँसोमा रोदन थपिन्थ्यो ।

यी सम्झनाहरूका आँचलहरू धीमहिले कसरी बुझिन् थाहा भएन । तर त्यो अतित झन् प्यारो भएर डाँडाकाँडाहरू सडकका खोल्साहरूसँग प्रश्न गरिरह्यौँ । मनले यो पाण्डुलिपि लेख्दै गर्दा त्यस बेलाका सहपाठी खेम भट्टजीको असामयिक निधन भएको खबर सुनेको छु, खेमजीप्रति श्रद्धाञ्जली अर्पण गर्दछु । उहाँको साइकल हामी पालोपालो गरी क्याम्पस प्राङ्गणमा चलाउँथ्यौँ । खेमजी बैकुण्ठमा भेटौँला । आँकलनमा उनासी जना साथी बाँकी भयौँ । गोलो पृथ्वीमा बाँचे भेट हुने नै छ ।

तेर्सो धापिलो सडकमा अलि अगाडि बायाँ हाततिर माता उग्रताराको मन्दिर छ । सडक छेउबाट मन्दिरको दर्शन गरेर हामी अगाडि बढ्यौँ । पोखरा बजार सकिएसँगै उकालो र घुम्ती सडक सुरु भयो । फाट्टफुट्ट सल्लाका रूखहरू देखिन थालेपछि जङ्गल बाक्लिँदै गयो र बस्ती पातलिँदै गयो ।

सडकका तलमाथि बाटो हिँड्ने बटुवाहरूले बनाएका ससाना बाटाहरू पनि छन् । सडकका घुम्ती हिँड्नु भन्दा छोटो बाटोबाट हिँड्दा छिट्टै गन्तव्यमा पुगिन्छ । उकालो सडक डाँडाको टुप्पामा नपुगुन्जेलसम्म घुम्तीघुम्ती भइरह्यो । माथिको घुम्तीबाट फेरि देखियो प्यारामेडिकल क्याम्पस । सोचेँ- टाढाबाटै हेरिबस्छु तिमीलाई अब, तर चिच्च्याउने छैन । माया त धेरै गर्छु तर अब कसैलाई देखाउने छैन ।

साँचो प्रेमको उपहार भनेको याद रहेछ, यी डाँडापाखाले भरिदिएको याद म यी मझेरीहरूमा रमाउन खोज्दाखोज्दै धीमहिले हातका चुरा छनछनाहट गरिन् र मेरो आँखामा आँखा मिलाउँदै भनिन्- पढेको कलेज सम्झँदा, देख्दा त्यति याद आयो ।

म जन्मेको घर छोडी आएकी हुँ । मैले तिमीलाई समाल्ने हो कि तिमीले मलाई ? बुझ्न गाह्रो भयो ।

म बिन्दास निसङ्कोच हाँसे, मुस्कुराएँ र धीमहिलाई पछ्यौरीभित्र समाहित हुन सघाएँ । घुम्तीहरू सकिएसँगै अलि-अलि समथर सडक सुरु भयो । सडक छेउछाउ ठूलठूला बाज र तिखाजका रूखहरू सडक छेउछाउमा कालो न कालो मलिलो माटोको तह छ । माटोमाथि हल्का हिउँका सिदाहरू टलपल टल्किरहेको सुरु भयो ।

घनघस्याको लेक, जसलाई अनारखोली भन्दछन्, यसलाई जङ्गलको बिचोबिच ठूलठूला रूखहरू छन् । घना जङ्गल यसै अनारखोलीबाट सुरु हुन्छ, बैतडी जिल्ला र डडेलधुराको सिमाना ।

मैले बिस्तारै धीमहिलाई बैतडी पुगेको सूचित गराएँ । झ्यालबाट बाहिर हेर्दै भनिन्- तेल्याको लेकजस्तै रहेछ, तर अलि त्यहाँभन्दा जङ्गल थोरै होला जस्तो छ ।

गाडी अलिक तेर्सो बाटोमा गुड्यो । कालो माटोको सतह सकिएर ढुङ्गाहरू सुरु भए । सडक तल ठूलठूला भीरहरू पनि देखिए । डाँडैडाँडा देखेर होला धीमहिको अनुहार कालो भयो ।

मैले सान्त्वना दिँदै भनेँ- अझै घर आइपुग्न एक घन्टा जति लाग्छ । हामी खोड्पे आइपुग्यौँ । यो खोड्पे बजारबाट बझाङ जाने सडक छुट्टिन्छ । बझाङको पूर्वमा बाजुरा र हुम्ला, पश्चिममा बैतडी र दार्चुला, उत्तरमा हुम्ला र चीनको सिमाना जोडिएको छ । नेपाली भाषाको पहिलो पाठ्यपुस्तक 'अक्षराङ्क शिक्षा' लेख्ने बझाङ्गी राजा जयपृथ्वीबहादुर सिंह जन्मेको ठाउँ हो बझाङ ।

खोड्पे बजारमा सडकको दायाँतिर चमेनागृह पसलनजिकै जन्ती बोकेको गाडी रोकियो । खोड्पे बजारसम्म थोरै भए पनि डोटेली भाषा र बैतडेली भाषा मिश्रित बोली सुन्न पाइन्छ । यो पछि बैतडेली भाषा बोलिन्छ । हुन त लगभग १०-१५ किलोमिटरको दूरीमै भाषा, उच्चारण र शैलीमा परिवर्तन देखिन्छ ।

भाषाले स्थानीय संस्कृति र पहिचानलाई झल्काउँछ । भाषा ऐच्छिक सङ्केत हो अर्थात् कुनै पनि विशेष ध्वनिको कुनै विशेष अर्थबाट मौलिक अथवा दार्शनिक सम्बन्ध हुँदैन । प्रत्येक भाषामा कुनै विशेष ध्वनिलाई कुनै विशेष अर्थको वाचक मानिन्छ । फेरि त्यो त्यही अर्थका लागि दृढ भइहाल्छ । अर्थात् त्यो परम्परा अनुसार त्यही अर्थको बाचक भइहाल्छ । दोस्रो भाषामा ती अर्थको वाचक कुनै अरू हुन्छ ।

मेरो भाषा, मेरो सभ्यता, म जन्मे-हुर्केको माटो छुन पाउँदा मन आनन्दित हुने नै भयो । धीमहिले पछ्यौरीभित्रबाट कुहिनोले धकेलिन् र भनिन्, डडेलधुरा छुँदा हाँसेको मन बैतडी पुग्दा प्रफुल्लित भयो । यसरी नै प्रफुल्लित भएको देख्न पाऊँ जीवनभरि ।

मैले मुस्कुराउँदै सहमति जनाएँ । तर मनमनै सोचेँ- अब उप्रान्त हँसाउने र रुवाउने जिम्मा पनि तिम्रो हुनेछ । मैले मेरो जीवनको इस्टेरिङ तिमीलाई सुम्पिसकेको छु । तिमी मेरो जीवनकी मार्गनिर्देशक ।

गाडीबाट हामी पनि ओर्लियौँ । पसलभन्दा अलि वरैतिर उभियौँ । चिसो मौसम । साँझपखको समय, बजारको चहलपहल सुस्ताइसकेको थियो । पसलको काउन्टरमा चर्को स्वरमा गीत बज्दै थियो । गायक लेखक को हुन् मैले ठम्याउन सकिनँ तर देउडा गीत बैतडेली भाषामा-

बाचन्या मन छैन मेरा बाबा
खाउँ कि जहर
भाग लागेन अभाग्गीको मेरा बाबा
बाबा तम्रा घर ।
यसै होला लेखिएको मेरा बाबा
यै छोरीको कर्म
कोधेकन्छ दुःख पीडा मेरा बाबा
मनभित्रको कर्म ।
सकरान्तीको कालो काग मेरा बाबा
औँसीको पितर
कसरी छोडेर जाउँला मेरा बाबा
बाबाको भीतर ।
उइलाग्यो चैतको महिना
बाबालाई सम्झेका बेला मेरा बाबा
मन मेरो रुन लाग्यो ।

यो गीतको माहौलले हामी दुईलाई भावविह्वल बनायो । डाँडाको पिपल डालीमा बसेका ढुकुरझैँ मैले धीमहिका आँखा नियालेँ र धीमहिले मेरा । बोल्न नसके पनि गीतको पूरै मर्म धीमहिले बुझिन् र आँखाभरि आँसु टलपलाइन् ।

मलाई सोधिन्- श्रीमती बन्न बाबाको घर छोड्नैपर्दो रहेछ । जनकल्याण र सृष्टि निरन्तरताका लागि पनि बाबाको घर छोड्नैपर्ने हाम्रो संस्कार । म जननी हुँ र मैले सहनुपर्छ । मैले त्याग गर्न सक्नुपर्छ । बाबाको घर छोड्नुभन्दा अर्को ठूलो त्याग कुनै होला र ? मैले आश्चर्यचकित हुनुपर्ने पनि केही छैन । यो त हाम्रो संस्कार नै हो ।

चिन्ता र दुःखको छायाले धीमहिको अनुहार छाएको हेर्ने धैर्य मैले खोइसकेको थिएँ। तर धीमहिले यो थाहा पाइन्, समालिन् मलाई र समालिन् आफूलाई पनि। गीत बजिरह्यो पूरै बजार झन्काउने गरी।

गाडीमा खुम्च्याउँदा दुखेका खुट्टाहरू तह लगाउँदै तन्काउँदै धीमहि र म गाडीभित्र फर्कियौँ। मैले धीमहिलाई भनेँ- यदि हामी त्यही गीतको माहौलमा उभिइरहेको भए, तिमीले आँखाभरि आँसु जम्मा गर्दै गरिरहेकी भए मेरो हृदयको गति बन्द भइसक्थ्यो होला।

धीमहिले भनिन्- मैले तिम्रो मनले मागेको त्यो खुसीमा ममता भरिदिएकी मात्रै हुँ। तिमीलाई असह्य हुने काम मैले कहाँ गर्छु र! हाम्रो मिलन एक सुन्दर अनुपम मधुर अविस्मरणीय जीवनको पल हो। यो पलमा तिमीलाई रत्तिभर एकाग्र हुने अधिकार छैन।

मैले थपेँ- धीमहि, तिमी हाम्रो जीवनको रङ्ग हौ। तिमीबिना मेरो जीवन अधुरो हुन्छ। तिम्रा चुराको झनझनाहट र पाउजुको गुनगुनाहटमा म हराइसकेकी छु। तिम्रा पाउजुको छमछम अब सधैँ मेरा आँगनमा सुन्न पाइरहुँ। मैले तिम्रा चरणमा तनमन बिछ्याइदिएको छु। तिम्रा पाउ मेरो वात्सल्य हुर्केको माटोमा टेकाउन पाउँदा मैले आफूलाई भाग्यशाली ठानेको छु।

मेरो क्षितिजको बस्ती अब उप्रान्त तिम्रो उपस्थितिले पूर्णता पाउनेछ र बाँचिरहनेछ यी पहाड र खोलाहरूका बीचमा सर्वश्रेष्ठ र आनन्दित उदाहरण बनेर।

हुन त म त्याग र समर्पण गर्न नसक्ने स्वार्थी मान्छे हुँ। उप्रान्त तिमीबाट सिक्ने प्रयत्न गरौँला। मात्र भावना र शब्दमा सीमित नरहेर माया, आदर र विश्वास मलाई सिकाउँदै गर्नु। म सिक्दै गरुँला तिमीबाट आचरण र व्ययभार।

गाडी खोड्पे बजारबाट अगाडि बढ्यो। सडकको बिचोबिच अलि भिरालो र तेर्सो सडकमा घुम्तीहरूमा घुम्दै थियो। एक हूल बादलका ढिस्काहरू उड्दै गाडीमा ठोकिएर बिस्तारै आकाशतिर उडिरहे। ती बादलका ढिस्काहरूले यस्तो आभास दियो मानौँ तिनीहरू एउटा रहस्यको पर्दा खोल्न आतुर छन्। त्यो रहस्य मेरो अतित- मेरो गाउँको दृश्यावलोकन सुनौला घामले ती बादललाई झन् सुन्दर बनाइदियो।

सडक छेउका हरिया सल्लाका रूखहरूले हरियाली वातावरणलाई ताजगी दिइरहे। टाटेपाटे पहाडका ढिस्कामा जङ्गलमा फुलेका फूलहरूले सुन्दर संयोजन प्रस्तुत गरिरहे। मौन चन्द्रमाले दिनलाई बिदाइ गर्दै रातलाई स्वागत गर्न लागेको छ।

सल्लाका पोथ्राहरूले सडकलाई ढकमक्क ढाकेको छ । यी पोथ्राहरूलाई पछ्याउँदै कच्ची सडकहरूमा हाम्रो जन्ती बोकेको गाडी एकनास अगाडि बढिरह्यो । मन मन्त्रमुग्ध भएको छ, केहीबेरपछि धर्तीको स्वर्ग हेर्न पाइने पर्खाइमा ।

यसैबेला धीमहिले आचरण र संस्कारमा भएका कुराको प्रसङ्ग उठाइन् । ती तेल्याको लेकमा भेटेकी मातालाई कुन व्यवहारले बाध्य बनायो वा कुन संस्कार, आचरणले विवश पाऱ्यो र त्यो लोकमा त्यति कष्ट उठाउनुपऱ्यो ।

बाहिरको वातावरणमा रोमान्टिक हुँदै गरेका नजरहरू मैले धीमहितिर केन्द्रित गरेँ । श्रीमतीका दुःखप्रति धीमहिले चासो दिएजस्तो लाग्यो । धीमहि मेरी श्रीमती हुन् । तेल्याको लेकमा भेटेकी माता पनि हुँदी हुन् कसैकी श्रीमती... ।

मैले धीमहिलाई भनेँ- हेर व्यवहार र आचरणको कुरा भगवान्‌लाई थाहा होला अथवा मातालाई नै थाहा होला । ती नितान्त व्यक्तिगत कुरा हुन् । तर संस्कारको कुरा गर्ने हो भने घरबार बिग्रनुमा संस्कारले ठूलो भूमिका खेल्छ । विशेष गरेर सुदूरपश्चिममा मानिने पणिग्रहण संस्कार । पणिग्रहण संस्कारमा हुर्केको सुदूरपश्चिममा जीवन तथा गृहस्थ जीवन उदाहरणीय भएर बाँचेको छ । श्रीमान्-श्रीमतीको सम्बन्ध राम्रो बाँचेको छ ।

ती माता अपवाद भइसकिन् तथा श्रीमान्‌को अल्पायुमा मृत्यु भएपछि कसैप्रति विश्वास नलागेर उनी यौवनप्रति खिन्न भएर साधनाको बाटोमा लागेकी हुन सक्छिन् । त्यो बाटो जहाँ मोक्ष प्राप्तिको चाहना हुन्छ ।

यहाँ पति-पत्नीको सम्बन्धभन्दा पहिले प्रीति मलिन भएको हुँदैन जसले गर्दा श्रीमान्-श्रीमतीको सम्बन्ध दिगो चल्छ । आपसमा असमझदारी अथवा अविश्वास आउन दिइँदैन । गृहस्थ प्रेमपूर्वक चलिरहन्छ । त्यसैले हाम्रो समाजमा पश्चिमा देशजस्तो परिवार टुट्ने र श्रीमान्-श्रीमतीको सम्बन्ध डिभोर्समा परिणत हुने हुँदैन ।

कन्या परम पवित्र ।

वर परम पवित्र ।

आचरण पवित्र हुनुपर्दछ । भाइ र बहिनी एउटै घरमा बस्छन् । खोइ कहाँ प्रश्न उठ्छ र ? कुरा आचरणको हो । कुरा चरित्रको हो । जिन्दगी भनेको आफैँले आफ्ना कर्मद्वारा कोरेर बनाएको तस्बिर हो । तेल्याको लेकमा भेटिएकी माताले बनाएको उनको जिन्दगी... ।

धीमहि र म कुरामा गफिँदै थियौँ। गाडी ओरालो बाटो हुँदै लोडनेमाडौँको डाँडामाथि पुगेर दायाँ मोडियो, जहाँबाट पाटन उपत्यका देखियो। मैले धीमहिलाई इशारा गरेँ- पाटन देखिँदै गरेको दृश्य हेर्न अह्राएँ। चारैतिर पहाड छन्, बीचमा सम्म परेको मैदान। छेउमै बग्दै छ सुर्नाया नदी र बीचबीचमा जोडिएका छन् गाँड र खोलाहरू।

प्रकृतिको अनुपम उपहार, मेरो हृदयको बगैँचामा मेरा आँखाका नानीमा बसेको र मेरा छातीमा टाँसिएको पाटन। ससाना डाँडाहरूका बीचमा फैलिएको समतल फाँट। हिउँदमा होस् वा वैशाख-जेठमा होस्, रङ्गीन फूल र हरियालीले छपक्कै प्राकृतिक सौन्दर्यको मापन गर्दा स्वर्गको टुक्राजस्तो प्राकृतिक हिसाबका साथै धार्मिक हिसाबले पनि महत्त्वपूर्ण यी पहाडका फेदमा घुम्दा धर्तीको स्वर्गमा पुगेको अनुभव हुन्छ।

गाडीको सिसाबाट नियालिरह्यौँ यी सुन्दर दृश्यहरू। पहाडका काखमा सुतेको पाटन। प्राकृतिक, धार्मिक र सांस्कृतिक तवरले छुट्टै अस्तित्व बोकेको पाटन यो बैतडीको श्रीपेच हो।

पाटन अलौकिक छ।

पाटन सुन्दर छ।

पाटन अनुपम छ।

पहाडहरूका फेदमा चारैतिर लहरैपिच्छे घरहरू छन्। ढुङ्गाका भित्ता र सिलटको छानो। समथल फाँटको छेउमा विमानस्थल छ। विमानस्थलको छेउमा पानी पोखरी। यसै विमानस्थलको बायाँतिर बजार बस्ती छ।

सुर्नाया नदीमाथिको पुल पार गर्दै गाडी अगाडि बढ्यो। कलकलाउँदो पानीको आवाज निकाल्दै सुस्केरा हालेर बज्दै छ- सुर्नाया। सुर्नाया नदी बग्दै गएर महाकालीमा मिसिन्छ।

सुर्नाया नदीका छेउमा पिपलको बोट र मन्दिर छ जसलाई स्वर्गेनी पिपल भनेर चिनिन्छ। यस स्वर्गेनी पिपलमा शिवरात्रिको दिन ठूलो मेला लाग्छ। द्वापर युगमा युधिष्ठिर र पाण्डवहरू यसै बाटो हुँदै स्वर्गलोक गएका र उनीहरू यो पिपलको रूखमुनि बास बस्दा यहाँ शिवको आराधना गरेको जनविश्वास छ।

स्कन्दपुराणमा स्वर्गेनी पिपलको महिमा उल्लेख गरेको पाइन्छ। यहाँ आएर मेला भरेमा मोक्ष प्राप्ति हुने जनविश्वास छ। यहाँ सुर्नाया नदीका दोभानमा शिवालय अवस्थित छ। शिवालयका बायाँपट्टि सुर्नाया नदीका किनारमा अवस्थित अर्को डाँडा

छ जसलाई कोट डाँडा भनिन्छ। अहिले पनि डाँडाका छेउछाउमा ठूलठूला पर्खालहरू भत्किँदै गरेका अवस्थामा देख्न सकिन्छन्। डाँडाको माथि दरबारका केही भत्किसकेका भग्नावशेषहरू छन्। यसै कोट डाँडाको नाम सुन्दरकोट हो।

सुर्नाया नदीका बगरमा उभिएको कोटडाँडा टाढाबाट हेर्दा झनै टापूजस्तो देखिन्छ। सुर्नायाका बगरमा अब्बल भई उभिएको टापू। स्वर्गेनी पिपलमा मेला लागेका बखत एकान्तमा रमाउन चाहने दर्शकका लागि यो उत्तम क्रीडास्थल हो।

मैले पनि केही समय यसै डाँडाका काखमा डाँडाबाट मेलाको दृश्यावलोकन गरेको छु। डाँडामाथि उक्लिने ठाउँ एकापट्टि मात्रै भएकाले दर्शनार्थीहरू जान रुचाउँदैनन्। डाँडामाथि चढ्ने बाटो पनि भीरको बीचमा असजिलो छ। डाँडामाथि भनेसम्म भाग छ र भत्किएका घरका भग्नावशेषहरू यी घरहरू आजभन्दा पाँच सय वर्षपहिले बनेको कुरा स्थानीय बुज्रुकहरूबाट सुन्न सकिन्छ।

त्यतिबेला पाटनमा राजा उदयदेवको राज्य थियो। उनको दरबार यसै कोटडाँडामाथि थियो। राजा उदयदेवले शासन चलाइरहेकै बेला उनका दरबारमा एक जना सन्त आएर उनै सन्त यो कोटडाँडाबाट करिब तीस मिनेट परको जङ्गमा गएर गुफाभित्र बिलीन भए। जसलाई अहिले सिद्धनाथ गुफाका नामले पूजा अर्चना गर्ने गरिन्छ। यिनै सन्त बिलीन भएको ठाउँदेखि पाँच मिनेट पर राजा उदयदेव पनि बिलीन हुन पुगेका र यसै ठाउँमा त्यही बेलादेखि राजा उदयदेवको मन्दिर स्थापना गरी पूजाअर्चना गर्ने चलन चलेको कथन छ।

जुन पूजाअर्चना अहिले पनि निरन्तर चल्दै आएको छ। राजा उदयदेव यसरी मोक्ष प्राप्ति गरी बिलीन भएपछि खिप्चन यो कोटडाँडाका अन्तिम राजा हुन पुगे। उनीपछि कोटडाँडाबाट चल्ने राज्यसत्ता समाप्त भएको अर्ती उपदेश बुढापाकाबाट सुन्न पाइन्छ।

उदयदेव मन्दिरदेखि पन्ध्र मिनेट पैदलयात्रामा मेरो जन्मघर छ। पन्ध्र मिनेट पश्चिम हिँडेमा त्यो मेरो वात्सल्य, मेरो अतित र मेरा सालनाल गाडिएको माटो छ। केही समयपछि हामी मेरो जन्मघरमा पुग्नेछौँ साथमा धीमहि....।

अतितको इतिहास धीमहिलाई अन्योल लाग्न सक्छ। मैले बढी प्रशंसा गरेको महसुस हुन सक्छ। चलिरहेको वर्तमान कम आदरणीय छैन। मैले मेरा मनभित्रको सन्नाटा सत्यको घाउ दर्शाएको मात्रै हुँ। पाटनको इतिहास मैले भनेको भन्दा बढी महान् र विशिष्ट हुन सक्छ। बहुजातीय, आर्य धर्मावलम्बीहरू बसोबास गर्ने यो थलो मैले

मेरो वात्सल्यमा बिताएका पाखापखेरा र आँगनमा देखेको कुरा धीमहिलाई सुनाएँ।

जन्मेको आँगनको गुण गाएको।

खेलेको आँगन र पाखापँधेरोको प्रशंसा गरेको।

जीवनको आधारशिला।

धर्तीदेखि आकाशसम्मको सपना बुन्न सिकाउने आँगन।

सत्यमा चल्न सिकाउने आँगन।

जुन माटोमा छुन पाउँदा तनमन सुन्दर शान्त हुन्छ।

सम्बन्ध पनि एक किसिमको डोरी नै रहेछ- जुन डोरीले मलाई जन्मघरसँग बाँधिरह्यो।

सुर्नाया नदीको बायाँपट्टिको बगर हुँदै गाडी अगाडि बढ्यो। धीमहिले पछ्यौरीभित्र आफूलाई समाल्दै सुर्नायाको दायाँबायाँ बगरमा फुल्दै गरेका तोरीबारी देखाइन्। सुन्दर तोरीका फूलहरूका बिचोबिच बग्दै सुर्नाया। बग्दै गरेको सुर्नाया नदी सुन्दर, शालीन। वास्तवमै भन्ने हो भने मनको ईश्वरजस्तो देखियो।

धीमहिले भनिन्- जुन ठाउँको जुन कुना गए पनि सुर्नाया तिमीलाई मैले सम्भिmराख्नेछु। आफ्नै सुरमा बगिरहेको सुर्नाया नदीमाथि सल्लेरी वनको चिसोचिसो हावाको वेग बढ्यो। हावाको वेगसँगै भुल्न लागे तोरीका फूल र रोकिएको भान भयो सुर्नाया नदीमा बगिरहेको पानी।

हामी सुर्नाया नदीलाई प्रणाम गर्दै अगाडि बढ्यौँ। हातभरिका चुरा तह लगाउँदै धीमहिले पछ्यौरीबाट हात बाहिर निकाल्दै मेरो हात समाइन् र भनिन्- म रुने हुँ, रातैमा, दिनैमा, नभुल्नु है मलाई एकछिन पनि, अरू त के भन्नु।

म निःसन्देह भएँ। हाँसीखुसी सँगै बाँच्ने भनी रोजेको आत्मालाई मप्रति विश्वस्त नभएको देखेर। मैले आफूलाई आफैँले प्रश्न गरेँ- म मन कमजोर भएको मानिस, तर विश्वासको पक्का हो। म आफ्नो वात्सल्य बिताएको माटो छाडी हिँडेको मानिस। हिँड्नु मेरो बाध्यता थियो। सुन्दर भविष्यको खोजी गर्न हिँडेँ। तर छोडेको छैन, छोडिएको भए आज किन फर्केर आउँथेँ ?

मेरो विगत खुला किताब हो। जसले पढे पनि हुन्छ, राम्रो गर्न सकिनँ हुँला, तर नराम्रो पनि त कसैप्रति गरेको छैन। गुमाएर कमाएको हिसाबकिताब मैले राखेको छैन। जुन

हिसाबकिताब धीमहिले पनि खोजेकी छैनन् होला । कुरा शुभेच्छा र आवश्यकताको हो । चाहना उज्ज्वल भविष्यको हो । आनन्दित जीवन जिउने सपनाको हो ।

धीमहिका हातका इसाराप्रति ध्यान केन्द्रित गर्दै इसारामै ढुक्क रहन अह्राएँ ।

पाटन बजारलाई पछ्याउँदै हामी अगाडि बढ्यौँ । साँझपखको समय हल्का सिमसिमे पानी पर्‍यो । माथिबाट भगवान्‌ले पुष्पगुच्छा छर्केको भान हुने गरी । रातो माटो ओरालो बाटो हुँदै हामी ढोग दिने ढुङ्गानिर पुग्यौँ । ढोग दिने ढुङ्गा त्यतिबेला हामी विद्यालय आउँदा नित्य रूपमा भगवान् श्री उदयदेव तथा सिद्धनाथ बाबालाई प्रणाम गर्ने, पाती चढाउँदै आएको ठाउँ हो ।

वर्षौंदेखिको मेरो अतित रुमलिएको छाया, यसै ढुङ्गाका छेउछाउमा आज उनै देवीदेवतालाई पाती चढाउन पाउँदा हर्षले पुलकित भएँ । धीमहिलाई पनि पाती चढाउन अह्राएँ । निधारको कुमकुम तह लगाउँदै धीमहिले देवीदेवतालाई प्रणाम गरिन् । मेरो वात्सल्यको पाती चढाउने ढुङ्गा ।

धीमहि एक हातले साडी तह लगाउँदै अर्को हातमा चप्पल बोक्दै ओरालो बाटो, रातो माटो हल्का पानीसँगै रङ्गीन र मलीन भएको अवस्था । हातभरि चुरा, खुट्टामा पाउजु बजाउँदै पहाडको ओरालो बाटोमा, पहाडले धीमहिको परीक्षा लिँदै ।

बाटोको कान्लामा रम्बासका झाडी छन् र ससाना खुड्किलाहरू ढुङ्गाले पट्याएका । मैले धेरै वसन्त यिनै खुड्किलाहरूमा हिँडेको हुँ र अहिले पनि ताजगी छ अतित । विद्यालय आउँदा, जाँदा साथीसँगीहरूले यिनै रम्बासका छाप्राहरूमा कोपेर आरोप प्रत्यारोप लगाउने गर्थे र लेख्ने गर्थे नामहरू ।

दशकौँ पछि मैले त्यो अतित खोज्दा बाटो र रुम्बासका रूखहरू उस्तै थिए तर थिएनन् साथीसँगीका नामहरू । फेरिँदै गएको समयसँगै फेरिए होलान् नयाँ पिँढीका दिनचर्याहरू पनि । तर मेरा आँखाले खोजिरह्यो प्यारो अतित ।

पहाडको ओरालो बाटो धीमहिका लागि परीक्षा नै थियो । सायद यो नै पहिलोपटक हुनुपर्छ । यति भिरालो बाटो ओर्लिएको मैले सघाउनुपर्ने हो । भिरालो छ, राम्रोसँग खुड्किला ओर्ल है भनेकै हो ।

त्यसपछि ढोग दिने ढुङ्गा र रुम्बासका साब्रामा मैले बिताएको अतितको खोजीमा मेरो नजर हरायो । मन, वचन र कर्मले सघाउने प्रतिज्ञा गरेर ल्याएकी उनी मेरो प्यारो अतितका अगाडि छायामा परिन् ।

इमानदारीका साथ भन्नु पर्दा वात्सल्यको अतित सबै वस्तुभन्दा प्यारो हुँदो रहेछ। संसारका उपमाहरूमा सर्वश्रेष्ठ हुँदो रहेछ मेरो वात्सल्य। मेरो अतित गोड्या खोलाको ओराली-उकालीमा मेरो नियन्त्रणमा नभएको मेरो अतित खोजेर आफैँसँग बोकी हिँड्न मन छ। मैले धीमहिलाई बोकेझैँ गरी आँखाले ती अतित खोजिरहे पनि धीमहि नजिकै आएर मुस्कुराउँदा संसार फेरि सुन्दर भएको आभास भयो।

खोला तरेपछि तेर्सो बाटो सुरु भयो। बाटो यथावतै भए पनि बाटो तलमाथिका खुला गाई चरनहरू आवादी भइसकेका रहेछन्। मेरा नजरमा पुरानै तस्बिरहरू बाँचिरहे। यी फाँटहरू र गाई चरनमा बसिरहने धोको थियो। न रहे गाई चरन, न त ती साथीहरू नै।

यो बाटोसँग बिताएका केही सम्झनाहरू छन्। साथीसँगीसँग घन्टौँ गरेका ती मीठा बातहरू याद छन्। भेट त अब कहिल्यै हुने छैन। समयले डोऱ्याए मुताबिक अघिअघि दुलही र पछिपछि म। म धीमहिका पाइलाहरू पछ्याइरहेँ। देवभूमि पाटनको गोरेटोमा उज्यालो किरणहरूमा बहिरह्यो मेरो अतित र बाटोको बीचमा बसिरहे सम्झनाहरू। पिपलबोट चौतारीबाट दायाँ मोडेपछि देखियो मेरो ममताको मन्दिर। ममताको मन्दिर देखिनेबित्तिकै त्यो ममताको मन्दिरमा बस्ने सबैभन्दा प्यारो मूर्तिको झल्को आँखामा आएर भरियो।

सबैभन्दा प्यारो मूर्ति।

मेरी भगवान्।

मेरी चार धाम।

मेरी जननी।

दुनियाँका सबै नाम र उपमाभन्दा माथि छ त्यो अनुहार। मेरो श्रद्धामा, मेरो हृदयमा, मलाई स्वाभिमान सिकाउने मूर्ति, मलाई हौसला दिने मूर्ति। मलाई म बन्न सिकाउने मेरी भाग्यविधातृ, मेरी दया, मेरी करुणा।

साँझको घाम अस्ताउँदै गर्दा अँध्यारोले छोप्दै छ बस्ती यो अँध्यारोभित्र पनि प्रकाशमय भएर उभिएको छ। मेरो ममताको मन्दिर, तिनै भाग्यविधातृका प्रभावले उनी छिन् र त घर उज्यालो भएर बाँचेको छ। ममतामय भएर बाँचेको छ। घर स्वाभिमानले ठडिएको छ।

मैले भनेँ- उः त्यही हो मेरो ममताको मन्दिर। म जन्मेको घर।

धीमहिले थाकेका आँखा नियालिन् र भनिन्- ल अब भने पुगियो नि है । घरकै आँगनमा पिपल चौतारी अनि सल्लारे वन । कुहिरोले छोपेको पहाडको फेदमा धीमहिले जे देखिन् त्यही भनिन् । हामी घरको नजिकै पुग्दै गर्दा हामीलाई घरमा पर्छिन् । दमाई काका दमाहा बजाउँदै आए । पोहोर सालभन्दा अलि बढी नै बुढ्यौली छाएको रहेछ काकामा । मङ्गल धून बजाउँदै गरेको समूहका मुख्य व्यक्ति हुन् उनी ।

अघिअघि दमाहाको मङ्गल धून बजाउँदै गरेको समूह र पछाडि धीमहि र म घर आँगनमा पुग्यौँ । घर आँगनको प्रवेशद्वारा सजिसजावट गरिएको छ केराको थाम, आँप, पिपलका पातहरूले, रङ्गीचङ्गी ध्वजापताकाले ममताको मन्दिर सिँगारिएको छ । सौन्दर्यमय भएको छ । एक लाइन कलस्याउलीहरू उभिएका छन् । प्रवेशद्वारको छेउमा सगुनारीहरूको एक समूह मङ्गल धून सगुन गाउँदै छ प्रवेशद्वारको दायाँपट्टिः

कारे पूगी, कारे पूगी
बाला तेरी सयलू बरयात
कारे पुग्यो ढोलर तम्बुल
आँगनमा पुग्यो आमा
सयलु बरयात
पछिपछि आउँदै छन् भोली र तम्बुल
कसीपाई बाला तैले
तेरी सीता रानी
कसापाई सासू र ससुरा
पाया आमा पाया आमा
सीतारानी पाया निकाय छन् सासू ससुरा
छाड नन्दु छाड नन्दु
देलीका दान है
म त जानु सासूका भराण
दिय भाउजू दिय भाउजू
देलीको दान तब छाडौँ ढोका मैको बाटो ॥

बेहुलीका लागि डोली लिएर आइपुगे डोले काकाहरू घरको गेट नजिकै । त्यस दिन पल्लो गाउँमा अर्को पनि विवाह परेकाले डोले काकालाई भ्याइनभ्याइ छ ।

डोलीमा सजिइन् बेहुली । बज्दै छ मङ्गलधून । फुकिँदै छ विगुल र गाइँदै छन् फागहरू । अघिअघि धीमहिको डोली र पछिपछि बेहुलाको डोली घरको मुख्य प्रवेशद्वार देलिका अगाडि लगेर बिसाइयो ।

बेहुली घरमा भित्र्याउँदा गरिने संस्कारहरू सुरु भए । हातमा बत्तीको सेली लिएर उभिएकी थिइन्, मैले सधैँ सम्झने मेरी भगवान् । सयपत्री फूल र अक्षताले सेली सजिएको थियो । सधैँ सम्झने भगवान्लाई सामुन्ने देख्दा म वात्सल्य मायाका आँचलमा लुकेँ ।

ती मेरी भगवान्को आँचल बत्तीको उज्यालोभन्दा मेरी भगवान्का अनुहारबाट अलौकिक उज्यालो चम्किँदै थियो । त्यो उज्यालो जसले हटायो मेरो मनको अँध्यारो भावनाले मन भरिएका बेला बोली बन्द हुँदो रहेछ । आमाका अनुहारमा हेरेर बोल्न सकिनँ । चरसको थालीमा बत्तीको सेली, आमाले पूजा गर्दै छिन् धीमहिको ।

धीमहि घरमा भित्रिँदै गरेकी लक्ष्मी हुन्, सरस्वती हुन्, भगवती हुन् ।

आमाका मुखारबिन्दुबाट दीर्घायु हुनू, स्वस्थ हुनू, सुख शान्ति अटल रहोस्, लक्ष्मीको रूपमा धन र समृद्धि निम्त्याउनू । सरस्वती भएर ज्ञान र बुद्धि निम्त्याउनू । भगवती भएर परिवार र कुलको रक्षा गर्नू ।

तिम्रो आगमनले आज घर आँगनमा जुन हर्षोल्लासको वातावरण छ, यो आँगन र घरपरिवारमा सधैँ यसैगरी सजिरहोस्, चिरायु भएर बाँचिरहोस्, देवी देवता दाहिना भइरहुन् । पितृहरूको आशीर्वाद प्राप्त भइरहोस् ।

कलशबाट पानी चढाउँदै तापदानीको परिक्रमा गर्दिदिछिन् आमा । पानी चढाएपछि बत्ती रिटाएर पुष्पगुच्छाहरू चढाउँदै सुरु भयो पूजा अर्चना, देवीदेवताको समान धीमहिको पूजा । उतारिँदै छ धीमहिको आरती ।

डोलीको परिक्रमा र आरती उतारिसकेपछि आमाले धीमहिलाई तापदानीबाट बाहिर निकालिन् । सान्त्वनाका शब्दहरू आमाको मुखारबिन्दबाट निस्कियो- यत्रो लामा बाटो, बाटोमा केही खायौ कि खाएनौ ? गाह्रो भयो होला । म पनि तिम्री आमासमान हुँ । बिरानो नमान । ल उठ राम्ररी । उभ्यौ, देली पूजा गर्न तयार हौ । उज्यालोमुखी जवान रहिछिन् बुहारी । यत्रो जवान बुहारीलाई देख्न पाएँ ।

आमाले फूलमाला पहिराइदिइन् र टाउकोमा बोक्न लगाइन् चामलको पोको । अगाडि बत्तीको सेली छ । उभिइन् धीमहि । देली अगाडि लहरै बिछ्याइएका छन् चामलका टपरीहरू। फूल र अबिरले रङ्गिएको छ देली। कुँदिएका छन् चित्रहरू।

आमाले धीमहिलाई चामलका टपरी देखाउँदै हातमा फूल गुच्छा दिइन् । पहिले दाहिने खुट्टा टपरीमाथि राख्ने, अनि अर्को, क्रमशः चामलको टपरीमा फूल चढाउँदै खुट्टा टेक्ने । त्यसरी धीमहि चामलमाथि टेक्दा दुलाहाले फूलपाती चढाएर पूजा गर्दै दुलहीको पछि हिँड्ने ।

धीमहि देलीको पूजा गर्दै अगाडि पुगिन् । आमाले अह्राए मुताबिक चामल अन्न परमेश्वर हुन् । पूजाको चामल, चामलमाथि हिँड्ने धीमहि महापरमेश्वरी । अब उप्रान्त धीमहिको स्थान हाम्रो परिवारमा महापरमेश्वरीको हुनेछ। समाजमा श्रीमतीको स्थानदेवीको रूपमा स्थापित गरिन्छ। जुन समाजमा विवाहपछि घरमा श्रीमतीलाई भित्र्याउँदा त्यो स्थान दिइन्छ त्यो समाज कसरी कहाँ पुरुषप्रधान भयो ?

धीमहिका पाइलाका छाप मेरा लागि पुजनीय । जतन गरी म हिँडिरहेँ, चामल कुल्चिने डरले । बुहारीले पाइला टेकेपछि आँगन उज्यालो भयो । ल बा आयौ अब भित्रियौ, अब ढुक्क भयो ।

त्यहीँनेर उभ्यौ, अब देलीमा उक्लिनुभन्दा पहिले दाम चढाऊ। बुहारी दाम चढाएर मात्र उक्लिनुपर्छ। फूलपाती दाम चढाएर देली चढ्दै ज्योतिको पूजा सुरु भयो। आमाले डोऱ्याउँदै पूजा कोठामा लगेर बस्न अह्राइन् । पूजा कोठामा सुरु भयो देवीदेवताको पूजा, पितृहरूको आराधना। अनि सुरु भयो साइनोअनुसारको ढोग दिने र परिचय गर्ने कार्यक्रम ।

धीमहिको जिउ फूल-अक्षताले रङ्गिएको थियो। पूजाअर्चना सकेपछि म आँगनमा आएँ । त्यो आँगन सधैँ मलाई सपनामा पनि पछ्याइरहन्छ । आँगनको दायाँतिर सहपाठीहरू देउडा खेल गाउँदै नाच्दै थिए।

दमाहा बज्या रुइसिङ बाजा थाथलीमा आज

नाचौँ हाँसौँ साथीसँगी रमाइलो भो साँझ।

माटोमाथि ढुङ्गा छापी छाएको छ बाटो

को हो यो सुरुवात गर्ने भाइ भाइमा फाटो।

आँगनको बायाँ छेउमा काकीहरू गीत गाउँदै थिए। माहोल मन्त्रमुग्ध र आनन्दित छ।

सजाउ छोरी बालेर बत्ती
कस्ती रहेछिन् छोराकी श्रीमती
सजाएकी छु सेली र बत्ती
स्वागत गर्छु छोराकी श्रीमती ॥
जन्म घरलाई बिदाइ दिएर
लक्ष्मीको रूपमा आएकी छिन लिएर
जन्म घरलाई बिदाइ दिएर
कहाँ छ राजा दरबारी कोटको
छैन मलम बोलीका चोटको
यो घरमा फूलझैँ फुले
जन्म दिने बाआमा नभुले
धन्य भयौ टेकेर यो घर
सुहाउँछिन् अति नै यो वर
खै कसरी मागिछौ बिदा
रातो घुम्टो ओडेर निस्कँदा
जन्मघरको आँगन छोड्यौ
धन्य भए यो नाता जोड्यौ
आज तिम्रो मुख हेर्न पाइयो
मिठो बोल्नु अरू के चाहियो
यो जीवन दुई दिनको घामछाया
बोलिराखे ममता र माया
जोडी पनि सुहाको हो कति
उज्याली छिन् सुन्दर सति
यता सर नमान लाज
आफ्नै घर आफ्नै हो समाज
सपना बोकी हुर्काको छोरो

नबनाए है बुहारी एकोहोरो
सासू पनि आमै हुन् जान
निधारको अक्षता हो ठान
होस गर्नु है इष्ट र मित्र
दायाँ पाइलो सार है आऊ भित्र
सीता पनि गएकी हुन् घर
द्रौपदीका झन् छन् पाँच वर
रुक्मणीले कृष्णलाई रोजिन्
राधा आइन् सर्वस्व खोजिन्
दुःख भयो रावणले हऱ्यो
भोग्नैपर्ने टारेर काँ टऱ्यो
राजसभाको बीचैमा बोलाए
द्रौपदीको साडी पो खोलाए
पितामह त्यही द्रोणाचार्य पनि
द्रौपदीको साडी तान्दा हेरि रहे उनी
द्रोणाचार्य गुरुसहित बसेका ती सखी
पितामह धर्मगुरु विदुरका अघि
जिउको साडी आधा फाडी दस्तुर भयो
सत्यवती रानी तारा सत्यको नाम रह्यो
सल्काइदिए लाहको घर
धर्म सोचे नमान है डर
शकुनिले हो खेल रचेको
द्रौपदीका सत्यले बचेको ।

काकीहरू गाउँदै थिए, प्रशंसा गर्दै थिए धीमहिको । रानी श्रीरामको श्रीमतीजस्तै । मेरी सर्वश्रेष्ठ भगवान् काकीहरू पानी भरिएको करुवा बोकेर धीमहि आइन् । आमालाई पानी दिँदै छेउमै उभिइन् । आमा हर्षविभोर मुद्रामा देखिइन्, मेरी भगवान्लाई मैले सोधेँ- आमा ! धीमहि कस्ती लागिन ?

उनलाई सुमसुम्याउँदै आमाले भन्नुभयो- छ बा छ, मैले सोचेजस्तै, खोजेजस्तै वैष्णवी देवीजस्ती छिन् । शोभनीय छ बा । आमाले धीमहिलाई अङ्कित गर्दै भन्नुभयो- सुन्यौ त, यी गाइँदै गरेका गीतहरू, हो नि यी हुन् हाम्रा संस्कृतिका कुराहरू, संस्कारका अर्तीहरू । सबै कुरा बुझ्नेछौ, ज्ञानी छौ । करुणा मिलिरहोस् ।

यी गीतहरू सुनेपछि मैले पनि महसुस गरेँ कि मेरी आमा पनि मेरी बुबाकी श्रीमती हुन् । मैले आमा भनिरहेकी मेरा बुबाकी श्रीमती आँगनमा गीत गाउँदै गरेकी काकीहरूमा म मेरी आमाको रूप देखिरहेँ । गाउँका काकीहरू आमाका रूपमा । समाजका काकीहरू आमाका रूपमा । देशभरिका काकीहरू आमाका रूपमा ।

छेउमै बसेकी आमाले धीमहिको पछ्यौरीमा सुमसुम्याउँदै भनिन्- म पनि आठ वर्षकी हुँदा विवाह गरेर यो घरमा आएकी हुँ । आठ वर्षको अवस्थामा के थाहा हुन्छ, तिमी त जवान छौ बुझ्नेछौ । म पनि तिम्री आमा नै हो । पिर नमान । आउनु र जानु नै संसारको नियम हो । भगवान्को चाहना हो ।

म डाँडामाथिको घाम भइसकेँ । आज हो कि भोलि जतिखेर पनि अस्ताउन सक्छु । अब पालो तिम्रो हो । भावी पुस्ताको हो । जिन्दगी भनेको दुई आत्माको कहानी हो । जुन कहानी तिमी दुई मिलेर एकअर्काको परिपूरक बनेर बाँच्नु । मिहिनेतका हातहरूले आफ्नो भाग्य कोर्नु । बाँकी मेरो आशीर्वाद सधैँ तिमीसँगै हुनेछ । आमासँगै हामी पनि आँगनको पल्लो छेउतिर लाग्यौँ । त्यहाँवाट देखिदै थियो पिपलबोट र बोटकै छेउमा छ बिउ भिजाउने पानी खाली । धानबाली रोप्दाका बखत किसानहरूले धानको बिउ यसै खालीमा सामूहिक रूपमा बिउ रुझाउने गर्दथे । धानका बिउले पूरा खाली भरिभराउ हुन्थ्यो । यसैको छेउमा पूरै गाउँलेहरूको चिसो पानी पिउने एउटा मात्रै नुवालो छ । दिनभरि नै यो नुवालामा पन्यारीहरूको आवतजावत भइरहन्छ ।

पिपलबोटदेखि पर सल्लारे वन छ र बीचमा उज्यालो देखिँदै छ । धीमहिलाई औँलाले औँल्याउँदै मैले भनेँ- त्यो उज्यालो मन्दिर नागार्जुन भगवान्को मन्दिर हो । यसैका छत्रछायामा म हुर्किएर बढेँ । धेरै प्यारा यादगार क्षणहरू छन् । मेरा वालापनका र अतितका ।

मन्दिरको प्राङ्गणमा गाई बाख्रा चराएको, जामुन डालीमा जामुन टिपेको, त्यो चञ्चल हावा चल्ने सल्लारे वनका फाँटहरू मेरो अतित पछ्याउँदै आएकी धीमहिले थपिन्- भोलि हेर्न जाउँला नि ।

हाम्री आमाले भनिन्- बाटाहरू आवादी भइसके । जामुनका रूख र फराकिला देवस्थलीका फाँटहरू अब बाँकी रहेनन् ।

धीमहीले अँध्यारो मुख लगाइन् र भनिन्- देवस्थलीहरू आवादी गर्नु राम्रो होइन । आमा, देवस्थलीहरू सबैका लागि सधैँका लागि हुन्, राज्य र धर्मका धरोहर । मान्छेसँग सङ्कुचित भावना होलान्, भगवान्सँग होइन । गाउँका आवतजावत गर्ने बाटाहरू खेतालाहरूको आत्माले आवादी गरे पनि देवस्थली मन्दिर बाँचिरहनेछन् भगवान्का आत्माहरूमा ।

मैले आँगनको बायाँतिर देखाउँदै भनैं- उः त्यो देखिने बत्ती काल्सैनी मन्दिरको हो । चारैतिर गाउँ बस्ती छ । बीचमा मन्दिर हो । मन्दिरमा पूजा गर्ने पुजारी भुल काका हुन् । उनले पूजा गरेको त्यो अक्षता हामी सबै प्रसादको रूपमा ग्रहण गर्छौं । धर्ममा कहाँ विभेद छ ? भगवान्का घरमा कहाँ विभेद छ ? विभेद त गाउँ-टोल चलाउनेहरूले आफ्नो स्वार्थपूर्तिका लागि खेलाएका खेलहरू हुन् । जुन खेलहरू रीतिरिवाजका उपमा पोसिँदै आएर बाँचिरहे ।

काल्सैनी मन्दिरमा एकातिर भुल काकाले पूजा लगाँउछन र अर्कोतिर पन्त काकाले । मन्दिर एकै हो ।

समाजमा यी यस्ता विभेद भत्काउनुपर्ने जरुरी छ । मान्छेले मान्छेलाई मान्छे नसम्झनु हाम्रो दुर्भाग्य हो । भगवान्का घरमा ठूलो, सानो र जातीय विभेद छैन । सुदूरपश्चिममा छुवाछुत छ । छोडो हाल्ने चलन छ । मान्छेले मान्छेलाई छुँदा छोइन्छ भन्ने सन्देश लेख्ने विद्वान् सञ्चारकर्मीहरूले यो कालसैनी मन्दिर र यसका पुजारीका बारेमा किन लेख्न भ्याएनन् होला ? पुजारी भुल काका गाउँभरिका सबै छिमेकीको घरलाई नाताअनुसारको साइनो लगाएर बोलाउँछन्- काका, काकी, दाइ भाउजू आदि ।

ममताका छत्रछायामा हुर्केको मेरो गाउँ । भगवान्का छत्रछायामा हुर्केको हाम्रो समुदाय ।

आमा, धीमहि र म आँगनमा केही समय घुमेपछि आमाको पूजा कोठामा फर्कियौँ । केहीबेर पहिले यसै कोठामा दुलही भित्र्याउने प्रसङ्ग पूरा भएको थियो । मलाई आमाका आशीर्वादहरूप्रति प्रश्न गर्न मन लाग्यो । मनमा कौतुहलता छ तर आमाका अनुहारका अगाडि उत्तिकै डर पनि व्याप्त छ ।

धर्म र सत्य आधार र उत्सवका कुरा गर्ने आमालाई सोधेँ- आमा, मेरी धीमहि हाम्रा धर्म संस्कारका केही मुख्य पात्रभन्दा अलि फरक भएर बाँचुन् भन्ने मेरो इच्छा हो ।

सीता आदर र सत्यवती हुन् । धोबीका प्रश्नको उत्तर श्रीरामजीले दिएनन् । सीतालाई जङ्गलमा लगेर छोड्दैमा उतै रमाउने प्रयास गरिन् । त्यस्तो दुई जिउ भएको अवस्थामा के उनलाई सहयोग जरुरत थिएन ? किन आवाज उठाएर दरबारमा बसिनन् ? श्रीरामजीलाई किन प्रश्न गरिनन् ? राज्य ठूलो कि प्रेम ? राज्य ठूलो कि श्रीमती ? साथ चाहिने वेलामा छाड्ने ?

धीमहि, तिमी सीताजस्तै बन्नु तर प्रश्न गर्न सक्ने सीता । अन्याय र अत्याचारका बारेमा प्रश्न उठाउने सीता आफ्नो प्रेमको पूर्ण अधिकारी द्रौपदी बन्नु । आमाले बाँड्यो भन्दैमा द्रौपदी बाँडिएझैँ नबाँडिनु । प्रेम वस्तु होइन, आत्मा हो । शिष्टाचारका नाममा टाउको झुकाएर नबस्नु । द्रोपदीको झैँ गरी साडी उतार्ने कल्पना त कहाँ नराम्रो नजरले आँखा उठाए मात्रै पनि बिना आज्ञा त्यस्ता दुष्टको हात भाँचेर फालिदिनु ।

रुक्मणी धर्मपत्नी हुँदा राधासँग वृन्दावन बसाउने कल्पनामा कृष्ण पुज्य भए । आधाभन्दा बढी भक्तहरूलाई रुक्मणीको बारेमा थाहा छैन किनकि राधा पुजनीय भइन् । तर मलाई रुक्मणीसँगै बाँच्नु छ । तिमी मेरी रुक्मणी । हाम्रा धर्मग्रन्थहरूमा विवादास्पद पात्रहरू छन् । तर तिमी र म विवादित भएर बाँच्न नपरोस् ।

आमाले भनिन्- बा, ती त भगवान्का घरका प्रसङ्ग हुन् । भगवान्का बारेमा हामीले टिप्पणी गर्न मिल्दैन । सत्य कुरा भगवान्लाई नै थाहा हुन्छ । हामी अल्पज्ञानी छौँ ।

लेख्नेहरूले लेखे, भन्नेहरूले भने तर देखेर लेखेका हुन कि अनुमानका भरमा भगवान्का घरका कथा ?

मैले भनेँ- आमा, परिवारमा सत्य-असत्य हुँदा रानी कौशल्याले जस्तो राम्रौ आँखामा पट्टि बाँधेर नबस्नु । द्रौपदीको सारी हरण हुँदा आँखा बन्द गरी बसिरहिन् कौशल्या । बसिरहे द्रोणाचार्य, भीष्मपितामह र वितुर । उनीहरूका मुख धर्मका नाममा बन्द थिए । त्यो नारीमाथिको अत्याचार हेरिरहे धर्मका ठेकेदारहरूले । आमा, तपाईं त्यस्तो नगर्नु । कुनै पनि धर्मका वचनले सङ्कट परेका बेला बोल्न र संरक्षण गर्नबाट तिमीलाई नरोकोस् । हाम्रौ परिवार र समाजमा यस्तो अभ्यासहरू नहोस् । तिम्रो सुन्दर तस्बिर सुन्दर भई बाँचिरहोस् । हाम्रो परिवारमा मेरा घरका तिनै भगवान् ।

एउटै कोठामा ममताकी भगवान् आमा ।

प्यारकी भगवान् धीमहि ।

प्राण प्रतिष्ठा गरेका मूर्ति ।

सुन्दर लाग्यो मेरी आमाको पूजा कोठा । स्वर्गमा पनि यस्तो दृश्य देख्न पाइँदैन होला । मैले मेरी आमा यति खुसी भएको पल कहिल्यै देखेको थिइनँ ।

आमाका सपना साकार भएको पल प्राण प्रतिष्ठा गरेका मूर्ति भगवान् बस्ने कोठाका भित्ताभरि आमाका अनुहार टिलिक्क टिलिक्क चम्किरहे । धीमहिलाई नियालेँ मैले । आमालाई गरेको अनुरोध सुनेर उनी उतारचढावमा थिइन् । मैले आमालाई सोध्नुपर्ने थियो वा थिएन, मैले राम्रो गरेँ वा नराम्रो मलाई थाहा छैन । तर आमालाई अनुरोध गर्न मन लाग्यो र अनुरोध गरेँ ।

मैले गल्ती गरेको भए पनि आमाले क्षमा दिनुहुनेछ । संसारकी क्षमादातृ हुन् आमा । आफ्ना परिवारका लागि म सत्य निष्ठान र कर्तव्यमा रमाउने मान्छे हो । दुनियाँका हिसाबले मलाई खासै मतलब हुँदैन । धीमहिसँग प्रतिज्ञा गर्न मन लागेर आमाका अगाडि त्यो प्रतिज्ञा गरेँ ।

म राजा हरिश्चन्द्रजस्तो त्यागी छैन । सत्य र निष्ठामा झुक्नु नपर्ला तर तिमी सत्य, निष्ठा र त्यागी भइरहनु । महारानी ताराले छोरा रोहितको अन्त्येष्टि गर्दा शमशान घाटमा तिर्ने पैसा नभएपछि पहिरिएको साडीको आधा भाग च्यातेर शुल्कस्वरूप हरिश्चन्द्रलाई बुझाइन् । त्यो सत्य र त्यो कर्तव्य प्राणीताको अनुष्ठा तिमीमा पाऊँ ।

तिमी नारी हौ । नारीजति पुरुष महान् न कहिले भए र न कहिल्यै हुनेछन् । तिम्रा अनुष्ठामा मलाई पनि सत्यको बाटोमा डोऱ्याउनु । तिम्रो सत्य, निष्ठा र त्याग मेरो पथप्रदर्शक भइरहोस् ।

मेरी धीमहि, तिमी महारानी ताराको जस्तो कर्तव्यपरायणता भएर सहारा भइदिनु मेरो जीवनको । मैले मेरो आत्मामा तिम्रा लागि ठाउँ बनाएँ । मैले सुनेको छु आत्मामा ठाउँ बनाउनु भनेको दासी बन्नु हो । प्रेमको गुलाम हुनु हो ।

गणितले दिन चलाउन सजिलो हुन्छ तर जीवन आनन्दित बनाउन प्रेम अनिवार्य छ । मन्दिरको कोठाभित्र प्रेमको कुहिरो (बसुधैव कुटुम्बकम) पूरा विश्व मेरो परिवार हो ठान्ने हामी सनातनीहरू प्रेमले बाँधिएका हुन्छौँ । त्यसै प्रेमले म र धीमहिलाई पनि बाँध्यो । भगवान्ले हामीलाई दिएको बन्दोबस्त । जन्मघरका आँगनमा आनन्दित पलहरू, आमाको आशीर्वाद, पितृदेवको कृपा, पवित्र धर्तीमा पवित्र आत्मा ।

•••

जन्मघरबाट बिदा माग्दै राजधानी पसे । क्षितिजपारिको गाउँमा बसाइँ सर्नुपर्नेछ । मनका क्यानभासमा धीमहिको चित्र थपिएको छ। अधुरा सपनाहरूको चाङ छ। अधुरो पढाइ छ। अँध्यारा सम्बन्धहरू छन्। चुलिएका घरहरूभित्र भाडामा लिएको कोठा छ।

चामल, दाल सिन्की बाँधिदिइन् आमाले। निधारमा अक्षता लगाइदिइन्। आँखाभरि आँसु रसाए, भावनाका समुद्रमा मनको पनडुब्बी।

केही थान किताबहरू कोठाको आल्मारीमा पर्खिरहेका थिए । आभास दिए म फर्केको- क्याम्पसमा साथीहरू सगुन खान पर्खिरहेका। लड्डु बाँडेँ विवाह उत्सवको।

वर्तमानमा सान्त्वना दिने आमा छिन्। भविष्यको गोरेटो बनाइदिने भगवान् छन्। जीवनमा हर्षोल्लास थपिदिने धीमहि।

म निस्फिक्री दैनिकीमा खटिइरहेँ। दिन, हप्ता, महिना बित्दै गए। योजना मुताबिक दिनचर्या चल्दै गए। मास्टर सकाएर कलेजमा पढाउने, लोकसेवाको तयारी गर्ने, के गर्दा कति पैसा हुन्छ, कसको तलब कति हुन्छ, खर्च कति, बचत कति। गाउँ फर्केर गाउँमै शिक्षण गर्ने कि आदि इत्यादि साथीभाइमा बहस चल्थ्यो।

तर, मेरो योजना थियो थोरै समयमा धेरै पैसा कमाएर राजधानीमा घर बनाउने । त्यसका लागि एउटा मात्रै विकल्प थियो मसँग– विदेश जाने, राम्रो देशमा गएर पैसा कमाउने, स्वदेश फर्केर आनन्दित जीवन जिउने। स्वदेश फर्केपछि गाउँमा गएर शिक्षक पेसामा लाग्ने।

हरेक क्षेत्रमा सफलता पाउनका लागि लगाव चाहिन्छ । सफलता प्राप्तिका लागि गरेको सही मिहिनेतको हिसाबकिताब समयले गरेकै हुन्छ, सजिलै मिल्ने भनेको आमाको ममता मात्र हो ।

गरुड पुराणका मुताबिक मरेपछि अर्को जन्म लिन पनि गरेका कर्मको हिसाबकिताब हुन्छ । जिउँदै हुँदा फल प्राप्त गर्न हिसाबकिताब नहुने कुरै भएन ।

मायामीका खेतीमा एउटा बाटो बगेपछि अर्को सपना अर्को बाटो । थुप्रै बाटा खोजिए र हिंडे पनि तर आधाआधीमै छोड्नुपर्ने । कतै रहर पूरा हुँदैन कि भन्ने डर । कतै बाटो नै छलकपट र द्वन्द्वमा रुमल्लिएको । राजधानीका सम्पन्न ठानिने घर घराना र चिनेजाने जतिका सबैलाई भेटियो होला ।

विडम्बना, जति नयाँ अनुहार भेट्यो झन् त्यति अन्योल । नेतादेखि राष्ट्रप्रमुखसम्म, विश्वविद्यालयका डिनदेखि बोर्डिङ स्कुलका सञ्चालकसम्म । कति हिँडियो, कहाँ हिँडियो हिसाब गरेको भए म धेरैचोटि हिँडेर गाउँ गएर राजधानी फर्कें हुँला ।

लोकसेवाको तयारीतिर पटक्कै मन गएन । त्यति थोरै तलब खाएर सपना पूरा हुँदैन । खरदारको तलब २ हजार, सुब्बाको २५ सय, अधिकृतको ३५ सय । होइन कसरी चल्छ मन्जिल ? कहाँ हुन्छ रौनक ?

तुलसी पूजाको दिन थियो । बिहानको पारिलो घाम ताप्दै तुलसीको पूजामा सरिक हुँदै गरेका पूर्वप्रधानमन्त्रीज्यूले पत्रकारलाई भन्नुभयो- वकालत गर्छु भनी राजधानी आएको प्रधानमन्त्री पो हुन पुगेँ । राजधानीको माहोलले के बनाउँछ बनाउँछ, आफ्नो बुद्धि विवेकमा भर पर्छ । समुद्रमा गयो भनेर के गर्नु, आफूसँग जत्रो भाँडो छ त्यति पानी भर्न सकिन्छ ।

मिहिनेत गर्ने हो । मिहिनेतबिना त के नै हुन्छ र ?

साँझ म कोठामा गएँ । निद्रा लागेन । मिहिनेत नगरेको पनि होइन, मनमा धेरै ठूला सपना बुनेर कतै दुःख पो पाइन्छ कि ! डर पनि लाग्यो । अर्को मनले भन्यो- डराउनु हुँदैन, जे पर्छ टर्छ, गलत के नै पो गरेको छु र ? सत्यको विजय हुन्छ भन्छन् । एक दिन अवश्य सफलताको नजिक पुगिनेछ ।

राजधानी थाकेको देखिँदैन र सुतेको पनि । न दिन भन्नु छ, न त रात । सडकमा गाडी गुडेको गुड्यै हुन्छन् । मजस्ता नयाँ भविष्यको सपना बुनेर राजधानी छिर्नेहरू

भीडका भीड दिन प्रतिदिन थपिँदै गएका छन् । कसकसका कति सपनाहरू पूरा भए त्यसको हिसाबकिताब पशुपतिनाथसँग होला । तर मलाई थाहा छ राजधानी शक्तिकेन्द्र बन्दै छ, भविष्य खोज्नेहरूका लागि राजधानी कै छत्रछायामै चल्दै थिए दैनिकी ।

यसै सिलसिलामा दक्षिण कोरियाको स्यामचोक विश्वविद्यालयमा अध्ययन गर्न जाने मौका मिल्यो । दक्षिण कोरिया गर्मीमा औधि गर्मी र जाडोमा धेरै नै जाडो हुने देश, केही थप लुगाफाटो किन्न म असन बजार गएँ । भीडभाड भइरहन्छ यहाँ । साँघुरो बाटोमा ग्राहकका भीडहरू- बाटोको छेउमै गेरुवा पोसाक, लामो कपाल, अग्लो जीउडाल र भारी शरीर भएकी महिला हिमालपारिको छुर्पी ल आयो, हिमालपारिको छुर्पी भन्दै पसल छेउको चोक अगाडि छुर्पी बेच्दै छिन् । हिमालपारिको छुर्पी औषधियुक्त हुन्छ । हिमालमा चरेका चौँरीको दूध औषधि बराबर हुन्छ । त्यसैले यो छुर्पी विशेष मानिन्छ ।

थोरै मात्र छुर्पी बाँकी थिए बिछ्याएको नाङ्लोमा । मैले सोधेँ- अरू छ कि यत्ति हो ? मलाई अलिक बढी चाहिएको थियो ।

उनले सोधिन्- कतिवटा ?

मैले जवाफ दिएँ- पचास-साठीवटा जति ।

उनले भनिन्- ल भोलि बिहान अउनु एघार बजेतिर, म ल्याइदिन्छु ।

मैले भनेँ- आज ल्याउन मिल्दैन ? म भोलि काँ हुन्छु काँ ।

त्यसो भए हिँड मसँग पाँच मिनेट, पल्लोपट्टि मेरो डेरा छ, म दिन्छु । थकाई लाग्यो, यत्ति सकिए जाने हो । उनले भनिन् ।

म उनले अह्राएबमोजिम उनलाई पछ्याइरहेँ । सोधेँ- हिमालपारि कुन ठाउँ हो नि ?

हुम्ला ।

ओहो, कति छन् चौरीगोठ ?

थुप्रै छ, बूढाहरूले हेर्छ पालैपालो ।

छुर्पी कसले पार्छ नि ? निकै मिहिनेत पर्छ होला ।

त्यो पनि बूढाहरूले नै हो, आलोपालो गरेर ।

कोठामा कोको बस्नुहुन्छ ?

आइरहन्छन् बूढाहरू पालैपालो ।

मैले प्रश्न गर्न नजानेको हो वा यिनले उत्तर दिन । केही नबोली पछ्याइरहेँ ।

मतिर फर्किंदै हातका औँला देखाउँदै भनिन्- मेरा चार श्रीमान्हरू छन्, चार जनाकी म एक्ली श्रीमती हुँ ।

हिमालपारि हुम्लामा यस्तै छ चलन । जेठो भाइले विवाह गरेपछि त्यो श्रीमती सबै भाइकी हुन्छे, भाइहरू मिलीजुली काममा जान्छन् । पालैपालो घरमा श्रीमतीसँग बस्छन् । गाउँभरि यस्तै हो चलन । पुर्खौंदेखि चल्दै आएको रीतिरिवाज हो ।

उनी गफ गर्दै थिइन्, फेरि हातको इसारा गरिन् । पख, तिमी यहीँनिर उभ्यौ । यसै घरमा हो म बस्ने । म छुर्पी ल्याइदिन्छु भन्दै घरभित्र पसिन् ।

केहीबेरमा साठीवटा छुर्पी लिएर बाहिर आइन् । मैले छुर्पी लिएर पैसा बुझाएँ । कम्मरको पटुका फुकाल्दै दुई मुठी छुर्पी थपिदिइन् । भनिन्- किन्न घरसम्मै आएको मान्छे । उनी दयालु स्वभावकी, कोमल भावनाकी धनी ।

म फर्किएँ । भगवान्ले दिएको दुःख सहनु नै पर्छ, तर संस्कृतिका नाममा लादिएको दुःखको जिम्मा कसले लिने ? राज्य वा समाज ?

चार श्रीमान्की एक्ली श्रीमती । भन्न मन लाग्यो- समाजमा चाँडै शिक्षाको ज्योति पुगोस् । यस्ता संस्कृतिहरूका नाममा लादिएका पीडादायक संस्कारको अन्त्य होस् । यो समाजका कुनै श्रीमतीले यस्तो व्यथा भोग्न नपरोस् ।

मायाको सबैभन्दा ठूलो उपहार भनेको याद नै हो । न छुँदा जान्छ न त धुँदा, विडम्बना चार जना श्रीमान्को याद बोक्न कति पीडा होला । चार भाइकी श्रीमतीको जिम्मा लिएर हिँडेकी यी छोरीलाई धैर्य दिनू र जीवन सफल बनाइदिनू है भगवान् । मैले सत्य बोल्दा त्यो समाजको सदभावमा आहत आयो भने क्षमा चाहन्छु किनकि मैले जे देखेँ त्यही लेखेँ ।

राजधानीको व्यस्त जीवनलाई केही दिनको लागि बिदाइ गर्दै म दक्षिण कोरियातर्फ लागेँ ।

•••

काठमाडौँबाट बैङ्कक, बैङ्ककबाट दक्षिण कोरिया हुँदै म दक्षिण कोरियाको स्यामचोक विश्वविद्यालयका लागि हिँडेँ । इन्चोन विमानस्थलबाट सउल (राजधानी) हुँदै खाउन्दो पुगियो । खाउन्दोबाट थोरै समयपछि विश्वविद्यालय ।

विश्वविद्यालयको छात्रावास अगाडिको चौरमा श्रद्धा भेटिइन् । उनी आजभन्दा अढाई महिना पहिले आएकी हुन् । काठमाडौँमा हुँदा हामीसँगै कोरियन भाषा ग्रामर कक्षा लिन्थ्यौँ । उनीलगायत केही साथी यता आइसकेका थिए । म नजिकिँदै गएँ र श्रद्धा भनेर बोलाएँ ।

आँखामा आँखा मिल्न नपाउँदै उनी अँगालो मार्न पुगिन् । रुन्चे स्वरमा भनिन्- तिमी पनि, होइन अन्त प्रयास गर्छु भन्थ्यौ त ?

आयौ ल, हामीलाई रमाइलो थपियो तर राम्रोचाहिँ छैन हेर, तिमी खुसी हुन सक्दैनौ ।

लामो कपाल काटेर मुडुलो कपाल बनाएकी, गोरो उज्यालो अनुहार, कालो बनाएकी, मेघ पर्नुभन्दा अघिको बादलभित्र गुमराहमा परेझैँ बोलिन् उनी ।

मैले भनेँ- ल हेर्दै जाऊ श्रद्धा ठिकै छ, ठाउँ फेरेको हुँ । सपना होइन, जात मिलेन भनेर होच्याउनेहरूको भिड छोडेको हुँ ।

राजधानीमा घर छैन भनेर हेप्नेहरूको माझ छोडेको हुँ ।

कुनै दोष नभएकोलाई दोष थुपार्नेहरूको माझ छोडेको हुँ ।

हृदयले बोलेको यो भाव बुझ, सफलताको सिँढी चढ्ने बाटो खोज्नु छ, त्यही माटोलाई पछ्याउँदै हिँडेको हुँ, छोड्नु त के नै छ र, मन भारी भयो र आफ्नो राजधानी छोडेँ। यो त अर्काको सहर हो। एक दिन सपना पूरा भएपछि समय आएपछि छोडुँला स्यामचोकलाई।

नजिकैको रूखडालीबाट एक हूल भँगेरा उडेर गए। मैले श्रद्धालाई भनेँ- हेर त ती भँगेरा। नेपालका जस्तै हुँदा रहेछन्।

श्रद्धाले हाँस्दै भनिन्- हो, प्रकृति संसारभरिको एउटै हो, प्रकृतिले आफ्नो पराइ भन्दैन। सबैलाई समान व्यवहार गर्छ। हेर, घाँस हरियै छ, चराचुरुङ्गी सबै नेपालको जस्तै हो, बस फरक गर्मी, चिसो थोरै धेरै होला, समुद्रको छालमा भिन्नता होला। प्रकृतिको देन, परिवर्तन र फरक हुने मान्छेको मन मात्र हो।

नेपालमा भएका मनहरू यहाँ आएर बदलिए। यसरी परिवर्तन भए सोच्नै नसक्ने गरी, कल्पनाभन्दा बाहिर।

औँसीको रातमा पूर्णिमाको जूनेली साँझ भएको कल्पना। श्रद्धा र म छात्रावासतिर लाग्यौँ। श्रद्धाले पुरानै पारामा भनिन्- एउटा जाओस् न यार।

मैले भनेँ-

सहरमा त मैले मिठा रहरहरू भुलाएको छु।

आऊ बस प्रिये मनभित्र तिम्रा लागि वसन्त फुलाएको छु॥

गफिँदै हामी छात्रावास पुग्यौँ। गर्मी बिदा सुरु हुन एक हप्ता बाँकी छ। बिदामा काम गरेर आफ्नो पढाइ खर्च जुटाउनुपर्छ। विद्यार्थीहरू बिदाको समय कम्पनीहरूमा गएर काम गर्छन्। धेरैजसो विद्यार्थी छात्रावास छोडेर गइसकेका छन्। जाने क्रम जारी छ। एक हप्तापछि सबैले छात्रावास खाली गरिसक्नुपर्दछ।

श्रद्धाले सबै बेलिविस्तार सुनाइन्।

अव्यक्त मन लिएर हिँड्न कहाँ सजिलो छ र ? कहिलेकाहीँ यी अपराधी आँखाहरूलाई फाँसी चढाउन मन लाग्छ, केके देख्छन् देख्छन्।

यी आँखाले आफ्नो गाउँ मात्र देखिदिएको भए सायद म विदेश हिँड्नु पर्दैनथ्यो होला। हुन त फलामलाई गाल्न पनि आगोमा पोल्नुपर्छ, मनलाई सम्झाउन पनि मनसँगै

बोल्नुपर्छ । मेरा मनले श्रद्धाका मनसँग बोलिरहे । उमेरले न आफूभित्रको पुज्छ न त बाहिरको बुझ्छ देश, काल र नीति फरक भएको अवस्थामा ।

अनिश्चित भविष्य तर सुयोग खोजिरहन्छ मन । हतियारबिना मन मस्तिष्कका बीच पनि हुँदो रहेछ युद्ध । म यसै युद्धको योद्धा हुँ । लड्नु छ अब बाँकी सपनाको युद्ध मरुभूमिका भागलहरूमा ।

चञ्चल मन बाँधेर मुक्तिको साधना बनाउनु छ। सङ्गतले फाटेको मन सिलाउनु छ। वर्गशत्रुजस्तै भएका रातहरू मिलाउनु छ । भगवान्‌लाई चुनौती छ- प्रकट भएर देखिन सकेको छैन । विज्ञानलाई पनि चुनौती छ, आविष्कारसँग सङ्ग्राम पनि निम्तँदै छ । बाँकी को छ र यहाँ ? हामीलाई चुनौती थपिनु सामान्य नै हो ।

हेर्दाहेर्दै कस्तो थियो, के भयो समय । कहाँ पुगियो आफू । नदीका किनारमा बालुवामाथि मक्किएको घरजस्तो भएको छ जीवन । सांसारिक माया अहिले किनबेच गरिने बजार वस्तुको भाउ सम्झन्छ युवापिँढी । त्यसैले मायाप्रेम सल्किएको खरसमान छ । आज छ भोलि छैन । देखावटी मायाको दलदल । यसै दलदलमा होमिइन् होली श्रद्धा पनि । तर, अर्काको हिसाबकिताब राख्ने हर आफैँलाई जहर हुन्छ, जानीजानी म त्यो भेलमा बहनु छैन ।

झोलाबाट छुर्पी निकालेर बाँडेँ । श्रद्धालाई सुनाएँ धीमहिको कथा । मेरो विवाहको कहानी । अनि श्रद्धाले सुनाइन् कलेजमा आउँदा सुरुवातीका दिनहरू । श्रद्धा असल परिवार मा हुर्किएकी सुशील छोरी हुन्, मैले बुझेसम्म उनी राजधानीकी बासिन्दा हुन् । ऐस-आराममा वात्साल्य बिताएकी ।

नेपालबाट ल्याएको पैसा हुन्जेल साथीहरू सबै सँगै थियौँ । हरके साँझ तल बजारमा ओर्लिन्थ्यौँ, रेस्टुरेन्टमा किम्ची, साङ्गेपसाल र सोजु । करिब महिना दिन आनन्दसँग बित्यो । पछि सबैको पैसा सकियो अनि सुरु भयो एक्लाएक्लै हिँड्ने, साथीहरू फाट्टफुट्ट दिनगणनमा काम गर्न थाले । कक्षा नभएको दिन त दिनभरि काम गर्न थाले ।

बुबाआमाले दिएको पैसाभन्दा आफूले कमाएको पैसाको महत्त्व बढी हुँदो रहेछ कि क्या हो । म केटी मान्छे दैनिक ज्यालादारीमा काम गर्न जान सकिनँ । यता गाउँमा खासै कम्पनीहरू पनि छैन । बिदामा सउलतिर गएर काम गर्नु पर्ला भन्ने सोचेकी छु, हेरुँ के हुन्छ ?

सपना एकातिर गन्तव्य अर्कोतिर, परिस्थिति अर्कैतिर । समय खराब चल्दै छ । हौसला थपिदिनेको खाँचो छ, रमिता हेर्ने त दुनियाँ दिनगन्तीमा छन् ।

परिस्थितिसँग सामना गर्दा थाहा पाएँ मान्छेहरू त सिर्फ मुखले मात्र आफ्ना रहेछन् । व्यवहार फरक हुँदो रहेछ । रात र दिन समान । जसरी चल्नुपर्ने हो दिनचर्या त्यसरी चलेको छैन । महिनौँ भयो मस्त निद्रामा रात ढलेको छैन । मनको पीँधमा भविष्यको सपना अझै गलेको छैन ।

तिमी भन्थ्यौ मान्छे चिन्न पाँच-सात मिनेट भए पुग्छ । तर मैले पाँच-सात महिना सँगै पढ्दा पनि चिनिनँ । थानकोटबाहिर पनि नेपाली छन् भन्ने यो मनमा कतै भावना आएन । ढुङ्गालाई माटो र माटोलाई ढुङ्गाको भर चाहिन्छ । तिमी माटो बन्नु, म ढुङ्गा बनुँला । तिमी ढुङ्गा बन्नु, म माटो । सपना पूरा गर्न राम्रो सदस्य भएको घर चाहिन्छ, स्यामचोकमा विश्वासको घर । जिन्दगी अनौठो कुरुक्षेत्र हो, महाभारत चलिरहन्छन्, रथी-महारथीहरू अन्योलमा परिरहन्छन् । अनि पो त अभिमन्यु मर्छन् ।

निकृष्ट र घोर अमानवीय बन्दै छ समाज । हेपिएका छन्, बलात्कृत भएका छन् महिला । तिनका लागि पनि कलम चलाउनु छ । गर्नुपर्ने कामको चाङ लागेको छ । खै किन हो मन गह्वुङ्गो भएको छ जन्मभूमिको यादमा । आमाको ममतामा धीमहिको मायामा मनभित्र बादल लागेको । साँझ बितेको थाहै भएन, आकाशभरि ढकमक्क ताराहरू छन् । भोलि बिहान यसै पार्कमा भेट्ने वाचा गर्दै हामी छुट्टियौँ ।

हप्ता दिन बित्यो, विश्वविद्यालयमा गर्मी बिदा सुरु भयो । अरू विद्यार्थीहरू सहर पसेझैँ म र श्रद्धा पनि सहर पस्यौँ । त्यो सहर दक्षिण कोरियाको राजधानी सिओल, कोरिया प्रायद्वीपको उत्तर पश्चिम भागमा हान नदीको किनारमा अवस्थित छ । बिलासीन ठूलठूला गगनचुम्बी उत्कृष्ट घरहरूले भरिभराउ यो सहर । परम्परा र आधुनिकताबीचको अद्भुत सन्तुलन देख्न पाइयो ।

स्यामसङ, एलजी, हुन्डाईजस्ता विश्वप्रसिद्ध कम्पनीहरूको मुख्यालय । नामसान टावर, मिक्सिङ मल, बुक्चन हानोक गाउँ हेर्नैपर्ने ठाउँहरू रहेछन् ।

सिओल कोरियाली जीवनशैली, कला र प्रविधिको केन्द्र रहेछ । यहाँको यातायात सुविधा एकदमै व्यवस्थित र आरामदायी रहेछ । छिटो चल्ने मेट्रो सेवा छ । करिब दुई हजार वर्ष पुरानो इतिहास बोकेको यो सिओलमा त्यतिबेलाका राजाका दरबारहरू, ज्युङ बोकगुङ र चाङदोकगुङ संरक्षण गरी राखिएको छ । यी दरबारहरूले कोरियाली वास्तुकला र संस्कृति झल्काउँदो रहेछ ।

सभ्य, अनुशासित र मिहिनेती रहेछन् यहाँका नागरिक। नागरिकहरू जिम्मेवारीपूर्वक इमानदार भएर मिहिनेत गर्छन् र त देशको विकास र निर्माण सम्भव हुँदो रहेछ। यहाँका जनता आफ्नो कर्तव्य र अधिकारलाई सन्तुलित गरेर अनुशासनपूर्वक एकले अर्कालाई मर्यादा गर्दा रहेछन्।

अभिवादन गर्ने क्रममा उमेरको आधारमा सानोले ठूलोलाई अभिवादन अन्याङ्हासिमनिका भनेर शिर झुकाई ढोग्दा रहेछन्। अनुशासनको पाठ सिक्न यो भूमि सर्वश्रेष्ठ ठाउँ हो भन्दा फरक नपर्ला।

यस सहरका सेरोफेरोमा काम खोज्ने सिलसिलामा थुप्रै कम्पनीहरूमा धाइयो। कतै भाषाको समस्या, कतै बढी जोखिम भएका कामहरू आदि इत्यादि। हप्ता दिन बित्यो, विद्यार्थी हुँ भन्दा कम्पनीका मालिकहरूले सहानुभूति देखाउँछन् तर मेसिन सँगसँगै काम गर्न सजिलो भने छैन। सजिलो काम पाए भनेर श्रद्धा वुसान सहरतिर लागिन्, म यतै बसेँ। उनीसँग भेट गर्ने संयोग जुरेन। तिमी जहाँ भए पनि स्वस्थ, मस्त रहनु। तिम्रो उत्तरोत्तर प्रगतिको कामना गर्दै तिम्रा सपनाहरूले साकार रूप धारणा गर्न सकून्, मेरो यही नै शुभकामना छ।

मैले मासिक ज्यालादारीमा एउटा माछा कम्पनीमा काम सुरु गरेँ। मिकुराजी जातको माछा ठूलठूला कन्टेनरमा आउने। यिनलाई कन्टेनरबाट निकालेर पोखरीमा हाल्ने र स्थानीय कृषकहरूलाई बेच्दो रहेछ। पोखरीका छेउछाउमा माछा खान आउने सर्पहरू, पोखरीमा दाना हाल्दा चुनौती हुन्थ्यो।

दिनमा दुई-तीनवटा सर्पसँग जम्काभेट हुन्थ्यो। सहकर्मी कोरियनहरूले भेटे भने तानेर त्यसै सर्पलाई मारेर खान पछि पर्दैनथे। लामो एप्रोन, ठूला दशताना, घुँडासम्मको बाक्लो बुटहरू, एकदमै सतर्कताका साथ काम गर्नुपर्ने।

करिब पच्चीस-तीसवटा पोखरीहरू थिए। क्रमैसँग कुनैमा भुरा छोड्ने, कुनैमा बेच्न तयार भइसकेका माछाहरूलाई समात्ने, दैनिक पोखरीहरूमा माछाको खानेकुरा चारो हाल्ने आदि काममा दैनिक १०-१८ घन्टा व्यस्त हुनुपर्‍यो।

दुई महिना काम गरेपछि कलेजमा कक्षा सञ्चालन हुने समयमा म फिर्ता आएँ। पछि सिओलतिर नै कलेज परिवर्तन गरेँ। गाउँको कलेजमा भन्दा सहरको कलेजमा आएपछि फाट्टफुट्ट काम पाउन सजिलो भयो। कलेजमा थप छात्रवृत्ति पनि पाइयो। आफूलाई ठूलो राहत मिलेको अनुभव भयो।

दक्षिण कोरियाका विश्वविद्यालय र विद्यालयहरूमा भएका सुविधा र प्रविधिहरूको १५ प्रतिशत मात्र पनि नेपालका कलेज वा विद्यालयमा विद्यार्थीहरूले उपभोग गर्न पाएको भए नेपालको शिक्षामा ठूलो परिवर्तन आउँथ्यो ।

नेपालमा पनि विद्यार्थीहरूले शिक्षाका क्षेत्रमा नयाँ आयाम ल्याउने थिए होलान् भन्ने कुरा मनमा खेलिरहन्थ्यो । केही समयको अन्तरालपछि धीमहि पनि यतै आइन् । उनी आउँदा मैले दैनिक जीवनमा प्रयोग हुने कोरियन संस्कृति र भाषा सामान्यतया सिकिसकेको थिएँ । आनन्दित दिनहरू बित्दै गए । एकाएक मनमा जापानको सपना आयो । जापान गएर पढ्न पाइयो भने अझ राम्रो होला कि, अवश्य पनि बढी सुविधा सयलहरू होलान् जस्तो लाग्यो ।

जापानको टोकियो विश्वविद्यालयमा भिजिटिङ विद्यार्थीको भिसा लिएर हेर्न गएँ । सुन्दर छ जापान । सूर्योदयको पहिलो देश । जीवनशैली दक्षिण कोरियाको भन्दा पनि बढी व्यस्तजस्तो लाग्यो । योकोहामा नयाँ प्रविधि र आधुनिकीकरण र सुसज्जित सहर । कामाकुरा सहरको ठूलो बुद्ध मूर्तिलगायत हिरोसिमामा अवस्थित शान्ति स्मारक पार्क, सङ्ग्रहालय आदि अवलोकन गरेँ ।

कोरियामा एक वर्ष बस्दा केही भाषा सिकेको थिएँ । फेरि जापानमा जापानी भाषा सिक्नुपर्ने भयो । नयाँ भाषा, नयाँ संस्कार, नयाँ ठाउँ यी कुराले गर्दा दक्षिण कोरियामै पढाइ निरन्तर गर्न मन लाग्यो । म फर्किएँ । छोटो समयको जापान बसाइ अविस्मरणीय रह्यो ।

जीवनको सुन्दर समय आनन्दित भई चलिरह्यो । यौवनले भरिपूर्ण श्रीमती, सोचेजस्तै कलेजमा पढ्न पाइयो । आनन्दित सुव्यवस्थित बासस्थान आफैँले आफैँलाई प्रश्न गर्दा आनन्दित हुन सक्ने मानिस थोरै होलान् तर म पनि आफू आनन्दित हुने लिस्टमा भएको अनुभूति ठान्थे ।

यसै समयमा धीमहिले गर्भधारण गरिन् अनि जीवनले नयाँ मोड लियो । विश्व ठूलो छ, आफूले केही देशहरू घुम्ने सपना देख्दा पनि विभिन्न देशहरूमा जाँदा लिनुपर्ने भिसा प्रक्रिया झन्झटिलो महसुस भएकाले हामीपछिको हाम्रो पिँढी भनौँ आफ्नो सन्तानलाई त्यस्तो देशमा जन्माउनुपर्छ जसको प्रभावले उसले हाम्रो जस्तो भिसाका लागि पिर मान्नु नपरोस् ।

सहपाठी साथीहरू लगायत प्राध्यापकहरूसँग सरसल्लाह गर्दा त्यस्तो देश अमेरिका मात्रै भएको जहाँको नागरिकले जुनसुकै देशमा पनि सजिलै यात्रा गर्न सक्छ, विश्वको शक्तिशाली पासपोर्ट अमेरिकाकै छ भन्ने निष्कर्षमा हामी पुग्यौं ।

ईश्वरसँग हाम्रो योजनाको सहजता तथा सफलताको प्रार्थना गर्दै अमेरिका जाने भिसा लिने प्रयास गर्‍यौं, जुन प्रयास सफल हुन गयो ।

धीमहिका पेटमा यतिबेला भ्रुण पाँच महिनाको भइसकेको थियो । हुर्किंदै थियो हाम्रो रगत, हाम्रो सपना ।

पौने चार वर्षको कोरियाको बसाइलाई बिट मार्दै हामी अमेरिका लाग्यौं । तीन महिना अमेरिकामा बसेर पुनः कोरिया फर्किने प्रतिबद्धताका साथमा दुई जीउकी धीमहि, अधुरा सपना, एउटा झोलामा किताबहरू, एउटामा लत्ताकपडा र एउटा झोलामा आमाले गाउँबाट पठाइदिएका चामल बोकी हामी अमेरिका ओर्लियौं ।

•••

मानिसहरूका समूह विमानस्थलमा भित्रिने र बाहिरिने बराबरी छन् । गोधूलि साँझमा न्युयोर्क सहर बास बस्न हतारिँदै थियो । अस्ताउन आँटेको मलीन घाम समुद्रका छालहरूभित्र विलीन हुँदै थियो । धर्ती बिस्तारै जूनलाई स्वागत गर्न आतुर थियो ।

यिनै हूलका हूल मानिसहरूसँग मिसिँदै हामी पनि विमानस्थलबाट बाहिरियौँ । हामीले पढेको र सुनेको अमेरिकाभन्दा वास्तविक अमेरिका फरक रहेछ । ठाउँपिच्छे फरक संस्कृति र फरक सभ्यता । फरक रहनसहन, फरक पहिरन ।

सपनाको देश ।

बसाइँसराइको अन्तिम गन्तव्य ।

विश्वको पहरेदार ।

यसै देशका छत्रछायामा मजस्ता नयाँ हुटहुटी र नयाँ सपना बोकेका विश्वभरका मानिसहरूको लावालस्कर रहेछ । केही दिनहरू यसै देशको छत्रछायामा बिताइने निश्चित भयो । प्रशंसाहरू थुप्रै सुनेका थिए ।

भेद्भाव नभएको समाज ।

प्रजातान्त्रिक पृष्ठभूमिमा हुर्केको ।

कानुनको देश ।

विज्ञानको चरम उत्कृष्ट प्रयोग गरिएको देश प्रकृतिले भरिपूर्ण आधुनिक सहर न्युयोर्क। सांस्कृतिक विविधता बोकेको सहर। यो सहरमा करिब एक सय बीसभन्दा बढी भाषा बोलिन्छ रे। ८.५ मिलियन भन्दा बढी मानिस बसोबास गर्दा रहेछन्।

हातमा पहिरेको घडीमा समय हेरेँ, बिहानको ६ बज्दै थियो। यो समय नेपालको हो। पशुपतिको आँगनमा घामले छोप्दै होला रातिको चिसो र अँध्यारोमा गुजुल्टिएर बसेका परेवाहरू घामको पारिलो तापसँग रमाउँदै उड्दै होलान्। नयाँ दिनको सुरुवात हुँदै छ उता जन्मभूमिमा।

न्युयोर्कको सडकछेउमा नेपाली समय बोकेको घडी पहिरेको बटुवा थपिएको छ। सडक छेउमा लहरै रोपिएका रूखका डालीहरू छन्। नजिकैको रूखडालीको छेउमा गएर झोलाहरू बिसायौँ। लामो हवाईयात्राको थकान जहाजबाट ओर्लेपछि झनै पीडादायी हुँदो रहेछ। थकाइ मेटाउन सडकपेटीमा धीमहि र म पनि बस्यौँ।

लहरैपिच्छे रोपेका रूखडालीहरू नापजाँच गरेर रोपेका जस्तो उस्ताउस्तै।

सडक पेटीमा मान्छेका भीडहरू, सडकमा गाडीका भीडहरू। गगनचुम्बी भवनले भरिभराउ छ सहर। बत्तीका झलमल उज्यालोले चिर्दै थियो साँझको अँध्यारो। विश्राम नलिँदो रहेछ यो सहरले। रात्रि पनि व्यस्त हुँदो रहेछ सहर। ग्राहकका भीडहरूले भरिभराउ साँझको मझेरीमा रात्रिकालीन व्यापारका सपना...।

रूखडालीका शीतलतामा केहीबेर विश्राम गर्‍यौँ र नियाल्यौँ अमेरिका। सफा सुग्घर सडकहरू। म स्तब्ध भएर नियालिरहेँ आकाश र नियालेँ मलीन अनुहारकी धीमहि। सम्झिएँ- नाता सम्बन्धहरूले लगाएका श्रद्धाभावका शब्दहरू र कटुताका बोली।

कहिलेकाहीँ नराम्रा व्यवहार र शब्दहरू सम्झँदा लाग्थ्यो त्यस्तो ठाउँमा गएर बाँकी जीवन बिताउन पाइयोस् जहाँ भेट्ने जतिले मलाई नचिनुन् र चिन्ने जतिले मलाई नभेटुन्। आज ठिक्क त्यस्तै समाजमा पुगेको महसुस भयो।

अब उप्रान्त अतितका परिचयहरू सम्झनामा मात्रै हुनेछन् र विस्तारै मेटिँदै जानेछन् ती तिता बोलीवचनहरू मनका बादलबाट। मेरा लागि-

अपरिचित अनुहारहरू।

अपरिचित संस्कारहरू।

अपरिचित समाजहरू।

अपरिचित देशभित्र ।

परिचित छ त धीमहि मात्र ।

हामी रात्रिको बास खोज्न न्युयोर्क सहरभित्र लाग्ने निधो गऱ्यौँ । विमानको थकाइलाई रूखडालीको छायामा बिसाउँदै हामी सहरभित्र हिँड्न तयार भयौँ ।

मन स्तब्ध भयो । धीमहि अघिअघि र वितुर धीमहिलाई पछ्याउँदै हिँड्यो । जीवनका छब्बीस वसन्तहरू बिताइसकेको यात्रामा निरन्तर जीवन बदुल्दै छ अनुभवहरू ।

मान्छेहरूका भीडभित्र मनलाई सम्झाउन निकै पीडा भयो । साथमा धीमहि नहुँदी हो त सायद म सडक किनारमा उभिएर यी विचित्रको जीवनशैली अपनाएका बटुवाका हूलहरूका मनोभावना पढिरहन्थेँ होला, खोजिरहन्थेँ होला र उभिइरहन्थेँ होला यसै सडक किनारमा ।

न्युयोर्कका सडक किनारमा थप एउटा नयाँ अनुहारको भिकारी थपिन्थ्यो होला । हिँड्दै गर्दा आफूले बिताएको विगत आँखामा दोहोरियो । बिर्सन पनि नसकिँदो रहेछ प्यारो अतित । आफू सपनामा छु कि जस्तो महसुस भयो । सपनाहरू पूरा गर्न थुप्रै यात्राहरू पूरा गर्नुपर्दो रहेछ । मनमा पश्चात्ताप पनि लाग्यो । गलत निर्णय पो लिइएको हो कि ।

सम्बन्धको प्रेममा उड्न खोजेको मान्छे ।

स्वतन्त्र भएर डुल्न हिँडेको मान्छे ।

आधुनिक जीवन जिउने शैली हेर्न हिँडेको मान्छे । जन्मभूमिको संस्कार, संस्कृति र भाषा मन मस्तिष्कका आँचलमा पोकापन्तुरा पारेर बोकी हिँडेको मान्छे । यस्तायस्तै कुराहरू मनमा खेलाउँदै हामी हिँड्दै गरेको बाटो छेउछाउतिर नियालिहेरेँ-

कालो वर्णका मान्छेहरू ।

गोरो वर्णका मान्छेहरू ।

दारी पालेका मान्छेहरू ।

लामो कपाल पालेका मान्छेहरू ।

शरीरभरि टाटु र मुन्द्रा लगाएका मान्छेहरू ।

थरीथरीका मान्छेका समूहहरू ।

मेरो हात तान्दै धीमहिले भनिन्- आऊ वितुर, होसियार भएर हिँड ।

भगवान्ले दिएको उपहार पनि कहिलेकाहीँ समयले खोसिदिन्छ ।

जित्नु छ मायाको संसार र स्वर्णिम अक्षरहरूले लेख्नु छ विजय उत्सवको इतिहास ।

मनले चाहेबमोजिम जहाँ भन्यो त्यहीँ पुग्न पाएका छौँ । मनले चिताएको सबै कुरा पूरा भएकै छ, अब घरमा पुग्नेबित्तिकै आमाको आवाज सुनेको जस्तो कहाँ हुन्छ र परदेश । परदेश भनेकै धैर्य र साहसका साथ अघि हिँड्ने ठाउँ हो । होसियार भएर हिँड ।

धीमहिका इशारामा वितुर हिँड्छ र मनमा मिश्रित भावना उत्पन्न हुन्छ- धीमहि मेरी छहरा हुन् । सौभाग्य हुन् । ओत बस्ने टहरा हुन् ।

हामी हिँड्दै गरेको सडक पेटीमा झल्किँदै थियो देश, समाज, धर्म, कला, संस्कृति, आचरण र विज्ञानको चरम उत्कृष्टता प्रयोग भएका गगनचुम्बी भवनहरू ।

सहरभित्रको भीडभाड पनि रोमाञ्चक छ । खोज्न मन लाग्यो यस्तो बस्ती बसाउने कल्पनाकार इन्जिनियर को थियो ? यस्ता पुलहरूको योजनाकार को थियो ? प्रकृतिलाई चुनौती दिँदै समुद्रका छेउछाउमा ठूलठूला सडक र बस्तीहरू । यस्तै कुराहरू मनमा खेलाउँदै थिएँ, धीमहिले थपिन्- सजिलो भनेको सपना मात्र हो ।

वास्तविकतामा उभिन र स्वाभिमानी भएर बाँच्न सङ्घर्ष सिक्नुपर्दछ जुन सङ्घर्ष अहिले तिम्रो र मेरा सामु चट्टान भएर उभिँदै छ, सुखको सङ्केतभित्र दुःखको निसानी बाँच्दैन तर अहङ्कारले समाप्तितिर धकेल्छ, वास्तविकतामा उभिएर कोर्नु छ, जिन्दगीको तस्बिर र जित्नैपर्छ यी कथा कहानी । नजितेसम्म हाम्रो सङ्घर्षको कसैले कदर गर्दैन ।

सम्बन्ध जोड्नु छ, कर्मभूमिसँग जिन्दगीभर टिक्ने गरी । सहरपिच्छे मौसम बदलिन्छ, केही फरक पर्दैन । नबदलिने भनेको हाम्रो मन हो, जुन मनले जहाँ गए पनि विजय उत्सव खोजिरहन्छ । जित्नु छ त केवल आफ्नै मनसँग । हूलका हूल मान्छेहरूले बोलिरहेको बोली र व्यवहारले उनीहरूका चरित्र देखाउने हो ।

हामी आत्तिनु पर्दैन, समुदाय र समाजपिच्छे संस्कार फरक हुन्छन् । संस्कार परिवर्तनशील छ र समयसापेक्षित छ । यो क्रिस्चियन संस्कार मान्नेहरूको बाहुल्य भएको देश हो ।

संस्कार र धर्म फरक कुरा हुन् । धर्म शाश्वत छ, त्यसैले निरन्तर रहिरहन्छ । यो परिवर्तन हुने कुरा होइन । पश्चिमका प्राज्ञहरूले धर्मलाई रिलिजन भन्छन्, तर वेद मान्नेहरूका लागि ऋग्वेदले स्थापना गरेको दर्शनलाई सनातन धर्म भनिन्छ ।

धर्मभित्र नैतिक मान्यता पालन गर्नुपर्ने व्यावहारिक नियमहरू र जीवनप्रतिको दर्शनहरू समाहित भएका हुन्छन् । धर्मको सामान्य अर्थ 'धारण गर्न योग्य' व्यवहार भन्ने बुझ्दा हुन्छ । त्यसैले फरक संस्कारका मान्छेहरू देख्नेबित्तिकै हरेस खानु पर्दैन ।

हिँड आऊ, अँध्यारोले च्याप्दै गरेको बाटोमा एकपछि अर्को बत्ती बल्ने क्रम पनि जारी छ । बाटोमा राखिएका पोलहरूमा बत्ती बल्दै छ ।

धीमहिका कुरामा सहमत जनाउँदै हामी हूलहरूलाई पछ्याउँदै सहरतिर हिँड्दै थियौँ । मैले सोचेँ- वास्तवमा हाम्रो जीवनपद्धति आदर्श संस्कृतिले ओतप्रोत छ, अधिकारको भन्दा कर्तव्यको महत्त्वमाथि ध्यान दिन जरुरी छ, मेरो कर्तव्य धीमहिलाई साहस र भरोसा थप्नु तथा हामी एकदम ठिक छौँ भनी ढुक्क तुल्याउनु हो । तर म आफैँ यी सडकका भीडहरूसँग त्रसित हुँदै बाटो बिर्सिँदै छु ।

हामी हिँड्दै गरेको विपरीत दिशाबाट लामो जिउडाल र लामो कपाल पालेको कालो वर्णको मान्छे दगुर्दै आयो र सडकछेउमा उभिएको बडेमानको जिउडाल भएकी खैरो लामो कपाल पालेकी गोरो लामो निधार भएकी अधबैँसे उमेरकी युवतीसँग जोरजोरले चिच्च्यायो ।

ती युवतीले खल्तीबाट सिगरेटको बट्टा निकाल्दै एक खिली उसलाई दिइन् । त्यो सिगरेट सल्काउँदै त्यो बडेमानको जिउ भएको मानिस आफ्नो बाटो लाग्यो । हुन त तिनीहरू बीचमा कुनै लेनदेन पो थियो कि कुन्नि तर त्यसरी चिच्च्याउँदै बोलेको देखेर लाग्यो यो धर्तीमा जहाँ गए पनि असहायलाई बस्ने ठाउँ रहेनछ ।

युवती भएकै हैसियतले हो वा बेसहारा भएको हैसियतले हो वा नारीजातिको कमजोरी हो कसको दोष भन्ने । उनी पनि कसैकी श्रीमती हुन सक्छिन् । यदि श्रीमान् साथमा हुँदो हो त त्यसरी चिच्च्याएर हेपेर त्यो पुरुष किन बोल्दो हो ?

न्युयोर्क सहर भनेर के फरक पर्‍यो ? महिला समानता जीवन र जगत्‌को मर्म र महत्त्व बुझ्न तयार छैन पुरुष मन । आज समाजमा देखा परिरहेको उच्छृङ्खल दुराचार, वैमनस्य, अशान्ति, हिंसा र हत्या धार्मिक अनुसरणको कमी हुनुको नतिजा हुन् ।

पश्चिमी सभ्यताको नाममा ताली पिट्नेहरू भन्दा हाम्रो पूर्वीय सभ्यतामा समस्त प्राणीहरू तथा बिज वनस्पति अनि माटो ढुङ्गालाई पनि पूजा र सम्मान गर्ने परम्परा उत्तम र जीवन्त छ भन्दा अन्यथा नहोला ।

बाँचुन्जेल हरेक मानिसले आफ्नो शरीरको महत्त्व बुझ्न जरुरी छ, शरीर छ त संसार छ, शरीरको महत्त्व बुझ्े पो संसारको महत्त्व बुझ्न सकिएला । चार्वाकले भनेको विचार याद आयो-

यावज्जीवेत सुखं जीवेत ऋणं कृत्वा घृतं पिवेत्
भष्मी भूतस्य देहस्य पुनरागमनं- कुतः ॥ (सर्वदर्शन सङ्गत, ८)

ऋण गरेर भए पनि घिउजस्ता पोषिला कुरा किनेर खानुपर्छ । अर्को जन्मको सुखको कल्पना के गर्नु, आगोले जलाएर पुरिएपछि... ।

सानो झोलाको खल्तीमा केही पैसा थिए । धीमहिलाई हातले इशारा गरेँ- पारिपट्टि एसियन भोजनालय थियो, हामी त्यतै लाग्यौँ ।

भोजनालयमा स्वादिला परिकारहरू खाँदै जेट विमानको थकाइ बिर्सियौँ । स्वादिला परिकारका साथमा धीमहिका मिठासपूर्ण बोलीहरू ।

मैले अनुमान गरेभन्दा झन्डै पाँच गुना बढी महँगो रहेछ न्युयोर्क सहर । एसियन भोजनालयका मालिक हँसिलो मुहारका मान्छे । भोजनालय भन्दा पाँच मिनेट तल एउटा गेस्ट हाउसमा रातिको बास बस्ने कोठा बुकिङ गर्न सहयोग गरे । गेस्ट हाउसका म्यानेजर पनि एसियन मूलकै रहेछन् । गाडी लिएर हामीलाई लिन भोजनालयमै आइपुगे । धीमहि र म गेस्ट हाउसतिर लाग्यौँ ।

साँघुरो सडक हुँदै करिब पाँच मिनेट गुडेपछि गाडी सडकछेउको ठूलो भवनको आँगनमा रोकियो । सिसैसिसाले सुसज्जित बडेमानको भवन । भवनको सातौँ तलामा कोठा देखाएर म्यानेजर फर्किए ।

हामी गेस्ट हाउसमा पुग्दा रातिको ८ बजिसकेको रहेछ । भित्तामा झुन्ड्याइएको घडी चलिरहेको थियो आफ्नै गतिमा । सुत्ने कोठाको झ्यालको पर्दा दायाँ सार्दै वितुर बाहिर हेर्छ । न्युयोर्क सहर तारापुञ्ज चम्केझैँ चम्कियो । यता बैठक कोठाको सानो टेबुललाई पुछपाछ पारी सजाउँदै छिन धीमहि ।

झोलाबाट निकालिन् हनुमानको मूर्ति र आमाले दिएका चिरायु अक्षताहरू । सजाइन् टेबुलमाथि । यसैमा थपिन् रुद्राक्षको माला ।

धीमहि सधैँ प्रेमपूर्वक मधुर भाषामा बोल्थिन्, तर आज अलिक झर्किएर बोलिन्- के बच्चाजस्तो बाहिर बत्तीहरू हेरेको बच्चाको बाउ हुने बेलामा पनि । जानु नुहाएर आउनु, मैले नुहाइसकेँ । भगवान्को आरती गरौँ, सुत्नुभन्दा पहिले ।

आमाले सधैँ साथमा राख्नु भनी दिएका चिरायु अक्षतामाथि मेरो नजर पऱ्यो । आमाको माया झनै बढेर आयो भने आमा चिरायु अक्षता सजाएकै छ । भेट्ने रहर बढेर आयो तर रहर बढेर के गर्नु, सहर भिन्न भएपछि रहरले मात्र नहुँदो रहेछ आमा... ।

वितुर नुहाउन जान्छ । नुहाउँदै गर्दा सोच्दछ धीमहि किन फर्किएर बोलिन् ।

जहाजको लामो बाटो ।

समयसापेक्ष होइन, उता दिन, यता रात ।

दुई जिउकी धीमहि ।

धीमहि र मैले भगवान्‌को आरती गऱ्यौँ । हामी सुत्ने तर्खर मिलाउन लाग्यौँ । भोलि बिहानै उठेर न्युयोर्कको सडकपेटीमा मर्निङ वाक गर्ने र त्यसपछि न्युयोर्क सहरलाई बिदाइ गर्दै अमेरिकाको राजधानी वासिङ्टन डिसी जाने योजना बनायौँ । विश्वको राजधानी ह्वाइट हाउस, जहाँ अमेरिकाका राष्ट्रपतिको निवासस्थान छ, त्यही ह्वाइट हाउसबाट अमेरिकाले विश्वको दिनचर्या नियाल्छ ।

सन् १७९२ मा निर्माण कार्य सुरु भएको ह्वाइट हाउस सन् १८०० मा सम्पन्न भयो र राष्ट्रपति जोन एडम्सको पालादेखि यहाँ बस्न थालियो । सुरुमा यो भवनलाई प्रेसिडेन्ट हाउस वा एक्ज्युकेटिभ मेन्सन भनिन्थ्यो । पछि सन् १९०१ मा राष्ट्रपति थियोडर रुजवेल्टले यसलाई आधिकारिक रूपमा ह्वाइट हाउस नाम दिए ।

अमेरिकी राजनेताहरूका कुरा गर्दै थियौँ, न्युयोर्कको सातौँ तलाको बन्दकोठाभित्र जसले देश बनाउने सपना देखे, जसले देशका लागि ज्यानको आहूति चढाए ती वीर सहिदहरूप्रति भावपूर्ण श्रद्धाञ्जली... ।

संयुक्त राज्य अमेरिकाको पहिलो राष्ट्रपति जर्ज वाशिङ्टन अमेरिकी सेनाका प्रधान सेनापति थिए । त्यस्तै अर्का महान् नेता थिए अब्राहम लिंकन जसले भन्ने गर्थे- देशमा जनताका लागि, जनताद्धारा, जनताको सरकार । यस्ता महान् नेता जन्माउने माटो हो अमेरिका ।

यस्तै योजनाहरू बनाउँदै हामी दुई बातचित गर्दै थियौँ, धीमहिले झोलाबाट किताब निकालिन् जुन किताब कतारको विमानस्थलमा उनले मेरा लागि जन्मदिनको उपहारस्वरूप किनेकी हुन् ।

अमेरिकामा महिलाहरूले उच्चपदस्थ संस्थाहरूमा आफ्नो शक्ति प्रदर्शन गर्दै गरेका दस्तावेजहरू यस किताबमा समावेश छन् । महिलाहरूका सशक्तीकरणको लहर तीव्र रूपमा विश्वभरि बढ्दै गरेको उदाहरणहरू यसमा समावेश छन् । भविष्यका लागि महिलाहरूलाई अझ सशक्त बनाउन थप ऊर्जा प्रदान गरेको छ ।

बेलाबखत महिलामाथि घट्दै आएका घरेलु हिंसा, कार्यस्थलमा हुने भेद्भाव र अन्य सामाजिक समस्याहरूका विरुद्ध महिलाहरूले सङ्गठित भएर लाग्नुपर्ने कुरा जोड दिइएका लेखहरू समावेश गरिएका छन् ।

त्यति मात्र होइन, अमेरिकी संविधान लेख्दा महिलाहरूलाई समावेश गर्नुपर्ने तथा महिलाको अधिकार, शिक्षा र समाजमा महिलाका लागि स्थानको पक्षमा उभिएको राजनीतिज्ञ एविगेल एडम्सको संक्षिप्त परिचय पनि लेखिएको रहेछ । उनी कुनै औपचारिक पदमा नभए पनि उनले उठाएको आवाज आज इतिहासमा सुनौला अक्षरले कोरिएको छ ।

यसै किताबको अर्को पेजमा अमेरिकी कङ्ग्रेसको पहिलो निर्वाचित सदस्य जिनेट रेनकिनले शान्तिवाद र नारी अधिकारका बारेमा गरेको योगदानको पनि चर्चा गरेको रहेछ । लेखहरू एकपछि अर्को पढ्दै नेपालको समसामयिक सामाजिक अवस्थासँग तुलना गर्दै गयौँ ।

अमेरिकामा पनि त्यतिबेला निकै भेद्भाव रहेछ भन्ने कुरा थाहा भयो । भेदभाव नहुँदो हो त किन अधिकारका कुरा उठ्थे होलान् भन्ने अनुमान लगायौँ ।

अर्को पेज पल्टायौँ, यसमा विश्वकी पहिलो महिला राष्ट्रपति बन्न सफल अर्जेन्टिनाकी महिला राष्ट्रपति इशावेल पेरोको जीवनी लेखिएको रहेछ । यो पढेर हामी झन् प्रेरित भयौँ । ती महिला जसले विश्वको इतिहासमा नयाँ रेकर्ड राखिन्, ती पनि त थिइन् होली कसैकी श्रीमती ।

पढ्दै जाँदा थाहा भयो जो तीनपटक अर्जेन्टिनाका राष्ट्रपति बने, उनै जुवान पेरोकी श्रीमती रहिछिन् इशावेल पेरो । यस्तो प्रेरणाकी स्रोत बन्न सफल श्रीमतीहरूप्रति हाम्रो नमन छ ।

यस्ता श्रीमतीहरूका नाम युगौँयुगसम्म हरेक महादेशका इतिहासप्रति झुकाव राख्ने पाठकहरूले पढिरहनेछन् र सम्मान व्यक्त गरिरहनेछन् ।

धीमहि र म पुस्तकका पाना पल्टाउँदै यस्तायस्तै साहसिक पथप्रदर्शक श्रीमतीहरूका चर्चा गर्दै थियौँ, छेउमै रहेको फोनमा घन्टी बज्यो । मैले धीमहितिर हेरेँ, धीमहिले मतिर । कसले फोन गऱ्यो, किन फोन गऱ्यो ? हाम्रो चीनजानको मान्छे कोही पनि छैन ।

नयाँ सहरमा अपरिचित फोन ।

धीमहिले भनिन्- उठाएर हेर न कसको फोन हो थाहा भइहाल्छ नि ।

मैले फोन उठाएँ । उताबाट आवाज आयो- हेलो वितुर, म कृतिका । सम्झिनुभयो ?

मलाई आवाज चिन्न गाह्रो भयो । अलि रोकिँदै बोलेँ- कृतिका ?

फेरि उताबाट आवाज आयो- हो कृतिका । के त्यो डिल्लीबजारको चिया पसलमा प्रायः सँगै चिया पिएको बिर्सियौ ?

तिमी त्यो कम्प्युटर सिक्दा म माथिल्लो तलामा डान्स सिक्थेँ त ।

मलाई ती विगतका दिन याद आए । फिल्म हेरेझैँ फनन दिमागको रिल घुम्यो ।

पद्मकन्या क्याम्पसमा आई.ए. पढ्दै गरेकी, पद्मकन्या क्याम्पसको युनिफर्ममा सजिएकी कृतिका, लामो जिउडाल र ठूलो निधार अनि मुड्यौला कपाल पालेकी कृतिका, साथीसँगीका साथमा तामझाम मिलाएर हिँड्ने कृतिका औधी सुन्दर र मिजासिलो बोली बोल्ने कृतिका । उनी मेरो कक्षाकोठाकी साथी पनि होइनन्, छिमेकी अथवा कुनै नातेदार पनि होइनन्, तर फाट्टफुट्ट भेटघाट भइरहन्थ्यो चियापसलमा । धेरै चोटि मेरो चियाको पैसा उनैले तिरिदिएको मलाई याद आयो ।

मैले फोनमा उत्तर फर्काएँ- अँ, हो सम्झेँ, अनि म यहाँ बसेको कसरी थाहा पायौ ?

कृतिकाले भनिन्- म यसै गेस्ट हाउसमा छु । तिम्रो रुममा आउन सक्छु ? अथवा तिमी बाहिर आऊ, भेट गरौँ । म होटल भित्र पस्ने चेकिङ कोठाको छेउमै छु ।

मैले जवाफ दिएँ- हुन्छ, म बाहिर आउछु ल । एकैछिन रोक है ।

संवाद सकियो, फोन राख्यौँ ।

मैले धीमहिलाई फोनमा भएको संवाद बताए र कृतिकाको बारेमा पनि बताएँ ।

धीमहिले भनिन्- अनि तिमी त यता साथीहरू कोही छैन भन्थ्यौ त, ल जे भयो राम्रै भयो । यो अपरिचित सहरमा कमसेकम कोही त चिनजानको भेटियो । लौ हिँड, म पनि बाहिर जान्छु ।

धीमहि र म कोठाबाट बाहिर निस्कियौँ । लिफ्टको सहायता लिँदै पहिलो तलाको मुख्य प्रवेशद्वारमा आयौँ ।

नजिकै सोफामा कृतिका बसिरहेकी थिइन् । टाढैबाट मैले नजरअन्दाज गरेँ कृतिका तिनै हुन् । यसो हेर्दा नेपाली हुन् भनेर अड्कल गर्न गाह्रो पऱ्यो । हामीलाई देख्नेबित्तिकै उनी सोफाबाट उठेर हामीतिर आइन् ।

करिब सात वर्षपछि भेट भयो । मैले कृतिका भन्दै बोलाएँ । उनले झम्टिँदै अँगालो बेरिन्, वितुर ....

मेटाइन् होला डिल्लीबजारका यादहरू-

मेटाइन् होला नेपालको अतित

मेटाइन् होला साइनोका ओझेलहरू

सम्झिइन् होला साथीहरूसँगको निष्कलङ्क हाँसो ।

जीवनको यात्रामा जतिसुकै फेरबदल भए पनि यादहरू सम्बन्धको धरोहर भएर प्रस्तुत हुँदा रहेछन् । मेरो मनका कुनामा पनि त्यो अतित छाइरह्यो । अँगालोबाट अलग्गिँदै भनिन्- मलाई माफ गर वितुर, म अलि बढी नै भावुक भएँ ।

मैले भनेँ- होइन, सबै ठिक छ, सन्चै छ्यौ नि ?

कृतिकाको बोली छुट्न सकेन । छेउमै भएको सोफा दायाँ हातको इसाराले देखाउँदै बस्न अह्राइन् । म, धीमहि, कृतिका सँगै क्रमशः एउटै सोफामा बस्यौँ ।

दुई जिउकी धीमहिलाई देखाउँदै मैले कृतिकासँग परिचय गराएँ- यिनी मेरी श्रीमती धीमहि ।

कृतिका सोफाबाट उठिन् र धीमहिलाई पनि अङ्कमाल गरिन् । भनिन्- धीमहि, स्वागत छ अमेरिकामा । खुसी लाग्यो, भेट भयो ।

धीमहि एकोहोरो कृतिकाले पहिरेका लुगाहरू नियालिरहिन् । आफ्नो मान्छे भेटिँदा हामीलाई राहत महसुस भयो । लौ हामी कति भाग्यमानी रहेछौँ भन्दै धीमहिले थाकेका अनुहारमा मन्द मुस्कान देखाइन् ।

मैले पनि कृतिकाको नजरअन्दाज गरेँ, ठाउँ परिवर्तन भएपछि मान्छेको संस्कृति र जीवनशैली परिवर्तन हुँदो रहेछ । कृतिका पनि परिवर्तन भइछिन्, सायद यिनी नेपालमा

बसेकी भए अहिले नेपाली चलचित्र क्षेत्रमा हुन्थिन् होला। त्यतिबेला मोडलिङ क्षेत्रमा राम्रै ख्याति कमाएकी कलाकार हुन् यिनी। थुप्रै लोकदोहोरी गीतमा पनि स्वर दिएकी थिइन्। यिनले आफ्नो भविष्यको योजना सुनाउँथिन् त्यतिबेला। नेपाली चलचित्र क्षेत्रमा काम गर्ने भन्दै थप नृत्यका कक्षाहरू लिँदै थिइन्। सूर्यको किरणजस्ती धपक्क बलेकी यौवनकी रानी कम्ती सुन्दर थिइनन् यिनी।

आज कृतिकाले पहिरेको लुगाहरूको फेसन स्टाइल हेर्दा लाग्यो यिनी निकै आत्मनिर्भर र सक्षम भइसकेकी रहिछिन्। सहरले यिनलाई राम्रो शिक्षा दियो होला। कृतिकामा समाजलाई परिवर्तन गर्ने साहस थपिएको छ। सम्भावनाले भरिएको सहरभित्र रहरको जीवन बाँचेकी छिन् अवश्य। खुसी भएर बसेकी हुनुपर्दछ। यस्तैयस्तै कुरा मैले नजरअन्दाज गरेँ।

रन्थनिँदै कृतिका सोफाबाट उठिन् र सोधिन्- वितुर, लौ भन के पिउँछौ तातो चिसो ? अनि धीमहि तिमीलाई के मन पर्छ ?

मैले भनेँ- हामी केही समयअघि एसियन भोजनालयमा खाना खाएर आएको, अब ठिकै छ नि त, कफी पिऊँ।

धीमहिले पनि कफीमै सहमति जनाइन्।

कृतिकाले छेउकै डेस्कमा गएर कफी अर्डर गरिन्। अर्डर गरेको तीन मिनेटमा हाम्रो सोफा अगाडि कफी आइपुग्यो।

हामी कफी पिउँदै भलाकुसारी गरिरह्यौँ। कृतिकाले हाँस्दै भनिन्- वितुर, याद छ त्यो दिन तिमीले चियाको कप घोप्ट्याएर मेरो लुगा बिग्रेको डिल्लीबजारको चिया घर... ।

म अतित सम्झँदै हाँसेँ। हामी पिउँदै गरेको कफीमाथि उत्रिँदै थिए अतितका दिनहरू। मैले चियाको कप टेबुलमा घोप्ट्याउँदा कृतिकाले पहिरेको सुरुवाल भिजेको थियो, तर यहाँ आएर उनले कुर्ता-सुरुवाल पहिरिन छोडेको कति भयो कुन्नि ? कुर्ता सुरुवाल र कहिले साडीचोलोमा सजिरहने कृतिका आज आधा जिउ छोप्ने वानपिसमा.... ।

कफीको कपमाथि तैरिँदै गरेका अतित कफीसँग पिउँदै छु न्युयोर्क सहरमा।

कृतिका असल साथी हुन्। म उनीसँग त्यति नजिक नभए पनि फाट्टफुट्ट भेट हुँदा उनी आत्मीय भएर प्रस्तुत हुन्थिन्। म मात्र होइन, कृतिकाको सौन्दर्यको वर्णन गर्ने साथीहरू थुप्रै थिए त्यतिबेलाको हाम्रो जमातमा।

गर्विलो पक्ष, मेरो अनुहार कैद रहेछ कृतिकाका मनमा। नत्र आज हाम्रो भेट सम्भव हुँदैन थियो होला। कसलाई के थाहा र बाहिर हँसिलो देखिएकी कृतिका कति रात आँखामा आँसु बोकेर निदाइन् होली नेपाल छोडेपछि। सजिलो हुँदैन परदेश। हो मनमा पीडा र मुहारमा हाँसो बोक्नु बाध्यता हो।

हुन त उनीसँग नेपाल छोड्नैपर्ने त्यस्तो बाध्यता के नै थियो र ? सम्पन्न परिवारमा जन्मीहुर्केकी उनी काठमाडौँको रैथाने, सहरमै अथाह सम्पत्ति थियो उनका बुबाको। उमेरले देखाएको सपना पूरा गर्न आइन् होला यता।

कृतिका अमेरिका गइन भन्ने मैले साथीहरूबाट सुनेको हुँ, तर कृतिकाले म अमेरिका जाँदै छु भनेकी थिइनन्।

सुखको बिहानीपछि दुःखको रात बिर्सनुपर्छ, फर्काउन सकिन्न विगत र बटुल्न सकिन्न त्यो खुसी। वर्तमानमा रमाउन सिक्नुपर्छ। केही पाउने आशा तथा गुमाउने त्रासले चल्दैन जिन्दगी। वास्तविक जीवन जिउन वास्तविकतामै उभिन सक्नुपर्दछ। जे पनि सहन सक्नुपर्दछ र न जीवन अगाडि बढ्छ।

कफी पिउँदै धीमहि बोलिन्- कृतिका हामी यस गेस्ट हाउसमा छौँ भन्ने कसरी थाहा पायौ ? भेट भयो, भगवान्ले भेट गराए।

आफ्नो सानो पैसा राख्ने ब्यागबाट परिचयपत्र निकाल्दै देखाइन् र भनिन्- अघि तिमीहरू यो गेस्ट हाउसमा भित्र पस्दा म त्यसै काउन्टरमा अरू पाहुनाहरूलाई कम्प्युटरमा इन्ट्री गर्दै थिएँ। तिमीहरू नेपालबाट आएको भन्ने लेखेको देखेर सोच्दै थिएँ, पछि वितुरको अनुहार सम्झिँदा सोच्दा बल्ल याद आयो। झलक्क देख्नेबित्तिकै सम्झिन सकिनँ। वितुर थोरै बोल्ने र व्यावहारिक, बौद्धिक, जेहेनदार छात्र थियो। त्यतिबेला हामी अलि बढी नै बोल्ने... । फेरि समयसँगै अनुहार पनि परिवर्तन भयो पहिलेको वितुर र अहिले।

फेरि धीमहिले सहमति जनाउँदै भनिन्- हो, अहिले पनि उस्तै हो, थोरै बोल्ने।

अनि कति भयो यहाँ काम गर्न थाल्नुभएको, अब यत्रो विशाल गेस्ट हाउसमा कामदारलाई सेवासुविधा राम्रै दिएको होला।

कृतिका बोलिन्- हो, राम्रै छ। राम्रै मान्नुपर्छ। यो ठाउँमा काम गरेको झन्डै दुई वर्ष हुनै लाग्यो। सुरुवातीका दिनमा अलिक उता न्युजर्सीतिर बस्थे, अहिले मेरो बाबु उतै

बस्छ, उसको बुबासँग, मेरो पूर्वपतिसँग । म पनि समय मिलाएर बाबुसँग भेटघाट गर्न गइरहन्छु, चलेकै छ जीवन समयको परिधिमा ।

यौवन, पापीले कपट गरी लुट्यो ।
जोवन, समयसँग हराउँदो रहेछ ।
हाँसो र बालापनका याद नेपालमै छुटे ।

पूरा नहुने सपनाहरू यी आँखाले नदेखिएको भए हुन्थ्यो अझै पनि कताकता मनमा उसैले बनाएको नक्सा बाँकी छ, उसका नक्सामा उसका घडेरीमा मैले घर बनाएँ । घरबार बसाल्ने प्रयास गरेँ, उसले नक्सा नै खोसेर लग्यो । आधी घरको के काम, न जीवन चल्छ, न ममताको दियो बल्छ, प्रेम र विश्वासमा प्रश्न उठेपछि छोडिदिए उसलाई उसकै बाटोमा, गुनासो पो कोसँग गर्नु, आफ्नो सम्झेको मान्छे नै आफ्नो भइदिएन ।

सुनाउन नमिल्ने व्यथाहरू छन् ।
भन्न नमिल्ने कथाहरू छन् ।
देखाउन नमिल्ने घाउहरू छन् ।
कहिल्यै नमेटिने दागहरू छन् ।

जिन्दगी चल्दै छ न्युयोर्कका छत्रछायामा बस अब डर छ कि घरकाले नसोधुन् कसरी बिग्रियो घर, कसरी भत्कियो संसार । जसलाई आफ्नो ठानेँ त्यसैले छातीमा भाला रोपिदियो । आवश्यकताभन्दा बढी प्यार गरेको मान्छेले मन टुक्राटुक्रा पारिदिँदो रहेछ ।

मैले आजादी मात्र होइन, श्रद्धाञ्जली नै दिएँ त्यो सम्बन्धलाई जसले सधैँ मलाई रुवाइ मात्र रह्यो । हाँसेर बाँच्ने सपना जलाउने सम्बन्ध मैले पाल्न सकिनँ । हजारौँ शब्द जोडेर बसाएको मायाप्रेम एकै शब्दमा समाप्त भयो । बनाउन भन्दा बिगार्न सजिलो रहेछ यो सांसारिक कहानी.... ।

वचनले लगाएको घाउ र आवाजबिनाको रुवाइ निकै पीडादायी रहेछ, सबैभन्दा ठूलो चिहान आफ्नै मन रहेछ जहाँ हजारौँ सपनाका कङ्काल भेटिँदा रहेछन् । कतिपय सपना मेरा नितान्त हुन् भने कतिपय उसले सृजना गरेका मेरा सपनाका कङ्कालमा मोहक माया देखुँला किनकि आफ्ना हुन् तर उसका सपनाका कङ्काल मेरा लागि वेदना बोकेर उभिन्छन् ।

त्यो मेरो सत्य र वास्तविक अतित थियो । ख्यालठट्टा भयो त उसका लागि घृणित र तुच्छ उसको भावना मैले चालसम्म थाहा पाइनँ । अब मेरो मन पवित्र पार्न आँसुका धाराले के पखाल्न सक्ला र ? यो मनभित्रको गहिराइ नाप्न पाएर नजरअन्दाज गर्न सजिलो हुने थियो । कति थोपा थप आँसु अटाउलान् उसको अनुहार र यादहरू अटाएका ठाउँमा । पहिले पनि कसकसले भोगेको थियो उसको शरीर तर मेरा लागि पवित्र भइरह्यो ।

उसका मुखबाट यी शब्द नसुनुन्जेलसम्म जब उसले वृत्तान्त खोल्यो मेरै आँखा अगाडि अर्की आइमाईसँग मैले देखेँ अनि मेरो आत्माबाट बिदा गरिदिएँ । सकिदिएँ हामी दुई बीचको सम्बन्ध ।

भत्किए सपनाका महलहरू । सुके यौवनका मूलहरू । मन पनि अचम्मको सङ्गमस्थल रहेछ । बगैँचाजस्तो सङ्गमस्थल पनि एकै शब्दमा, एकै दृश्यावलोकनमा दनदनी आगो लागेको सल्लाघारी समान हुँदो रहेछ । मन मस्तिष्कमा शङ्का उत्पन्न भएपछि तन आफैँ सुक्दो रहेछ, जसरी सुक्यो हामी दुईबीचको सम्बन्ध ।

उसको अग्लो शरीर, मिजासिलो बोली, उज्यालो अनुहारभित्र लुकेको रहेछ पापको खेती । त्यही पापको खेती फस्टाएपछि सकियो हाम्रो सम्बन्ध ।

मर्यादा, इज्जत र संस्कारको भ्रूटा आडम्बरी खोल ओढेर स्वर्गभन्दा एक ढोका पछाडि मात्र आफू पुगेको जस्तो उसको घमण्ड, त्यसै घमण्डले विछोड पस्यो । हाम्रा सम्बन्धमा चाहिँ त्यो पुरातनवादी सोच होस् वा नयाँ सोच होस्, सारतत्त्व दुवैमा सनातनी हुनै पर्दछ, किनकि यो जगत् सत्यमा अडेको छ । कर्तव्य पूरा गर्न नसक्नेले अधिकारका कुरा मात्र गरेर जीवन नचल्दो रहेछ । दुई नदीको पानी एउटा ठाउँमा मिसाएपछि नछुट्टिने गरी एउटै हुनुपर्ने हो । त्यसैगरी श्रीमान्-श्रीमतीबीचको मन पनि नछुट्टिने गरी एउटै हुनुपर्ने हो ।

सम्बन्ध राम्रो हुनेहरूका लागि शरीर अलगअलग भए पनि भावनात्मक सम्बन्ध हाम्रो बीचमा एउटै हुनुपर्ने हो । सृष्टिको सुरुमा आधा शरीर पुरुष र आधा शरीर स्त्री भएर रुद्र (रुद्रजी) देखिए भन्ने कुरा हाम्रो विष्णुपुराणमा उल्लिखित छ । श्रीमान् र श्रीमतीमा एउटाको मात्र अस्तित्व टाढिँदा अर्काको स्वतः नाश हुन्छ । एकल अस्तित्वतिर नगई एकात्मक अस्तित्वतिर जानुपर्ने हो । यो हामी दुईका बीचमा हुन सकेन जुन हाम्रो कमजोरी भयो ।

पूर्वीय मूल्यमान्यतामा हामीले जीवनका सुरुवातीका दिनहरू बितायौँ, पछि पश्चिमा संस्कृति भएको भूमिमा यतातिर बसाइँ सऱ्यौँ । जीवन पद्धतिका यावत कुराहरू परिवर्तन गर्दै लानुपर्दछ । देशअनुसारको भेष भनेझैँ तर दुर्भाग्य हाम्रो सम्बन्ध सङ्कटमा पऱ्यो । मेरो श्रीमान् अलि बढी नै पश्चिमा संस्कृतिको सङ्क्रमणमा पऱ्यो ।

समाजले अपनाएका संस्कारको विरोध नगर्ने अवरोधी कुरा नै वास्तविक धर्म हो । यो सबैको हित गर्ने सत्य कुरा हो । स्वाभाविक र नैसर्गिक कुरा हो जसले सम्बन्धलाई सन्तुलन गरेर अगाडि बढाइरहन्छ । तर, हाम्रो बीचमा सन्तुलन हुन सकेन र सकियो सम्बन्ध । म आफूले राम्रै व्यवभार गरेजस्तो लाग्छ, मैले सक्दो प्रयास गरेकी हुँ, हाम्रो सम्बन्ध बचाउन... ।

मेरा सबै प्रयासहरू मेरा श्रीमान्का समीपमा सङ्कटमा परे । दुनियाँका हिसाबकिताबको मलाई खासै मतलब छैन, मेरो जीवन मैले बाँच्ने हो, म आफू आफूजस्तै मै भएर बाँच्नुपर्दछ भन्ने मेरो विश्वास हो । कर्मघर सकिए पनि, कर्मघरसँगको सम्बन्ध सङ्कटमा परे पनि जन्मघर बाँकी छँदै छ ।

नेपाल जाँदा जन्मघरकै छत्रछायामा पाहुना लागौँला, कर्मघरको सम्झना बाँचिरहनेछ अतित बनेर ।

मलाई थाहा छ मैले मेरा ती श्रीमान्सँग नराम्रो व्यवहार कहिल्यै गरिनँ । झर्केर कहिल्यै बोलिनँ ।

मुखामुख कहिल्यै शब्द फर्काइनँ ।

मैले कुनै डिमान्ड पनि कहिल्यै गरिनँ ।

कर्मघरका आस्थामाथि आँच आउने सपना मनमा कहिल्यै खेलाइनँ ।

सुधी गाई भएरै प्रस्तुत भइरहेँ ।

मैले जेजति देवताको पूजाआजा गरेँ त्यति नै मेरा मनभित्र ती श्रीमान्को पनि पूजा गरिरहेँ, मेरी आमाले सिकाएझैँ ।

भगवान्ले पनि मेरो प्रार्थना सुनेनन् जस्तो लाग्छ भगवान् पनि पक्षपाती भएछन् कि क्या हो मेरा लागि, हाम्रो सम्बन्ध बचाइ दिएनन् । अत्यार लागेर आउँछ । कहिलेकाहीँ श्रीमान्बिनाको जीवन नुन नराखेको तरकारीजस्तै हुँदो रहेछ । सम्झनामा रुमल्लिएका बखत मन र आत्माले माया गरेको मान्छे बचन, बोली र व्यवहारले छोडिदिए भनेर

छोडे पनि सम्बन्ध सकाए पनि एकाएक सपनामा अतित आउँदा असाध्यै पीडा हुँदो रहेछ। सहँदै छु पीडाहरू मनका गहिराइमा हेरूँ अब केके हुन्छ, अझै जीवनको उत्तरार्ध बाँकी नै छ।

साथमा तिनै श्रीमान्को नासो छ, उत्तरार्धको जीवन र भोग्न बाँकी हाँसो छ। परेको टर्छ भन्छन्, जे पर्ला भोगौँला नि, भगवान्ले गरिदिएको निर्णय। सुकिलो शरीर र हँसिलो अनुहार देख्यो कि मान्छेले हातको औँठी खोजी गर्छन्, हातमा औँठी देखेन भने सोध्न बेर लाउँदैनन्, सोध्न हिचकिचाउँदैनन्। परिचित, अपरिचित अनुहार भन्ने कुराले केही अर्थ राख्दैन, संस्कृति नै यस्तै छ, समाजले पालेको चलन वर्तमान अमेरिका।

क्षणभरमै जोडिन्छन् सम्बन्धहरू र क्षणभरमै ससानो मनमुटावमा सकिन्छन् पनि। यहाँ नेपालको जस्तो विवाह सम्बन्धपछि मात्र पति-पत्नी सँगै बस्ने भन्ने छैन, धेरैजसो सम्बन्धहरू पति-पत्नीसम्म पुग्न पाउँदैनन्। लिभिङ टुगेदरमै समाप्त भइसक्छन्। लिभिङ टुगेदरमै बच्चा जन्माउनेहरू पनि यहाँ प्रशस्त छन्। हाम्रोजस्तो श्रीमान्-श्रीमतीको सम्बन्धबाट मात्रै बच्चा जन्मने भन्ने संस्कृति यहाँ छैन। श्रीमान्-श्रीमतीसम्म पुग्न पाउने सम्बन्ध केही थोरै भाग्यमानी मान्छेको मात्र हुन्छ।

लिभिङ टुगेदर (विवाहपूर्व केटा र केटी एउटै कोठामा बस्ने) हुँदाका बखत प्रेमी प्रेमिका भएर बस्छन्। यिनका प्रेममा पनि शङ्कै छ मलाई त। साँचो प्रेम हुँदो हो त फेरिरहने थिएनन् होला जोडीहरू। साँचो प्रेम त आमाको मात्र हो, आमा त्यो चिज हो, आमा त्यो धरातल हो जसले साँचो प्रेम गर्दछ, बाँकी नाता सम्बन्ध स्वार्थका आडमा हुन्छन्, सोच्दछु मेरा मनमा वैराग्य भरिएको छ।

मायाको अभावमा वैराग्यले ठाउँ पाउँदो रहेछ। केटा मान्छे भनेका स्वार्थका पोका हुन्, जस्तो लाग्छ भोगका भोगी, बिर्सन्छन् तनहरू र निमोठिन्छन् मनहरू, भत्काइदिन्छन् संसार, सल्काइदिन्छन् वेदनाको आगो। त्यो आगोले मलाई र मेरो मनलाई पनि बाँकी राखेन। हुन त मेरा बुबा पनि केटा मान्छे नै हुन् तर संयम र धैर्य अनि दया र करुणाले भरिएका केटा मान्छे।

हाम्री आमाका मनमा हाम्रा बुबाप्रति घृणा थियो वा थिएन तर हामीले सधैँ करुणा र माया मात्रै देख्यौँ। मैले कहिल्यै सुनिन आमाले झर्केर बोलेको र कहिल्यै देखिनँ बुबाले कालो मुख गरेको। हुन त मेरी आमा पनि अर्काकै घरबाट आएर बुबासँग घरजम गरी बसेकी हुन्। तर थाकिनन् आमा। पराई संस्कृतिप्रति गलिनन् हाम्री आमा चार-चार सन्तानलाई हुर्काउन्जेलसम्म। सधैँ शोभायमान भइरहिन्, हाम्रा बीचमा आमाले भोगिनन्

यस्ता रूखा मन भएका स्वार्थी केटा मान्छेका व्यवहार, नत्र थोरै भए पनि सिकाउँथिन् होला दिनचर्याका अप्ठ्यारा केटा मान्छेका उच्छृङ्खल अकल्पनीय स्वभावहरू ।

चाहना त मेरो पनि परिवार सञ्जीवनी भएर बाँच्न पाए हुन्थ्यो भन्ने नै हो । परिवार मर्यादाको उदाहरणीय पाठशाला बनेर बाँचोस् भन्ने नै हो । दोष न मेरो थियो न त अहिले छ, सीताले वनमा कठोर जीवनयापनको परीक्षामा उत्तीर्ण भएर देखाइन् र सीता देवीमा परिणत भइन् ।

त्यो राज सयल, त्यो बिलासिता त्यस्ता सिद्ध पुरुष पतिलाई छोडेर गर्भवती अवस्थामा कुलको प्रतिष्ठाका लागि कुलको कल्याणका लागि व्यक्तिको बलिदान महत्त्वपूर्ण हुन्छ भन्ने सीताले कुलघरान बचाइन् होला एक्लै वनमा, स्त्री, श्रीमती अबला मात्र नभई नारी शक्ति पनि हो भनी प्रमाणित गरेर देखाइन् ।

सीता देवीका नामले चिनिइन् । पतिव्रता नारीको परिभाषा त्यो थियो वा थिएन तर सीताको बलिदान श्रीमतीहरूका लागि प्रेरणाको पाठ हो । नैतिक चरित्रको परिभाषा हो, संसारको मिठास भावना हो, मनको जित्नु र शरीरको जित्नु फरक कुरा हो भनेर सिकाइन् ।

ती महान् श्रीमती सीता देवीले वनमा संघर्ष गरिन्, मैले सहरमा । फरक यति मात्र हो । मेरो व्यथा कसले सुनिदिने, मेरो वेदना कसले चिनिदिने । हुन त म पनि श्रीमती हुँ तर घर सम्बन्ध बिग्रेकी, नाता सकिएकी... ।

सीताका चरित्रले श्रीमतीमा भएको शक्ति, सहनशीलता र आत्मबलको उदाहरण प्रस्तुत गऱ्यो । रावणले हरण गरेर लगेपछि पनि सीता आफ्ना विचार र वचनबाट पछि हटिनन्, अडिग भएर बसिन् ।

सीताका ती विचार र व्यवहारले आज पनि नारी जगत्लाई बल पुऱ्याइरहेको छ । मजस्ता श्रीमतीहरूलाई विचलित हुनबाट जोगाइराखेको छ ।

सीता नहुँदी हुन् त सायद रामायण अपूरै रहन्थ्यो होला, सीताविनाको रामायण... ।

सीताले देखाएको कर्तव्यबोधको मार्ग पनि त्यति नै प्रेरणादायी छ । हुन त श्रीमतीविनाको घरको कल्पना सम्भव छैन, श्रीमतीले छोडेपछि घर घर रहँदैन भन्छन् । श्रीमान्-श्रीमतीको सम्बन्ध सात जन्मको प्रतिफलबाट मात्रै प्राप्त हुने कुरा हो । मातृशक्तिको ठूलो भूमिका छ परिवारको परिभाषामा श्रीमतीलाई आर्य समाजमा गृहलक्ष्मी भनिएको छ ।

घरमा श्रीमान्-श्रीमती मिलेर बस्न सके एकअर्काको मनोभावना बुझे भने त्यो घर स्वर्ग हुन्छ, तर ठिक यसको उल्टो भइदियो, श्रीमान्को इच्छा र श्रीमतीको चाहनामा फाटो आउन लाग्यो भने त्यो घर सकिँदो रहेछ, मेरो घर सकिएझैं ।

श्रीमती श्रीमान्का चाहनाअनुरूप चलिन् अथवा श्रीमान् श्रीमतीका चाहनाअनुरूप घरमा माहोल भएन भने बाहिरिँदा रहेछन् श्रीमान्... । अफिस सकेर समयमा घर आउने, सानासाना कुरामा झर्किएर बोल्ने, खुलस्त भएर कुरा गर्न नचाहने घरको वातावरण मिलाउने जिम्मा श्रीमतीको हो ।

घरलाई स्वर्ग बनाउने प्रेरणा श्रीमती हो । घरलाई मन्दिर बनाउने पुजारी श्रीमती हो । मायामोह र स्वाभिमानको ख्याल गर्नुपर्ने बढी जिम्मेवारी श्रीमतीकै हो । सुन्दर देखिनु भन्दा सुन्दर बन्नुपर्ने हो व्यवहार र बोलीमा । देखावटी सुन्दरताले घर बलियो हुँदैन । कसैसँग पनि टीकाटिप्पणी बयान गर्नु भनेकै आफ्नो कमजोरी दर्शाउनु हो । टीकाटिप्पणी र प्रशंसा श्रीमान्-श्रीमतीमै मात्र सीमित हुनुपर्ने हो ।

हँसाउने पनि आफ्नैलाई हो, रुवाउने पनि आफ्नैलाई हो, अनि पो त श्रीमान् श्रीमती भइयो । अरूले त भत्काउने र बिगार्ने काममै श्रेय दिन्छन् ।

एक भएको मनमुटु दुईतिर फर्किंदा पीडा हुँदो रहेछ । त्यही पीडाले तोड्यो हाम्रो घर सम्बन्ध । कस्तो दिनमा त्यो निष्ठुरीसँग भेट भएछ, मैले मनमा सजाउन पुगेछु । निष्ठुरीको यादमा सधैँभरि रुनुपर्ने... ।

कृतिकाले अतित सम्झँदै बर्बराउँदै टेबुलबाट टिस्यु पेपर उठाउँदै आँसु पुछिन् । एक घुट्को कफी पिइन् र मनलाई शान्त पार्न खोजिन् ।

कृतिकाको अवस्था देखेर धीमहि बोलिन्- नआत्तिनु कृतिका... । आत्तिएर कुनै कुराको समाधान हुँदैन । समय आएपछि सबै कुरा ठिक हुन्छ । समय बलवान छ, धैर्य गर्नुपर्दछ । जे हुन्छ राम्रैको लागि हुन्छ । हामी छौँ नि अब उप्रान्त असल साथी भएर बसौँला, नरुनु... ।

म आफू अर्धचेतनामा भएको महसुस गरैँ । कृतिका र धीमहिका अनुहारमा नियालिरहेँ । सोचेँ- कृतिका राम्रो पारिवारिक पृष्ठभूमिमा हुर्केकी केटी हुन्, अवश्य पनि कृतिकाको श्रीमान् पनि राम्रै पृष्ठभूमि भएको घरको हुनुपर्दछ ।

हरेक पुरुषलाई शरीर मात्रै चाहिँदैन र हरेक स्त्रीलाई पैसा मात्र चाहिँदैन केही सम्बन्धहरू संसारले सोचेभन्दा पनि पवित्र हुन्छन् ।

कृतिका सुन्दरी थिइन् । अनुहारकी सुन्दरी मात्र नभई व्यवहारकी पनि सुन्दरी थिइन् । कृतिकालाई आफ्नी बनाउन पाए हुन्थ्यो भन्ने थुप्रै केटाहरू थिए । त्यो जमातको हुटहुटी थिइन् उनी ।

रहरले विदेशिएकी हुन् उनी । दुर्भाग्य, उनको पारिवारिक सम्बन्ध समाप्त भएछ । कमजोरी कृतिकाको हो वा उनका श्रीमान्‌को थाहा छैन । उनले भनेबमोजिम उनका श्रीमान् नै गलत बाटोमा हिँडे अरे । श्रीमान्‌लाई घरमै राम्रो वातावरण बनाई नसक्नुको फल पो हो कि, उनका श्रीमान् बाहिरिँदै गए, घरको माहोलभन्दा बाहिर र हराए उतैतिर ।

सत्य कुरा, ती दुवै आत्मालाई थाहा होला तर अहिले कृतिकाले जे सुनाइन् त्यही सत्य हो हाम्रा लागि । मनमा पाप पलाएपछि परिवार जतिखेर पनि तहसनहस हुँदो रहेछ, परिवारमा बच्चा जन्मेपछि श्रीमान्-श्रीमतीको सम्बन्ध बलियो हुन्छ भन्नु भ्रम रहेछ । नत्र नसकिनुपर्ने हो कृतिका र उनका श्रीमान्‌को सम्बन्ध ।

कृतिकाको छोरा आठ वर्षको भएपछि सकियो श्रीमान् श्रीमतीको सम्बन्ध । एक्लो जीवन बिताउन पनि सजिलो कहाँ छ र ! अमेरिकामा बस्नेको पनि शरीर नै हो, सहारा चाहिन्छ ।

संस्कृति, संस्कारबाट एक्लिँदै गएको समाजले दिएको उपमा हो पारिवारिक छिन्नभिन्नता, श्रीमान् श्रीमती हुनेका छोराछोरी छैनन् कतै छोराछोरी हुनेका श्रीमान् श्रीमती एकसाथमा छैनन् । दिनका दिन पातलिँदै छ परिवारको परिभाषा । एक्लिँदै छ मानिस ।

कतिपय घरमा न पैसाको खाँचो छ, न त सुखसुविधाको अभाव छ । कमाउनेहरूले पनि राम्रै कमाउँछन्, तर पनि यी घरहरूमा सुखशान्ति छैन किनभने श्रीमान्-श्रीमती नै सांस्कृतिक विचलनमा छन् । यो राम्रो हो वा त्यो राम्रो हो, आफूभित्र खुसी भएर बाँच्न सकेका छैनन् ।

बुझाइले जिन्दगी सार्थक बनाउँछ, परिवार बलियो बनाउँछ । धेरैजसो सम्बन्धहरू बुझ्दै जाँदा टुट्दछन् किनकि प्रेमले गरिबी र कमजोरी मन पराउँदैन । त्यसैले वास्तविकतामा उभिएर जीवन बाँच्ने कोसिस गर्नुपर्दछ ।

असन्तुष्टि भनेकै सम्बन्ध जिउँदो हुनुको प्रमाण हो । तर यदि यो मौनतामा परिणत भयो भने सम्झनुहोस् श्रीमान्-श्रीमतीका बीचमा सम्बन्ध बिग्रँदै छ । मान्छेको सबैभन्दा ठूलो सम्पत्ति बोलीबचन र व्यवहार नै हो । कथा र चलचित्रजस्तै हुँदो रहेछ जिन्दगी पनि ।

आफू खुसी हुन सके पो अरूलाई खुसी बाँड्न सकिएला । आज छर्लङ्ग देख्न पाइयो जसका लागि सबथोक गरियो, उसैले बाङ्गिन खोजेपछि जिन्दगी धरापमा पर्दो रहेछ । मन दुख्यो र त कृतिकाका मुहारमा आँसु पोखिए-

शङ्काको उपचार हुन्छ र ?

चरित्रको प्रमाण के खोज्नु ?

विश्वास जति महँगो के छ ?

शब्दको जस्तो तिखो घाउ अरू के हुन्छ ?

सम्झिनैपर्ने लत लागेपछि बिर्सन सजिलो छैन । कस्ता दिनहरू आउँदा रहेछन् । संसार जितेर हिँड्नुपर्छ भन्ने मान्छे नै दयाको पात्र बन्नु पऱ्यो ।

सम्बन्धमा मनपर्ने होइन मन पराउने रुन्छन् । छोड्ने होइन, छोड्न डराउने रुन्छन् । सम्बन्ध जोगाउन चाहनेले त झुक्न सिक्नुपर्ने हो, झुकिन् होला कृतिका पनि । देखेको र भोगेको संसार फरक हुन्छ-

विछोडहरूको पनि इज्जत राख्नुपर्दछ ।

हिजो साथ हुँदाको पनि सत राख्नुपर्दछ ।

आँसु उपहार दिएर जानेलाई धन्यवाद ।

आँसु पुछ्दै, कफी पिउँदै कृतिका निःशब्द भइन् । अतितका यादले सतायो होला उनलाई । अनुहारमा बहँदै छन् वर्तमानका चुनौती... ।

धीमहि आफू बसेको ठाउँबाट उठिन् र कृतिकाको नजिकै सरिन् । थपथपाइन् उनका पिठ्युँमा । ढाडस भर्ने कोसिस गरिन् । कृतिका झन् ठूला ठूला आँसुका थोपा झार्दै भक्कानिइन् ।

धीमहि भावुक हुँदै बोलिन्- बिरानो मुलुकमा जो देखियो त्यै बिरानो । यतिका हूलमा परिचित अनुहार कृतिका मात्रै हुन्, मेरो पहिलो परिचय नै आज, साथी थिइन् त वितुरकी । यिनी पनि खुसी अवस्थामा भेटिइनन् ।

अमेरिकामा स्वतन्त्रता छ भन्छन्, किन खोसियो कृतिकाको स्वतन्त्रता ?

कृतिका होइनन् र श्रीमती ?

श्रीमतीको हक अधिकार बढी सुनिश्चित गरिएको अमेरिकी कानुनले छोएन, संरक्षण गर्न सकेन, बिरानो मुलुक भनेको बिरानै हो ।

जन्मभूमिमा पुजेका देवताले सुन्नुपर्ने हो, कृतिकाको पुकार खुसी बनाउन सघाउनुपर्ने हो, यिनलाई भौगोलिक हिसाबले टाढा आएपछि आस्थामा बाँचेकै छ भावना। वितुरका गाउँमा जाँदाको देवस्थली सम्झिन् धीमहिले बर्बराइन् यी हरफहरू-

फूल टिपी फूलकी स्या छ ला माटी

रक्षा गरे परमेश्वर, गुसाई रक्षा गरे परमेश्वर !

कृतिकाका लागि धीमहिले प्रार्थना गरिन् । वितुर टुलुटुलु हेरिरहन्छ, दौडिरहन्छ अतित। कफीका कपमाथि लामो सुटकी तान्दै ऊ हराउने प्रयास गर्दछ।

प्रेम र प्राण दुवै समर्पण गरेको मान्छेले आधी बाटोमै सपना फेऱ्यो। धर्ती गोलो छ। यति पीडा थपिदिने मान्छे फेरि फेरि भेट त भइहाल्ला नि। अर्की श्रीमती पाउँदैमा कति खुसी भएर बाँच्न सक्ला र ?

श्रीमान्‌ले श्रीमती फेर्दै हिँड्ने संस्कारले श्रीमतीले श्रीमान् फेरेको हेर्न सक्दैन।

हृदय गाँसेर बसेको अतित भुल्न सजिलो पनि कहाँ छ र ? दुई दिनको चोलामा किन श्रीमान् श्रीमतीलाई रुवाउन तम्सिन्छ, आनन्दसँग सास फेर्ने सपना देखेकी कृतिका बेसहारा हुनुपऱ्यो। मालीविना कुन फूल हाँस्छ र ? बारी बनाएर फूल रोप्नेले फूल हाँस्दै गरेको देखेको सहन नसक्नु कस्तो दुर्भाग्य हो। कति ठग्न सकेकी विधाताले पनि।

रुन्चे स्वरमा बोल्दै कृतिकाले हातको फोनमा समय हेरिन् । रातिको ११ बज्नै लागेको रहेछ। भनिन्- वितुर, मलाई माफ गरिदेऊ, ल यति धेरै कुरा पहिलो भेटमै तिमीहरूलाई नसुनाएको भए पनि हुने हो। तर के गर्नु मनको पीडा सुनाउने मान्छे नै अमेरिका आएदेख भेटिनँ। कसलाई पोख्नु व्यथा वेदनाहरू।

आमाबुबाले फोन गर्दा सबै राम्रो छ, सन्चै छ, ठीक छ भन्नै पऱ्यो । बुढ्यौली छाएका बुबाआमालाई के दुःख मात्र सुनाइरहनु । अरू इष्टमित्र, नाताकुटुम्बहरू दिए मात्रै आफ्ना हुने त हुन्। विदेश गई हामीलाई बिर्सिई भन्लान्। सामीप्यमा यति वर्षपछि नजिकको सहपाठी भेटिएको तिमी मात्र हो।

मनको वह पोख्न पाएँ, मन हलुका भयो। बिग्रेको मेरो घरबार मात्रै हो, म अझै पनि त्यही पुरानै कृतिका भएर बाँच्ने चाहनामा छु। हेरुँ, प्रयास न हो। मनले त भन्छ रात नपरिदिए हुन्थ्यो, दिन नफेरिदिए हुन्थ्यो। प्रकृति न हो, सहनु नै पऱ्यो।

छोरा छ । नेपालमा आमाबुबा छन् । समयले तिमीजस्तो साथीसँग भेट गरायो । अब यो सहर छोडेर तिमीहरू बसेकै ठाउँतिर म पनि आउने हो । बेलाबखतमा यसै गरी रुने हो, यसैगरी पोखौला मनका वेदना । खुसी साट्न त धेरै छन् नि यहाँ साथीसँगीहरू तर दुःख पोख्न आफन्त नै चाहिँदो रहेछ । यति ढुक्क भएर मनका कुरा भन्न पाउँदा आत्मीयता बढी भएको महसुस गरेँ ।

अब तिमीहरू पनि आराम गर । रात निकै छिप्पिइसक्यो । म पनि अपार्टमेन्टतिर लाग्छु । यो बसाइ, घुमाइ तिमीहरूको आनन्दमय होस् । म अब चाँडै न्युयोर्कको बसाइलाई बिट मार्दै मेरिल्यान्डतिर सर्दै छु । मेरिल्यान्डको बाल्टीमोर सहरतिर भयो भने तिमीहरू पनि त्यतैतिर आऊ । यो मेरो फोन नम्बर लेख त ।

कृतिकाले डायरी निकालिन् र फोन नम्बर लेखेर धीमहिलाई दिइन् । अर्धचेतनाको अनुहार, च्यापिएको बोली बिस्तारै बोल्दै वितुर र धीमहि आफ्नो सातौँ तलाको ७४२ नम्बर कोठामा फर्किन्छन् ।

•••

धीमहि अडेस खोज्दै खाटमा पल्टिइन् । उनले वितुरको अनुहारतर्फ हेर्दै भनिन्- धर्तीले कस्ता-कस्ता श्रीमान् बोकेकी छिन् है । धर्ती माता यस्ता कलङ्कित श्रीमान्हरू... जसले गर्‍यो कृतिकाको बिजोग, त्यसलाई कडाभन्दा कडा सजाय मिलोस् ।

श्रीमान् भनेको सहारा हो ।

श्रीमान् भनेको भरोसा हो ।

श्रीमान् भनेको विश्वास हो ।

श्रीमान् भनेको आत्मबल हो ।

श्रीमान् भनेको श्रीमतीको रक्षक हो ।

मैले धेरै श्रीमान्हरूले आफू उच्च शिक्षा हासिल गरेर पनि थोरै पढेकी अथवा साक्षर नभएकी श्रीमतीलाई साथमा सजाएको देखेकी थिएँ र लाग्थ्यो श्रीमान् महान् हुँदा रहेछन् । त्यति मात्र होइन, मैले धेरै खोजेँ त्यस्ता श्रीमतीहरू, तर भेटाइनँ । श्रीमतीहरू आफू एक तह माथि हुन पाउँदा कुरा काट्न थाल्छन् भने साक्षरता नभएका श्रीमान्लाई बोकिहिँड्ने उच्च शिक्षा प्राप्त श्रीमतीहरू मैले देखेसुनेकी थिइनँ । त्यसैले तुलनात्मक रूपमा श्रीमान्हरू व्यावहारिक हुन् जस्तो भ्रम ममा थियो । त्यो भ्रम आज कृतिकालाई भेटेपछि सकियो ।

श्रीमान्हरू यति तल खसेर श्रीमतीलाई सङ्कटमा धकेल्दा रहेछन् । छोड्नु नै थियो वा सम्बन्ध सकाउनु नै थियो भने पनि आफ्नै मातृभूमिमा भएका बखत छुट्टिएको

भए हुन्थ्यो होला । सात समुद्र वारि आएर पराइको आँगनमा यो अत्याचार, भ्रमका अँगालोमा त्यो पापी कति दिन अघाउला ।

कृतिकालाई छोड्ने श्रीमान्ले अर्कीलाई पनि छोड्ला, भोलि आफ्नो प्यास पूरा भएपछि। श्रीमतीहरू पनि कस्ता, त्यो पापीसँग सम्बन्ध बनाउन आउने। तिनले सोच्नुपर्ने हो महिला नै महिलाको सङ्कट नबनिदिनुपर्ने तर दुर्भाग्य संसार संस्कृति सङ्क्रमणमा परेका बेला यस्तै हो। सम्बन्धविच्छेदपछि श्रीमतीको एक्लोपन केवल भावनात्मक मात्र होइन, आर्थिक, सामाजिक र मानसिक रूपमा पनि चुनौतीपूर्ण हुन्छ ।

एक्लै बस्नु स्वतन्त्रता हो भनी सम्भनेहरू भ्रममा हुन्छन् । एक्लै बस्न स्वतन्त्रता सजिलो हुँदो हो त किन कृतिका रुनुपर्दथ्यो ? समाजमा अभ्र श्रीमतीलाई नै दोष लगाइन्छ। जीवनको त्यो मोड जहाँ कानुनी प्रक्रियामा सम्बन्ध मात्र सकिँदैन, आशाहरू र सामाजिक अपेक्षाहरू भत्कन्छन् ।

श्रीमती हुन सजिलो होइन, दक्षिणामा मिल्ने सम्बोधन सम्भन्छन् श्रीमान्हरूले । यो जिम्मेवारी, आशा, त्याग र कहिलेकाहीँ मौन पीडाको उपमा हो श्रीमती ।

घरकी गृहिणी मात्र होइन, श्रीमती । श्रीमती जीवनदायिनी शक्ति हुन् । श्रीमतीको मनोभाव बुझ्ने श्रीमान् नहुँदा सम्बन्ध सङ्कटमा पर्छन् । कदर गर्ने भनेकै आफूसँग हुँदा पो हो । मन र मुटुको प्यारो हुन्छ श्रीमान्, बाबुआमापछिको दर्जा । दुर्भाग्य, त्यो दर्जा सकिएको छ ।

विश्वासघात गरेपछि उसकै लागि किन मरिहत्ते गर्नु- आफूलाई इज्जत नगर्नेलाई कति इज्जत दिइरहनु। जिन्दगीभर रोएर कहाँ जीवन चल्छ र ? सबैको आआफ्नो स्थान छ। श्रीमान होस या श्रीमति आफनो गल्ति महसुस गरेर सुधार्नुपर्दछ। जसले आफ्नो गलत कामको महसुस गर्न सक्दैन उसलाई कसैले पनि परिवर्तन गर्न सक्दैन। कृतिकाका आँसुमा मिसिएको थियो-

छुटिसकेको साथ ।
आँसुमा बितेको रात ।
भुल्न नसकेको पूर्वश्रीमान् ।
मेटाउन नसकेको याद ।
बताउन नसकेको पीडा ।

सबैलाई खुसी बनाउन खोज्दा उनको आफ्नै खुसी सकिएको थाहा पाइनन् । खुसी त परदेशमा नै सकिँदो रहेछ, परदेशीहरूको पीडा । यहाँ सबैले श्रीमतीलाई नै गल्तीमा गणना गर्छन् । कतै श्रीमान्को पनि गल्ती थियो कि ! पुरुष मनहरू आफ्नो अन्याय देख्न सक्दैनन्, आफू स्वार्थी हो भनेर कसले पो भन्छ र ?

श्रीमान्सँग सम्बन्ध सकिएपछि श्रीमान्को माया अरूसँग बाँडिएपछि दुनियाँको माया फिक्का भएको छ- कृतिकाका लागि । बोलीमा अश्लीलता अनि व्यवहारमा अनैतिकता बोकेर हिँड्ने श्रीमान्हरूले याद राख्न जरुरी छ कि अभिवादन गर्दै हात हल्लाउँदैमा मात्र मान्छेको असली चरित्र झल्किँदैन । असली चरित्र उसको परिवारबाट समाजमा प्रदर्शित भइरहेको हुन्छ ।

संसारका कुनै पनि श्रीमतीले त्यो युद्ध चाहँदैन जसमा श्रीमान्को पराजय होस् । ढुङ्गामाटो जोडेर घर बनाउनेलाई मिस्त्री भनिन्छ, त्यो घरलाई प्राण प्रतिष्ठाले सजाएर मन्दिर बनाउनेलाई स्त्री । त्यो स्त्रीकै रूप हो श्रीमती । तर, बुझ्दैनन श्रीमान् भनाउँदाका विचारले र सकिन्छ सम्बन्ध ।

कहिलेकाहीँ श्रीमतीमा पनि आमाको मुहार देख्न सक्नुपर्ने हो श्रीमान्ले । यो संसारमा आमाबाहेक अरू कसैले निःस्वार्थ प्रेम गर्न सक्दैन । साँचो जीवनसाथी त्यो नै हो जसले पिठ्यूँपछि पनि तिमीलाई अपमान गर्न खोज्दैन किनकि उसले तिमीलाई गुमाउन चाहँदैन ।

परिवार तहसनहस भएको यो समाजमा सम्बन्धहरू मनले होइन अनुहारले टेक्ने गरेका छन् । अर्काकी श्रीमती राम्री, गालामा लाली हुन्जेल मात्रै हो जब समयले कोल्टे फेर्छ त्यतिबेला आफ्नो श्रीमतीको महत्त्व थाहा हुन्छ । श्रीमतीलाई आफ्नो आधा शरीर सम्झेर सम्मान गर्ने श्रीमान्को सम्बन्ध बाँचिरहन्छ प्राण बाँचुन्जेल, सास रहन्जुलेसम्म ।

सिन्दुरविनाको प्रेम सम्बन्ध ।

सिन्दुरविनाको श्रीमान्-श्रीमती ।

सिन्दुरविनाको साइनो ।

सिन्दुरका अनुपस्थितिमा सकिँदै छन् सम्बन्धहरू र आफू सहरिया भएको भ्रममा परी सिन्दुर पहिरेर हिँड्न हिचकिचाउनेहरूको उपहार हो यो पारिवारिक तहसनहस । संस्कृति र संस्कारले रक्षा गरेर राख्दछ, दुर्घटनाबाट जोगाउँछ, सम्बन्धहरूलाई बलियो बनाउँछ ।

राम्रा कुराहरू, राम्रा संस्कार र संस्कृति हामीले अरू समुदायलाई पनि सिकाउनुपर्ने हो, तर दुर्भाग्य, हामी आफैँ अपनाउन लजाउँछौँ ।

धन कमाउन महत्त्वपूर्ण छ, तर परिवार गुमाएर होइन साँच्चिकै सफल जीवन भनेको पारिवारिक, मानसिक र आत्मिक शान्ति हो ।

चोखो मायाप्रीति पाउने भाग्य सबै श्रीमतीको नहुँदो रहेछ। जिउँदो हुँदै सपनाहरूको चिता जलाउनुपर्दो रहेछ, भाग्यले ठगेकाहरूले ।

मैलेजस्तो माया पाउने श्रीमतीहरू थोरै हुँदा रहेछन् । श्रीमान्‌हरूप्रतिको भ्रम राम्ररी बुझेँ आज ।

समयको भेलले बगाउँदो रहेछ मायाको उपहार । श्रीमान्-श्रीमती पनि एकै नदीको दुई किनारा भएर बाँच्नुपर्दो रहेछ सम्बन्ध सकिएकाहरूले ।

अनमोल सम्झेर अँगालेको बोली छुट्टिँदा एक बचन बोलेर आगामी दिनहरूको शुभकामना दिइन् होला कृतिकाले, किनकि ऊ छोराको बाउ हो । श्रीमतीहरूले कुभलो सोच्न सक्दैनन् । श्रीमतीहरू जन्मदातृ मात्र होइनन्, भाग्यविधातृ पनि हुन् ।

जीवन उत्सर्गमा पुगेका बेला सम्बन्धमा बाँधिएको मान्छे अब उप्रान्त भेट भए पनि जीवन विसर्जन हुने बेलामा भेट नहुने पक्का हो । स्वर्गको बाटो तय गर्दा त्यो यादको पल्ला भारी हुने पक्का हो । श्रीमतीले पहिलो प्रेम भुल्न सक्दैनन् ।

धनसम्पत्ति पो बाँड्ने कुरा हो, बुबाआमा र आफ्नो जन्मघर छोडेर जसलाई श्रीमान्‌को उपमा दिइयो, त्यो बाँड्ने चीज होइन। कुनै पनि श्रीमतीहरूले बाँड्न सक्दैनन् आफ्नो श्रीमान्, मात्र केही अपवादहरू मैले पढेकी छु । मदिराको नसामा डुबेर पैसाको मात लागेकाहरू आफूलाई सभ्य सम्झनेहरू पश्चिमा देशमा बाँडिन्छन्, साटिन्छन् श्रीमान्-श्रीमतीहरू केही घन्टा अथवा केही दिनका लागि । अनुभव र भावना साटासाटका नाममा ।

कृतिकालाई यसरी निरास मन र रित्ता आशा बनाएर बाँच्न बाध्य बनाउने श्रीमान्‌लाई एकपटक हेर्न मलाई पनि मन छ, त्यो मायाको व्याधा ।

•••

कृतिका हामीबाट छुट्टिने बेलामा धेरै बोल्न सकिनन्, तर अनुहारले भन्दै थिइन्, आँखामा निद्रा नआओस्। निद्रा आयो कि अतितले ठाउँ पाउँछ। सपना भई उभिइदिन्छन् विगतको अतित र झन् गाह्रो हुन्छ भोलिको दिन। अपरिचितहरूको भिडमा एक्लिनुको पीडा आफ्नो ठानेको सहारा समेत सकिएको छ। सम्झीसम्झी नरुनु, साहसी बन्नुपर्छ अब उप्रान्त हामी पनि सँगै छौँ त भने तिनका कथाले मेरो मन पनि अँध्यारो भयो। सकिएको सम्बन्ध बिनाअर्थ किन सपनीमा आउँछ ?

श्रीमान् र श्रीमती छुटेपछि श्रीमान्ले अर्की श्रीमती भेट्टाउने संसारमा श्रीमतीले अर्को श्रीमान् भेट्टाउनुपर्ने हो, तर सन्तानले आमाबुबाको माया पाउँदैन भनेर कुरिन् होली कृतिका। भारी बोक्ने भरिया र श्रीमती उस्तैउस्तै हुन्, जति थकित भए पनि जतिसुकै एक्लो भए पनि पीडा सहेर बस्न सक्ने सहनशीलता भएका।

बिरानो मुलुक र नयाँ संस्कृतिमा श्रीमान्ले श्रीमतीलाई हौसला, साहस बढाउनुपर्ने हो तर त्यो व्याधाले साथ छोडेर एक्लो पारिदिएछ। आकाशमा गड्याङगुडुङ हुँदा बादल आउँदा दिन कालो हुन्छ अनि परिस्थिति बदलियो भने पूरै जीवन कालो हुँदो रहेछ। यो काला कहालीलाग्दा दिनहरूबाट बाहिर निकाल्नुपर्दछ यिनलाई।

साँच्चिकै अर्को जुनी पाएर जन्मन मिल्यो भने हे भगवान्, कृतिकालाई त्यसका ठाउँमा र कृतिकाका ठाउँमा त्यस व्याधा श्रीमान्लाई राखिदिनु। अनि पीडा सहेर बाँच्दा कस्तो हुन्छ भनी थाहा पाओस् त्यो श्रीमान्ले।

डर लाग्छ कतै सपना पूरा नहुँदै हाम्रो पनि जिन्दगी सकिने पो हो कि ?

घाममा राखेको बरफको ढिक्काजस्तै रहेछ जीवन पनि, बिस्तारै पग्लँदै जाने र अन्त्यमा धर्तीमै बिलीन हुने ।

यात्राले धेरै कुरा सिकायो । किन बनाउनु साथीभाइ ? किन गाँस्नु नाता ? जब पर्छ तब सधैँ एक्लै भइन्छ ।

थाकेका खुट्टाहरू तह लगाउँदै वितुर कुर्सीबाट उठ्छ । टेबुलमाथि सजाइएका गिलासमा पानी भर्छ र पिउन दिन्छ धीमहिलाई । पिउने प्रयास गर्छ आफू पनि ।

वितुरका हातमा भएको पानी गिलासमाथि तैरिन्छन् कृतिकाका चित्र, कृतिकाको अतित र कृतिकाको वर्तमान ।

संस्कृति सङ्क्रमण के हो ?

के कृतिकाको सम्बन्ध संस्कृति सङ्क्रमणले नै बिग्रेको हो ? संस्कृतिका राम्रा पक्षहरू आत्मसात् गरेको भए सायद बच्थ्यो कि त्यो सम्बन्ध ?

संस्कृति एउटा समुदाय वा समाजबाट अर्को समुदायमा फैलिनु अथवा सर्नु भनेको संस्कृति सङ्क्रमण हो, जसमा आफ्नो भाषा, परम्परा, समाजका मूल्यमान्यताहरू अर्को समाजमा फैलिने अथवा स्थानान्तरण हुन्छन् । हाम्रा समाजका मूल्यमान्यताहरू छोडेर कृतिकाका श्रीमान्ले पश्चिमा समाजका मूल्यमान्यता अँगाले जहाँ श्रीमान्-श्रीमतीको सम्बन्ध टुट्नु र जोडिनु सामान्य कुरा लाग्यो होला, नबुझेको भ्रम ।

आप्रवासनको मुख्य जटिलता हो– संस्कृति सङ्क्रमण । यसले सम्बन्ध मात्र टुट्दैन, भोलि आफूसँग आफ्नो भाषा नै बाँचेन भने कसरी रहला र संस्कृति ?

सकारात्मक पक्ष पनि त छन् संस्कृति सङ्क्रमणको-

- सहिष्णुता बढ्दछ ।
- प्रविधिको आदान प्रदान ।
- समझदारी ।
- भाषा र संस्कृतिको प्रचारप्रसार ।

नकारात्मक पक्षले छुन्छ कहिलेकाहीँ र निम्तिन्छ दुर्भाग्य-

- संस्कृति हराउने खतरा।
- पहिचान गुम्ने सम्भावना।
- सांस्कृतिक शक्ति प्रदर्शन।

कृतिकाले श्रीमान् खोजिन् वा श्रीमान्ले कृतिका ? जेहोस्, त्यो आखिर खोज्ने कुरा न हो। हिजो पनि खोजेकै हो, भोलि पनि खोजौँला। हामी सबै मिलेर खोजौला तर कृतिका किन त्यति भावविह्वल भइन्-

- थियो नै को र ? छोडेको श्रीमान्।
- थियो नै के र ? सपनाको हत्यारा।
- खोजेको कुरा...।

किन सबै गुमाएजस्तो गर्छिन् कृतिका ? छोरासँग सम्बन्ध छ र रहिरहनेछ। आफ्नो आमाप्रति समर्पित नहुने कुन छोरा छ ? यो स्वार्थी सहरमा भक्कानो छोडेर रुने ठाउँ पाएकी थिइनन् र रोइन् हाम्रा समीपमा।

सबै निर्णयहरू उनकै हुन्।

दोष कसलाई ?

जिन्दगीले सिकायो, भाग्य पनि चाहिँदो रहेछ, खुसी भएर बस्नलाई।

सबै कुरा राम्रो हुन्छ।

मन दह्रो बनाई पवित्र आत्माले मागेमा संसार पाइन्छ। संसार जितिन्छ। धैर्य राख्नुपर्दछ, सही समयको प्रतीक्षा गर्न सक्नुपर्दछ।

आफूले अर्काको बिगार नगरे कसैले आफ्नो बिगार्न सक्दैन। मान्छेले चाहेको जस्तो रिसडाह गरेको जस्तो भइहाल्ने भए कसले कसलाई बस्न दिन्थे र। यहाँ स्वार्थीहरूको वर्चस्व भएको भूमिमा, नडराऊ तिमी धीमहि, हामी अनुशासनको परिधिभित्र बाँच्न चाहनेहरूलाई पर्याप्त ठाउँ छ यो पृथ्वीमा।

संसार आफ्नै घर हो। आज नयाँ लाग्ने अनुहार भोलि देख्दा चिनेको आफन्ती भइहाल्छ। सत्य वचन र सत्कर्मका अगाडि संसार झुकेकै छ।

सम्मान सबैको गर्नुपर्दछ तर इज्जत त्यसको मात्र गर्नु जसले तिम्रो पनि इज्जत गर्ने गरेको हुन्छ। कृतिकाले रुनुपर्ने जरुरत छैन, छोडेर जाने श्रीमान्का लागि।

आफूभित्र आफूलाई उभ्याइसक्नुपर्दछ, गन्तव्यमा पुग्न त बाटो चिप्लो आए पनि खुट्टा दरिलो गरी विचारले अगाडि बढ्नुपर्छ, बढी सावधानी अपनाउनुपर्छ। हिम्मत हार्नु हुँदैन, शरीरमा सास रहुन्जेल कथाहरू चलिरहन्छ जीवनका।

संस्कारको पनि के कुरा गर्नु, जन्मभूमि छोडेर हिँडेका हामी जुन काँधमा टाउको राख्यौँ त्यसै काँधमा लात्ती हान्न तम्सिनेहरूको भिडभित्र दिनचर्या चलाउनु छ। हुन त सबैको आआफ्नो धर्म हुन्छ, धर्मअनुसारको कर्म पनि। जस्तै आगोको धर्म जलाउनु हो, जल्नु हो। आगोलाई के थाहा खाना पकाउँदै छ कि घर जलाउँदै छ। उसलाई केवल जल्नु थियो जलिरहन्छ। उसले फेर्दैन आफ्नो धर्म। छोड्दैन आफ्नो धर्म र दृढ रहिरहन्छ आफ्ना कर्मप्रति।

सांसारिक चर्चा-परिचर्चा र हिसाब किताबको आगोलाई के मतलब। आगोले आफ्नो कर्मप्रति समर्पित भएजस्तै श्रीमान्-श्रीमतीको पनि आफ्नै कर्म छ। टिकेनन् कृतिका र उनका श्रीमान् आफ्ना कर्ममा र सकियो सम्बन्ध। गाउने बजाउनेहरू त बोली फेरिरहन्छन् स्वार्थको पल्ला भरिने गरी।

श्रीमान्-श्रीमतीका बीचमा हुनुपर्ने सबैभन्दा सुन्दर बिरुवा विश्वासको हो, जुन बिरुवा जमिनमा होइन, पवित्र मनमा उम्रने गर्दछ। जुन दिन त्यो विश्वासको बिरुवा सङ्कटमा पर्दछ अनि सङ्कटमा पर्दछन् सम्बन्धहरू।

सम्भवतः त्यो दिन, त्यो अतित तिम्रो र मेरो।

त्यस्तै हो कृतिका र उनका श्रीमान्को पनि भने होलान् पहिलो भेट हुँदा-

- आहा, तिमी राम्री।
- तिम्रो आँखा राम्रो।
- तिम्रो मुहार राम्रो।

भयो होला सुन्दरताको प्रशंसा एक आपसमा। त्यसै प्रशंसाले सम्बन्ध जोड्यो तर बुझेनन् उनीहरूले त्यो सौन्दर्य समयका रेखासँग हराउँदै जान्छ, परिवर्तन हुन्छन्।

- आँखाका नानी ।
- मुहार ।
- सौन्दर्य ।

सौन्दर्यसँग निहित भएर जोडेको सम्बन्ध सौन्दर्य सकिँदै जाँदा त्यो सम्बन्ध पनि सकिँदै जान्छ । त्यो स्वाभाविक नै हो, त्यसमा पछुताउनुपर्ने खासै केही पनि छैन । श्रीमान्-श्रीमतीको सम्बन्धमा समभ्रुदारी हुन जरुरी छ । श्रीमान्-श्रीमतीको सम्बन्ध भनेको-

- जीवनको उत्साह हो ।
- जीवनको ऊर्जा हो ।
- जीवनको वास्तविक प्रेम हो ।
- सम्बन्ध आवश्यक छ ।

श्रीमान्-श्रीमतीबीचको सम्बन्ध यस्तो होस् कि सत्य सोध्न नपरोस् । भरोसा यस्तो होस् कि भ्रूट बोल्न नपरोस् । जरुरत छैन, संसारले, समाजले तिम्रो र मेरो सम्बन्धको प्रशंसा गरोस् । सम्बन्ध श्रीमान्-श्रीमतीबीचको विश्वास हो । तराजुले त केवल तौल नाप्ने गर्छ, गुणस्तर होइन । सम्बन्धको तौल समाजले देख्छ । गुणस्तर श्रीमान्-श्रीमतीमा मात्र सीमित हुन्छ, जसले बचाइराख्छ नाता, जीवनका आरोह-अवरोह र नाताका भेदहरू ।

भोगाइ रहेछ जिन्दगी ।

सहर र महलमा बस्दैमा हाँस्न पाइन्छ, जीवन सजिलो हुन्छ भन्नु भ्रम रहेछ । यति ठूलो यस्तो सहरमा तहसनहस भयो कृतिकाको सम्बन्ध । यस्तो सहरले पुऱ्याउन सकेन आपूर्ति- त्यो आपूर्ति जसले सम्बन्ध बचाउन सकोस्, नमिल्ने समानहरू के नै होलान् र न्युयोर्कको सहरमा ?

चित्त बुभ्राउनु छ ।
उसैले दिएको खुसी, उसैले फिर्ता लगेको हो ।
यो स्वार्थी सहरमा ।

सोचेको थिएँ हिजो, भोलि जे हुन्छ हेरौँला, तर आज जसरी परिवारहरू तहसनहस हुँदै छन्, हेर्न सकिने अवस्था रहेन । विवाहपछिको प्रेम आनन्दमा परिणत हुनुपर्ने हो तर

त्यै प्रेमले बर्बाद पारेर छोड्दो रहेछ। भक्कानिएर रुनलाई पनि त एउटा आफ्नो लाग्ने अँगालो चाहिने रहेछ।

खुसी खोज्न हिँडेका श्रीमान्-श्रीमतीको जोडी दुःखमा भेटिन्छन् । जति नै आफ्नो ठाने पनि बदलिनेहरू बदलिएरै जाँदा रहेछन् । एकबारको जिन्दगीमा कति पटक मरेर जिउनु। हुँदा कदर गर्न सकिएन भने सम्बन्ध सकिएपछि खोजेर कहाँ पाइन्छ र ?

छेउमै बसेकी धीमहिलाई अङ्कित गर्दै वितुर भन्छ- जे पनि त हुन सक्ने रहेछ, जोख्न र नाप्न नसकिने मायाप्रेमको खेलमा खै थाहा छैन, भोलि तर म प्रतिज्ञा दोहोऱ्याउँछु धीमहि । भूलवश हुने मेरा कमजोरीहरू सच्याउनेछु म । विनातयारी परीक्षा हलमा समावेश भएको परीक्षार्थीको जस्तो मनोदशा भएको छ मेरो । भोलि आउने समयले के प्रश्न ल्याउने हो थाहा छैन। बस मलाई यति थाहा छ मैले फेर्ने हरेक सासमा तिम्रो ममता पोखिएको छ। तिमीले खसाल्ने हरेक आँसुका थोपामा मेरो रगत मिसिएको छ। मेरो मन मिसिएको छ।

भावनात्मक दूरीका हिसाबले हाम्रो प्राण एउटै मुटुबाट सञ्चालित छ र सञ्चालित भइरहनेछ।

सजिलो गरेर खाटमा पल्ट, दुई जिउको ज्यान छ। मलाई अहिले निद्रा लागेको छैन कृतिकालाई भेटेपछि मेरो मनोदशा कमजोर भयो। म बिस्तारै निदाउँछु, तिमी निदाऊ।

धीमहिले सिरानीमाथि दायाँ हात खुम्च्याइन् र हातमाथि टाउको राख्दै सुत्ने कोसिस गरिन्। निदाँउदै गरेकी धीमहि निदाउँदो स्वरमा भन्छिन्- हाम्रो मायामा समय परिस्थिति र उमेरले केही फरक पर्ने छैन। तिमीलाई दिएको बचन पूरा गर्न म मेरा मनसँग लडाइँ जितिरहनेछु।

नयाँ समाजमा नयाँ रीत भए पनि हाम्रो मन पुरानै हो।

हाम्रो सम्बन्ध पुरानै हो।

हाम्रो प्रतिबद्धता पुरानै हो।

हाम्रो संस्कार पुरानै हो।

नयाँ मात्र हाम्रा लागि न्युयोर्क सहर हो।

निदाइन् धीमहि।

मैले नियालेँ धीमहिका अनुहारमा चिन्ताको बादल मडारिँदै थियो। हुन पनि पहिलो भेटमै पहिलो दिन अमेरिकामा टेकेको, देख्नु पऱ्यो कृतिकाको विचलन।

मलाई निदाउन जाँगर लागेन । आँखाको निद्रा त्रसित भएको छ । कुर्सीमै बसेर सोच्दा सोच्दै झुम्म परेछु । न्युयोर्क सहरको साँघुरो गल्लीभित्र ठूलो भवनको सातौँ तलाको कोठा नम्बर ७४२ भित्र कुर्सीमा ।

के हुन्छ हुन्छ यो मनले अनेकन कल्पना गर्दो रहेछ । सपनामा म र धीमहि त्यो नौलो आकाशमा यात्रा गर्दै थियौँ, क्षितिजमाथिको निलो आकाशभित्र केही निला बादलका गुजुल्टाहरू थिए । हामी आनन्दित थियौँ ।

यात्रा निरन्तर थियो । सपनाको यात्रा विपनाभन्दा बढी रोमाञ्चक हुँदो रहेछ । त्यहाँ हाम्रै संस्कृति, हाम्रै भाषा, हाम्रै पहिरनभित्र आफ्नोपन थियो । म सपना देख्दै थिएँ- टेबुलमा भएको फोनमा एकोहोरो घन्टी बज्दै थियो । त्यो आवाजले निद्रा भङ्ग भयो । हतारहतारमा फोन उठाएँ । कम्प्युटर बोल्दै थियो, सायद कुनै विज्ञापनको फोन कल थियो होला । यति मध्यरातमा फोन उठाएर राखिदिएँ ।

देख्दै गरेको सपना कल्पना गर्दै कुर्सीमै बसेँ । छेउकै खाटमा धीमहि । फोन बजेको थाहा पाइनन् उनले । राम्रै भयो, नत्र बिग्रिन्थ्यो उनको निद्रा ।

समय मध्यरातको हो, पौने तीन बजेको छ भित्ताका घडीमा । यो न्युयोर्कको समय हो । म फेरि कुर्सीमै निदाएँ । यो पल्ट भने अलिक फरक सपना देखेँ । त्यो सपना मेरो वात्सल्य, मेरो जन्मघर, मेरी आमा- सपनामा म पुगनपुग चार वर्षको थिएँ । आमा मलाई चौरमा छोडेर घाँस काट्न माथि आवादी गरिएको फाँटमा उक्लिनुभयो । म चौरमा साथीभाइहरूसँग गुच्चा खेल्दै थिएँ ।

शीतल पिपल चौतारीको हावा एकनास बहिरहेको थियो । छेउकै जामुन डाली पाकेर लटरम्म थियो । पन्यारीहरू पानी भर्न पँधेरामा (न्वालो) लामबद्ध थिए । हलीहरू खेत जोतेर फर्किँदै थिए । गोठालाहरू गाईबस्तु चराएर घर फर्किँदै थिए । पारि वनका डाँडामाथि घाम डुब्नै लागेको थियो । पल्ला घरको टोमी कुकुरले एक हूल बाँदर हरूलाई लेखेटेर खोलापारि धपाउँदै थियो ।

डोकाभरि घाँस लिएर आमा फर्किनुभयो ।

आमाले मलाई बोलाउनुभयो ।

बाटो छेउबाटै- आइजा हो, आइजा आइजा बाबु घर जाऊँ ।

गाई दुहुने बेला भयो, गाईको दूध खालास, भरि गिलास खालास, आइजा ।

म आमाले बोलाएको सुनेर पनि गइनँ । साथीहरूसँग गुच्चा खेल्नमा झनै आनन्द थियो । आमा मेरो नजिकै आउनुभयो, मलाई च्याप्प समातेर घाँसका डोकामाथि बसाल्नुभयो ।

घाँसका डोकामाथि म उफ्रिन थालेँ । चचहुई चचहुई, म हाम फालिदिऊँ आमा ? आमा म एक बाजी अझ खेल्छु ।

आमाले आफ्ना हातले मेरा खुट्टा समात्नुभयो । म घाँसको डोकामाथि । आमा बोक्दै घर लाग्नुभयो ।

पँधेरो छेउछाउको बाटो अलि हिलाम्मे छ । लहरैपिच्छे माटोमाथि ढुङ्गा मिलाएर गोरेटो बाटो पट्याइएको छ । कहीँ-कतै गाईगोरुले हिलो छ्यापिदिएका छन । ढुङ्गाहरू थोरै अघिपछि भएका छन् । यी ढुङ्गाहरू माथि सतर्कताका साथ आमा उभिन्छन् र उफ्रँदै एक ढुङ्गादेखि अर्को ढुङ्गाको दूरी घटाउने प्रयास गरिरहँदा मलाई घाँसको डोकामाथि उभिन मन लाग्यो ।

आमा भन्नुहुन्छ- नउफ्रे है नउफ्रे । राम्ररी बस । खसलास् नि । अप्ठ्यारो छ बाटो ।

मेरा खुट्टा चपक्क समाउनुभयो आमाले र मलाई आफ्नो नियन्त्रणमा राख्नुभयो ।

मेरो नजिकै हुँदै चराहरू उडेर जान्छन्, डोकामाथि मेरो टाउकोमा ठोकिएलान् झैँ गरी ती चराका बथानहरू केही तल झ्याङभित्र पस्दथे । कोही पर जामुन डालीमा गएर बस्थे । छेउकै पिपल डालीमा कागका बथानहरू वल्लो हाँगाबाट उडेर पल्लो हाँगामा बस्दै कराउँदै थिए । हामी पिपल चौतारामुनि पुग्दा आमाले भन्नुभयो- राम्ररी बस् है बाबु, कागले खोप्ला नि.... ।

हा कानी हा, मेरा छोरालाई नटोकेस् । भोलि बिहानै मेरो घरमा भात खान आ ।

रोटे पिङ लगाएजस्तो लहरै मिलाएर थुप्रै कागहरू आकाशमा उड्दै रूखमा बस्दै गरिरहे । म एकनास हेरिरहेँ कागका बथानहरू । मैले आमालाई सोधेँ- आमा यतिका चराहरू छन् रूखमा, हजुरले कागलाई मात्र भात खान किन बोलाउनुभएको हो ?

आमाले भन्नुभयो- हो बा, कागले तेरा बाका परदेशका रैबार ल्याउने पुऱ्याउने अर्छ क्या ।

अनि आमा कागको भाषा बुझ्नुहुन्छ त ?

आमाले भन्नुभयो- मैले पनि सुनेकी हुँ, तेरी हजुरआमाबाट।

आँगन अगाडि आइबर कागले काँ-काँ गरी मधुर स्वरले बोल्यो भने त्यो दिन शुभ समाचार सुन्न पाइन्छ। कागले दैलो अगाडि आएर चिच्च्याएर बोल्यो भने परदेशमा कुनै दुःख असजिलो छ भन्ने बुझ्नुपर्दछ।

आमा र म कुरा गर्दै हाम्रो घर आँगनमा पुग्यौं । आमाले बिस्तारै घाँसको डोका दैलामा बिसाउनुभयो । म डोकोबाट बाहिर निस्किएँ। आमाले तुना चुँडिएको चप्पल हातबाट भुइँमा राखिन्।

यत्तिकैमा निद्राले छोड्यो। म झसङ्ग भएँ। त्यो त सपना पो रहेछ।

न्युयोर्क सहरको यो गेस्ट हाउसको सातौँ तलाको कोठा नम्बर ७४२ भित्र कुर्सीमा निदाएको म कोठाभरि मेरो अतित भरियो । आमाका अनुहारले भित्ताहरू रङ्गिए । प्यारो अतित मेरो वात्सल्य, मेरो जन्मघर एकपछि अर्को मनभरि दौडिरहे सपनाका बिम्बहरू।

धीमहिले थाहा नपाउने गरी बिस्तारै छेउमै गएर निदाउने प्रयास गरेँ । जिन्दगीमा मुस्कुराएर जिउने हो, मन मिल्नेहरू जोडिँदै जान्छन्, हाँसेरै बाँच्ने हो। आनन्दित भएर कर्म गर्ने हो।

एक दिन त गन्तव्यमा पुगेर रमाउने दिन आउला। समुद्र बगेर जति टाढा पुगे पनि उद्गमस्थल त त्यही स्थानमा रहन्छ। भोलि घुम्नु छ राजधानी सहर र छेउछाउका राज्यहरू। त्यो राजधानी जसले विश्वको निगरानी राख्दछ। एकाग्र हुने प्रयास गर्दै म निदाएँ। छेउमै धीमहि।

•••

आज आइतबारको दिन । बिहान सबेरै धीमहि चिया लिएर म सुतेको ठाउँमा आइन् । उनी बरबराउँदै थिइन् ।

काममा जान ढिला भइसक्यो ।

कति सुत्न सक्या होला ।

दिउँसो पनि सुत्या छ, आफू त आफू, छोरीको पनि बानी बिगारिसक्यो, राति राति नै भइगो, एउटा यो छ ।

बस् के क्रिब, घर जति बटारे पनि अझ उस्तै । कपालै कपाल घरभरि । उता जा ।

म बैठक कोठामै सुत्छु । प्रायःजसो आजभोलि भुइँमा डसना बिछ्यायो आनन्दसँग सुत्यो । बीचबीचमा क्रिब दुःख दिइरहन्छ । उठ्, बाहिर हावा चल्यो । मलाई पनि सुत्न दे आदि इत्यादि । धीमहि छेउमै बसिन् ।

धीमहिका जिउमा आड लगाउँदै क्रिब बस्यो । बायाँ हातले टाउको सुमसुम्याउँदै धीमहिले माया जनाइन् । हिजो आउँदा त्यतिका टर्की, ह्याम, चिकेन ल्याइदियाथैं, खाइस् नि । आज पनि ल्याइदिउँला है... । तै तँ छस् एउटा मेरो मनको कुरा बुझ्ने । माया त तेरो म माया मान्दिछु तर के गर्नु मेरो घर एकै मिनेटमा अझ उस्तै पारिदिन्छस् र रिस उठ्छ ।

धीमहिले टेबुलमाथि चियादानी बिसाउँदै भनिन्- मतलब छैन, हिँड्या छ, हिँड्या छ दुनियाँका पछि। देलान् नि डल्ला।

कहिले के छ भन्यो, कहिले के।

शनिबार, आइतबार त आउनै हुन्न। न्युयोर्क, डिसी मात्र कहाँ हो र ? कोलोराडो पुग्या छ वा बोस्टन, उता टेक्सास।

यो लोग्नेमान्छेको जात पनि घरमा बस्नै नहुने ढलेको भाँडो ठाडो गरिदिने हैन। अचम्म लाग्छ सोच्यो भने। आउँदो आइतबार २९ गते छोरीको जन्मदिनको उपलक्ष्यमा पार्टी गर्ने हो। जन्मदिन त थाहा होला नि छोरीको। २७ गते हामी घरमै केक काटौँला, अरू आफन्त साथीहरूलाई २९ गते नै बोलाउनुपर्छ।

हेर्दाहेर्दै छोरी पनि सोह्र वर्षकी भइन्।

धीमहिका कुरा सुन्दै चिया पिउँदै थिएँ, समझेँ समय कति चाँडो बित्दो रहेछ। अमेरिका आएको हिजोअस्ति जस्तो लाग्छ, छोरी नै सोह्र वर्षकी भइसकिन्।

धीमहिसँग आँखामा आँखा मिलाउँदै भनेँ- सम्झ त हामी अमेरिका आएको त्यो पहिलो रात न्युयोर्क सहरको गेस्ट हाउसको सातौँ तलाको कोठा नम्बर ७४२। समयले सबै कुरा सिकाउँदो रहेछ।

त्यो दिन सम्झ त। पुस्तकका झोला, लुगा, आमाले पाटनबाट पठाइदिएको चामल। आज हामीसँग आवश्यक पर्ने सबै कुरा छ, थोरै ऋण धन गरेरै भए पनि घर छ। आफ्नो व्यवसाय छ।

क्रिब (कुकुर) छ, छोराछोरी।

हामीले जितेकै छौँ। जीवन नाफामै चलेको छ। हारेको भनेको उमेर मात्र हो। हामी दिन प्रतिदिन बूढा हुँदै गयौँ। उमेर छिप्पिँदै गयो। त्यो त प्रकृतिको नियम हो। पछुताउनुपर्ने केही छैन।

डिसी मेट्रो एरियाको वरपर चलेकै छ जीवन। कर्मयोगको रस्साकस्सीमा उर्वर भएका छन् सपनाहरू।

फरक मात्र यति हो कि नेपालमा भए आधा जीवन रात्रिकालीन समय सुतेरै बित्दथ्यो होला। तर, यहाँ रातिको केही समय पनि काममै बिताइन्छ। जति परिश्रम गर्‍यो त्यति फल मिल्ने त हो। कर्मका अक्षरहरूले भाग्यरेखा कोर्न सिक्नुपर्दछ।

म चिया पिउँदै छु। धीमहि पनि।

मैले धीमहिको प्रशंसा गरेँ- तिमीबिना यो दूरी कहाँ सम्भव थियो र ? तिमी छौ र त म छु। यो सबै तिमीले आर्जेको उपहार हो। हेर त, उः बाहिर प्रकृति कति मन्त्रमुग्ध छ। जताततै हरियाली, लटरम्म रूखहरू। वसन्तको आगमनसँगै धर्ती हराभरा हुन्छ। वसन्त ऋतुले सबैलाई लोभ्याउँछ, हँसाउँछ, तर तिमी आएपछि हाम्रो जीवनमा आएको त्यो ऋतु खै के भनी सम्बोधन गर्ने हो मलाई थाहा छैन। तर, हाम्रो जीवन वसन्त ऋतुझैँ भएको छ, तिम्रा छायामा।

मलाई तिम्रो बोली सुन्ने रोग लागेको छ।

मलाई तिम्रा छायामा उभिने रोग लागेको छ।

परदेश हिँडेको मान्छे रोगी हुन पुगेछु।

धीमहिले निल्दै गरेको चिया बिस्तारै निलिन् र एकान्तमय हुन खोजिन्।

बिस्तारै बोलिन्- हातको चियाको कप पर टेबुलमा बिसाइन्। अतितका ती दिन।

आफन्तहरू नभएको त्यो दिन।

अपरिचित सहर।

कहाँ जाने र के गर्ने बस्ने ठेगान नभएको यात्रा।

कालो बादलभित्र सपनाका आकांक्षाहरू।

भगवान्‌ले पनि कति परीक्षा लिँदा रहेछन्। हुन त राम्रो खोज्नेलाई पो राम्रो नराम्रो भन्ने थाहा हुन्छ। आँखा नदेख्नेलाई संसारका रङसित के सापटी लिनु। जे भयो राम्रै भयो। जे-जति गरियो जानी नजानी दुःखसुख मिहिनेत गरियो।

कसैसँग उँचो स्वरले बोल्नु परेन। बितिरहे वर्षहरू हर्षका घडीभित्र तिम्रो सामीप्यमा। तिमीले सधैँ मेरो मन जितिरह्यौ।

एउटा जिम्मेवार श्रीमान् मात्र होइन, जिम्मेवार पिता भएर तिमीले सफलताको बाटो हिँडेको देख्दा मेरो हृदय उमङ्गले भरिएको छ। आफ्नो रोजाइ सफल भएको महसुस गरेकी छु।

आफूले चाहेको रोजेको फूल फुल्दा कसको मन दङ्ग नपर्ला र।

मेरो जीवनका मीठातिता सबै क्षणहरूको साक्षी छौ तिमी । असल श्रीमान् मात्र नभएर एउटा असल साथी पनि हौ तिमी । रिसाउने पनि आफ्नै मान्छेसँग त हो नि । चिन्दै नचिनेकाहरूसँग के नै सम्बन्ध हुन्छ र ? मलाई रिसाउँदा नि फकाइराख्ने तिमी पवित्र हृदयको आफ्नो मान्छे हौ । मैले जेजति गरेँ गोरेटो तिम्रै हो । सपना तिम्रै हुन् । म त छाया पछ्याएर हिँडेकी मात्र न हुँ ।

अरूले दिने र देखाउने ठूलाठूला खुसी भन्दा आफूले कमाएको ससानो खुसी जिउँदै जाँदा जीवन अझ खुसी हुँदो रहेछ । जीवन एउटा हिसाब रहेछ, जुन पछाडि फर्केर हेरि सच्याउन नसकिँदो रहेछ । त्यसैले हिजोको अनुभवलाई केलाउँदै हाम्रोजस्तो भोलिको योजना बनाउँदा सफल भइँदो रहेछ ।

छोरी सोह्र वर्षकी भइन् तर आफ्नो बालापन हिजोअस्तिजस्तै लाग्छ । विद्यालयमा पढ्दापढ्दै मसी साटासाट गर्ने साथीहरूका तस्बिर त्यो अतित ताजै छ । समयले कहाँबाट कहाँ ल्याएर रोकिदियो ।

त्यो भूमिको बयान गरिसाध्य कहाँ छ र । ती मठमन्दिर दर्शन गरेर भवसागर तरिन्छ भन्थे, अमेरिकामा भवसागर तर्नुपर्ला कि नपर्ला हेर्न बाँकी छ । फूलपाती चढ्ने र चढाउने कुलदेवताका मन्दिर छैनन् अमेरिकामा । समग्र हाम्रो पहिलो पुस्ता हुर्किँदै छ यहाँ । त्यसैले अर्ति उपदेश दिने तथा समाज जोड्ने सांस्कृतिक मञ्चहरू जोड्ने र बनाउने काम भर्खरै सुरु हुँदै छ अभावका बिचोबिच ।

समुदायको सहकार्य र प्रयास निरन्तर छ । पहिचान र अपनत्वको द्वन्द्व छ । आर्थिक दबाबमा परिवार बोझिलो हुँदै छन् । महँगो स्वास्थ्य उपचार छ । नयाँ ठाउँमा बस्दा बस्ती सर्छ । एक्लोपन हुन्छ, कति थुप्रै साथीहरू मानसिक स्वास्थ्यको समस्याले ग्रसित छन् । पेसागत सन्तुष्टि छैन । दक्षताअनुसारको रोजगारी पाउन कठिनाइ छ । कतिका घर नर्क भएका छन् । कतिका सम्बन्धहरू सकिएका छन् । अमेरिकाभित्रको नेपाली जनजीवन चुनौतीपूर्ण छ ।

सङ्घर्षका दिनका तिता सत्यबाट रमाइला अतित बर्बराउँदै जटिलताको सम्मिश्रणतिर ओर्लिँदै गरेकी धीमहिलाई बिस्तारै उत्तर फर्काउन एक घुट्की चिया पिउँदै मैले थपेँ- हो धीमहि, परदेशी जीवनका पीडाहरू उस्तैउस्तै हुन् । हामी एसियाबाट आयौँ, एसिया छुट्‍यो भन्छौँ । अमेरिकामा भएका बासिन्दाहरू विश्वका विभिन्न भागबाट आएर बसेका हुन् । सबै अमेरिकी परिवारको पीडा उस्तै छ, फरक यत्ति हो कि पहिलो पुस्तालाई बढी पीडादायक हुन्छ र बढी चुनौतीपूर्ण छ ।

मध्यपूर्व । मध्यपश्चिम ।

उत्तर र दक्षिण समग्र भूगोलको बसाइँसराइको अन्तिम स्थल हो यो ।

जन्मभूमि छोडेर हिँड्नु सजिलो त कसलाई पो हुन्छ र ? म र तिमी आउँदा बिदाइ गर्न विमानस्थल पुगेका बुबालाई अँगालो मार्दै मैले भनेको थिएँ- बुबा, म आउन्जेल बाँचिराख है ।

विडम्बना, बुबा बितेको पनि आज नौ वर्ष पुग्यो । मनमा त थुप्रै वेदना छन् । कति कुरा मनमै राख्नुपर्ने रहेछ । सत्यमा हिँड्दै गर्दा दुईचार जनाले कुरा काट्दै गर्दा केही फरक पर्दैन । कुरा काट्नेहरूले केही बिगार्न सक्दैनन् । माथिबाट भगवान्ले हेरिरहन्छन् । हाम्रो सम्बन्ध भगवान्सँग हुन आवश्यक छ ।

मीठा सपना साँचेर सोचेजस्तो नहुँदा मन भाँचिन्छ तर पनि निरास हुनु हुँदैन । नयाँ सपना बुनेर अगाडि बढ्ने हो । समय परिस्थिति र स्थानमुताबिक सपनाहरू पनि परिवर्तन गरिरहनुपर्दछ । हेर, पाटनमा छँदा काठमाडौं घर बनाउने सपना थियो, त्यो सपना अमेरिका पुगेपछि फेर्नुपऱ्यो, अब काठमाडौंको घरले हामीलाई ओत दिँदैन ।

धीमहिले टेबुलबाट चियाको कप उठाइन् र एक घुट्की तान्दै शान्त हुने कोसिस गरिन् । उनका छेउमै बसेको क्रिब बच्चा सुतेझैँ गरी काखीमै टाउको राखेर निदाउन खोज्दै छ ।

धीमहि बोलिन्- जा, उता जा के ।

चिया पिउँदा पनि के खाइस् भन्छस्, हिँड् उठ् बाटरमेलन छ काटिदिन्छु, बाहिर गर्मी पनि छ आज ।

जुरुक्क उठिन् धीमहि र पछ्याइरह्यो क्रिबले ।

क्रिबले धीमहिको बोली मात्र होइन, इशारा पनि बुझ्दछ । उसको खाना खाने भाँडोभरि वाटरमेलन काटेर राखिदिइन् ।

क्रिब वाटरमेलन खान थाल्यो ।

धीमहि मेरो छेउमै आएर चिया पिउन लागिन् । मैले भनें- हेर त त्यो क्रिब हामीले ल्याउँदा तीन हप्ताको थियो, सानो बच्चा । घरभरि दिसापिसाब गर्दै हिँड्थ्यो ।

विद्यालयमा भर्ना गरेपछि शिक्षकले उसलाई सिकायो- के गर्ने, के नगर्ने । राम्रो नराम्रो ।

त्यति मात्र कहाँ हो ? ग्र्याजुएसन सकेर असल भएको छ ।

कुकुरलाई तालिम दिँदा यति असल हुँदो रहेछ । तीन हप्ताको बच्चा अहिले पाँच वर्ष पूरा गरिसक्यो । हामीजस्तो मालिक पाउने यो पनि भाग्यमानी हो । हुन त उसको चाहना पो के नै छ र ? भोक लागेको बेला पेटभरि खाना र राम्ररी बोल्ने मालिक ।

उसको चाहना पूरा भएकै छ । ईश्वरले दिएको आशीर्वाद म पनि संसार भुल्छु कहिलेकाहीँ यसैको मुहारमा हेरेर, इमानदार छ हाँसिरहन्छ, सधैँ सकारात्मक भाव देखाउँछ, आफ्नो पराइ राम्रैसँग छुट्याउँछ ।

धीमहि अँध्यारो अनुहार लगाउँदै बोलिन्- हो, त्यो दिन विमानस्थलमा बुबाले अन्तिमपटक हातको औँला समात्नुभयो । बोल्न सक्नुभएन, बुबा रोएको देख्दा मन टुक्राटुक्रा भयो ।

बुबाको प्यार ।

त्यो कष्ट बुबाले बुझेझैँ लाग्यो । परदेशको कष्ट ।

- फर्केर आउला कि नआउला ।
- अब उप्रान्त हाम्रो भेट होला नहोला ।
- परिवार ममताको त्याग ।

बुबा बैकुण्ठबाट हेर्दै गर्नु, अब त माथिबाट सबै संसार देखिन्छ होला ।

अब भिसा पनि लिनु पर्दैन । टिकट पनि लिनु पर्दैन । बेलाबेला भेट गर्न आइरहनु । सपनामा भए पनि भेट गर्न मिलिरहोस् । तपाईंविनाको हाम्रो जीवन सहाराविहीन भएको छ ।

चियाको कपभरि बुबाका तस्बिर । बुबा सम्झेँ, अतित सम्झेँ र यादले भरिएका आँखा चिम्लिँदै चिया पिएँ ।

हाँसो त केवल जीवनको छोटो हिस्सा मात्र रहेछ । जिन्दगीको असली कहानी त आँसुले बन्दो रहेछ । नियतिले पटक पटक रुवाइरहन्छ । हाँसेको क्षण सजिलै बिर्सन सकिँदो रहेछ, तर रोएको पल यादगार भइरहँदो रहेछ । जीवन बाँचुन्जेलसम्मका लागि ।

वास्तविकता के हो भने बुबाले हामीलाई टुहुरो बनाएर गएपछि मनको आधा संसार सकिएको छ । जब मन कमजोर हुन्छ र म भावनात्मक रूपमा एक्लो महसुस गर्दछु, मलाई खण्डखण्ड हुनबाट जोगाउँदै ल्याएर यहाँसम्म पुऱ्याइन् धीमहिले ।

मेरो मनकी सहारा, संरक्षक मात्र होइन, शक्तिदातृ पनि हुन् धीमहि । सत्य कुरा के हो भने धीमहि मेरी असल साथी पनि हुन् तर यिनको भूमिका देहको प्रेमभन्दा कम छैन ।

मेरा नजर अन्दाजमा उनीभित्र देह प्रेम नै बढी छ मेरा लागि । म श्रीमतीबाट देहप्रेम (आत्मा) पाउने सौभाग्यशाली पुरुष हुँ । संसारमा एक्लोपनको समस्या डरलाग्दो छ । कतिका जिउने तरिका परिवर्तन हुन जान्छ, कतिले आत्महत्या गरेका छन् । धेरैका परिवार तहसनहस भएका छन्, तर धीमहिले मलाई कहिल्यै एक्लो हुन दिइनन् ।

औकात पुगेन भनेर सम्बन्ध तोड्नेलाई के थाहा श्रीमान् श्रीमतीको वास्तविक नाता के हो ? औकात दाँज्ने कुरा होइन, औकात त बनाउने कुरा हो, मिहिनेत र इमानदारीका हिसाबले थप्दै जाने मनोभावको दशा हो । सकारात्मक भावनाको उँचो नैतिकता हो औकात ।

नकारात्मक औकातका कुराले परिवारमा विपत्ति भित्रिन्छ, त्यो विपत्तिले पछुतो उपहार दिएर जान्छ । जिन्दगी फर्केर सच्याउन कहाँ पाइन्छ र ?

चिया पिउँदै धीमहि बोलिन्- हो है, समय बितेको पत्तै भएन ।

खुट्टा खुम्च्याएर बसेकी धीमहि खुट्टा तान्दै सजिलो आसन बनाउँदै भावुक भइन् । सायद अतित तैरियो होला चियाका कपमाथि ।

हुन त पानीलाई के मतलब कुलो होस् वा खोला बग्न पाए पुग्यो एक दिन धर्ती छोडेर सबैले जानुपर्दछ, कुन श्रीमान्ले श्रीमतीको कुभलो सोच्लान् ।

दुःखकष्टले तिमीलाई बिर्सिंदै जाओस् ।

प्रगतिको शिखरहरू चुम्न सफल हुनु ।

हाँसोमा प्रसन्नता देख्न पाऊँ ।

मायाका हातमा ममताको उपहार । धनपैसाले सुविधा उपलब्ध हुँदो रहेछ तर धीमहिजस्ती श्रीमती पाउन असम्भव छ । धीमहि नै चाहिन्छ मलाई रुन र हाँस्नलाई । मायाका स्वार्थमा दिउँसै तारा झार्नेहरूको अधिपत्य भएको अवस्था छ । आज यहाँ जिन्दगी रमाइलो भएको छ ।

धीमहिका सामीप्यमा ।

भगवान् ! उनकै सामीप्यमा मेरो अन्तिम सास फेर्न पाऊँ ।

गहकिँदै धीमहि बोलिन्- मैले पनि अन्तर आत्माबाट सोचेर आँटेर तिम्रो नामको सिन्दुरसँग जिन्दगी साटेकी हुँ ।

नामको पछि तिम्रो थर जोडेँ ।

आमाको काख छोडेँ ।

जन्मेको घर छोडेँ ।

तिमी छौ र त साँझ आउँछ, बिहानी आउँछ, घर घर भएको छ । तिमीलाई पाऊँ भनी बागेश्वरीमा भाकल गरेकी थिएँ र पाएँ पनि ।

देवता भाकी पाएको मान्छे हौ तिमी । मेरो मनको मान्छे जुनमा बिस्कुन सुकाउनेहरूको ताँतीभित्र वास्तविकतामा बाँच्ने इमानदार श्रीमान् हौ तिमी । कुनै पनि स्थितिमा मलाई निराश हुन दिएनौ । उतारचढावहरू आएर गए तिम्रो ममताको अघि सामान्य भएर अन्त्य भए ती पीडाहरू । सिक्नु त अझै बाँकी छ जीवनमा, जीवन त प्रयास न हो ।

इतिहास जित्नेहरूकै नाममा लेखिन्छ । हार्नेहरूको पीडा हार्नेहरूलाई नै थाहा हुन्छ । जीवनको खेलमा म सधैँ हारिरहुँ र तिमी सधैँ जितिराख । तिम्रो नाउँमा इतिहास लेखियोस्, मेरो शुभकामना ।

तिमी मेरो जीवन हौ ।

तिमीलाई हेरेर मात्र पनि म खुसी भइरहन सक्छु ।

म तिम्रो बगैँचाकी सुन्दर फूल हुँ ।

तिमी मेरो शिरको ताज हौ ।

सधैँ तिमीलाई शिरमा सजाइरहन पाऊँ ।

म प्रतिशोधको आगो होइन, धैर्यको समुद्र बन्न चाहन्छु । मेरो प्रयासले तिम्रो भावनामा उत्साह थपिरहोस्, मेरो शुभकामना । सबैभन्दा बढी विद्वान् त त्यो बेलामा रावण नै थियो अनि उत्तम कुल पुलस्त्यको नाति बलवान् थियो, तर चरित्रकै कारण रावणलाई राक्षस भनियो ।

आजका दिन ती कुरा तर्कसम्मत होलान् नहोलान् तर वास्तविकता त्यही हो । पारिवारिक सफलताका लागि चरित्र नैतिक हुन आवश्यक छ ।

धीमहिका कुरामा मैले सहमति जनाएँ । भनें- प्रतीक्षा मात्र गर्न सक्नुपर्दछ धीमहि, समयले सबै कुरा देखाइदिन्छ, को आफ्नो र को पराइ भन्ने कुरा । हेर्ने नजर र सोच्ने मन सफा हुनुपर्दछ । दुईचार जनाले कुरा काटेनन् भने प्रगति पनि त हुँदैन, मेरो रातको अन्तिम याद हौ तिमी ।

पैसा पनि त केही चीज रहेछ । हेर जरुरत पर्दा आफन्तहरू टाढिएको अनुभव छ मसँग । आवश्यकताभन्दा बढी विश्वास त मैले गरेको होइन, तर विश्वास हराएको पाएँ ।

म छु नि तिम्रा लागि भन्नेहरू नै तिमी को हौ भन्दा रहेछन् । जीवनको घुम्तीहरूमा अभावले धेरै कुरा सिकाउँदो रहेछ । खाँचो साथ दिने मान्छेको थियो, तिमी भेटियौ र जीवन धन्य भयो ।

अभावले सिकाउँछ मात्र होइन, छुटाउँदो पनि रहेछ । त्यही अभावका कारण यहाँ आएर पनि सोचेजस्तो विश्वविद्यालय पढ्न पाइएन । सानो पनि आधार हुँदो हो त सायद त्यो सपना पनि पूरा हुन्थ्यो होला । दुर्भाग्य, आधारशिला जन्मभूमि उतै छोडेपछि आफन्त खोज्दै कर्मभूमिमा तड्पिनुको पीडा कम दर्दनाक छैन ।

परिवारको खुसीका लागि आफ्ना सपना बन्धक बनाउनुको पीडा भोग्नेलाई थाहा हुन्छ । कालीगण्डकी नदीको शिला पनि थुप्रै चोट खेपेर मूर्तिमा परिणत हुन्छ । हामी मान्छे हौँ, चोट सहनु राम्रै कुरा हो । चोटले सिकाउँछ । चोटले सही बाटोमा हिँडाउँछ । सुन्दर र सत्य कुरा पाउन मिहिनेत गर्नुपर्छ, सङ्घर्ष गर्नुपर्छ ।

आफ्नो कमी-कमजोरी देख्नुपर्दछ जीवनमा केके भयो भयो ।

धोका भयो । तिरस्कार भयो ।

छल भयो । अपमान भयो ।

निन्दा भयो ।

यी सबै कुरा सहियो र जीवन धन्य भयो । राम्रो विचार राख्नुपर्दछ, सहनशील हुनुपर्दछ । जिन्दगी त्यति सजिलो पनि छैन सोचेर हिँड्नुपर्दछ ।

श्रीमान्‌को अनुहारमा खुसी छाउनुको राजका पछाडि श्रीमतीको भूमिका महत्त्वपूर्ण हुन्छ। धीमहि तिमी छौ र मेरो जीवन, परिवार चल्दै छ। परदेशको भूमिमा पर्दा जसले साथ दियो, सपोर्ट गऱ्यो त्यै आफ्नो हो। संसारमा परिवार असल बन्नका लागि श्रीमान् र श्रीमतीका बीचमा असल सम्बन्ध हुन जरुरी छ, असल सम्बन्ध सफल परिवारको लक्षण हो।

हुन त म आफ्ना लागि आफ्नो बन्न नसकेको मान्छे हो। तिम्रा लागि बोझ बने वा सहारा त्यो तिम्रो अनुभवको कुरा भयो। तर तिमी मेरी सहारा हौ। परदेशकी सहारा।

सफलता प्राप्तिका लागि समस्याको समाधान गर्न सक्नुपर्दछ। अथवा सपना परिवर्तन गर्न सक्नुपर्दछ। मन र आत्मामा विश्वास गरेर अगाडि बढ्नुपर्दछ। चिन्तित हुनु हुँदैन। सबै कुराको समाधान हुन्छ, मात्र आवश्यकता धैर्यको हो।

धीमहि, तिमी मेरो जीवनकी धैर्य हौ।
तिमी विपत्तिमा मैले रोएको आँसु हौ।
तिमी भगवान्‌को पुकारको आवाज हौ।
तिमी मेरो जीवनको सुरक्षाकवच हौ।

तिमी मेरो मन वचन विचलन भएका बेला साहस दिने धैर्य हौ। मेरो जीवनकी सर्वाङ्गिणी हौ।

धीमहि बोलिन्- भयो मेरा अगाडि मेरो प्रशंसा। यति बुझे हुन्छ कि जे जति गरियो राम्रै भयो, नराम्रो केही पनि भएको छैन, परिवार मात्र जोड्न नसकेर दुःखी भएकाहरूको पनि कमी छैन अमेरिकामा। फेरि एउटा श्रीमतीको कर्तव्य पनि हो श्रीमान्‌लाई सघाउनु राम्रो र सत्य कुरा सबैका लागि राम्रो र सत्य नै हुन्छ, परिवारका लागि होस् वा समाजका लागि।

हामीले आफूलाई भाग्यमानी नै ठान्नुपर्दछ। श्रीमान् विदेसिँदा श्रीमतीले महिना, वर्ष गनेर एक्लै जीवन बिताउनुपर्ने बाध्यता पनि जस्ताको त्यस्तै छ जन्मभूमिमा स्वदेशमा रोजगारी नपाएपछि खाडी मुलुकमा गएर परिश्रम गर्न बाध्य छ- युवा पिँढी। त्यो हाम्रो देशको दुर्भाग्य हो। बैँसको जीवन सम्झिँदै रुँदै काटेपछि पाउन के नै बाँकी रहन्छ र ? हाँसो खुसीको कल्पना धन सम्पत्ति मात्र पनि कहाँ हो र ? श्रीमान्-श्रीमती एउटै आँगनमा बस्न पाउनु ठूलो उपहार सम्झिनुपर्दछ। भगवान्‌लाई धन्यवाद भन्नुपर्दछ।

यो सबै माथिबाट नै निर्दिष्ट भएका कुरा हुन् । हामी त खाली कर्मका पुजारी मात्र हौँ । कर्म गरिरह्यौँ र गरिरहनेछौँ ।

चिया पिउँदै वितुर पुस्तकालय कोठामा गयो र पुरानो फोटाहरूको सङ्कलन एल्बम ल्याएर आउँछ र पल्टाउँछ अतित ।

वितुर बी.एड. पढ्दै गर्दा स्वयम्भूमा बाँदर जिस्क्याउँदै गरेका तस्बिरहरू ।

पाँच कक्षा पढ्दै गर्दा गोरु गोठालो जाँदै गरेका बखत पल्ला घरका काकाले खिचिदिएका फोटा धान खेतमा रोपाइँका बखत आली बनाउँदै गरेको, विद्यालयमा हाजिरीजवाफ प्रतियोगितामा भाग लिँदै गरेको ।

पल्ला गाउँमा रामलीला लाग्दा राति रामलीलामा आफूले सीताको भूमिका निभाएका फोटाहरू ।

रामायणकी सीताको अभिनय ।

हजुरबुबासँग घनघस्याको उकालो उक्लिँदै गरेका फोटाहरू ।

- बुबाका फोटा
- आमाका फोटा
- दाइका फोटा
- भाइका फोटा
- दिदीका फोटा
- साथीसँगीका फोटा ।

त्यो जन्मभूमिको प्यारो अतित एल्बमभित्र ।

धीमहिले एल्बमबाट बाँदरसँग खिचेको फोटा नियाल्दै इसारा गरिन् । दुवैको अनुहार उस्तै-उस्तै, लुखुरे लुखुरे जिउ पनि । मस्त माहोलामा मन्द हाँसो थपिन्छ ।

जन्मभूमिमा टेक्ने संयोग नजुरे पनि एल्बम हेरेर वितुर वात्सल्य बिताएको ठाउँको यादगार प्यारो अतितले प्यास मेटाउँछ । चाहेको, सोचेको बेला जन्मभूमिमा टेक्न नपाइने रहेछ । परदेशीको जीवन कथा कहानीमा अलमलिँदो रहेछ ।

एल्बमको बाहिर अर्कै सानो एल्बम टाँसिएको छ। यो सानो एल्बमभित्र धीमहिको अतित छ। धीमहिका काका, काकी, विगत लामो समयदेखि क्यानडामा बसोबास गर्दै आउनुभएको छ।

गत वर्ष वहाँहरू अमेरिका भ्रमणमा आउँदा यो एल्बम साथमै बोकेर ल्याउनुभयो। लगभग सबैजसो परदेशीहरूले अतित यसरी नै बोकेर हिँड्दा रहेछन्। तर वहाँहरू फर्केर जाँदा यो एल्बम यतै छुट्यो। फिर्ता बुझाउने सन्जोग मिलेको छैन।

यसभित्र वहाँहरूको जापानको बसाइ, जन्मघरका तस्बिर लगायत धीमहि सानै हुँदाका केही तस्बिरहरू छन्। मैले पल्टाएँ एउटा फोटो, धीमहि भुइँमा पलेटी कसेर भात खाँदै गरेकी। करिब चार-पाँच वर्षकी हुँदाका बखतको हुनुपर्दछ यो तस्बिर, समूहगत छ।

मैले यो फोटो देखाउँदै भनेँ- आहा, बाँदरभन्दा यो कति राम्रो है।

यस्तै रमाइलो गर्दै थियौँ। बिहानको चिया समय। बाहिर हल्का पानी परेको छ। हरियालीले धर्ती मन्त्रमुग्ध भएको समय आकाश बादलका घेराले छोपिँदै छ।

पल्टाउँदै गरेका एल्बमहरू छेउमा थन्क्याउँदै वितुर बोल्छ- छोरा मान्छेको जिन्दगी गधाको जस्तै रहेछ। सधैँ परिवारका लागि तल्लीन भइरहनुपर्ने। दिन, हप्ता, महिना बितेको थाहा भएन। उमेरले पनि चालीस काट्यो, होइन अब त मनमा वैराग्य आउनुपर्ने हो।

परिवारकै लागि कहिलेसम्म खट्ने ? किन मनमा वैराग्य आउँदैन ? कसरी हरिद्वार, काशी, बनारस गएर त्यो जीवन जिउन सिक्ने ?

धीमहि मस्किँदै बोल्छिन्- हँ, के कुरा गरेको ? रमाउने दिनहरू आउँदै छन्। काशी र बनारसका कुरा आफ्नो जिम्मेवारीबाट पन्छिन खोज्ने यी केटा मान्छेको जात त। श्रीमतीहरूलाई हेर के श्रीमतीहरूलाई... । श्रीमान्लाई मृत्युशय्यामा समेत कुरेर बस्छन्, सिक के सिक वितुर, समाजबाट केही सिक।

वितुर हाँस्दै बोल्छ- हो, मैले राम्रैसँग देख्या छु के, नजिकैबाट देख्या छु, श्रीमान् बिरामी हुँदा डिभोर्स गरेर हिँड्ने श्रीमतीहरू। स्वार्थपूर्तिका लागि सहृदयी बन्ने र स्वार्थपूर्ति पछि तिमी को हौ भन्ने नाता सम्बन्धहरू। हाम्रै नुन खाएर हामीसँगै पौँठेजोरी गर्न कस्सिने स्नेहीहरू। दिनचर्या धेरैका बदलेँ मैले भ्रमका सम्बन्धभित्र आफ्नो जीवन प्रतिष्ठा बाजीमा राखेर हिँडियो आफ्ना भनी बोकियो, तिनै आफ्नाले घर सल्काइदिए। प्यारो जीवन नर्कलोक भयो।

सायद बुबाआमाको आशीर्वाद नहुँदो हो त मेरो धैर्य सकिसकेको थियो। सत्य कुरा समाजले देख्यो होला, हिजो हेरियो आज बाँचिँदै छ र भोलि हेर्नु छ- बाँचियो भने सबै कुरा हेर्न मिल्ला सबैको हिसाब-किताब भगवान्‌ले राखेका होलान्।

सात समुद्रवारि आएर बस्दा पनि सुख नपाउँदाको व्यथा कसले बुझ्छ र। सत्य कुरा तितो हुन्छ, म सत्यतामा बाँच्ने भाग्यमानी मानिस... ।

छेउमै भएका एल्बम छुँदै वितुर भन्छ- मैले अतित कहिल्यै बिर्सिन र बिर्सनु हुँदैन पनि। मैले मेरो मूल बुझेको छु, मात्र गुनासो तिमीसित ती केही समयसीमाको हो जहाँ म सधैँ गलत भएर छाया बन्नु पऱ्यो। जीवन उत्सर्गका पाँच वर्ष निकै तनावमय भए। म ती दिन सम्झन चाहन्न तर व्यथा लागेको समय ऐना भएर बाँच्दो रहेछ- मैले जे भने त्यही गलत तिम्रा लागि

मैले जे गरेँ त्यही गलत।

मैले जो भेटेँ तिनै गलत।

म जहाँ हिँडेँ त्यही गलत।

मैले जे योजना गरेँ त्यसका ठिक विपरीत तिमी उभिदियौ। सल्लाहकारका सल्लाहले मैले पर्वाह गर्ने सबै सन्देश तिम्रा लागि अपशब्द। स्वर्णिम जीवनका स्वर्णिम वर्षहरू नर्कमय भएको त्यो क्षण भोक, रोग, खानपान सबै हराइसकेको थियो। दुःख गरेर जोहो गरेको जीविका चलाउने सहारा सम्झेको पसल बन्द हुनै लागेको थियो सल्लाहकारका कृपाले।

तर सत्यताका अघि, काल लिनै आएछ भने पनि ए काल एक सेकेन्ड मेरो कुरा सुन् त भन्ने साहस मेरो मनमा छ। म ढुक्क भएर के भन्न चाहन्छु भने मृत्यु बोकेर मलाई लिन काल आए पनि उसले एक सेकेन्ड समय मलाई दिनेछ, मेरो यथार्थता सुन्नेछ। जुनसुकै कुरा बनाउन पनि समय लाग्छ, मिहिनेत गर्नुपर्छ तर भत्काउन सजिलै हुन्छ। मेरो परिश्रमको परीक्षा भगवान्‌को घरमा।

आफूलाई धेरै इज्जतदार र आदर्श सम्झिनेहरूले नजाने गाउँको बाटो नसोधेको राम्रो। बाघले भोक लाग्यो भनेर कहाँ माटो खान्छ र ? बाघका डमरुलाई बाजले निमोठिदिएका चित्रहरू प्रशस्तै देखिन्छन् सामाजिक सञ्जालमा। हुन त ऊ वनको राजा नै हो।

मेरा पनि धेरै गल्ती कमजोरीहरू होलान्, म अपूर्ण अज्ञानी पुरुष हुँ । हरेक दिन सिक्दै छु र सिक्ने क्रम जारी छ। म केमा विश्वास राख्छु भने परिवारका अगाडि सत्य कुरा बोल्नुपर्दछ, यथार्थमा बाँच्नुपर्दछ। आफ्नो दोष अरूलाई थुपार्नु भनेको समस्यालाई जटिलतामा लैजानु हो । संसारमा समाधान नभएको के कुरा छ ? सबै समस्याको समाधान हुन्छ। तर सत्य बोल्नु पऱ्यो। अतित बिर्सनु हुँदैन।

वितुर एकाग्र सोच्दछ मनमनै भक्कानिन खोज्छ। मैले कसका लागि केके गर्न सकेँ। नबाँडेको भनेको बाँड्न नमिल्ने कुराहरू मात्रै हो।

समाज, साथीभाइ, सम्बन्ध सुत्ने ओछ्याउने बाँडिनँ कि !

जोडेको सम्पत्ति बाँडिन कि !

खाने गाँस बाँडिन कि !

बस्ने बास बाँडिन कि !

कमाएको पैसा बाँडिन कि !

थाहा छैन धेरै कुरा मैले सिक्न बाँकी छ र सिक्दै छु सम्बन्धहरू। बुबा आशीर्वाद दिँदै गर्नु, मेरो धैर्य सकिने दिन नआओस्।

कतिपय सम्बन्धहरू जल्दै गरेको घरभित्र थुपारेको सम्पत्तिजस्ता हुँदा रहेछन्। बचाउन खोज्यो आफ्नै ज्यान जोखिममा। विपत्ति एक्लै आउँदैन भन्थे, हो रहेछ।

पिताजीको अन्त्येष्टि गरेर म यता फर्किएँ। उता घरमा दाइ बिरामी पर्नुभएछ। अर्कोतिर घर चर्काउने रमिता सुरु भएछ। यता म आफैं बिरामी परेँ। आमासँग कुरा हुन्थ्यो तर आमाले घरमा भएको त्यो नराम्रो खबरहरू मलाई बताउनुभएन। जहिले पनि आफ्नो ख्याल गर परदेशमा होस् गरी बस भन्नुहुन्थ्यो। करिब छ महिनापछि थाहा पाएँ, घरमा त्यो चर्तिकला चलेछ।

म एकाग्रमा टोलाएको धीमहिले थाहा पाइन्। दायाँ हातले मलाई धकेलिन्। फुरुङ्ग उभिइन्- कुनै चलचित्रमा अभिनय गर्ने नायिकाको भन्दा कम माद छैन धीमहिका रूपमा। बोलिन्- भो नराम्रो अतित सम्झिनु हुँदैन। हिँड बारीमा फूल गोड्न जाऊँ, ढकमक्क फुलेका छन् बारीभरि। अलि थोरै माटो पनि थपौँ, मल मिसाएको माटो।

धीमहितिर हेर्दै मैले भनेँ- भो, पर्दैन। फलजस्ती मान्छे के फूल गोड्छौ, म गोडौँला नि भोलि बिहानतिर, अहिले हल्का पानी पनि पर्दै छ।

धीमहि मस्किँदै बसिन् र सुनाइन् अतितका कथाहरू । नेपालगञ्ज बजारमा टाँगामा घुमेका अतित । म अलि स्तब्ध भएँ, कतै धीमहिले मैले सोच्दै गरेका कुरा थाहा पाइन् कि । तितो अतितमाथि वर्तमानको समय खर्च गर्न मूर्खता हो ।

मैले धीमहि तारादेवीजस्ती भइदिए हुन्थ्यो भन्ने कल्पना गरिरहँदा म पनि त राजा हरिश्चन्द्रजस्तो हुनुपर्ने हो नि । कहाँ राजा हरिश्चन्द्र, कहाँ म भूइँमान्छे । हरेक सुर्योदयसँग सिक्दै छु जीवन, जेनतेन चलेको छ दिनचर्या, पितृका करुणा र आशीर्वादले ।

एउटै थालमा सँगै भात खाएको नरोऊ भन्दै मायाजाल लाएको वागेश्वरी मन्दिर पुगेको आदि अतित बरबराउन थालिन् धीमहि ।

हिसाबकिताब गर्न मलाई त्यति आउँदैन । म काव्यको विद्यार्थी हुँ, तर धीमहि र मेरा बीचमा बितेको त्यो तितो अतितको हिसाब राख्न मन छ ।

धीमहिले योभन्दा पहिले कहिल्यै पनि त्यस्तो व्यवहार देखाइनन् । मैले बुझेकी धीमहि अर्कै थिइन् । परदेशमा अभिभावको आवश्यकता हुँदो रहेछ । साथीभाइलाई कुरा भन्यो हेलाको पात्र भइने । कसले सत्य कुरा बोलिदेओस् ।

मैले त्यस्तो व्यवहार परिवर्तन पनि केही गरेजस्तो लाग्दैन । म त्यही वितुर हुँ, जसले पसलमा बसेर एक्लै चिया किनेर खाएकी अनुभव छैन । म आफ्नो दिनचर्या सबैका लागि खुला किताबजस्तो राख्न मन पराउने मान्छे हुँ र मेरो जीवन खुला किताब भइरहनेछ । कसैको हार कसैको जित यस्तै त हो नि । जिन्दगी यादगार भइरहँदो रहेछ तितो अतित यो मनले किन बिर्सन सक्दैन, प्रेमको रित यही हो र ?

धीमहिका हरेक रहर र चाहना पूरा गर्ने वाचाबन्धन गरेको मान्छे हुँ म । दुःखमा साथ दिने धीमहि पलभरमा बदलिनुपर्ने त्यो अतितको जन्म कहाँबाट भयो । मेरो संसार मेरो खुसीमा तगारो बन्नेहरूलाई सफलताको शुभकामना जीवन मंगलमय वनोस ।

श्रीमान्-श्रीमतीका बीचमा सानोतिनो मनमुटाव हुनु स्वाभाविक नै हो । यो साधारण कुरा हो । सामना पनि श्रीमान्-श्रीमतीले नै गर्ने हो । आफूले आफैँलाई समाल्नुपर्दछ । मेरो हाल अचेल मलाई नै थाहा छैन । लाग्छ कसैले पनि हालखबर नसोधिदिए हुन्थ्यो ।

जिन्दगी मेरो नितान्त हो र भरोसा पनि आफैँमा नितान्त राखेको छ, किनकि खुसी दिने भन्दा खुसी लिनेहरू बढी भेटिँदा रहेछन्– सम्बन्धका नाममा ।

धीमहि क्षणभरका लागि अधुरो यात्राका लागि खोजेकी पात्र होइनन्, जीवनभरको लागि रोजेकी मान्छे हुन् । अब धेरै चाहना छैन जिन्दगीमा, बस हाँसोको पात्र बनेर बाँच्नु नपरोस् ।

मन दुखाएर पो कसलाई सुनाउनु परदेशको भूमिमा । सुने पनि बुझ्ने को छ र ? यहाँ अभिभावकको अभाव । आँखामा आँसु रोकेर हाँसेको कसले बुझ्छ ? मौसम जस्तै बदलिएका मेरा भनाउँदाहरूलाई सम्बन्धको महत्त्व थाहा पाउने दिन आएको हेर्न मन छ। आफू टुट्नुको कारण कसलाई सुनाउनु । सङ्घर्ष गर्ने शरीर र सपना देख्ने आँखाहरू मसँग ज्यूँका त्यूँ छन् । जोड्नु, छोड्नु के ठूलो कुरा हो र ? भगवान्‌लाई अछुतो नछोड्ने यही समाज हो, जरुरत भन्दा बढी उम्मिद गर्नु धोका हो ।

जिन्दगी जिउन नजरअन्दाज गरी सजिलो बनाउनुपर्छ। जोडिने र छोडिने सम्बन्धहरू यस्तै हुन्, नहुँदा पनि चलेकै थियो, भएर छुटदा के नै फरक पर्ला र !

सत्य यही हो सबैको प्यारो हुन खोज्दा आफ्नै लागि सङ्कट आइपर्दो रहेछ । सम्बन्धमा स्वार्थ खोज्नेहरू बोल्ने चाहना भन्दा छुट्टिने बहाना खोज्दा रहेछन् मान्छेहरू स्वार्थपूर्ति भइसकेपछि ।

मैले सबैलाई आफूजस्तै सम्झिएँ, तर अरूले मलाई सस्तो सम्झे उप्रान्त बाँच्नु छ आफ्ना लागि । सबै कुरा भएर पनि केही नभएजस्तो लाग्छ जन्मभूमिमा हाँसो छुटेजस्तो लाग्छ तर उता छुटेको त आमाबुबाको काख मात्र हो, अरू त बोकेर हिँडेकै छु। तैपनि मन एक्लो भएको छ ।

सबैथोक बिर्सन सजिलो हुँदो रहेछ तर आफू अपहेलित र अपमानित भएको क्षण बिर्सन नसकिँदो रहेछ। सत्यको बाटोमा हिँड्दा धेरै आलोचना खेप्नुपर्दो रहेछ।

भगवान् यो परदेशीलाई जीवन बिसाउनु भन्दा पहिले दुःख बिसाउने चौतारीको व्यवस्था मिलाइदिनु है ।

भान्साबाट चिया लिएर धीमहिले अझ कपमा चिया थपिन् । हामी चिया पिउँदै गफियौँ । केही सम्बन्धहरू संसारले सोचेभन्दा फरक हुन्छन् । श्रीमतीका बीचको सम्बन्ध नै किन नहोस्, हरेक श्रीमान्‌लाई शरीरको मात्र मोह हुँदैन र हरेक श्रीमतीलाई धनको मात्रै मोह हुँदैन । वस्तु र चिज भनेका जोड्न मिल्ने कुरा न हुन्, आवश्यकता मुताबिक पाउन सकिन्छ। सम्बन्ध आफैँमा एउटा कला हो । सम्बन्धले नै संसार जोडिएको छ र यसै सम्बन्धका कारण संसारमा प्रलय विनाश पनि हुँदै छ ।

दुनियाँको सबैभन्दा ठूलो हिसाबकिताब भनेको सम्बन्ध हो, श्रीमान् र श्रीमतीका बीचमा समय र इज्जतको खोजी भयो भने त्यो सम्बन्ध दुर्भाग्य हो। हरेक सपनाले संघर्ष माग्छ र हरेक सफलताले समय र धैर्य, श्रीमतीमा भरोसा र श्रीमतीको आश्रयमा बस्ने श्रीमान् सधैँ सफल हुन्छ किनकि श्रीमतीको सम्बन्ध युगौँयुगको प्रार्थना र पुकारपछि मात्र प्राप्त भएको हुन्छ।

जिन्दगीको बाटो हामीले जस्तो बनायौँ त्यस्तै हुने हो। सहनु नै महानता हो। सामर्थ रहुन्जेल सहनु राम्रो, सामर्थ टुटेपछि त जिन्दगी नै धराप हुन्छ। कसैलाई डर हुन्छ कि श्रीमतीले देखिराछ, कसैलाई भरोसा हुन्छ कि श्रीमती देखिराछ। डर छान्ने कि भरोसा त्यो श्रीमान्मा भर पर्ने कुरा हो।

सफल जीवन बनाउने बाटो जोड्ने कुरा हो। स्कन्दपुराणमा साबित्रीले सत्यवान्को जीवन फिर्ता लिएको कथा छ, श्रीमती त्यो महान् शक्ति हो जसले यमराजसँग श्रीमान् फिर्ता माग्ने क्षमता राख्दछ।

हाँसोको पछाडिको दुःख श्रीमतीले मात्र सम्भिmन सक्छिन्। रिसको पछाडिको प्यार श्रीमतीले मात्र सम्भिmन सक्छिन्। बेहोसीको पछाडिको आवाज पनि श्रीमतीले मात्रै सम्भिmन सक्छिन्। भाग्यरेखा उपहार दिने शक्ति र सामर्थ्य श्रीमतीसँग मात्रै हुन्छ। जिन्दगीले के देखाउँछ के सिकाउँछ, एकातिर भन्छ प्रतीक्षा गर, प्रतीक्षाको फल मिठो हुन्छ, अर्कोतिर भन्छ समयले कसैलाई पर्खिँदैन।

श्रीमान् श्रीमती बीचमा समभmदारी भए पुग्छ, दुनियाँ त समाधि पुज्ने आशामा हुन्छ। जिउँदैको कदर गर्ने समाज पातलिएको छ। जीवनमा आहा भन्नेहरू भन्दा ओहो भन्नेहरू थोरै हुन्छन्। अथाह प्रेम गर्ने श्रीमतीले सधैँ प्रेमको पोदामा आस्था राखेर सम्बन्ध अगाडि बढाउँछ उसलाई थाहा हुन्छ श्रीमान्को त्याग र परिश्रम। चाहना त सबैको ख्याल राख्नेहरूसँगै भेट् होस् भन्ने हुन्छ, तर जिन्दगीले ठट्टा गर्नेहरूसँग भेटाइदिन्छ र चोट लाग्छ।

धीमहि हामीले हेर्दै गरेका एल्बमहरू मिलाउँदै पुस्तकालय कोठातिर लागिन्। बैठक कोठाबाट हिँड्दै गरेकी धीमहिको छाया मेरा नजिकै पुग्यो। छायाको पनि माया लाग्दो रहेछ। समयका कौतुहलतामा मैले धीमहिको छाया नजरअन्दाज गरैँ- हातमा बोक्दै गरेका एल्बम।

धीमहिको अतित भएको एल्बम ल्याई पुऱ्याइदिने ती काकाकाकीप्रति नमन छ। पितृलोकबाट पितृहरूको पुकार सुनेर नै वहाँहरू आउनुभएको हुनुपर्दछ, कोटि कोटि नमन गर्न चाहे यिनै एल्बमको फोटाहरूमा।

भगवान्‌का परीक्षामा म फेल हुँदै थिएँ।

वहाँहरूको आगमन नभइदिएको भए सायद आज म श्रीमती लेख्न सफल हुँदैनथे होला।

काकीका कुरा सुन्दासुन्दा थाहा भयो समर्पणविना संसार अधुरो हुँदो रहेछ। मायाप्रेममा मात्र होइन घर, परिवार, समाज र सम्बन्ध सबै सफलतापूर्वक चलाउन समर्पण आवश्यक पर्दो रहेछ। अनुभवले भरिएका आहुतिहरू हरेक वचनमा भागवत र पुराणका भावनाहरू। भनिन्- हामी जहाँ बसे पनि हाम्रो छरछिमेक सबैलाई आफ्नो परिवार सम्झिनुपर्दछ। आफू असल भइयो भने संसार असल हुन्छ।

जीवन दुःखसुख त भइरहन्छ, त्यसलाई आत्मसात् गर्नुपर्दछ झन् बारम्बार बसाइँ सर्नुपर्ने बाध्यता हाम्रो कथा अलि फरक छ। वास्तविक जीवनको यथार्थता सुनाइन्- कहाँ हुर्किए ती दिनहरू वात्सल्य, संस्कार, संस्कृति, प्रकृतिको यथार्थता वैदिक संस्कृतिमा जन्मिएर पाश्चात्य संस्कृतिमा हुर्किएका अनुभवहरू।

काकीले बोलिरहँदा लाग्यो वहाँ आकाश र धर्तीलाई साक्षी राखेर वास्तविकता बोल्दै हुनुहुन्थ्यो जुन कुरा घमण्डले भरिएका र लगामविनाका पुस्ताका लागि पाखे स्वभाव हो। धर्मप्रतिको आस्था र संस्कृतिप्रति सम्मान जनाउनु आत्मसात् गर्नु पाखण्डीपन होइन, पाखे स्वभाव होइन। पाखण्डी र पाखे त ती हुन् जो अन्धविश्वासको छायाभित्र पापको खेती गर्छन्।

मेरो यथार्थ बदलिसकेको थियो। लाग्थ्यो रात किन आउँछ, दिन किन हुन्छ ? मेरा मनमाथिका विस्फोटहरू मेरो विश्वासमाथिका प्रहारहरू म कसैका कृपाले उभिएको भए मेरो प्राण हावामा मिलिसक्थ्यो होला। मेरो रगतमा मेरो आमाले सृजेको आत्मविश्वास छ। मेरा बुबाले सृजेको परिश्रम छ र त म उभिन सकेको छु।

काकीले असल अर्ति उपदेश सुनाउनुभयो। आमा पुस्ताकी काकी। मैले आमासँग धेरै समय व्यतित गरैं तर यसरी मन छिन्न भएका बेला होइन, मन भारी भएका बेला अभिभावकत्व पाउँदा भगवान् भेटेझैं हुँदो रहेछ।

कुनै विद्यालय वा विश्वविद्यालयका सर्टिफिकेट छैनन् काकीसँग तर उनका भाव र बोलीमा माता सरस्वतीको स्वर मिसिएको जस्तो छ । छेउमै बसेका ससुरा काका जनाइरहे समर्थन । विद्यावारिधि गरेका उनी निःशब्द नियालिरहे परिवार र जीवनको परिभाषा ।

अतितको प्यारो दिनचर्या ।

वर्तमानको परिवार सकिँदै गरेको समाजको यथार्थ ।

समर्पण र सामीप्यको पाठ ।

बित्दै गरेको वर्तमान र आउँदै गरेको भविष्यको योजना ।

बच्चाहरूको पढाइको योजना ।

आर्थिक व्यवस्थापन । नातागोताहरूसँग सीमा र अनुभव ।

घरजग्गा व्यवस्थापन ।

बुढ्यौलीको लागि तयारीहरू ।

सधैँ विश्वविद्यालय अथवा कम्पनीहरूका प्रयोगशालामा व्यस्त जीवन बिताउँदै आएका काकालाई घरको प्रयोगशाला र त्यसको नतिजा सुन्दा हर्षविभोर भएको देख्न पाइयो । पुराणका कैयौँ श्लोकहरू मुखाग्र सुनाउने काकी हाम्रो ससुरा काकाकी श्रीमती हुन् ।

श्रीमतीहरू पुज्य भइरहुन् । ती पुज्य श्रीमतीहरूमध्ये मेरो जीवनमा तुफान र आँधीबेहरी चलेका बेला संयमता दिलाइदिने ससुरा काकाकी श्रीमतीप्रति कोटि कोटि नमन ।

पुस्तकालयको कोठामा एल्बमहरू थन्क्याएर धीमहि फर्किइन् घरको पछाडिको बगैँचामा जाने ढोका खोलिन् र काठको बरन्डामा रहेको टेबुल र कुर्सी मिलाउँदै बोलाइन्- वितुर, ल आऊ न यता, बरन्डामा बसौँ । शीतल छ । मधुर हावा छ ।

म धीमहिले अह्राएझैँ काठको बरन्डामा बस्न गएँ । मधुर हावामा फिँजिएको त्यो धिमी छवि अत्यन्तै मनमोहक लाग्यो । जन्मभूमिको झल्को ब्युझाइँदिने सयपत्री फूलहरू बारीमा ढकमक्क फुलेका छन् ।

जन्मघरको छायामा बस्ने रहर सपना नै भयो । त्यो रहर मेटाउन जन्मभूमिबाट ल्याएका सयपत्री फूलका छायामा भए पनि उभिन पाउँदा मन आनन्दित हुन्छ ।

कर्मघरमा फुलेका जन्मघरका सयपत्री ।

सयपत्री फुलेको बेला बाँच्ने आयु बढेझैं महसुस हुन्छ। हेरेँ खुला आकाशतिर र हेरेँ फुलेका सयपत्रीतिर । यति टाढा आएर पनि हाँसेकै छन् सयपत्री । बाँचेकै छ फूलको धर्म ।

प्रकृतिको महानता ।

ईश्वरको आशीर्वाद पाएरै होलान् सयपत्री हाँसेका ।

सयपत्रीको बिज बोकेर यतै उमारेँ जस्तै जन्मघर पनि बोकिल्याउन मिल्ने भइदिए मन कति आनन्दित हुँदो हो । मायाको त्यो उद्गमस्थल जीवन सुरुवात भएको माटो । हरेक पल मनले जन्मघरकै काख खोजिराख्छ र मनभित्र सजाइराख्छ– त्यो जन्मघर ।

मुगुको माला र साडीचोलामा सजिएकी धीमहिले म सयपत्री फूलको छायामा हर्षविभोर भएको क्षण थाहा पाइन । कहिलेकाहीँ मेरो मन राम्रैसँग पढिदिन्छिन् धीमहि । लाग्छ हामी श्रीमान् श्रीमतीको मुटु एउटै छ ।

गीत गुनगुनाउँदै छमछमी नाचिन् धीमहि ।

तिमीलाई के था कष्टले फुल्या छु
तिमी छौ र सबै थोक भुल्या छु ।
देउरालीलाई फूलपाती साँचौला
नरौ माया सँगसँगै बाँचौँला ।
फुलेका सयपत्री फूललाई
कति खोज्छौ जन्मघर मूललाई ॥

नाच्दै गरेकी धीमहि र फुल्दै गरेका सयपत्री उस्तै उस्तै लागे मनमोहक र भावविभोर पनि ।

फरक यति हो, धीमहि परिवर्तन भइरहन्छिन् तर सयपत्री फुलुन्जेल जाति भएरै बाँचिरहन्छ, असल सकारात्मक परिवर्तन राम्रो हो, सयपत्रीको समयसीमा प्रकृतिले नियन्त्रण गरेको छ। हुन त हाम्रो समयसीमाको मापन पनि भइरहन्छ होला, अवश्य एक दिन मिल्नु छ यसै माटोमा सयपत्री फुलेर झरेझैं ।

सयपत्री फुलेर भुइँमा झरेपछि पनि म उठाएर ल्याउछु सँगालेर राख्छु। अर्को पालि रोपौँला नि बेर्ना भन्ने मोहमा तर हाम्रो शरीर आत्मा सकिएर सयपत्री भुइँमा खसेझैँ भुइँमा खस्यो भने यसको यथाशक्य अन्त्येष्टि गरिनेछ।

जताइने छैन, जोगाइने छैन सयपत्रीका फूलझैँ त्यसैले यो जीवनको समय अनुकूल सहजै बुझिदिए हुन्थ्यो धीमहिले। मैले भनेको त आधा गलत हुन्छ उनका परिभाषामा।

नाच्दै गरेकी धीमहिलाई ताली बजाउँदै मैले हौसला थपेँ- तिमी सयपत्रीभन्दा पनि राम्री छौ। जीवनको सयपत्री।

मनमनै सोचेँ- स्वतन्त्रताले के दियो ?

मातृशक्ति विज्ञ थियो, वैदिक कालमा त्यसैले त सप्तऋषिका बीचमा अरून्धती बसेकी थिइन्। सप्तऋषिका बीचमा विवाद हुँदा उनी प्राज्ञको काम गर्थिन्, मातृशक्ति वेस्वादनी, मन्त्रदर्शनीहरू छन् विज्ञ छन् वहाँहरू स्वतन्त्र थिएनन र ? उनीहरूले पढेका थिएनन् र !

श्रीमतीमा दुईवटा मुख्य सम्पत्ति छन्- मातृत्व र सतीत्व।

यी दुवै कुरा नभएकी नारी समाजका अनुमानमा असल श्रीमती बन्न सक्दिनन्। श्रीमतीको मर्यादा परिवारको परिभाषामा ठूलो अर्थ राख्दछ। समाजलाई बिगार्नु छ भने नारी पतन सुरु गरिदिए हुन्छ। नगरवधु पनि कसैको बाध्यता होला, तर कसैको रहर...।

बौद्धिकताको कुरा गर्ने हो भने नारी पुरुषसँग सजिलै टकराव दिन सक्छिन्, श्रीमती घरको मूल्य हो। स्वतन्त्रता बिग्रनु दुर्भाग्य हो, विकृति हो। प्रेरणाको गलत व्याख्या हो। जुन घर परिवारमा श्रीमतीका चरणमा कोटि प्रणाम चढाइन्छ त्यो घर मन्दिरमा परिणत हुन्छ। श्रीमती शक्ति हो, श्रीमती भक्ति हो।

श्रीमती मुक्ति हो।

श्रीमतीका चरणमा मेरो कोटि प्रणाम।

परिवारको पहिलो गुरु श्रीमती नै हो।

यो मृत्युलोकमा आरम्भको अन्त्य छ भन्ने बुझ्नु जरुरी छ। नराम्रो समयमा चुपचाप लाग्नु नै सर्वश्रेष्ठ निर्णय हो। जीवनको मतलब नै पाउनु र गुमाउनु न हो, सयपत्री फुलेका बारीमा मन एक्लो नहुनुपर्ने हो। हुन त सबैलाई चिन्न थालेपछि सबैलाई बुझ्न थालेपछि न एक्लो भइएको हो। जहाँ सहाराको आवश्यकता पर्छ त्यही नजिक भएकाहरूले घोच्न खोज्दा रहेछन्।

त्यो सयपत्री फुलेको छ तर चारैतिरबाट नजिक भएकै अरू बुटाहरूले घोचेका छन्। अरू कसैको मन नदुखोस् भनेर आफ्ना भावना गुमराहमा राखेको पीडा मलाई थाहा छ। पछाडि कुरा काट्दै मेरो अगाडि चिल्ला कुरा गर्नेहरूलाई पनि मैले केही थाहा नपाएजस्तो गरी बोल्ने गर्छु। म चाहन्नँ कि मेरो कारण कसैलाई दुःख होस् तर थाहा छैन नियतिले हरेक ठाउँमा मेरै दोष देखाउँछ। हुन त संसारमा पिर नभएको को होला र ?

रोदन र हाँसो।

दिन अनि रात।

सुख, दुःख।

धेरैपटक सम्झाउँदा पनि उल्टै आफूले अपमानित हुनुपर्ने भयो भने त्यस्तो श्रीमान् वा श्रीमतीलाई छोडिदिनु राम्रो हो। त्यस्तो मान्छे आफ्नो विनासबाट सिक्न चाहन्छ।

अर्काको बारेमा अनुमान लगाउन राम्रो होइन, धीमहिलाई मैले त्यो उमेरमा भेटेको हो। ती दुई दशक पहिलेका अतित उनीलाई नै थाहा छ। मनले त चिच्च्याउँदै जोरले ठूलो स्वरमा रोइदिऊँजस्तो लाग्छ। सबै छोडी कतै भागिदिऊँजस्तो लाग्छ।

सत्य बोल्न महँगो पर्दो रहेछ। सत्य बोल्नका लागि बारम्बार सफाइ दिनुपर्दो रहेछ। कसलाई के थाहा भोलि फेरि बिहान आउँछ आउँदैन। जति छ जीवन हाँसेर बाँच्नुपर्दछ।

अभावले जतन गर्न सिकाउँछ। मेरो अभावमा तिमीलाई मायाको महत्त्व थाहा होला। मनले खोजेको खुसीलाई बचाउन गल्ती नभएको ठाउँमा पनि हात जोडेको छु मैले। थाहा छैन त्यो खुसी कहाँ छुप्यो, कहाँ लुक्यो। न पुग्ने गन्तव्य नै भेटेको छु, न त बस्ने चौतारी नै।

बारीका सयपत्री कति राम्रा छन्, कति प्यारा छन् रातभरि दिनभरि जाग्राम बस्छन्। घरका सौन्दर्यका लागि आफ्ना सुखदुःख बिर्सेका सयपत्री घरको सौन्दर्यको चाहत- कर्मभूमिमा फुलेका जन्मघरका सयपत्री।

बारीको उज्यालो सयपत्री भएझैं धीमहि मेरो घरको उज्यालो हुन्। समय सकिएपछि मिलेका चिजबीजहरूले खासै अर्थ नराख्दो रहेछ जीवनमा। इच्छा सकिएपछि त्यसको महत्त्व नहुँदो रहेछ। बिहान अलिबेर सुतौँला सोच्यो, जिम्मेवारीले सुत्न दिँदैन। राति चाँडो सुतौँ भन्यो एक्लोपनले सुत्न दिँदैन। सिकायत पो कसलाई गर्नु।

दुःख सम्झने आफ्ना नभएपछि, आफ्नो धैर्यप्रति आफूलाई नै विश्वास सकिएपछि गुनासो पो कुन सहारासँग गर्नु । प्रार्थना, संयम, संघर्ष र कर्म सबै भगवान्ले देखेकै त होला नि । हा, यो मन कहाँ हराउँछ कहाँ ।

धीमहि नाच्दै गर्दा म ताली बजाएर गीतमा स्वर मिलाउँदै छु- कति खोज्छौ जन्मघर मूललाई ।

धीत पुग्ने गरी नाचिन् धीमहि । धीत मर्ने गरी हाँसिन् उनी । मैले यतिका दिनसम्म धीमहिलाई कसैसँग दाजिनँ । मलाई थाहा छ, भगवान्ले मेरा लागि पठाएकी अनुपम उपहार हुन् धीमहि ।

हरपल बित्दै गरेको जिन्दगीले धेरै सिकायो होला, तर मैले हिसाब राख्न भ्याइनँ । हिसाब मनले राख्यो त केवल दुःख र अपमानित हुनुपरेको समयको मात्रै । संसार मनले खोजेजस्तो छैन । पानीलाई पकाएर बाक्लो बनाउँछु भनेजस्तै हो । पैसाको महत्त्वले भरिएको यो दुनियाँमा आफूलाई बुझिदिने मान्छे खोज्छु भन्नु सधैँ सहारा दिँदै आएकी धीमहि मात्र हुन् ।

जाती भइरहिन् धीमहि । कहिल्यै यो चाहियो अथवा त्यो चाहियो भनेर डिमान्ड गरिनन् । म पलङमा नसुत्ने मान्छे, त्यसको अर्थ बुझ्न नसकेको पो हुँ कि थाहा छैन । दुनियाँका हरेक खेलको नतिजाले मानिसलाई प्रगतिपथमा डोऱ्याउँछ । हार्नेले अर्कोपल्टको लागि तयार गर्छन्, जित्नेले विजय उत्सव मनाउँछन् । तर अर्काको भावनासँग खेल्नेले कहिल्यै मुक्ति पाउँदैन । दिल टुटेको आवाज त आउँदैन तर व्यथा जीवनभर रहिरहन्छ ।

यो पापको दण्ड समयले पनि बचाउन सक्दैन । प्रगतिपथमा होइन, अर्काका आत्माले सरापेका शब्दहरूले सुत्न दिँदैन । हात जोड्ने र साथ छोड्नेहरूको अनुहार मनमै उतारिएको हुन्छ र त मौन बस्न मन लाग्छ कहिलेकाहीँ । भन्न त फरक-फरक समय चल्छ भन्छन् मेरा नजरमा । उही दिन उही रात हुन्छ, के फरक हुन्छ र ? लाग्छ समय कुर्नुभन्दा सही निर्णय गरिसक्नु विजयी हुनु हो ।

आशीर्वाद लाग्छ वा लाग्दैन त्यो आफ्नै ठाउँमा छ । तर निर्दोष आँखाबाट खसेको आँसु लाग्छ, जीवनभर साथ दिन नसक्नेले झूटा मायाको आस देखाएर अलपत्र पारेका घटनाहरू दिन-प्रतिदिन बढ्दै छन् ।

परदेशीको जीवन कतिबेला के हुन्छ थाहा छैन मलाई । आफू गलत अथवा सही साबित गर्नु पनि छैन । मात्र लाग्छ, धीमहिले मेरो मनको कुरा सम्झिदिए पुग्छ । आफ्नो बारीमा लटरम्म सयपत्री देख्दा जीवन बाँच्ने रहर लाग्दो रहेछ । बारीमा बाबुआमाको छाया उपस्थित भयो कि झैँ भान भयो ।

धीमहिले कम्प्युटरमा बज्दै गरेको नेपाली गायनको ट्र्याक नम्बर सात बन्द गरिन् र बिस्तारै छेउमै आएर बसिन् । आँखा मात्र होइन, धीमहिको अनुहार पनि चलेजस्तो लाग्यो । बारीका सयपत्री देखाउँदै मैले भनेँ- तिमी बारीको सयपत्री हौ ।

धीमहिले भनिन्- ती सयपत्री केही दिनका लागि हुन्- फुल्छन्, फक्रिन्छन् र झर्छन् । म तिम्रो जीवनभरिका लागि । अब भन, म जाति कि ती फूल ? मैले यतिन्जेल नाचेको देखेनौ र ? कि बारीका सयपत्रीको कल्पना मनमा उतारेर बस्यौ ।

धीमहिले हातभरि रङ्ग्याएको मेहन्दीका बुट्टाहरू देखाउँदै भनिन्- मेहेन्दीले रङ्ग्याइएका सयपत्री हेर त कस्ता लागे ?

धीमहिका मेहन्दी कोरिएका हात हेर्दै सम्झेँ मेरी आमाका हात । मेरी आमाका हातमा धीमहिले कोरेका मेहन्दीका भन्दा धेरै रेखाहरू थिए । काम गर्दा हातको पूरै भाग फुटेर जताततै रेखाहरूले भरिभराउ थिए । मेहन्दी कोरेका भन्दा अलग्गै तर मेहन्दीभन्दा राम्रा । हातमा कोरिएका नमेटिने घाउ मात्र होइन, घाँसदाउरा बोक्दा तालुमा परेको खाडल नाम्लाकै जत्रो, उस्तै खाडल ।

आमाको त्याग, समर्पण र मिहिनेत सम्झेँ ।

आमाका हातभरि परेका रेखा र तालुको, घाउ जसले मलाई कर्म गर्न प्रेरित गऱ्यो । मिहिनेत गर्न उत्सहित गऱ्यो । सहनशीलता सिकायो र सधैँ सत्यको बाटोमा हिँड्न सिकायो । आमा, तिम्रो मिहिनेत र सहनशीलतालाई सात समुद्र पारिबाट कोटि-कोटि प्रणाम छ ।

छेउमै बसेकी धीमहिको हातमा कोरेको मेहन्दीको प्रशंसा गरेँ- बारीका सयपत्री जस्तै छन् भनी अलिक बढी नै फुक्र्याएँ । मेरा लागि धीमहिले गरेको त्याग, सहयोग, सपोर्ट नहुँदो हो त आज यो माटोमा सयपत्री फुल्ने थिएनन् । यो कुरा मलाई राम्रोसँग थाहा छ । अलिक फुक्र्याइदिएपछि धीमहि जाती बनिन् । आकर्षणकी जाती ।

आकर्षणले नजिक बनाउँछ तर श्रीमान्-श्रीमतीको बीचको सम्बन्ध साधना हो । आकर्षणले सफल जीवन बनाउँछ भन्नु भ्रम हो । सफलताका लागि साधना, मिहिनेत जरुरी छ । अनि पो पूर्णताको बाटोमा हिँड्न सकिन्छ ।

हो, आमाले जन्माइन्, संस्कार दिइन्, हुर्काइन् र संसारमा हिँड्न सिकाइन्, संरक्षण गरिन् । आफ्ना दुःख र चीत्कारका कुरा कहिल्यै सुनाइनन् । साहस र हौसला दिइरहिन् । मिहिनेतले संसार जित्न सकिन्छ । मिहिनेत गर भनिरहिन् । मेरो खुसीमा आफ्नो दुःख बिर्सिइन् ।

मैले पनि आमासँग बसुन्जेल आमाको तपस्या र त्यागका बारेमा रत्तिभर पनि सोचिनँ । लाग्यो आमालाई पिरचिन्ता हुँदैन । आमा संसारमा सबैभन्दा महान् सुखकी खानी हुन् ।

जीवन चल्दै थियो । बीचमा धीमहि थपिइन् । यिनले पनि औधी माया र ममताले भरोसा थपिन् । समयले सात समुद्रवारि आउनु पर्‍यो । धीमहिले सघाइरहिन् । श्रीमती मात्र होइन, आमाको माया पनि जताइरहिन् बेला बखतमा । त्यसैले धीमहि मेरी आधा संसार हुन् भन्न मन लाग्छ ।

धीमहि श्रीमती हुन् ।

धीमहि बारीको सयपत्री हुन् ।

धीमही मेरी संसार हुन् ।

बारीमा फुलेका सयपत्री चिहाउँदै गरेकी धीमहि आफ्ना लामा कपाल तह लगाउँदै बोलिन्- हामी अमेरिका आएको पनि दुई दशक भइसकेछ । समय पनि थाहै भएन दिन, महिना र वर्षहरू बितेको । हामी यहाँ आउँदा जवान थियौँ ।

ऊ त्यही सयपत्रीका बुटाजस्ता जताबाट हेरे पनि उस्तै लाग्ने ।

अभावको पीडाले कमाउन हिँडेका हामी यतै बसियो । योजना र उद्देश्यहरू ठाउँ परिवर्तन भएपछि समय बित्दै गएपछि परिवर्तन गर्नुपर्दो रहेछ ।

धीमहि विगतको समीक्षातिर लागिन् । जीवनमा जतिसुकै सङ्कट आए पनि विपत्ति आए पनि जहाँ श्रीमान् श्रीमतीका विचार एक हुन्छन्, समझदारी हुन्छ, त्यहाँ देवीदेवता प्रकट हुँदा रहेछन् । त्यसैले त हामी यतिका वर्ष रमाएर यहाँ बस्न सक्यौँ । कहिल्यै केही कुराको कमी भएन ।

उमेरको डर लाग्दो रहेछ । भोगेको जिन्दगी, सहृदयी आफन्तप्रति सहयोगी मनहरूप्रति कृतज्ञता ज्ञापन गर्न मन लाग्छ । तिता कुराहरू पन्छाउन खोज्छु मनका आकृतिबाट । कस्तो थियो त्यो बेला गाउँ पनि, अब त ती काठका घाँस राख्ने टाटीहरू भत्के होलान् ।

त्यो जन्मेको घर, अनि तिमीले मलाई भित्र्याएको तिम्रो जन्मघर त्यो घरका सयपत्री अब कसले सिञ्च्यो होला । त्यो तिमी खेलेको आँगन कसले पोत्यो होला । घरको छाना, सिलेटहरू उडायो होला हुरीले । कहीं कतै चुहिए होलान् धुरीहरू । कमजोर अवस्थामा तिम्रो पर्खाइमा त्यो घर, आँगन कुर्दै होला ।

आज यति जोडौं छोराछोरीलाई भन्यो, सम्भिmयो, आफू आफ्नो दुई छाक भात खान पनि बिर्सन्छौं हामी । लोभले चाहना थपिँदो रहेछ, थपिरह्यो । तर सकिँदै गयो हाम्रो आयु । कति राम्रो त्यो तिम्रो पाटन, सलल बगेकी सुर्नाया । उस्तै राम्रा डाँडाकाँडा, प्रकृतिका अनुपम उपहारहरू । संसारकै उत्कृष्ट प्राकृतिक छटा, त्यो तिम्रो जन्मभूमि ।

धीमहिका कुरा सुन्दै मैले उत्तर दिएँ- मनमा जेजति याद भए पनि केही सपना बाध्यताले सक्यो, केही तिम्रो मायाले । अब तिमीबिना सबै कुरा फिक्का लाग्छन् । जिन्दगी बनाउने क्रममा जीवन जिउनै बिर्सिएँछु म । जिन्दगी यात्रा रहेछ । हाँसेर हिँडौं सजिलै बित्छ र बितिरहेको छ । देउतालाई भाकेर मागेको वरदान हौ तिमी । त्यसैले तिमी छौ र सबै छ ।

म एकमनले धीमहिको प्रशंसा गर्दै अर्को मनले सोचिरहें- जीवन के हो ? जीवन कहाँ छ ? मैले खोज गरिरहें । नियालिरहें ज्यूँदा मान्छेका घर । मात्र होइन ग्रेभ यार्ड (चिहानघारी) मा गएर धेरै साँझहरू बिताएँ । गाडिएका लासका पङ्क्तिहरू नियालें र क्रम जारी छ । सुनसान छन् चिहानघारी त्यहाँ । गुनासा र आरोप प्रत्यारोप छैन त्यहाँ एकान्तको सन्नाटा छ । त्यहाँ कैयौं दिनहरू पृथ्वीमाथि बिताएर पृथ्वीमुनि खाडलभित्र पसेका पार्थिव शरीरहरू छन् ।

ज्युँदा हुन्जेल कसैका श्रीमती, श्रीमान्, बुबाआमा, छोराछोरी थिए होलान् जसै शरीरबाट सासले छोड्यो आत्माविनाको शरीरसँग सबैको सम्बन्ध सकियो र त चिहानघारीमा गाडियो । सास र आत्मा हुन्जेल शरीर पनि नातागोता भएर बाच्ँदो रहेछ । गुनासो र आरोप प्रत्यारोप पनि ज्यूँदो शरीरले नै गर्ने हो । मलाई थाहा छ एक दिन मेरो पनि बास यिनै चिहानघारीमा निश्चित हो । त्यसैले सकुन्जेल सकारात्मक भएर नै बाँच्ने प्रयास गरौं ।

श्रीमतीको मात्र होइन, परिवार, समाज र देशका लागि सकिएजति सेवामा जुटौं । कसैप्रति पनि रागद्वेष नराखौं, रागद्वेष नबोकेका आँखाले जीवन चिन्दो रहेछ, परिवार चिन्दो रहेछ ।

अपेक्षाले आनन्दलाई कमजोर पारिदिन्छ र आश्चर्यले आनन्दलाई बढाउँछ । कर्तव्यले जीवन पवित्र बनाउँछ । सम्बन्धलाई सुमधुर बनाएर लैजानका लागि उपेक्षा गर्नु हुँदैन । सम्बन्धमा नाफा घाटाको हिसाब खोज्नु भनेकै सम्बन्धलाई सङ्कटमा पुऱ्याउनु हो ।

पितृसत्तात्मक देशभित्र म मातृसत्तात्मक परिवारमा, मातृसत्तात्मक संस्कृतिभित्र हुर्केबढेँ । त्यसैले सुनेजति कुराहरू नारीमाथिका व्यथाहरू थोरै धेरै आरोप प्रत्यारोप हुन् जस्तो लाग्छ । दुःख, पीडा, दीन, रात, प्रकृतिका उपहारहरू हुन् । चल्दै आएका हुन् र चलिरहनेछन् । सम्पूर्ण नारी जगत्प्रति कोटि कोटि नमन ।

गुनासोले घर चल्दैन । घर चलाउन समझदारी र विश्वास हुनु जरुरी छ । समाज त जहाँ पनि त्यही त हो, औँला उठाउन तम्तयार हुन्छ त्यसमा पनि श्रीमान्‌को खल्ती र श्रीमतीको सिउँदो खाली भयो भने हेलाको पात्र बन्नुपर्दछ ।

अमेरिकामा होस् वा एसियामा, समाजका केही आचरणहरू उस्तैउस्तै छन् । घाउबिनाको दुखाइ र आवाजविनाको रुवाइजस्तै पीडा हो समाजले दिने दण्ड सजाय ।

श्रीमान्-श्रीमतीको सम्बन्ध भनेको भावनाले जोडिएको हुन्छ र पो टुट्दैन । शब्दले माया गर्छु भन्नेहरूले मनको हालत बुझ्न सक्ने भए सायद कुनै पनि श्रीमान् श्रीमतीको प्रेम अधुरो रहँदैन थियो होला । बाहिरी हाँसो त सबैले देखेका हुन्छन् तर त्यो हाँसोभित्रको पीडा बुझिदिने भनेको असल श्रीमतीले मात्र हो ।

श्रीमती रोज्दा व्यवहार हेरेर रोज्नुपर्दछ, अनुहारले त केवल सौन्दर्य देखाउँछ, भविष्य होइन । आफैँ खाल्डो खनेर पुरिनु र पहिरोमा परिनुको कथा फरक हुन्छ ।

आफ्नो परिस्थितिले टाढा भए पनि जन्मघर नसम्झिने को होला र ? साँच्चै ऋण र काँधमा यो जिम्मेवारीको भार नभएको भए अहिले नै फर्किन्थेँ घर ।

झोला बोकेर परदेश हिँडेको मान्छेले धेरै कुरा गुमाउनुपर्दो रहेछ ।

संस्कृति, संस्कार, जन्मघर र आफन्त ।

कहिलेकाहीँ त आफ्नो याद पनि खुबै आउँछ तर पहिले कस्तो थिएँ र अहिले कस्तो भइयो भनेर पुराना दिनहरू याद गर्ने साथीसँगी उतै छुटे ।

हजारौँको भिड किन नहोस्, तर खोजी अतितको हुँदो रहेछ जीवनका फेरहरूमा । अतितको छायाले जब मनमा पीडा हुन्छ कुनै पनि भौतिक कुराले त्यसलाई खुसी

तुल्याउन नसक्दो रहेछ। अर्को सजिलो शब्दहरूमा भन्नु पर्दा म आफूलाई अतित हराएको जोगी भन्न मन पराउँछु। समाजको नासोहरू फिर्ता बुझाउन मिल्ने भए फिर्ता बुझाउन मन छ। हुन त मेरी श्रीमतीले मलाई जीवन पढाइन्।

हरेस खाएको भए कहाँ सयपत्री फुल्थे रे।

सम्बन्ध छ र शक्तिशाली भइएको छ।

आफ्नो कर्ममा विश्वास राखेको छु यदि गल्ती गरेको छु भने त्यसको सजाय पनि स्वीकार्य छ मलाई। तर मैले हिँड्दै गर्दा भुक्ने भुस्याहा कुकुरहरूको खोजी गर्न पटक्कै मन छैन।

हरेक बित्दै गरेको समयले मलाई सिकाउँदै छ कि यदि म सफल भइनँ भने मेरो आफ्नो ठानेकाहरूसँग सम्बन्ध सकिनेछ। देखिरहेको जिन्दगी र भोगिरहेको जिन्दगीको फरक छुट्टिनेछ। अब प्रगति जितको गर्नुपर्छ, अब कामना समृद्धिको गर्नुपर्छ।

निभाउनैपर्ने केही कर्तव्य छन्। समय सधैँ एउटै रहँदैन। यो जिन्दगीको यात्रामा ताराजस्तै छरिएर रहेका खुसीहरू जोड्नु छ। आफूले आफ्नै मनलाई सम्झाउने शक्ति चाहिएको छ। आफ्नो बारेमा आफैँलाई थाहा नभएका कुरा दुनियाँबाट सुन्दा आश्चर्य लाग्छ नै।

खुला आकाशमा उड्ने पक्षीका त पखेटा तान्न तम्तयार छ समाज, म त यसै माटोमा उभिएको गन्तव्यहीन यात्रु हुँ। मेरो बारेमा कुरा चल्नु सामान्य नै हो।

यो मन पनि अचम्मको छ, नियन्त्रण गर्न नसकिने। धीमहिसँगै बात मार्दै छु, मन कता जान्छ, कता पुग्छ, के खोज्छ। स्तब्ध हुँदै नियालेँ धीमहिलाई।

धीमहिले थपिन्- हामी आउँदाका बखत यहाँ नेपालीहरूको सङ्ख्या थोरै थियो। फाट्टफुट्ट ग्रोसरी पसल, बस बिसौनी आदि ठाउँमा भेट भइरहन्थ्यो। पेसाले को के गर्थे कुन्नि, नेपाली हो भनेर सोध्दा हो भन्ने उत्तर आयो भने कुरा गर्न मन लाग्ने। कहीँ कतै नेपाली मूलको मान्छे एसियन मूलको मान्छे भेट्दा आफ्नै घरको सदस्य भेटेजस्तो लाग्थ्यो त्यो अतित।

अमेरिकामा मान्छे खुसीले नै बसेका हुन्छन्। खुसीको फसल खोज्दै हिँड्छन् भन्नु भ्रम हो। त्यसको जीवन्त पात्र हुन् त्यतिबेला भेटिएकी भावना विष्ट, हामीले त्यहीताका चिनजान गरेकी भावना। मैले सम्झिएँ तिनै भावनालाई। हामी आएको करिब चार महिना जति भएको थियो, ग्रोसरी पसलमा भेटिइन् उनी।

हो भावना पनि कसैकी श्रीमती हुन् । कथाव्यथाले भरिपूर्ण नेपालको पहाडी माटोमा जन्मेकी तराईका फाँटमा हुर्केकी र उपत्यकामा कर्मघर बनाएर सङ्घर्ष गर्दै आएकी असल पात्र मैले सम्झिनु पर्दा उनी अधबैंसे उमेरकी, गोलो अनुहार, सुन्दर जिउडाल र लामा कपाल भएकी, सहनशीलताकी सागर । समुद्र देख्दा पो शान्त र सम्म देखिन्छ, त्यस समुद्रभित्र ज्वारभाटा चलेको हुन्छ । बहाव र आँधी पनि आउँछ ।

कुरा समयचक्रको हो । हामी धेरैपटक भेट्यौं । हामीसँगै पारिवारिक आत्मीयतामा बाँधिइन् उनी । धीमहि, म र भावना । भावनासँग अमेरिकाको दिनचर्या मात्र नभई जीवनचर्याको पनि राम्रै अनुभव छ । सधैंजसो सकारात्मक कुरा गर्ने भावनाले त्यो दिन साँझपख पानी पर्लाजस्तो हुँदै थियो, बस बिसौनीमा बस कुर्दै गर्दा सुनाइन् आफ्नो तितो अतित ।

भावना आई.ए. पढ्दै गर्दा उनलाई विवाह गर्ने संयोग जुर्‍यो । फागुन महिनामा आफ्नो नातेदार पर्नेको घर परिवारमा नै उनी विवाह बन्धनमा बाँधिइन् । शिक्षित परिवारमा जन्मेकी, उनको जन्मघरको नीतिनियम अलि कडा नै थियो । बुबा प्रतिष्ठित व्यक्ति थिए । भैरहवामा प्रायःजसोले चिन्ने गर्थे उनका पिताजीलाई ।

भावनाको विवाह मेडिकल डाक्टर पढ्दै गरेको केटासँग भयो । श्रीमान् डाक्टर पढ्दै गरेको पहिलेदेखि चिनेजानेको नाता पर्ने परिवार । भावनाको खुसीको सीमा रहेन ।

श्रीमान्-श्रीमतीको सम्बन्ध, भविष्यको कल्पनामा भावविभोर भएकी भावनाको खुसी धेरै दिन टिक्न सकेन । श्रीमान्ले बाहिर आफ्नी केटी साथी रहेको र परिवारको इज्जत बचाउन परिवारकै आग्रहमा भावनालाई आफूले श्रीमतीका रूपमा भित्र्याएको जस्ता कुरा श्रीमान्को मुखबाट सुन्दा आफू मरेतुल्य भएको अनुभव सुनाइन् भावनाले ।

भावनाले अनुहार बिगार्दै सुनाइन् । लाग्यो भतभति पोल्दै थियो भावनाको मन ।

घर समालेर बसैं । फर्केर हेर्दा मलाई केही थाहा रहेनछ, आँट पनि थिएन ।

आफ्नो कमाइ पनि थिएन ।

सपोर्ट गर्ने समाज पनि थिएन ।

बुबाआमाको इज्जत जान्छ भन्थे ।

कुमारीबाट श्रीमतीमा परिणत भएकी ।

जसको श्रीमान् आफ्नो हुँदैन, त्यसको कोही आफ्नो नहुँदो रहेछ। घरबाट बिस्तारै ममाथि अन्याय थपिँदै गयो, माइतीबाट टाढिँदै गए- खुलेर माइतीसँग बोल्न पनि सकिनँ। घर बचाउने प्रयासमा समर्पित भइरहे। अरूहरूका श्रीमान्-श्रीमती जोडी भएर हिँडेको देख्दा आफूलाई पनि रहर लाग्थ्यो। आफ्ना दिनहरू कहिले राम्रा होलान् भन्ने लागिरहन्थ्यो। श्रीसम्पत्ति, सामाजिक प्रतिष्ठा राम्रो भएको परिवार थियो। त्यो बेलामा उच्च शिक्षा हासिल गरिरहेको श्रीमान् बाहिरबाट हेर्ने सबैका आँखामा मेरो जीवन उत्कृष्ट लाग्थ्यो तर वास्तविक पीडा मलाई नै थाहा थियो।

सासूआमाले सान्त्वना दिनुहुन्थ्यो- समय आएपछि सबै ठिक हुन्छ नआत्ते, त्यो सुध्रिन्छ। हामी छौँ भन्नुहुन्थ्यो तर त्यो दिन आएन वा आएर मैले थाहा पाइनँ। हुन त दुई दुईवटा बच्चा पनि जन्मे। अहिले म बाँच्ने सहारा भएका छन् बच्चाहरूको पालन पोषण शिक्षा आदि जिम्मेवारी काँधमा थपियो।

एक्काइस वर्षकी थिएँ म त्यतिबेला छोरी जन्मिन्, मेरो पहिलो सन्तान। छोरी जन्मेको दुई वर्षपछि छोरा जन्मियो। यिनीहरूकै भविष्य सम्झेर लागिरहेँ, चलिरह्यो जीवन। भोलि हेर्नु छ।

छोरी जन्माउनेलाई झन् पीडा हुँदो रहेछ। भोलि अन्माइदिनुपर्छ। समाजले बाउ खोज्छ। प्रतिष्ठाले जन्मघर सोध्छ। त्यो हाम्रो समुदाय।

पैसाको आवश्यकता बढ्दै गयो। बच्चाहरूलाई पढाउनु पर्‍यो आदि इत्यादि। पछि म पैसा कमाउन र बच्चाहरूलाई पढाउनकै लागि यतै सरेँ। सजिलो कहाँ छ ? भाषा नमिल्ने, रहनसहन नमिल्ने, फरक संस्कार संस्कृतिमा सहअस्तित्वका कुरा। अँध्यारा दिनहरू बिताएँ। जेनतेन बच्चा ठूला भए। आफूले पनि यहाँको सिस्टम सिकेँ। तितो अतित जीवनबाट बाहिरिँदै गयो। जेजति दुःख र वेदना पीडा दिए पनि आफ्ना सन्तानको बाउ हो। मेरो खुसीभन्दा पनि बच्चाहरूका खुसीका लागि उसको नामको सिन्दुर जतन गरेकै थिएँ।

म यता ऊ उता भएपछि झनै बर्बाद भएछ। केटा मान्छे त्यसमा पनि अगतिलो बानी भयो भने सम्झनामा कति दिन सम्बन्ध बाँच्दछ ? हाम्रो सम्बन्ध सकियो। अहिले पहाडमाथि लागेको कुहिरो छुटेर घाम लागेजस्तो आनन्दित भएको छ जीवन। गुनासो पो कोसँग पोख्नु र मनका व्यथापीडा देखाउन मिल्ने भए पो।

आफ्ना नियन्त्रणमा नभएका कुराहरू त्याग गर्न पनि सिक्नुपर्दो रहेछ । जेजति मिल्दछ त्यसैमा रमाउने कला सिक्नुपर्दो रहेछ । आफ्नो आत्मालाई चिन्ने र आफूले आफैँलाई माया गर्न सक्नुपर्दो रहेछ । आफूभित्रको मसँग हाँस्न र नाच्न सिक्यो भने जटिल परिस्थितिमा पनि खुसी भएर बाँच्न सकिँदो रहेछ ।

संसारको चित्त बुझाउनतिर लाग्यो भने अन्त्यमा आफ्नो खुसी हराउँदो रहेछ । त्यही गल्ती मैले विगतका दिनहरूमा गर्दै आएँ । प्रार्थना मात्रै गरेर पुग्ने भए मन्दिरका पुजारीले भेटी उठाउँदैनथे होलान् । जीवन चलाउन आर्थिक पाटो महत्त्वपूर्ण पक्ष हो ।

आजपर्यन्तको बाटोलाई प्राथमिकतामा राखेर योजना बनाउनुपर्दो रहेछ, जुन कुरा मैले यहाँ आएर मात्र थाहा पाएँ एक्लो श्रीमती भएर परिवार चलाउन यहाँ पनि सजिलो छैन । समाजका आँखा र समाजको आचरण त्यही न हो । कहाँ जान्छे, के गर्छे, कोसँग हिँड्छे ।

घरमा बत्ती बलेको र निभेको हिसाबसमेत छिमेकीले राखिराख्छ । भोगेका कति कुराहरू भन्नै नसकिने, शब्दमा उतार्नै नसकिने ती विगतका अनुभव जीवनका पाटाहरू । श्रीमान्कै बन्छु एक दिन । जीवन सजिलो होला लाग्थ्यो त्यो पनि सकियो । साथ पाउँछु भन्ने भर थियो त्यो पनि सकियो । उसलाई गुमाउँछु कि भन्ने मनमा डर थियो । त्यो पनि सकियो ।

अतितको दुःख लाग्छ, अनुभूति बोकेका शब्दहरू आफ्नै लागि असहज लाग्दछन् । मभित्र विद्रोह गर्ने आवाज किन आएन । मैले अन्याय किन सहँदै आएँ । मेरो सोझो मनले सम्झिरह्यो । आफू जहाँ बसे पनि जुन आँगनमा बसे पनि बुबाको घर आँगनझैँ सम्झिबसेँ । बाहिर केटी राखेर बस्ने श्रीमान्को घरआँगन बुबाको घर आँगनजस्तो के हुन्थ्यो र मभित्रको भ्रम ।

गुनासो छ त आफूसँगै छ, किनकि जेजति भोगेँ, मेरै गल्ती हो । मेरो मौनताले मेरै लागि जेलघर बनायो, संस्कार र संस्कृतिका नाममा मलाई त्यही सिकाइयो । श्रीमान्सँग मुख लागेर बोल्नु हुँदैन, ठूलो स्वरले बोल्न हुँदैन । श्रीमान्ले भनेको मान्नुपर्छ, श्रीमान् भनेको पति परमेश्वर हो ।

श्रीमान् भनेको बुबाआमापछिको विश्वासिलो पात्र हो । जिन्दगीमा सम्हालिएर हिँड्न सिक्नुपर्दछ । सायद त्यही अर्ति-उपदेश र संस्कृतिले मलाई बन्धनमा बाँधिरह्यो । मुटु भरिए पनि, जिउ थाके पनि, आँखामा बग्न नसकेका आँसुले असह्य पोले पनि अधुरा सपना पालेर म प्रयासरत थिएँ जिन्दगीको सही गन्तव्यमा ।

टाढा गएपछि सजिलो होला । सोचेको थिएँ तर सम्बन्ध सकिएजस्तो सम्झना नसकिँदो रहेछ । त्यो घर छोडिदिएँ, त्यो सहर छोडिदिएँ, टाढा आएर नयाँ जीवन सुरुवात गरेँ । आफूमाथि लादिएको अन्धविश्वास समुद्रमा सेलाइदिएँ । मेरा रहरका पाना पल्टाउँदा उसैको हुने रहर हरेक पानामा थियो । उसको सजिलोका लागि त्याग गर्दागर्दै आज आफैँलाई अप्ठ्यारोमा पारेकी रहेछु । हेरौँला, एउटालाई बर्बाद पारेर अर्कासँग सम्बन्ध जोड्नेको सम्बन्ध कति दिन चल्ला र भन्ने गाइँगुइँ समाजमा चल्थ्यो होला ।

ती गाइँगुइँ गर्नेहरूलाई के थाहा मेरो पीडा । ज्यानै समर्पण गरेको मान्छेलाई त खुसी बनाउन सकिनँ मैले । अब समाजको खुसी त अति टाढाको कुरा भयो, घर परिवार र नाता कुटुम्बलाई आफ्नो ठान्ने म त्यसै घर-परिवार र तिनै कुटुम्बबाट आतङ्कित बनाइएपछि थाहा पाएँ, म त एक्ली रहेछु ।

तिनै नाता सम्बन्धहरूका सदस्यहरू जसले आफ्नो घर समाल्न सकेका थिएनन् । उनीहरू नै मेरो सम्बन्धको पञ्चायत गर्न तम्तयार थिए । झूटो सम्बन्ध देखाउने मतलबीहरूको भीडमा मैले बुझाउन नसकेको हो वा उनीहरूले बुझ्न नसकेका हुन् । मेरो प्रेम सम्झौताजस्तो भयो, मेरो प्रेम सपनाजस्तो भयो । अन्ततोगत्वा मेरो प्रेम मलाई नै दण्ड सजाय भयो ।

मैले विश्वास गरेको मान्छेले मूर्ख बनाए भनेर हाँसेको देख्दा कम्ता मन रोएन । विश्वासघात गर्नेहरूले सोच्दा रहेछन् मैले उसलाई पागल बनाएँ, तर बुझ्दा रहेनछन् । त्यसै झूटका कारण सम्बन्ध सकिँदै छ भनेर अर्कालाई रुवाउनेहरूलाई आँसुको श्राप लाग्छ भन्छन् तर म चाहन्छु मैले बगाएका आँसुको आशीर्वाद उसलाई लागोस् ।

म अरूको दुःख र पीडामा रुने मान्छे सबैको दुःख पीडामा सहारा हुने प्रयास गरेँ । तर पाउने जतिले मलाई सस्तो सम्झे । मेरा पूर्वश्रीमान्लाई जहाँ छौ खुसी रहनु भन्न चाहन्छु । म तिम्रो हुन नसके पनि तिम्रो नराम्रो सोच्न सक्दिनँ । प्रेम गरेकी थिएँ र पो सकुन्जेल प्रयास गरेँ । घृणा गरेकी भए आज म एक्ली हुनुपर्ने थिएन ।

म जीवनमा अब हार मान्दिनँ । आँटेको काम गर्दै छु, धेरै गर्न नसके पनि कसैलाई दुःख दिन चाहन्नँ । मायामा शङ्का होस्, झगडा होस्, आँसु झरोस्, केही छैन तर मेरो जस्तो अरू कसैको विछोड हुन नपरोस्, हे भगवान् ।

मलाई थाहा छ, सर्पले काँचुली फेर्दैमा विषको अन्त्य हुँदैन, आत्मसम्मानमा चोट पुऱ्याउनेहरूले सम्बन्धका नाममा अन्याय थुपार्दै जाँदा रहेछन्, त्यही अन्यायको पोका बोझिलो भएपछि मर्नु भन्दा बहुलाउनु जाती ठानेर मिल्काइदिए झूटा सम्बन्धहरू । थाहा छैन सम्बन्धको गणित कस्तो हुन्छ किनकि मैले भोगेको झूटा देखावटी सम्बन्ध रहेछ ।

म नारी पात्र हुँ, मलाई थाहा छ सहनशीलता के हो भन्ने कुरा त्यसैले छातीमाथि कुल्चेर हिँड्नेलाई पनि मनमा जताइरहे । मुटु दिएर आँसु उपहार पाएकी मान्छे हुँ म । अब कसैलाई थप विश्वास गर्नु छैन जीवनमा उप्रान्त मन दुखाएर होइन, मन बुझाएर जिउने प्रयास गर्दै छु ।

आफ्नो अतित र वर्तमान सुनाउँदै गरेकी भावना अलिक भावुक हुँदै बोलिन्- विपत्ति परेका बेला दुःख साट्ने आफन्ती साथमा नहुँदा मनमा एक्लोपन महसुस भएर सुतेको बेला बैकुण्ठवासी बुबा सपनामा आएर सघाउनुहुन्छ र चल्छ जीवनको दिनचर्या । मेरो खुसीका लागि, मेरो जितका लागि आफू सधैँ हारिरहे मेरो बुबा । अर्को जन्म भएछ भने बुबा म हजुरकै काँधमा खेल्न पाऊँ ।

भक्कानिँदै भावनाले आँखाभरि आँसु थुपारिन् । गाजलले भरिएका आँखा आँसुले पखालिए । भनिन्- धोको त सँगै बस्ने थियो, छोरीको कर्म संस्कारका नाममा हामीमाथि थुपारिएको परम्परा ठूलो भएपछि पराइ घरमा जानैपर्ने । पराइ घर गएर पनि जेजति गरे पनि न म उसकै हुन सकेँ न त म नै चोखी रहन सकेँ । भाग्यले कस्तो साइनो जुराइदियो ।

करिमले छुटाएको माया भागमा नपरेको खुसी, विधाताले किन छलकपट गर्छन् होला बरु भेट नहोस् । भेट भएपछि छुट्टिन नपरोस् । पर्खिनेले भोलिको बाटो हेरिरहे पनि फर्किनेले बाटो फेऱ्यो भने पर्खिनेको के नै लाग्दो रहेछ र । सपनाहरू साकार पारुँला भन्दाभन्दै सकिए सपनाहरू । वज्रपात भयो भावनामा र मऱ्यो हाम्रो सम्बन्ध ।

आँसु बगाउँदै बोल्दै थिइन् उनी । उनले सुनाएअनुसार भावनाले श्रीमान्लाई माया नगरेकी पनि होइनन् । साथ सपोर्ट नगरेकी पनि होइनन् । श्रीमान्को दुःख बुझ्न नखोजेकी पनि होइनन् । नम्र बोली नबोलेकी पनि होइनन् । श्रीमान्हरू हार्ने र पतन हुने ठाउँ भनेको पहिलो घरको झगडा हो र दोस्रो श्रीमतीको नराम्रो व्यवहार जहिले पनि झर्किएर बोल्ने ।

श्रीमान्-श्रीमतीका बीचमा भिनामसिना कलभगडा सामान्य हुन् । सानोतिनो मनमुटाव क्षणिक समयका लागि हुन्छन् नै, तर सम्बन्ध नै सकिने गरी हुने व्यवहार दुर्भाग्य हुन् ।

विदेशको भूमिमा संघर्ष गर्दै गरेकी भावनाको बाँकी सपनाहरू पूरा भएको हेर्न पाइयोस् । उनी पनि थिइन् कसैकी श्रीमती, घर आँगन छोडेर जीवनको नयाँ यात्रामा सात समुद्रवारि आएर आफन्तहरूको अभावमा नयाँ जीवनको यात्रामा होमिएकी पात्र ।

औकात र इज्जतका कुरा गर्नेहरूसँग सम्भौता गर्दागर्दै थकान हुनुको पीडा भोग्नेलाई नै थाहा हुन्छ ।

उमेर र शरीर सुन्दर भएको मान्छेको मन सुन्दर नहुँदा भावनाले पीडा सहनु पऱ्यो । आधी जीवन भ्रमपूर्ण भएर बाँच्नु पऱ्यो । बिर्सनेलाई नाटक लाग्यो होला, जिन्दगीको बक्यौता पूर्वार्द्धभन्दा उत्तरार्धमा बढी माया र सहारा खोज्छ जीवनले, यथार्थता बिर्सने लोग्ने मान्छे ।

पश्चात्तापका सिकार मर्यादा बिर्सनेहरू । भावनाका मुटुमा सजिएका विजयका हस्ताक्षरहरू बाँचिरहुन् । एक्लोपनको पीडामा डुबेकी उनीलाई सम्भिने र सहयोग गर्नेहरू बाँचिरहनु चिरायु भइरहनु धैर्यताले साथ दिइरहोस् । जीवनमा सफलता पाउन पनि सबैभन्दा नराम्रो परिस्थितिबाट गुज्रिनुपर्दछ भन्दछन् । भावनाको त्यो जटिल परि स्थिति प्रगतिवादी साम्य भएको हेर्न पाइयोस् ।

थकित शरीर ।

गलेको मन ।

लथालिङ्ग परेको जिन्दगी ।

छरपस्ट सपनाहरू ।

अनिश्चित गन्तव्यको यात्रामा, शक्तिपीठ भएर उभिइरहेकी उनलाई कोटि कोटि नमन । श्रीमतीका यस्ता अदम्य साहस, उत्कृष्ट अनुशासन र कठोर परिश्रमले नयाँ इतिहास रच्न सफलता पाओस् । डायस्पोराको जीवनमा स्वर्गीय आनन्द मिलोस्, हाम्रो शुभकामना ।

म पनि पुरुष हुँ, श्रीमान् हुँ तर कारुणिक कहानी कल्पनासम्म गर्न नसक्ने, कमजोर मन र कोमल भावना भएको । अतित र वर्तमानलाई तुलना गर्दै म भावविभोर भएँ । मेरो मनले एकाग्रता खोज्दै गरेको धीमहिले थाहा पाइन् । मलाई भावनामा डुब्दै गरेको

अड्कल गरिन् र मधुर स्वरमा बोलिन्- जीवन यस्तै हो वितुर, समयले भेट गराउँछ र परिस्थितिले टाढा बनाइदिन्छ । सबैका आआफ्नै बाध्यता हुन्छन् । व्यवहारको राम्रो मनको चोखो माया कसको चाहना हुँदैन र ?

आफू बदलिने कोसिस गर्दा पनि बदलिन नसक्नु दुर्घटना हुनु हो जुन दुर्घटना भावना र उनका श्रीमान्‌को बीचमा भयो । घमण्ड केको गर्नु, भोलि यसै सासलाई यसै शरीरको भार थेग्न गाह्रो हुन्छ । निर्दोष श्रीमतीलाई गल्तीको भागीदार बनाउने यो समाजमा कमजोर होइन, कठोर भएर निस्किनु छ । आँसुको थोपा होइन, हाँसेर देखाउनु छ ।

फलामलाई उसको खियाले सिद्ध्याएजस्तै घमण्डी श्रीमान्‌लाई पनि उसकै अहङ्कारले सिद्ध्याउँछ । त्यस्ता अहङ्कारी श्रीमान्‌हरूको के कुरा गर्नु, भैगो छोडिदेऊ ती तिता अतितहरू अर्काको आँगनको खरानी ।

धीमहिका मुहारमा, धीमहिका बोलीमा निकै महान् मैले बुझ्न नसकेको, खोज्न नसकेको रहस्य छ जुन रहस्यले म आफैँभित्र हराउन खोज्दा मलाई धीमहितिर तान्दछ । त्यसै रहस्यले फेरि मलाई उनीतिर आकर्षण गऱ्यो । रूपरेखाविनाको धीमहिका आँखाको रहस्य ।

धर्म, सभ्यता र मनोविज्ञानको कल्पनामा धीमहिको छाया मैले महसुस गर्न नसकेको आकृति हो । मलाई लाग्छ, धीमहिलाई शब्दको जरुरत पर्दैन, उनी प्रकृतिको अनुसरणमा मलीन छिन् ।

जीवन अनिश्चित छ । सम्बन्ध नाजुक छन् र समय सीमित छ । म र धीमहिमा पनि वादविवाद भइरहन्छ । धीमहिलाई ठूलो घर मन पर्छ । मलाई ठूलो मन मन पर्छ । घरले त समाजले चिन्ला, मन ठूलो भए संसारले चिन्ला । सम्भावनाहरू चोक र गल्लीमा पर्खिरहेका हुन्छन् तर खोज्ने काम हाम्रो हो । मनोभावना एकातिर मनको खोज अर्कोतिर । आँखा अगाडि धीमहि ।

मैले धीमहिको प्रशंसा गरेँ- तिमी प्रेम हौ, तिमी करुणा हौ । तिमी मोक्ष हौ । तिमी मेरो संसार ।

प्रशंसा मन पराउने पात्र हुन् धीमहि । मैले प्रशंसा गर्दै गरेकी उनी झन् आदर्श भइन् । मेरो मनको चाह पनि आफू भाग्यमानी हुन पाऊँ नै हो । त्यस्तो भाग्यमानी जसले आफूले माया गरेको मान्छेबाट आफूले भन्दा बढी माया पाउँछ ।

ठूलो छ यो संसार। अर्बौंको भीडमा परिचितहरू बहुत थोरै छन्। परिचितहरूमध्ये साथी थोरै छन्। साथीहरूमध्ये पनि मन मिल्ने साथी अझ थोरै छन्।

धीमहि मेरो मन मिल्ने साथी पनि हुन्। श्रीमतीको नाता सम्बन्ध भन्दा पहिलेको हाम्रो नाता सम्बन्ध साथीको थियो, असल साथी। साथीको नाता अझै प्रेमिल हुँदो रहेछ।

जिम्मेवारीमा नबाँधिएकी।

सम्बन्धका परिधिभित्र नभएकी।

सङ्कल्प र रेखाहरू भन्दा माथि।

धीमहि र म त्यही नाता सम्बन्धमा किन रहन सकेनौ ? प्रशस्त बाटाहरू भएको, सबैभन्दा सर्वश्रेष्ठ नाता, श्रीमान्-श्रीमतीमा परिणत भएपछि थुप्रै परिधि र रेखाहरूभित्र जीवन बाँधिदो रहेछ त्यो दिन, प्रेमिका श्रीमती बनेको दिन।

उपहारझैं धीमहि उन्नति बनेर दुःख दर्दका ओखती बनेर मेरो जीवनमा थपिएको दिन। जीवनको सत्य। प्रफुल्लित मुद्रामा छेउमै बसेकी धीमहिले छेउकै टेबुलबाट फ्रेम उठाउँदै बोलिन्- एउटै फ्रेमभित्र तीनवटा तस्बिरहरू।

मैले भनें- हो, यी तीनवटै फोटाहरू एउटै स्वास्नीमान्छे श्रीमतीका हुन्।

पहिलोमा उमेरले बाह्र वर्ष टिक्दै गरेको जस्तो लाग्ने, फोटाको पृष्ठभूमिमा तराईको सम्म जमिन अलि टाढा ठूलठूला सालका रूखहरू र नजिकै विभिन्न थरीका फूलले सजाइएको बगैंचा, यो फोटा मैनापोखरीमा खिचिएको हुनुपर्दछ।

दोस्रो फोटामा उमेरले बीस वर्ष टिक्दै गरेको जस्तो लाग्ने फोटाको पृष्ठभूमिमा जतातते घरहरू छन्। घरले भरिभराउ सहर सायद यो काठमाडौंको बबरमहल हुनुपर्दछ। चारैतिर पहाडले घेरिएको सुन्दर उपत्यका।

तेस्रो फोटो उमेरले सत्ताइस वर्ष टेक्दै गरेकी, अस्पतालको बेडरुममा बिरामीलाई कुर्दै गरेको, पृष्ठभूमिमा उपचारमा प्रयोग भइरहेका उपकरण र औषधिहरू, यी आधुनिक उपकरणले भरिएको अस्पतालको कोठा, सुबिधासम्पन्न अस्पताल हो भन्ने अनुमान लगाउन सकिन्छ। मैले सामाजिक सञ्जालबाट कपी गरेर यी प्रिन्ट गरेर फ्रेममा सजाएको छु।

हाम्रो घरको पछाडि घाम लाग्ने कोठा, यस्तायस्तै फोटाहरू, लेखरचनाका फाइलहरू र थुप्रै किताबहरूले भरिभराउ छ र यी कुराहरूसँग धीमहि खासै मतलब गर्दैनथिन् । प्रायः जसो उनको आकर्षण बारीका फूलहरू तथा घर तलतिरको एकान्त जङ्गल हुन्थ्यो ।

म कहिलेकाहीँ मन दङ्ग भएका बखत धीमहिलाई यसै कोठामा कविता सुनाउने गर्दा उनी भन्थिन्-

देश दुखेको कविता नसुनाऊ ।
देश रोएको कविता नसुनाऊ ।
पीडाहरूले भरिएको मिसिल नसुनाऊ ।

धीमहिका कुरा सुनेर म द्विविधाग्रस्त हुन्छु । हृदयको पवित्र अवाज, अस्तित्वबोध अक्षरमा उतार्ने मेरो प्रयास राम्रो हो वा होइन धीमहिले नै रमाउन नसकेका अक्षरहरू पढेर पाठकवर्ग रमाउलान् कि नरमाउलान् अर्को मनले सोच्दछु । होइन सर्जक एक्लै हुन्छ, सत्य पनि एक्लै हुन्छ म जहाँ छु, जे छु ठिक छ । पिपल पनि एक्लै थियो, मेरो जन्मघरको न्वालाको छेउमा ।

दायाँ हातले फ्रेम सुमसुम्याउँदै गरेकी धीमहिले फ्रेमलाई टेबुलमाथि राख्दै छेउमै रहेको फाइल पल्टाइन् । यो फाइलभित्र पनि केही थान सत्यका गीतहरू छन्, सुदूर आकाशको उज्यालोले लिपिबद्ध गरिएका । मैले अँगालो हालेको माटो शालीन पहाडका फेदमा तराईका फाँटहरू छन् । काठमाडौँ उपत्यका हुँदै सात समुद्रवारि आएर मनाएको गौरा पर्वका केही थान रचनाहरू । म सापेक्ष बोले पनि संस्कृतिले सत्य बोलिरहनेछ । संस्कृतिका माधुर्य छातीमा डुब्ने मन सबैको हुन्छ, तीमध्ये म पनि एउटा पात्र हुँ सुसंस्कृतिका माधुर्यतामा डुब्न मन पराउने ।

धीमहिले फाइल पल्टाउँदै गर्दा ती प्रिय ध्वनि गुन्जायमान हुन थाले । काली-कर्णालीका छातीमा मार्मिक बनेका, मोहकता बोकेका गौरा पर्वमा गाइने मङ्गल धुनहरू । निःसर्त सजिएका काली-कर्णालीका लोकभाका जनजीवनका मुटु मस्तिष्क ।

नदीसँगै बगर उभिएझैँ हाम्रा जनजीवनका आधारहरू पनि उभिइरहन्छ हाम्रा अघिपछि धर्तीको चारैतिर । लाग्यो हामी पशुपतिको सजल उज्यालोसँग आरती उठान गर्दै छौँ, त्यो निलो आकाशको पारि सत्य आराधना हुँदै छ । आत्मा, शरीर र संस्कृतिको सम्मिश्रण । यो त्यही फाइल हो जसले सम्पूर्ण समुदायलाई एकै ठाउँमा एउटै मञ्चमा उभ्यायो ।

पोहोर साल हामीले गौरा पर्व मनायौँ । अमेरिकामा गौरा पर्व, जन्मघरको भाषा र संस्कृतिमा पूरै समुदाय डुब्यो । मौनताका मनहरू हर्ष र खुसीले उल्लासमय भए । आनन्दित भए मनहरू । संस्कृतिले झकझक्याउने रहेछ । यस्ता पर्वहरू मनाउन पाए हुन्थ्यो भन्ने चाहना समुदायका सबै सदस्यहरूमा खड्किरहेको रहेछ । संस्कृति र भाषाले सबैलाई समान रूपमा भावविभोर बनाउँदो रहेछ । मन लाग्दा सम्झिनेहरूले पनि संस्कृति मनले सम्झेको देख्दा गौरवान्वित भयो पूरै समाज । म पनि त्यसको सदस्य हुँ र झन् मेरो हर्षको सीमा रहेन । सुदूरपश्चिम समाज सिङ्गो समुदायलाई समेट्न सफल भयो ।

फाइलभित्र अर्धलिखित 'गौरा पर्व' पाण्डुलिपि छ कैयौँ फोटाहरू पनि । फोटाहरूमा कतै दिदीबहिनीहरू, गौरा सजाउँदै गरेकी कतै गौरा नचाउँदै गरेकी, कतै गौराका मङ्गल फाग गाउँदै गरेकी, कतै देउडा खेल, हातमा हात मिलाएर पाइतालाको चाल मिलाउँदै एकातिर महिला, अर्कोतिर पुरुषहरू राष्ट्रिय पोसाकमा सुसज्जित भएर देउडा गीतमा सवालजवाफ- कलस्यौली नानीहरू, कलस बोक्दै गरेकी यस्तै-यस्तै दर्जनौँ फोटाहरू सङ्कलित छन् पाण्डुलिपि लेख्दाका सहयोगी ।

पाण्डुलिपि फाइलमा राखिएका फोटाहरू पल्टाउँदै गरेकी धीमहिले बायाँ हातले एउटा फोटो उठाइन् । त्यो फोटो हाम्री अठहत्तर वर्षकी आमा जो दुई वर्ष पहिले यसै स्थानमा बसेर गौराको प्रतिमा बनाउँदै गरेकी आमा... ।

यो फोटो देखेर म भावविभोर भएँ । एक्कासि आमाको माया र अतितमा रुमलिन पुगेँ । गौराको प्रतिमा बनाउँदै सगुन (फाग) माङ्गल मन्त्र उच्चारण गर्दै गरेकी, धेरै वर्षपछि आमासँग भेट भयो त्यो पनि पर्वका बेला ।

फोटो हेर्दै धीमहिले आमाले भनेझैँ गरी मङ्गल मन्त्र उच्चरण गरिन् । बायाँ हातमा फोटा र दायाँ हातले सगुन लेखेको फाइल उठाउँदै-

सगुन दे सरस्वती

लगन दे माय

लगनै का भरिया कलश

दाहिना हड सरस्वती बाया भागरथी

सगुन बोल सिताई बार

लूग बाली लूग बाली

तेरी आइछ सयलू बर्‍यात

कसो गरी लूगौ मूइँ त गावैकी मूज्याली
बाबा बोल्या धरमै को भार
लूग बाली लूग बाली गावैकी मूज्याली
तेरी आइछ सयलू बर.यात
काका बोल्या धरमैको भार
बाबा जीउकी सुनादेली
ढोग र सलाम
बाइरे भइछ इतनी अबेर
छाड्या ईजू छाड्या मूइले
जीया माइती कोल
छाड्या ईजू जर्मेको देश
छाड्या ईजु छाड्या मूइले
पुतली को खेल
छाड्या ईजू छाड्या मूइले
सङ्गिनीको साथ
आब चल्यौ कृष्णका साथ
लाइदे ईजू पिठिको भाएलु
अइतिर लाउदो बाली
बर्‍यात
उति पछि गाउने र बजाउन्या
उति पछि लाउलो बाली
पिठिको भाएलु
तोइरे बाली एकली नाई छाडौ ।

सगुन गाउँदै गरेकी धीमहि रोकिइन् र बायाँ हातमा उठाएको फोटातिर हेर्दै भनिन्- सासूआमा फाग गाउँदै गर्दा म नियाल्दै थिएँ । भनेका केही शब्द बुझेँ, केही बुझिनँ । आमा गाउँदै प्रतिमा बाट्दै थिइन् । म फूल समातेर आमालाई सघाउँदै गौराका प्रतिमाप्रति समर्पित भइरहेँ ।

धीमहि बोल्दै गर्दा मैले धीमहिले उठाएको फोटामा नियालेँ । आमाको अनुहार नाकमा फुली, घाँटीमा दूबोधागो र बुढ्यौलीले छाएका रेखाहरूले छोपेको अनुहार । गौराको प्रतिमा र आमा उस्तैउस्तै लागे । मनका आवाजमा आमाका तस्बिर मेरो जीवित देवता आमा हुन् ।

शरद ऋतुमा मनाइने गौरा पर्व काली-कर्णाली भेगको धार्मिक पर्व हो । गौरा संस्कृति मातृसत्तात्मक समाजको आदर हो । गौराको आराधना, उपासना गरेकी श्रीमती (आमा) लाई घर-परिवारका सबै सदस्यहरू भन्दा उपल्लो दर्जा दिइन्छ । माता गौराको प्रतिबिम्बका रूपमा शक्ति स्वरूपाको उपमा दिइन्छ र उनले घरका आफूभन्दा कनिष्ठ सदस्यहरूलाई मात्र नभएर जेठाहरूलाई पनि आशीर्वाद दिने, बिरुडाले टाउको पुज्ने चलन छ ।

गौरा संस्कृतिभित्र नारी चेतनाको उत्कृष्ट जीवन्तता पाइन्छ । सिङ्गो नारी जगत्लाई सम्मान र आदर गरिएको यो पर्वको अर्को विशेषता हो- यसका संस्कृतिभित्र समानता बाँचेको छ, मानवीय समानता ।

यो लोक जहाँ हामी छौँ, मृत्युलोक हो, एक दिन हामी सबै मरेर जानुपर्दछ । गौराका गाथाहरूमा मृत्युलोक मात्र नभएर विष्णु भगवान्को लोक स्वर्गलोक जाँदा, बैकुण्ठधाम आफ्नो घर जाँदा आफ्नो भाइ, बजाउने र गाउनेको छोरा र बाहुन सँगै लगेर गौरा मृत्युलोकवाट बिदाइ भएको प्रसङ्ग छ ।

त्यसबाट के पुष्टि हुन्छ भने यो नारी महानताको पर्व, समानताको प्रतीक पनि हो । लैङ्गिक र जातीय समानता भएको यो पर्व, यो संस्कृति उत्तम पुजनीय अनुसरण गर्नुपर्ने सभ्यता हो ।

जुन घरमा नारीको सम्मान र पूजा गरिन्छ त्यो घर आनन्दित र स्वर्गमय बन्दछ । तन, मन, धन, वचन र निष्ठाले आमाका चरणकमलमा साष्टाङ्ग दण्डवत प्रणाम । गौरामाताका चरणमा कोटि कोटि प्रणाम ।

मेरा मनभरि अतितका तस्बिरहरू दगुर्न लागे । सिनेमा हेरेझैँ भयो त्यो बालापन, ती गौरा खेलाउने खलाहरू, मठ मन्दिर, गौरा आउने घर, साथीसँगी आदि मस्तिष्कमा अत्यधिक रक्तचाप बढेजस्तो भान भयो । म हराउँदै थिएँ, मेरा अतितमा गौराका संस्कृतिभित्र ।

धीमहिले बायाँ हातको फोटा टेबुलमा राखिन् र गौराका फाग गाउँदाका बखत आमाका चित्रतिर अङ्कित गर्दै भनिन्- फाग गाउँदै गर्दा आमाका आँखाबाट आँसु बर्बराउँदै थिए, आस्थाले ओतप्रोत भएका आँसु फेरि धीमहिले सगुन पढ्न सुरु गरिन्।

भोक्या पेट, तिना केश, लोली माइत लेया
चोखो खाइ, कोरो लाई, लोली माइत लेया
देउरानी जेठानी मिली लोली माइत लेया
पन्च बिरुडी खोजी दिए महेश्वर
खोज खोज गुसाई
कलौ बिरुडी खोजीदिय
गौत गुरुष महेश्वर गुसाई।

सौम्य अनुहारमा अलौकिक चमक देखाउँदै थन्क्याइन् फोटाहरू फाइलभित्र र फाइल मिलाउँदै भनिन्- जीवन अतितको जस्तो पटक्कै छैन। मेरो माइतीघर फेरिए जसरी फेरिएको थियो होला सासूआमाको पनि।

फेरिए होलान् नाता सम्बन्ध। बाबा, आमा, दाजुभाइ, दिदीबहिनी। थपिए होलान् नयाँ छिमेकी। ममताका काखामा जिम्मेवारीका पल्लाहरू।

नारी जगत् फूल हुन्, परिवारका फूल जसले आफू फुलेर परिवारलाई सुगन्ध बाँड्छन्। नारी भनेका परिवारका लागि पिपलका बोट हुन्। चट्टानमाथि उम्रेका पिपल मलजलको जरुरत बिना उम्रेका जसले परिवारलाई अक्सिजन बाँडेर आफूले परिवारमा भएको कार्बन डाइ-अक्साइड लिइरहेका हुन्छन्।

गौरादेवी पनि नारी स्वरूपा भगवती हुन्। गौराका चरणकमलमा कोटि कोटि प्रणाम। .सासूआमाका चरणकमलमा कोटि कोटि प्रणाम।

म सानी छँदा सासूआमा भनेर काकीहरू र आमाले कुरा गरेको सुन्थैं। उनीहरूले कहानी भनिरहँदा म माथि आकाशमा उड्दै गरेका जूनकिरीहरू हेर्दै त्यसैगरी उड्न पाए हुन्थ्यो भन्ने कल्पना गर्दै जूनकिरीहरूलाई पछ्याउन उफ्रिन्थैं।

सुनेका सासूका कहानीहरू मेरा लागि मिथ्या साबित भए। हुन त सासूआमासँग मेरो उठबस त्यति भएन। त्यही इष्टकुलदेवताको पूजाआज र दसैंमा घर गएका बेला त हो।

परिवारको उज्यालो हुन् सासूआमा । त्यो दिन म पहिलोपल्ट तिम्री श्रीमती भएर घरमा भित्रिँदै गर्दा सुनेका कथा कहानी मसँगै थिए। मलाई भयभीत बनाइरहेका थिए। ती कथा-कहानीहरूलाई लत्याउँदै म तिम्रा सामीप्यमा सासूआमाका पल्लामा निर्धक्क हाँसे त्यो पल ।

सासूआमाका व्यवहार र शिक्षाले मेरा मनका कथाहरू झूटा साबित भए । मैले सोचेका भावना भ्रममा परिणत भए। सत्य कुरा अर्कै रहेछ। ममताकी खानी सासूआमाले भनिन्- संघर्षबिना कुनै काम महान् हुँदैन, साँचो कर्म गर्ने हात कहिल्यै खाली हुँदैन । धैर्यलाई हतियार बनाउनु र विश्वासलाई कवच, आफ्नै कदमले लेख्नुपर्दछ सफलताको लिपि ।

हरेक शब्दहरूमा ममता, करुणा र दया थियो उत्साह र हर्षले भरिपूर्ण थिइन् । संस्कति र संस्कारका जगमा शोभायमान उनी सकारात्मक ऊर्जाले भरिपूर्ण । यस्ती आमाको कोखमा जन्मेको भाग्यमानी मानिस हौ तिमी । मेरो संसार मेरो प्यार । यस्तो छोरा मलाई उपहार दिने ती आमालाई सात समुद्र वारिबाट कोटि कोटि प्रणाम ।

त्यो दिन आमाले मलाई सम्झाउँदै भनिन्- अरूले के भने, अरूले के गरे भनेर तुलना नगर्नु, किनकि त्यसले दुःख र सङ्कट निम्त्याउँछ। तिमी आफू आफूजस्तै भएर बाँच्ने प्रयास गर्नु । राम्रा कुरा जहाँ जोकोहीबाट सिक्दा पनि हुन्छ, तर आफ्नो गरिमा उँचो हुने गरी। कहिलेकाहीँ मौनतामा ठूलो शक्ति हुन्छ, त्यसैले सबै प्रश्नहरूको उत्तर दिइरहनु भन्दा जीवनमा मौन भइदिँदा फाइदा हुन्छ सबैलाई मनको कुरा बुझाउनुपर्ने जरुरत पनि हुँदैन। त्यसैले आवश्यकताभन्दा बढी सम्बन्ध नराखेको राम्रो हुन्छ। आफ्नो भाषा र संस्कृति बिर्सनु हुँदैन । संस्कृतिले- पवित्रता, धैर्य र आदर, निष्ठा र समर्पण, स्वाभिमान, त्याग र मातृत्व सिकाउँदै सत्यका बाटोमा हिँडाउँछ।

श्रीमान्-श्रीमतीको बीचमा यी कुरा आवश्यक हुन् । सम्बन्ध भनेको भावनात्मक कुरा हो, चाहे त्यो पारिवारिक सम्बन्ध होस्, चाहे त्यो श्रीमान्-श्रीमतीका बीचमा होस्, अथवा साथीसँगीहरूसँग किन नहोस्, सम्बन्ध देखाउन मिल्ने कुरा होइन, सम्बन्ध हृदयमा सजाइएको एउटा सुन्दर रहस्य हो । त्यो सुन्दर रहस्यले तिमीहरूको जीवन सुन्दरमय भइरहोस् । आफैँमा संस्कृतभित्र बाँच्ने प्रयास गरिरहनु । अतित सम्झँदै बर्बराउँदै गौराको पाण्डुलिपि मिलाएर राखिन् ।

पाण्डुलिपि फाइल डेस्कमुनि राख्दै गरेकी धीमहिका आँखा छेउको अर्को फाइलको गातामा परे । फाइलको गातामा सुन्दर केटी मान्छे, ठूलो जिउडाल भएको आर्मीको ड्रेसमा फाइटर विमानबाट ओर्लिँदै गरेकी फुर्तिली र उज्याली सूर्यका किरणजस्ती ।

संयोग हो कि नियति, दुवै फाइलहरू नजिक नजिकै थन्क्याइएका रहेछन् । कहिलेकाहीँ आँखा त्यस्तै ठाउँमा पर्छन्, जहाँ पर्नु हुँदैनथ्यो । गौरामय वातावरण भइरहेको समयमा फाइटर विमानकी सुन्दरी । भाग्य र मनको सम्बन्ध कहिले पो मिल्छन् जे भाग्यले दियो त्यो मनले चाहँदैन र जे मनले चाह्यो त्यो भाग्यले दिँदैन ।

मेरो आँखाहरूले धीमहिका कुरा सुनेजस्तो गरे पनि मस्तिष्कमा गौराको छाया र सिङ्गो समुदाय एउटै मञ्चमा उभिएको दृश्य पुनर्ताजगी भइरह्यो । त्यो गौरा संस्कृतिले सञ्चित माटो जहाँ नेपाली भाषा उत्पन्न भयो, जहाँ सहिद दशरथ चन्दको जन्म भयो ।

नेपालको पहिलो महिला मन्त्री द्वारिकादेवी ठकुरानीको जन्म भयो । पहिलो पाठ्यक्रम बनाउने शिक्षाविद् जयपृथ्वीबहादुर सिंह जन्मे, त्यहाँ प्रजातन्त्रका सेनानी आरडी प्रभास चटौत जन्मे, त्यहाँ प्राकृतिक छहराले भरिपूर्ण मनमोहक दृश्यहरू छन्, पुस्तौँ पुस्ताका चिनारी ती पहाडहरू हिरामोतीका भण्डार हुन्, संस्कृति र भाषाका शक्तिपीठ हुन् ।

दायाँ हातले फाइल टकटक्याउँदै धीमहिले प्रश्न गरिन्- को हुन् यी सुन्दरी ? युद्धमा समाहित भएजस्ती छिन् । थरिथरिका पोजमा फोटो सेसन हेर्दा मोडेलजस्ती पनि छिन्, के हो महोदय ?

प्रसङ्ग फोटाको हो । मैले नजिकबाट यिनलाई देखेको छैन र म व्यक्तिगत रूपमा चिन्दिनँ पनि । तर पनि यिनीले गरेको प्रशंसनीय कामले मेरो मन जित्यो र मैले पत्रपत्रिका तथा सामाजिक सञ्जालबाट यिनका तस्बिरहरू प्रिन्ट गरेर सङ्कलित गरेको छु । आर्मी ड्रेसमा सजिएकी श्रीमती मानौँ यिनी गोलाबारुद पड्काउँदै छिन् र वातावरण गोलाबारुदका दुर्गन्धले सङ्क्रमित भएको छ । म यसै सङ्क्रमित वातावरणका नजिकै बसेर धीमहिलाई उत्तर दिइरहेको छु ।

निन्याउरो स्वरले मैले उत्तर दिएँ- यी यिनै नारी हुन् जसले केही दिन पहिला २०२५ मे ७ तारिकका दिन कश्मिर क्षेत्रमा रहेका आतङ्ककारी तामिल शिविरहरूमाथि भारतको प्राविधिक क्षमता प्रदर्शन गर्ने मुख्य भूमिका निभाइन् । हवाई हमला र मिसाइल स्ट्राइक आतंककारीलाई छानीछानी हत्या गऱ्यो ।

भारतले चलाएको सिन्दुर अपरेसनको मुख्य उद्देश्य थियो सिन्दुर पुछेर भागेका ती हत्याराहरूलाई सदासर्वदाका लागि धर्तीबाट मेटाउनु ।

प्रेमका छायामा युद्ध अङ्कुराउन सक्दैन। त्यो सिन्दुर अपरेसनमा होमिएकी यी नारी पनि थिइन् कसैकी छोरी, कसैकी श्रीमती, कसैकी आमा। भगवान्ले यस्ता साहसी नारीलाई अझै जन्माइरहुन्। यस्ता श्रीमतीहरू अग्रपङ्क्तिमा उभिएको देख्न पाइरहुँ। यस्ती छोरी (कर्णेल सोफिया कुरैसी) जन्माउने आमालाई प्रणाम छ।

सोफियाजस्ता साहसी श्रीमतीहरू विश्वमा सेना प्रमुख भएर कार्यभार समालेको हेर्न पाऊँ। एसिया क्षेत्रमा सैनिक ब्यारेकमा कार्यरत श्रीमतीहरूका लागि प्रेरणा बनेकी सोफिया मिहिनेती, अनुशासिन र साहसिक पात्र हुन्। धर्मका नाममा अन्धविश्वासको खोल ओढ्नेहरूले सोफियाबाट आदर्श सिके होलान्।

आफू मुस्लिम परिवारमा हुर्केकी यिनले सिन्दुरको अपरेसन बागडोर समाल्दै आफ्नो प्राणको आहूति सिन्दुरका रक्षाका लागि चढाउन तत्पर भइन्, उत्रिरहिन अपरेसनमा र सिध्याइन् हत्याराहरूलाई। यस्ती महान् कुशल सैनिक अफिसरप्रति नमन छ।

महाभारत विराट् पर्वबाट लेखन सुरु भएको नेपाली उपन्यास लेखन अब चाँडै कर्णेल सोफियाजस्ता श्रीमतीहरू सेना प्रमुख भएको इतिहास लेख्ने दिनको प्रतीक्षामा प्रतीक्षारत छ। श्रीमतीहरूका कला कौशलता र बहादुरीपनको प्रशंसा गर्बका साथ लेख्न सक्ने लेखकका लागि मैले यी सोफियाका तस्बिरहरू सङ्कलन गरेको हुँ।

मेरो उत्तर सुन्दै भावुक भएकी धीमहिले यो फाइल मिलाउँदै भनिन्- छोरी हुनु त तिम्रोजस्तो साहस भएकी छोरी हुनु। तिमीले जात र धर्मभन्दा माथि उठेर देशका लागि देखाएको बहादुरीपन प्रशंसनीय छ र यस्तै नारीहरूको इज्जत धान्ने कार्यमा समर्पित भइरहनु, तिमीलाई भगवान्ले खुसी राखुन्।

फाइलहरू एकपछि अर्को बन्द गरेको धीमहिले फेरि एउटै फ्रेमभित्र तीनवटा तस्बिर भएको फ्रेम उचालिन् र उत्सुकता जगाइन्। सोधिन्- फ्रेमको रहस्य। धीमहिका लागि मसँग पुरानै उत्तर थियो- यिनी मैले भेटेकी पात्र होइनन् र व्यक्तिगत रूपमा चिन्दैन पनि। त्यहीताका मिडियामा निकै चर्चा कमाउन सफल श्रीमती यिनी नेपाल मैनापोखरीकी सृजना सुवेदी हुन्।

धीमहिका आँखा फ्रेममा चिहाउँदै छन्, उत्सुकता मेरा शब्दमा। मैनापाखेरीमा देखेका सपना साकार पार्न यिनी श्रीमान्को साथ र विश्वासलाई आत्मसात् गर्दै अमेरिका आइन्।

नियतिले यिनका श्रीमान्‌माथि रोगको छाया पाऱ्यो । यिनको उज्यालो क्षितिज अचानक अँध्यारोमा परिणत हुँदै गयो । यहीँबाट सृजनाको परीक्षाको सुरुवात भयो । शरीर थाक्यो होला, दिनरात अस्पतालको शय्यामा श्रीमान्‌को हेरचाह तर यिनको मनले कहिल्यै हार स्वीकार गरेको देखिएन ।

सृजनाका हातहरूमा मायाको मलम थियो । त्यो मलम श्रीमान्‌का घाउहरूमा पोतिरहिन्, आँखामा परेलाभरि आँसु थिए । आँसु प्रार्थनाले भरिएका अन्तिम अवस्थासम्म श्रीमान्‌का लागि प्रार्थना गरिरहिन् । मौनतामा अटुट समर्पण थियो । समर्पित भइरहिन् । दुनियाँले समाचार उठाउने गरी ।

आधा विश्व यिनका परीक्षाको साक्षी बन्यो । नेपाली समाज यिनको अनुकरणीय निष्ठा देखेर गौरवान्वित भयो । श्रीमान् जीवनको अन्तिम अवस्थामा पुग्दासम्म भरोसा दिलाइरहिन्, सहारा भइरहिन् ।

श्रीमतीको वास्तविक परिभाषा समाजलाई पठाइरहिन् । श्रीमती मात्र नभएर यिनी न्युयोर्क सहरको प्रेमको परिभाषा बनिन् । त्याग र तपस्याको प्रतिमूर्ति बनिन् । श्रीमान् प्रति त्यस्तो प्रेम जताइन् जुन प्रेमले–

- धर्मको परिभाषा उँचो गरायो ।
- भाषाको परिभाषा उँचो गरायो ।
- देशको परिभाषा उँचो गरायो ।

आशा र निराशाका बीचमा श्रीमान्‌को हात समाइरहिन् । कठिनाइलाई शक्तिमा बदलिन्, परिवार, समाज र संस्कृतिको मर्यादा जोगाउँदै प्रेमको उत्कृष्ट रूप देखाइन् । विश्वलाई मानवताको पाठ पढाइन् ।

सृजनाको नाम एउटा व्यक्तिको परिचयमा सीमित रहेन । सम्पूर्ण नारी जगत्‌को गरिमा र मानवीय संवेदनशीलताको उज्यालो प्रतीकका रूपमा स्थापित भयो । रोगले श्रीमान् माथि विजय प्राप्त गऱ्यो । आशाको दीप निभ्यो तर सृजनाको श्रद्धा जीवित भइरह्यो । वैदिक संस्कार अपनाउँदै श्रीमान्‌को अस्तु पशुपतिनाथको छत्रछायामा बागमती नदीमा विसर्जन गरिन्, कुनै हिचकिचाहटबिना उनले श्रीमान्‌को अन्तिम बिदाइलाई प्रेमको पूजा बनाइन् । विश्व स्तब्ध भयो ।

भगवान्ले किन बैंसालु उमेरमा चुंडालेर लैजान्छ होला । यस्तो अन्याय कसैमाथि नगर्नु भगवान् । यस्तो सहनशील र प्रेमकी पुजारी छोरी जन्माउने आमालाई नमन छ । यस्तो असल संस्कार संस्कृति सिकाउने मैनापोखरीको माटो धन्य भएको छ ।

सृजनाले सिकाएको प्रेमको परिभाषाले मैनापोखरीको संस्कृतिका अगाडि विश्व शिर झुकाएर नमन गर्न बाँध्य भएको छ । फ्रेममा सजिएकी सृजना ।

सृजनाको प्रशंसा सुन्दै गरेकी धीमहिले थन्क्याइन् यो फ्रेम पनि । एउटै फ्रेममा तीन फोटाहरू ।

धीमहिले मन्द स्वरमा भनिन्- प्रेमलाई प्रेमीका जोडीले जितेको छ । जे भयो त्यो लेखान्त थियो । मनका बसमा शरीर । गलत र सही थाहा हुँदाहुँदै पनि त्यही गर्न मन लाग्ने ।

जानामी धर्मम नचमे प्रवति
जानामी अधर्मम नचमे नवृत्ति ।

अर्थात् मलाई थाहा छ यो अधर्म हो, यही गर्न मन लाग्दै छ । त्यो धर्म हो तर त्यो गर्न मन छैन । मन नै सर्वेसर्वा रहेछ । ज्ञात होस्, वा अज्ञात जे गर्छ मनले गर्छ ।

सम्बन्ध होस् त मैनापोखरीकी सृजना र यिनका श्रीमान्को जस्तो, शरीर सकिएर के भयो, आत्मा अजर अमर छ, बाँचिराछ युगौंयुग । दुई आत्माको मिलन सृजनाको आगामी जीवन सहज भएको हेर्न पाइयोस् । उनी हाँसीखुसी प्रफुल्लित भएकी देख्न पाइयोस् । भगवान्ले यिनको संरक्षण र सत्कार गरोस् ।

भावविभोर हुँदै गरेकी धीमहिलाई समालेँ र भनेँ- धीमहि, परीक्षामा फेल पास भइन्छ, भगवान्ले लिएको जीवनको परीक्षा, हाम्रा नियन्त्रणभन्दा टाढाको कुरा हो । हामी प्रार्थना पुकार गर्न सक्छौं । सुन्ने नसुन्ने कुरा भगवान्को हो ।

हाम्रो जीवनका सपना पूरा गर्ने शक्ति तिमी हौ । म त खाली तिम्रो साथ बनेर सँगै हिँड्ने सहयात्री हुँ । म लड्दै गर्दा मलाई दुर्घटनाबाट बचाउने शक्ति हौ तिमी । हाम्रो सपना एउटै थियो र त सँगै हिँड्न सजिलो भयो । धीमहि तिमी कहिले मेरो आँखाको नानी बन्यौ, कहिले मेरो मुटुको स्पन्दन ।

आमाको आशीर्वादले यहाँसम्म पुग्न सकियो । गौरामाताको कृपा भइरह्यो । परिवार खुसी भएर बाँचोस् भनी मिहिनेतको पसिनाले सन्तानको भविष्य कोर्दै छौं । हिजोको पराइको भूमि आज आफ्नो भएको छ । यो हाम्रो जित हो ।

जेजति घटनाहरू जीवनकालमा घटे र जेजति घटनेछन् ती सबै हामीले रोपेको बिज हो । हाम्रो कर्मका फल हुन् । बिज उम्रन पनि अँध्यारोमा कल्पित हुनुपर्दछ । माटोभित्रको चिस्यान थाहा पाउनुपर्दछ अनि मात्रै अङ्कुरित हुन्छ । त्यो अङ्कुरित बिज बिरुवा हुँदै ठूलो रूख बन्न निकै समय लाग्छ । सोच्नेबित्तिकै परिवर्तन कहाँ हुन सक्छ र ? हरेक प्राप्तिका पछाडि धैर्य र समयको पाबन्दी छ । तिम्रा नजरमा इज्जत र वाणीमा लेहाज छ र त जीवन आनन्दित भएर चलिरहेको छ ।

सम्बन्ध यथार्थको सत्यमा उभिएको छ । मुहारमा हाँसो थपिएको छ । तिमी जे जस्ती छौ त्यस्ती नै भएर आनन्दित भइरहनु । प्रफुल्लित भएर भरोसा थपिरहनु । जीवनलाई सही दिशामा निर्दिष्ट गरिरहनु । तिम्रा हरेक कदमले सफलताको संसार चुमोस् । जीवनको आरोह-अवरोहहरूमा कहीँ केही कमजोरी अथवा गल्ती भएछन् भने ती मेरा कारणले भएका हुन्, किनकि मेरो कर्म दशा र भावना अनि मैले सास फेर्दै गरेको परिस्थिति मेरा अनुकूलमा भएन होला ।

तिम्रो घाँटीका छाया मेरा जीवनमा सगरमाथाभन्दा पनि अग्लो भएर बाँचेका छन् । तिम्रो ममताले बगाउँदा बगाउँदै आज यहाँ पुऱ्याएर उभ्याइदिएको छ । भोलि कहाँ पुऱ्याउने हो थाहा छैन । तिम्रो ममताका सागरमा बगिरहन पाऊँ । कतै बगरमा अल्झिएर कल्पित हुने दिन नआओस् । तिम्रो ममता हाम्रो जीवनमा नदीको पानी समान बग्दै छ । ठोकियो होला बगरका गिट्टीहरूसँग, छेउका चट्टानहरूसँग, तर मैले थाहा नपाउने गरी तिमीले धैर्य जताइरह्यौ । म पानीमाथि तैरिएर बग्दै आएँ । मलाई थाहा भएन तालको गहिराइ र मलाई थाहा भएन चट्टानमा पिटिनुको पीडा ।

आज यति थपौँ, भोलि यति थपौँ र पर्सि सजिलो होला भनी ठानेर जीवनका उत्कृष्ट समय र पालाहरू संघर्ष र दौडधुपमा हराए । फर्केर हेर्दा हराउँदै गएका दिनहरू र डाँडामाथि डुब्दै गरेको उज्यालोसँगै खुसी पनि सकिँदै गएको पाए शरीरको प्रेम भ्रम हुन सक्छ, गल्ती हुन सक्छ तर तिमी मेरो आत्मासँग बाँधिएको पहिलो प्रेम हौ र अन्तिम पनि ।

मन हो, कहिलेकाहीँ समालिन गाह्रो हुँदो रहेछ । तितो अतितका सम्झनाले पछ्याउन खोज्दछ दैनिकी । त्यो अतित जहाँ मैले उठाएका हरेक कदमहरूमा तिमीले खोट देख्यौ र सलबलाए शकुनि र मन्थराहरू । तर केही छैन, पवित्र आत्माका अगाडि ती टिक्न सकेनन् ।

टाउको किचिएको सर्पले पुच्छर चलायो भन्दैमा हामी डराउनु पर्दैन । सात फेरा अग्निको परिक्रमा गरेर सिन्दुर पहिराएर जन्मौंजन्म परिपूरक भएर बाँच्ने वाचाबन्धन गरेको कर्णाली नदीको बगर अझै उभिएकै छ । तिम्रो ममताको नदीमा हाम्रो बगाई निरन्तर भइरहोस् । क्रमिक अगाडि बढिरहोस् । प्रकृति निश्चल छ र निश्चलता दिइरहोस् हाम्रा सम्बन्धमा । स्वार्थी सम्बन्ध र ऐँजेरुहरू छानिँदै जाउन् ममताका बगरहरूमा ।

हरेक सम्बन्धहरूको जवाफ दिने दिन पनि आउला । जोरले बोल्ने मात्र बाठा हुन्छन् भन्नु भ्रम हो । नबोल्नेहरूसँग पनि भगवान्को वरदान हुन्छ, मन हुन्छ र आत्मा हुन्छ ।

दुनियाँ मुख हेरेर होइन, औकात हेरेर कुरा गर्छ । म थाकेको छु भन्दैमा जिन्दगी कहाँ रोकिन्छ र । मलाई थाहा छ म कमजोर भएको दिन सबैभन्दा पहिले मलाई नै आरोप लाग्नेछ । झूटा आरोप मात्र होइन, चरित्रमै प्रश्न उठाइनेछ । यता पनि ठिक्क र उता पनि ठिक्क पार्नेहरूले नै मेरो मृत्युलाई निमन्त्रणा पठाउनेछन् । जीवनमा हात समातेर उठाउने त थोरै हुन्छन् । बुबाआमाको दर्जापछि आस्था राख्न मिल्ने असल आफन्ती, साथी ।

सरहसयोग र सद्भाव राख्नुपर्छ । नाता कुटुम्ब भनेका जीवनमा खुसी बाँड्न थपिएका सम्बन्धहरू हुन् भनी किन सिकायौ आमा ? आमासँग सोध्न मन छ । तिनै आस्था राखेकाहरू शकुनि र मन्थरा बन्न तम्सिँदा रहेछन् ।

मलाई के थाहा, आगोको तराजु काँधमा बोक्न सजिलो थिएन । गुण सम्झनुभन्दा अवगुणमा रमाउन आउनेहरूलाई अतित सम्झाइदिनु भगवान् । बुझ्न नसकिएका सम्बन्धहरू अब नदोहोऱ्याइदिनु भगवान् ।

कामको दिनभरिको थकान तह लगाउँदै मनभरि कुरा खेलाउँदै आँसु झार्दै निदाउनु कुनै मृत्युभन्दा कम दर्दनाक नहुँदो रहेछ ।

मैले सोचेरै प्रेम गरेको हुँ ।

धीमहिसँग प्रेम गरेपछि सोचेको होइन,

हो म पुरुष हुँ,

पुरुष पनि थाक्न सक्छ,

पुरुषको पनि मन भावना हुन्छ ।

दिन एक्लै राति एक्लै देखाउने र रुने ठाउँ कहाँ छ र । कहिले परिवारको आशा पूरा गर्न हिँडैं, कहिले समाजको आशा पूरा गर्न हिँडैं । सबैको आशा बोकेर हिँड्दा

आफूभित्र आफैँलाई बिर्सेको घाउ छ। इमान र जमानमा रमाउने मान्छे म टुटेँ हुँला कतै, आफूभित्रको घाउ बल्भिmयो होला जसको हिसाबकिताब गरिनँ मैले।

मेरा गणितमा सम्बन्ध भनेको श्रीमान् र श्रीमतीका बीचमा मात्रै सीमित हुनुपर्दछ जब सल्लाहकारका सल्लाहमुताबिक भान्सामा खाना पाक्न सुरु हुन्छ अनि दुर्भाग्य निम्तिँदो रहेछ जसको सिकार हुनबाट थोरै भाग्यमानी मात्रै बाँच्दछन् होला तर ती भाग्यमानीको सूचीमा म पर्न सकिनँ। मेरो जीवनको गणित दिनानुदिन फेल हुँदै गयो। यसरी फेल भयो कि म मेरा दैनिकी परिवर्तन गर्न बाध्य भएँ। यो मेरो रहर होइन बाध्यता हो।

सम्बन्धहरू पनि महाभारतभन्दा कम्ती हुँदा रहेनछन्। महाभारतमा पक्ष विपक्ष सेना र कमान्डर चिन्न सकिने तर साइनाका सम्बन्धमा यी गौण हुँदा रहेछन्। मेरो नजरमा सबै भगवान् कृष्णको मुखौटा लगाएका सबैलाई भगवान् ठानी व्यवहार गरेँ। कमी, कमजोरी, गल्ती, नराम्रा जेजति घटना घटे सबैको मूल कारण म। तिमीले देखेका दिन मेरै, रात मेरै भन्नेसम्म भेटिए।

सम्हालिनुपर्दो रहेछ परिस्थिति जतिसुकै नाजुक भए पनि। आखिर छट्पटाउँदैमा यथार्थ कहाँ मेटाउन मिल्छ र ? जीवन आधाआधी पुगेछ दिनका हिसाबले। काला कपाल फाट्टफुट्ट सेता हुँदै छन्। मेरो मौनताले अझै धर्म छोडेको छैन, सम्बन्ध त्यसमा पनि स्वार्थले पोतिएकाहरूलाई सन्तुलनमा राख्छु भनेको समुद्रमा गएर पानी चिन्दैन भनेजस्तै रहेछ।

अनेकन बहाना गरी नजिक नाचिरहन्छन् र बेलाबेलामा कान भरिरहन्छन् धीमहिका। परिवारका सुखमा आत्तिने यी आफन्तीहरूले बेलाबेलामा थपिरहन्छन् उपहारहरू। श्रीमतीका बारेमा लेख्ने शब्दहरूको औकात नपुग्ला मसँग, तर सही के हो र गलत के हो ? आज के हुँदै छ र भोलि के हुन सक्ला भनी बुझिदिए हुन्थ्यो।

म त श्रीमान् नै भएँ, तर छोराछोरीका दिनचर्यामा ममता जाग्नुपर्ने हो। हरेक बिहान आउने उज्यालोसँगै घरभरि धीमहिका ममताको आभास छाउनुपर्ने हो।

घर नजिकै भएर उड्ने आकाशका पन्छीदेखि लिएर घरमा आउने पाहुनासम्मले तिम्रो आतिथ्यतामा आनन्दित हुनुपर्ने हो।

घरका प्रवेशद्वारमा ममता र आदर अनि संस्कारले भरिएका कलशहरू सजिएका हुनुपर्ने हो। शुभ मङ्गलको आभास छाइरहनुपर्ने हो।

मेरा मनमा लागेको घरको परिभाषा यही हो । यथार्थ हो सुरुवातका दिनहरू अप्ठ्यारा थिए । भोलि राम्रा होलान् भनेर मिहिनेत गरियो । तर आज खोजेका खुसीहरू झन् टाढा भइदिए ।

आफ्नो स्वार्थ पूरा भएपछि सोद्धा रहेछन् नाताहरूले उल्टै तिमी को हौ भनेर । यिनै सम्बन्धहरूले मृत्युसँग आमने-सामने गराइरहँदा रहेछन् ।

देख्न त कहाँ, सम्झन पनि मन छैन ती अतित, ती सम्बन्धहरू । तिनीहरूका लागि मेरा शब्दहरू हलुका भए । मेरा हिसाबहरू मिथ्या भए तर भगवान्‌ले राखेको हिसाब हेर्ने दिन चाँडै आओस् भनी कामना गर्न मन छ । परिवारको खुसी खोस्न तल्लीन ती आफन्तीहरूलाई बधाई छ ।

घर परिवारमा मात्र होइन, दुनियाँसँग सजिन पनि श्रीमतीको सहयोग, समर्थन चाहिँदो रहेछ । भ्रमका इशारामा नाच्न बानी परेकाहरूलाई घरको के मतलब, संस्कार संस्कृति जगेर्ना गर्ने कुरा हुन् । परिवार र समाजका मूल्य मान्यता हुन् ।

दुर्भाग्य आफैँले पुजेका सम्बन्धहरू आफ्नै लागि ढुङ्गा भएर उभिँदा रहेछन् हिँड्ने गोरेटोमा । सङ्गतले तय गरेका उपहारहरू ।

धीमहि र मैले खल्ती खाली भएका बखतमा पनि राम्रा ठूला सपना देखेका हौँ । ती सपनाहरूलाई पछ्याउँदै गयौँ र यहाँसम्म पुगियो । सपना मात्र अँगालेको होइन मैले ।

मेरो सम्पूर्ण जीवन धीमहि र परिवारमा समर्पण गरेँ । परिवारका सपना पूरा गर्दागर्दै आज मेरो मनमा वैराग्य भरियो । शरीर परिवारमै समर्पित छ र सपना पछ्याउने प्रयासमै निरन्तर छ ।

भगवान्‌ले किन यति धेरै परीक्षा लिन्छन् होला । यो मनको वैराग्य पाँच-सात वर्ष पहिल्यै छाइदिएको भए म पटकपटक मर्नुपर्ने थिएन होला ।

जुठा भाँडाहरू भएको ठाउँमा भाँडा चाट्ने आवाराहरूको जमात हुनु आश्चर्यको कुरा होइन चल्तीका चलनहरू । मलाई डुबाएर आफू तैरिन खोज्नेहरू मलाई सानो देखाएर आफू संस्कार बन्न खोज्नेहरू नजिक टाढा भइरहन्छन् मेरा चाहनाका विपरीत ।

म मेरा मनका अहङ्कारसँग धेरैचोटि हारेँ र हारेँ धीमहिका बोलीहरूसँग पनि । धेरैचोटि माफी पनि मागेको छु । बेला बखतमा झुक्ने मौका मिल्यो भने म झुक्दै आएको पनि छु । झुक्ने मौका मिल्दा मेरो मन शान्तिले भरिन्थ्यो । बगेका आँसुहरूले दिलभित्र शीतलता मिल्दथ्यो ।

मेरो यो मनमा वैराग्य भरिदिने भगवान्प्रति नमन छ। अब माफी माग्ने र झुक्ने मन सकिएको छ। भगवान्का कृपाले धीमहिले सिकाएका पाठले अब एउटै विकल्प मात्र मसँग बाँकी छ- मौन बस्ने।

घर-परिवार सम्बन्धले बन्दछ ठानेको थिएँ तर कुरा अर्कै रहेछ। त्यसैले आज पनि मेरा मनले खोजिरहन्छ आमाका छायाहरू। आमाले म सुतिसकेपछि बिस्तारै मेरो कोठाको ढोका खोलेर सुत्यौ कि सुतेनौ भनी बिस्तारै ओढ्ने ओढाइदिएका पलहरू।

विधिले निर्धारण गरेका सीमा र विधाताले लेखेको लेखान्त कहाँ टार्न सकिन्छ र ? यिनै सीमा र लेखान्तभित्र बाँच्दै गरेको म निरीह पुरुषहरू!

भगवान् रामले पनि शुभमुहूर्त हेरेर नै विवाह गरेका हुन्। शुभमुहूर्त हेरेर नै राज्याभिषेकको तयारी गरेका हुन्। सन्तोषजनक कहाँ भयो र ?

म त झन् कलियुगमा त्यही पनि पाश्चात्य संस्कृतिको बाहुल्य भएको भूमिमा जीविकोपार्जन गरिरहेको अज्ञानी भक्त हुँ।

धीमहिले एउटै फ्रेमभित्र तीनवटा तस्बिर भएको फ्रेम टेबुलमा राखिन् र उभिइन्। म अतितमा हराउँदै थिएँ, धीमहि मेरो नजिकै आइन् र पलेँटी मार्दै बसिन्। मन्त्रमुग्ध फूलबारीका बीचमा मेरी हृदयकी रानी।

पवित्र सम्बन्धको कथा एउटै फ्रेमभित्र- बाल्यकालदेखि मृत्युवरणपछिको समाधिसम्म। धीमहिले धेरै कुरा बुझिन् जस्तो छ। भावनात्मक गहिराइमा छटपटाउँदै भुइँमा लथारिइन्।

माया भनेकै भावना रहेछ।

भावनामा डुबेकी धीमहि उत्तम देखिइन्।

मेरा जीवनयात्रामा होमिएकी महान् नारी। मैले मनमा खेलाएको कुरा यिनले थाहा पाइन् कि पाइनन्, मेरो मन वेचैन भयो।

धीमहिलाई सान्त्वना दिँदै मैले भनेँ- हेर न त, तिम्रो सपना पूरा गर्न सकियो न आमाको बुढेसकालको सहारा। परदेशको बसाइ, म परदेशी।

यो संसारबाट मलाई तिम्रा सुकुमार हातहरूले बिदाइ गर्नु जसरी सृजनाले बिदाइ गरिन्, नजिकैको तीनवटा तस्बिर एउटै फ्रेमभित्र भएको फ्रेम चिहाउँदै धीमहिले आँसु बगाइन् । धीमहिका आँसुमा जीवनको उकाली ओरालीको गणित थियो । मैले अर्थ लगाउन नसक्ने गणित । धीमहि तिम्रो त्याग, तपस्या र करुणाले मानव कल्याणलाई उँचो वनाउन सकोस । मैले धीमहिलाई यो कारुणिक दशामा देखेको पहिलोपल्ट हो । धीमहिलाई सम्झाउन गाह्रो पऱ्यो ।

मैले भनें-

तिमी मेरो मन हौ । तिमी मेरो धड्कन हौ । तिमी मेरो संसार हौ ।

भगवान् मेरो बाँकी आयु धीमहिलाई थपिदिनु किनकि म धीमहिलाई मभन्दा बढी बाँचेकी देख्न चाहन्छु । जीवनका घुम्तीहरूमा सन्तानहरूसँग नाचेकी देख्न चाहन्छु । मेरो सबै खुसी धीमहिलाई मिलोस् ।

- धीमहि तिमी मेरो शक्ति हौ ।
- तिमी मेरो जीवनको अक्षर ब्रह्मा हौ ।
- मेरो बाँकी जीवनको खुसी र आयु धीमहिलाई प्राप्त होस् ।

•••

यस उपन्यासमा प्रयोगमा आएका केही स्थानीय भाषाका शब्दार्थ :

पेज नं.	प्रयोग भएका शब्दहरू	शब्दार्थ
३	गाडताराहरू	नदी तार्न सहयोग गर्ने
१३	बैकान	श्रीमान
१३	रायो	चिन्नु, पहिचान गर्नु
१४	हडिहडि	हिँड्दै
८४	ईजु	आमा
१०१	राउटे	वनमा बस्ने मानिस
१०७	को धेकन्छ	कसले देख्छ
११४	वरयात	विवाहमा जाने जन्ती
११९	खाली	पोखरी

यस उपन्यासमा प्रयोग भएको "वितुर" पात्रले कतिपय स्थानमा प्रथम पुरुष पात्रको रूपमा आफ्ना भनाइहरू प्रस्तुत गरेको व्यहोरा पाठकवर्गमा अवगत गराइन्छ ।

– लेखक

लेखक परिचय

तीर्थराज पाण्डे नेपाली साहित्यका सक्रिय स्रष्टा, कवि तथा उपन्यासकार हुन्। हाल उहाँ एल्क्रिज, मेरिल्याण्ड, संयुक्त राज्य अमेरिकामा बसोबास गर्दै आउनुभएको छ। उहाँ अन्तर्राष्ट्रिय नेपाली साहित्य समाज (INLS) मा अवार्ड कमिटी संयोजकको रूपमा कार्यरत रहँदै साहित्य, भाषा र नेपाली डायस्पोराको सांस्कृतिक पहिचान प्रवर्द्धनमा निरन्तर सक्रिय हुनुहुन्छ। पाण्डेका साहित्यिक कृतिहरूमा **आमाको सपना** (खण्ड काव्य, २००१), **सविता** (खण्ड काव्य, २००७), र **चिरायु** (उपन्यास, २०१०) प्रकाशित छन्। साथै उहाँले अनेक डायस्पोरामा **देवकोटा** (२०१२) को सम्पादन कार्यसमेत गर्नुभएको छ।

उहाँको साहित्यिक तथा सामाजिक योगदानको कदरस्वरूप नेपाल सरकारद्वारा **ताम्रपत्र पुरस्कार** (२००१), अन्तर्राष्ट्रिय नेपाली साहित्य समाज (INLS) द्वारा **डायस्पोरा सर्वश्रेष्ठ पुरस्कार** (२०१०), तथा संयुक्त राज्य अमेरिकाका राष्ट्रपतिद्वारा **लाइफटाइम अचिभमेन्ट गोल्ड मेडल अवार्ड** (२०२३) प्रदान गरिएको छ।

सम्पर्कः

pandeytirtha@gmail.com

एल्क्रिज, मेरिल्याण्ड, संयुक्त राज्य अमेरिका

www.ingramcontent.com/pod-product-compliance
Lightning Source LLC
LaVergne TN
LVHW050911210926
848482LV00012B/400
* 9 7 9 8 8 9 5 2 4 0 2 3 6 *